Kapruner Hexenschuss

Michaela Höfelsauer wurde 1966 in Gmunden geboren und wuchs in Lend/Embach (Pinzgau des Salzburger Landes) auf. Nach der Matura stieg sie in die Reisebranche ein. Sie ist verheiratet und Mutter von zwei Töchtern. Nach einigen Auslandsaufenthalten ist sie derzeit als Leiterin des örtlichen Seniorenheims tätig. Sie ist Landbewohnerin mit Leib und Seele an einem der schönsten Flecken der Erde.

MICHAELA HÖFELSAUER

Kapruner Hexenschuss

KRIMINALROMAN

emons:

Bibliografische Information der Deutschen Nationalbibliothek
Die Deutsche Nationalbibliothek verzeichnet diese Publikation in der Deutschen Nationalbibliografie; detaillierte bibliografische Daten sind im Internet über http://dnb.d-nb.de abrufbar.

FSC
www.fsc.org
MIX
Papier aus verantwortungsvollen Quellen
FSC® C083411

Umschlagmotiv: photocase.com/crehe29
Umschlaggestaltung: Tobias Doetsch
Gestaltung Innenteil: César Satz & Grafik GmbH, Köln
Druck und Bindung: CPI – Clausen & Bosse, Leck
Printed in Germany 2015
ISBN 978-3-95451-554-7
Originalausgabe

Für Annabella und Marlena,
die mich jeden Tag bezaubern,

und für Gü,
der mich von Anfang an verhext hat

Hat der alte Hexenmeister
sich doch einmal wegbegeben!
Und nun sollen seine Geister
auch nach meinem Willen leben.
Seine Wort und Werke
merkt ich, und den Brauch,
und mit Geistesstärke
tu ich Wunder auch.

Aus: »Der Zauberlehrling«
von Johann Wolfgang von Goethe

Mitwirkende

Annabella Laube – Besitzerin des »Hotel Laube«

Anton Brecht – Bürgermeister von Lember

Bernd Krüger – Gruppeninspektor des LKA

Berta Maler – Landfrau und Polizistengattin

Erika Hallo – Freizeithexe

Ernst Krause – Amtsleiter von Lember

Fery Pospischil (Fery der Wiener) – Kapruner aus Wien

Fritz Schernthaner (Tannacherbauer) – Bauer aus Kaprun

Gerald Breitenbacher (Schera) – Immobilienmakler aus Köln

Hans Maler – Polizist und Brechts Freund

Henriette Schönauer (Henni) – Landfrau aus Lember

Inge Plottino – Vizebürgermeisterin von Lember

Kurt Unger – Bürgermeister von Kaprun

Margret Reich – Oberhexe von Kaprun

Martha Brant – Ladenbesitzerin von Lember

Mäscht (Martin) – alter Mann aus Kaprun

Max Pfister – Journalist

Peppi Wastl (Wastlbäurin) – Bäuerin aus Kaprun

Riki Schernthaner – Frau vom Tannacherbauern

Werner Laube – Gatte von Annabella

Willi Sturm (Wurm) – Amtsleiter von Kaprun

Prolog

Die wässrig blaue Iris schien in der Pupille zu schweben, die glasig glänzte. Brecht konnte sich nicht zusammenreimen, was er hier sah. Er versuchte sich zu konzentrieren, aber es gelang ihm nicht. Wabernder Nebel und ein heftiger Schmerz standen dem Vorhaben im Wege.

Ein Augenpaar, ja genau, das war es! Ein Augenpaar, und es starrte ihn an, ungefähr einen Meter von seinem Gesicht entfernt. Etwas stimmte nicht damit. Zwischen zwei Nebelschwaden tauchte kurz ein Gedanke auf, um gleich wieder in der Tiefe der Qual unterzutauchen.

Dann wieder. Kurz.

Dann wieder. Länger.

Und endlich konnte Anton Brecht den Gedanken fassen: Die Augen glotzten ihn an, ohne zu blinzeln. Er fröstelte. Mit diesen Augen war etwas ganz und gar nicht in Ordnung. Er schloss die seinen wieder, aber das fremde Paar verfolgte ihn, schien seine Augenlider zu durchdringen und dahinter auf und ab zu schweben. Ohne ein Zucken. Leblos.

Er brauchte wieder einige Zeit, um den Sinn dieses Wortes zu erfassen: leblos. Offene Augen und leblos bedeutete doch – tot. Nein, das konnte nicht sein, was wollten diese Monster von ihm? Er beschloss, sich nicht zwingen zu lassen und die seinen nicht mehr zu öffnen.

Das war nicht gut, denn nun begann er zu hören. Ein Klirren und Summen konnte er vernehmen. Unangenehm. Es verstärkte die tausend Stiche, die auf seinen Kopf einprasselten. Wieder ein Klirren, ein Schwirren.

Kurz darauf erschlug ihn fast der Geruch.

Nach …? Nach? Hölle? Lächerlich. Ein Anton Brecht kam mit Sicherheit nicht in die Hölle. Bitte schön, wo wäre man denn, wenn böse Mächte die selbstlosesten und barmherzigsten Menschen hierher verfrachteten? Aber riechen tat es doch höchst eigenartig.

Nach Schwefel, nach Exkrementen, nach Tieren. Intensiv und eklig.

Langsam schlich sich die Erinnerung zurück in sein Denken und nistete sich wieder in seinem Gedächtnis ein. Und woran er dachte, trug nicht unbedingt dazu bei, sich wohler zu fühlen. Ganz und gar nicht.

Irgendjemand hatte ihn niedergeschlagen.

Und jetzt war er tot? Eher nicht, aber er befand sich auch nicht mehr an dem Platz, an dem er überfallen worden war.

Er nahm all seinen Mut zusammen und riss die Augen auf. Aber er konnte nicht erkennen, wem diese grässlichen Dinger von Pupillen gehörten. Zusammengesackt, den Kopf an einen Holzkasten gelehnt, saß da eine Gestalt. Der obere Teil des Körpers war mit einer Art Kapuze bedeckt, es waren nur diese Augen zu sehen. Der Körper der Gestalt entzog sich seinem Sichtfeld.

War sein Henker vor ihm gestorben?

1

»Nur über meine Leiche!«

Im Falle von Anton Brecht waren diese Worte wohl eher symbolisch gemeint. Wobei: Wer den amtierenden Bürgermeister der Gemeinde Lember kannte, der würde sich nach diesen erbosten Worten vorsichtshalber in Sicherheit bringen. Das örtliche Fegefeuer, das ein Anton Brecht über so manchen Einwohner von Lember zu bringen vermochte, war schon zu Lebzeiten nicht zu verachten. Jedenfalls würde es keiner wagen, in die Nähe des Ortsoberhauptes zu kommen, wenn Brecht wütend war.

Mit Ausnahme von drei Personen.

Ausnahme Nummer eins: seine Frau Maria Brecht. Die kannte den leicht aufkeimenden Jähzorn ihres Gatten nur zu genau. Im Laufe der Zeit war sie wohl fast immun dagegen geworden. Denn es gelang ihr bei wenigstens einem von drei Wutanfällen des Bürgermeisters, auf Durchzug zu schalten. In den anderen beiden Fällen reagierte sie mit genau der gleichen aufbrausenden Vehemenz wie ihr Mann, und so konnte man die beiden Sturköpfe des Öfteren laut schreiend ein heftiges Wortgefecht austragen hören.

Ausnahme Nummer zwei: sein Freund Hans Maler. Der gutmütige Polizist kannte seinen Bürgermeister bereits seit der gemeinsamen Kindheit. Während auf dem Schulhof Anton Brecht große Reden gegen die Ungerechtigkeit des Schülerberufes geschwungen hatte, hielt ihm der damals schon ziemlich groß gewachsene Hans die üblichen Raufbolde vom Hals. Wer sich im Schulalltag nicht mit Fäusten durchsetzen konnte, der blieb bald auf der Strecke und wurde zum Befehlsempfänger degradiert – eine Tatsache, mit der sich ein Brecht wohl schwergetan hätte.

Dafür half der kluge Anton dem mathematisch und rhetorisch nicht ganz so versierten Hans, halbwegs unbeschadet durch den

Schulalltag zu kommen. Diese menschliche Symbiose hielt bis zum heutigen Tag, und jeder von ihnen hatte gelernt, mit den Besonderheiten des anderen umzugehen.

Und dann war da noch Ausnahme Nummer drei: Inge Plottino. Diese war Vorsitzende der Landfrauen und saß als Gegenpol zu Brecht und seiner Gefolgschaft mit ihrer Partei – den Landfrauen – in der Gemeindevertretung. Sie wollte selbst das Amt des Bürgermeisters erobern. Sie verfolgte beharrlich das Ziel, die erste Frau in dieser Position hier in Lember zu sein.

Dazu kam, dass Frau Plottino und ihr Hühnerhaufen (Aussage Brecht) der festen Meinung waren, Lember benötige dringend eine Kontrollinstanz, um die »dunklen« Machenschaften des Ortsgenerals zu überwachen. Speziell nach den letzten Todesfällen in der Gemeinde hatte Inge bei der Bevölkerung punkten können, auch wenn sie – ehrlich betrachtet – eher hinderlich als hilfreich bei der Aufklärung der Mordfälle gewesen war.

»Nur über meine Leiche!«

Obwohl es relativ früh am Morgen war, tobte besagter Bürgermeister nun also gerade durch sein Büro wie ein wild gewordener Stier. Sein Amtsleiter Ernst Krause saß wie ein Häufchen Elend vor ihm und ließ den Kopf ergeben hängen. Das Büro des Bürgermeisters war zum Glück des Amtsleiters recht groß, denn im Moment schien es äußerst ratsam, der menschlichen Planierraupe so weit wie möglich aus dem Weg zu gehen.

Gerade umrundete Brecht einen alten antiken Schreibtisch, der majestätisch und penibel aufgeräumt in der Mitte des Raumes stand und royales Ambiente verströmte. Jeglicher moderne Schnickschnack, wie sonst auf Schreibtischen üblich, fehlte, denn Brecht hielt nichts von so unnötigen Dingen wie Computern und ähnlichem Teufelszeug. Ein Gespräch von Mann zu Mann (und wenn es unbedingt sein musste, auch von Mann zu Frau) erschien ihm tausendmal besser als diese ganze unpersönliche Schreiberei von einem Computer zum anderen. Ein echter Kerl sah seinem Gegenüber in die Augen, wenn er ihn fertigmachen wollte. Jedes Mal, wenn er beim Amtsleiter vorbeikam, der an einem kleinen Konferenztisch in der Ecke saß, schnaubte Brecht wie ein Stier.

Amtsleiter Krauses Blick fiel auf den Abreißkalender, der neben dem Konferenztisch hing. »Wenn dir das Wasser bis zum Hals steht, lass den Kopf nicht hängen!«, stand da geschrieben. Instinktiv richtete er sich auf und musste über seine eigene Reaktion lächeln.

»Was ist so witzig an dieser Sache?«, donnerte Brecht im Vorbeigehen.

»Nichts. Wirklich nicht«, war die schnelle entschuldigende Antwort von Ernst Krause, und sein Kopf sank sofort wieder in Richtung Brust. Obwohl, ehrlich gesagt, die Vorstellung über das Geschehen, das Brecht hier so aufregte, doch ein verschmitztes Lächeln wert war. Selbstverständlich nur ganz geheim und nicht in Anwesenheit des tobenden Bürgermeisters.

»Verbinde mich sofort mit dem Bürgermeister von Kaprun. SOFORT!«, holte der Lemberer Ortschef seinen Amtsleiter aus dessen amüsanten Gedanken.

Als sich am anderen Ende eine Stimme meldete, reichte Krause seinem Chef mit ausgestrecktem Arm den Hörer.

Dieser riss ihn an sich und brüllte hinein: »Hallo, Kurt. Hör gut zu!« Er horchte kurz, und die Röte in seinem Gesicht nahm einen noch intensiveren Ton an. »Tu nicht so scheinheilig! Hier ist der Bürgermeister. Brecht aus Lember.« In seinen Augen war es vollkommen ausgeschlossen, dass ihn jemand nicht sofort erkennen könnte. Er fuhr fort, ohne seine Stimme zu senken. »Hör gut zu! Ich sage Dinge immer nur einmal. So geht das nicht. Ich bin ja nicht irgendein dahergelaufener Ich-weiß-nicht-Wer. Das könnt ihr mit mir nicht machen. Aber …«

Er lauschte kurz, um sofort wieder aufzubrausen. »Was heißt, du weißt nicht, um was es geht? Du kannst doch nicht in Kaprun eine internationale Bürgermeister- und Vizebürgermeisterkonferenz einberufen und über nichts Bescheid wissen! Das würde mir nicht passieren. Man will mich mit der Plottino in ein Zimmer legen. Ausgebucht. Ausgebucht! Ich habe schon vor einer Ewigkeit reserviert. Was heißt hier ausgebucht? Das gilt doch wohl nicht für mich?« Er lauschte kurz, ohne die Röte aus seinem Gesicht zu entlassen.

Krause grinste wieder in sich hinein, denn der Gedanke von Anton Brecht und seiner Konkurrentin Inge Plottino gemeinsam in einem Bett war doch einfach zu köstlich.

Bevor der Bürgermeister den Hörer auf die unschuldige Gabel zurückwarf, schickte Brecht einen letzten Wutschrei ins Telefon: »Blödsinn! Das waren ganz andere Umstände. Das geht nicht. Lass dir etwas einfallen! Ende der Durchsage.«

2

Während die letzten Telefonfunkwellen zwischen den beiden Bürgermeistern noch hin- und herflitzten, fand auf der Burg »Zue Kaprun« gerade die wöchentliche Führung statt. Jeden Montag knapp vor neun Uhr sah man größere oder kleinere Grüppchen von Touristen die sogenannte »Schlossstraße« zum riesigen Steingebäude entlangpilgern, um sich vom jeweiligen Führer ins Mittelalter entführen zu lassen.

Heute tat eines der Mitglieder des Mittelaltervereins, Erika Hallo, Dienst und versuchte, trotz der drückenden Hitze in ihrem schwarzen Hexenkleid und mit dem dazugehörigen Besen Stimmung in eine Gruppe zu bringen, die aus siebzehn Personen bestand. Mit mehr oder weniger großem Erfolg. Vor der Burg hatte sie die Touristen mit lautem Geschrei und einem recht eigentümlichen Hexentanz begrüßt. Während die Männer und Frauen heftig fotografierten, schubsten sich drei Jungs und ein Mädchen im Alter von circa sieben Jahren kichernd herum und hätten sich wohl lieber in einem Schwimmbad oder in einer Eisdiele gesehen. Da man aber im April keine Bäder besuchte, mochte es noch so heiß sein, hatten die Erwachsenen entschieden, etwas für die Bildung zu tun, und die Entscheidung war auf eine sicher spannende Tour durch eine echte mittelalterliche Burg gefallen.

Erika konnte jetzt schon erkennen, dass es schwer sein würde, die Gruppe mit ihrer Führung zu fesseln, tat aber ihr Bestes. Wenigstens konnten alle Deutsch, darum musste sie nicht mit den lästigen Headsets arbeiten, die selten funktionierten, wohl weil sie, wenn auch nicht ganz mittelalterlich, doch schon einige Jahre auf dem Buckel hatten.

»Meine Damen und Herren, liebe Mittelalterfreunde, folgt mir! Ich führe euch jetzt in den Rittersaal.« Sie geleitete die Gruppe über die Treppen der Tribüne hinauf und in den sogenannten Rittersaal. Darin standen ein großer runder Tisch und darum herum grobe Holzstühle.

Die Hexe blieb vor den Sitzgelegenheiten stehen und fuhr fort: »Setzen Sie sich auf diese Stühle, die originalgetreu nachgebaut wurden und auf denen heute noch die edlen Herren Platz nehmen, um ihre Entscheidungen über die Burg zu treffen. Setzen Sie sich doch!«

Als alle saßen, fuhr sie schnell fort, bevor diese nervigen Kinder wieder anfingen, Blödsinn zu machen.

»Ich bitte Sie jetzt, die Augen zu schließen.« Genervt wartete Erika, denn alle glotzten sie an, als würde sie Japanisch sprechen. War es denn so schwer, einfach einmal zu tun, was man gesagt bekam? Na klar, und auch das Liebespaar, bei dem sie bisher nicht hätte sagen können, ob es vielleicht doch an den Lippen zusammengewachsen war, hörte nicht mit seinem Keimaustausch auf.

»Augen schließen heißt Augen schließen, meine Herrschaften. Bitte alle! Ja, ihr Kinder ebenfalls! Und Sie dort hinten, küssen können Sie später.«

Langsam schien ihre Forderung in alle Hirne vorzudringen, und sie konnte endlich mit ihrem Vortrag fortfahren.

»Lassen Sie sich zurückversetzen in eine Zeit der Burgfräulein und der Ritter. Hören Sie die Minnesänger ihre Balladen vortragen und riechen Sie die auf dem offenen Feuer zubereiteten Gerichte. Wenn Sie die Augen wieder öffnen, sind Sie selbst Bewohner dieser Burg und befinden sich im 13. Jahrhundert nach Christi.«

Die Besucher öffneten die Augen und stellten fest, dass sich nicht viel geändert hatte. Bei den wenigsten von ihnen reichte die Phantasie, um sich in eine andere Zeit zu versetzen. Aber dazu hatte man ja diese Frau gebucht, die sollte gefälligst ihre Arbeit erledigen.

Um die Besucher etwas zu fesseln, erklärte sie: »Wir befinden uns hier in einem Gebäude, das viele Geheimnisse birgt. So gibt es in jeder Burg verborgene Gänge und Fluchtwege, die ins Freie führen.«

Als sie weitersprechen wollte, unterbrach sie ein Gast. »Wurden diese Gänge schon gefunden? Können wir uns die ansehen?«

Erika hatte es geahnt: eine schwierige Gruppe.

»Äh, nein, wenn ich ehrlich bin, wir suchen noch danach, aber …«

Sofort schien sich das leicht aufkeimende Interesse wieder zu verflüchtigen. Erika versuchte es auf einem anderen Weg und fuhr fort: »Woran denken Sie, wenn Sie das Wort Mittelalter hören?«

Zuerst sahen sich die Zuhörer verständnislos an, dann hob eine ältere Frau zaghaft die Hand. Ihr Mann stieß sie sofort in die Seite und murmelte etwas von »nicht in der Schule« und »lächerlich machen«, aber Erika forderte die Dame mit einem Lächeln auf, die Antwort zu geben.

»Nun, hm … Entschuldigung, aber ich denke an Hexen. So wie Sie eine sind.«

Langsam kamen auch die anderen in Fahrt. »Schlechte Manieren«, »Kalte, zugige Zimmer«, »Dreck«, »Klo am Gang!«, »Sex, wohin man schaut« und Ähnliches konnte man vernehmen. Als die Hexe das Wort »Aberglaube!« hörte, hakte sie sofort nach.

»Richtig, Aberglaube. Zeichen, Riten und Gesten, von denen sich viele bis jetzt gehalten haben. Bedenken Sie, dass es zu jener Zeit so manches gab, das wir heute ganz logisch erklären können, das aber für die Menschen von damals nur auf Übernatürliches zurückzuführen war. Sie dürfen nicht vergessen, dass schon ein normales Gewitter eine ganze Familie die Existenz kosten konnte – da versucht man wirklich alles, die schlechten Zeichen abzuwenden.«

Während sie über die Geschichte der Burg erzählte, führte sie die Besucher durch das Gebäude. Die Erwachsenen fotografierten und hörten am Anfang interessiert zu, den Kindern aber fiel es schon nach kurzer Zeit schwer, sich auf die in ihren Augen langweiligen Geschichten zu konzentrieren. Es gab keine echten Ritter, die Hexe trug eine Uhr am Handgelenk und telefonierte zwischendurch mit einem Handy. Nicht einmal eine schwarze Katze gab es. Ziemlich fad, die ganze Aktion. So machten sie sich einen Spaß daraus, sich gegenseitig zu jagen und die Geheimgänge zu suchen. Am Anfang gaben sich ihre

Eltern noch Mühe, die Kleinen zu ermahnen und zu beobachten. Irgendwann ließen sie es jedoch bleiben, gaben genervt auf und kümmerten sich wieder um sich selbst.

Nach einiger Zeit wurde es aber plötzlich unheimlich ruhig. Zuerst fiel das niemandem auf, obwohl so mancher der Erwachsenen dankbar für die Stille war. Erst als die Hexe einen Zauber zum Verschwinden von Gegenständen sprechen wollte und ein Kind benötigte, um ihren Besen zu halten, erkannten die Ersten die Ursache für die wunderbare Ruhe. Es wurde kein Verschwinde-Zauber mehr benötigt.

Die Kinder waren bereits weg.

3

Der schlimmste aller Fälle auf Gottes Erden war für Brecht eingetreten.

Nach dem Ausfall von Renate Seidlinger, seiner geschätzten Vizebürgermeisterin, und nach den letzten Ereignissen in Lember hatten die Landfrauen sowie die üblichen unverbesserlichen Nörgler so viel Druck auf den amtierenden Bürgermeister ausgeübt, dass Brecht, um weiteren Imageschaden für den Ort und sein Ansehen zu vermeiden, Gemeindeneuwahlen zugestimmt hatte. Wenn auch mit einem Zähneknirschen, das noch im Nachbardorf zu hören gewesen war.

So jedenfalls hatte der »Niedergang der Gerechtigkeit« in Brechts Augen begonnen. Gute Arbeit war schnell vergessen und das Spiel »Wen machen wir heute fertig?« eröffnet. War ja viel interessanter als die staubtrockenen Fakten über Straßenbau, Schulerhaltung oder Förderungen aller Art.

Bis zum Schluss war der Ortschef fest davon überzeugt, in Lember Menschen vorzufinden, die einigermaßen vernünftig denken konnten, daher verschwendete Anton Brecht keinen einzigen Gedanken an eine Inge Plottino als neue stellvertretende Bürgermeisterin.

Mit bunten Fähnchen und Kuchenverteilungen, wie es Inge liebte, konnte man doch nicht eine Gemeinde führen! Das musste einfach jeder logisch denkende Mensch erkennen. Damit ließen sich keine Rechnungen bezahlen und anstehende Projekte finanzieren!

Darum war der Schock am Wahltag umso größer. Mit sechs Stimmen Vorsprung schafften es die Landfrauen, den Posten des stellvertretenden Bürgermeisters zu ergattern. Alle im Wahllokal duckten sich, als der letzte Stimmzettel ausgezählt war, um nur ja nicht in den Verdacht zu geraten, sie wären einer von den sechs abtrünnigen Lemberern gewesen.

Brecht ging kommentarlos und mit versteinerter Miene vor

die Tür. Inge umarmte alle im Raum, ließ ein lautes Juchzen vernehmen, zückte ihr Handy und eilte davon.

Als Brecht wiederkam, bleich, aber halbwegs gefasst, saßen die restlichen Wahlabgeordneten herum wie begossene Pudel.

»Äh, Chef, tut mir leid.« Der Amtsleiter war der Erste, der es mit ein paar versöhnlichen Worten versuchte, um das peinliche Schweigen zu durchbrechen.

»Wieso tut es dir leid? Hast du *sie* gewählt?«

Brecht zeigte Galgenhumor. Das erschien den Gemeindevertretern schlimmer als seine Wutausbrüche.

»So weit ist die Dummheit der Menschen schon gediehen? Sie werden sehen, was sie damit angestellt haben. Gut. Jeder bekommt das, was er verdient. Kuchen und Fähnchen. Wir machen weiter wie bisher. Verstanden?«

Keiner der Anwesenden wusste etwas zu sagen. Und ein »Danke« für ihre Treue hatten sie sowieso nicht erwartet.

Somit war Inge Plottino in all ihrer stattlichen Rundlichkeit, die hellen Strähnchen in dem flotten Kurzhaarschnitt frisch gefärbt, in das hübsche grüne Gemeindeamt von Lember eingezogen. Jedenfalls dachte sie das.

Am ersten Tag ihrer Amtszeit erschien sie mit Blumen und Kugelschreiber bewaffnet und wollte ihren Schreibtisch beziehen. Da hatte sie die Rechnung aber ohne Brecht gemacht, denn der warf sie hochkant wieder raus.

»Für den stellvertretenden Bürgermeister ist kein Schreibtisch auf der Gemeinde vorgesehen. Auch Renate Seidlinger hat während ihrer Amtszeit ohne auskommen müssen«, erklärte der Bürgermeister erbost. Er dachte gar nicht daran, für eine ohnehin völlig überflüssige Plottino Platz zu schaffen.

Ziemlich aufgebracht, aber doch etwas ratlos zog Inge mit Sack und Pack und Grünzeug unter den gestrengen Augen des Bürgermeisters wieder von dannen, um sich kurz darauf im Gasthaus »Fliegender Hirsch« wiederzufinden. Zuerst wollte sie eigentlich in das Kaufhaus Brant ziehen. Hier war sowieso die Kommandozentrale ihrer Anhängerinnen mit der Leiterin, Kaufhausbesitzerin und Möchtegernhexe Martha Brant. Das schien im ersten Moment nach dem kurzen herben Rückschlag auf dem Gemeindeamt die optimale Lösung zu sein. Auch wenn einige Blumenstöcke, ein Garderobenständer und eine alte Schreibmaschine nicht viel Platz benötigten, war es schlussendlich genau daran gescheitert: am mangelnden Raumangebot. Und an den täglichen Einmischungen von Martha Brant.

Wo sollte sich in dem wirklich vollgestopften Laden für die neue hohe Würdenträgerin Platz zur persönlichen Entfaltung finden? Während die Eigentümerin des Ladens im hinteren Teil, zwischen den Besen und ziemlich vielen unübersehbaren Spinnweben, aufzuräumen begann, wollte Inge direkt neben der Ladenkasse, dem Zentrum der Macht, sitzen. Da die neue stellvertretende Bürgermeisterin aber immer von einer Anzahl von Fans umgeben war, sah Brant in der Positionierung Nachteile für ihr Geschäft. Sie hoffte zwar, der Glanz des neuen Amtes ihrer Mitstreiterin würde auf sie abfärben, es lag ihr aber eines noch mehr am Herzen als Anerkennung: Geld. Tja, wenn Inge also zwischen den Besen nicht zufrieden war, konnte Martha ihr nicht helfen. Nach einigem Hin und Her hatte die Frau von Hans Maler eine Idee, wobei sie dies in der Öffentlichkeit natürlich strikt geleugnet hätte. Ihr Mann mochte die Landfrauen schließlich nicht. »Meine Damen«, hatte sie tapfer erklärt, »der ›Fliegende Hirsch‹ bietet doch genug Platz. Außerdem ist er verfügbar, weil sowieso keiner dort einkehren will. Daher würde es sicher nicht allzu teuer sein, sich einzumieten.«

Trotz aller Unkenrufe der Einheimischen, die die baldige Schließung des Lokals betrafen, öffnete der Wiener Besitzer des Gasthofs jeden Tag seinen Laden und freute sich über die Zusatzeinnahme. So war ein kleiner Raum neben dem großen Saal schnell zu einem Minibüro umfunktioniert worden. Ideal, denn wenn größere Versammlungen nötig waren, konnte die neue stellvertretende Bürgermeisterin schnell in den großen Veranstaltungssaal des »Fliegenden Hirschen« ausweichen. Wie schon gesagt: Es war einfach perfekt.

Nicht so für den Bürgermeister. Seine Gedanken kehrten von der bitteren Wahlniederlage zurück zur derzeitigen Situation.

»Nur über meine Leiche!«

Er nahm die gerade aus Kaprun eingetroffenen Unterlagen erneut in die Hand und schüttelte fassungslos den Kopf. Dort stand doch wirklich, er solle mit Inge Plottino in einem Doppelzimmer schlafen – womöglich im gleichen Bett! Also wirklich, alles, was recht war, aber lieber würde er sterben.

Grund dieses drohenden Nahtoderlebnisses war die internationale Bürgermeister- und Vizebürgermeisterkonferenz, die in Kürze im bekannten Touristenort Kaprun im Pinzgau stattfinden sollte. Als vor einem halben Jahr die Einladung zu diesem überregionalen Großereignis gekommen war, hatte es Brecht versäumt, sich gleich anzumelden. In dem ganzen Trubel und Wirrwarr um die vielen Toten in seiner ihm anvertrauten Gemeinde war die Konferenz von ihm schlicht und einfach vergessen worden. Als er die Bestellung zweier Einzelzimmer für sich und seine Stellvertreterin Renate nachholen wollte beziehungsweise durch Amtsleiter Krause nachholen ließ, waren die Unterkünfte im Ort Kaprun sowie in den umliegenden Gemeinden bereits ausgebucht gewesen. Nur mehr über verschiedenste, zum Teil sehr undurchsichtige Beziehungen konnte ein Doppelzimmer für die Führungselite von Lember gefunden werden. Da sich Brecht mit der ehemaligen Vizebürgermeisterin Renate Seidlinger sehr gut verstanden hatte – vollkommen platonisch selbstverständlich –, schienen ein, zwei Nächte im gleichen Bett kein Problem darzustellen.

Dann aber war das Unfassbare passiert, und Renate war nicht mehr seine Stellvertreterin. Stattdessen musste er sich jetzt mit Inge Plottino herumschlagen. Wenn es nach ihm ginge, hätte er sie sowieso zu Hause gelassen. Verursachte ja nur Ärger, diese Frau. Deswegen hatte er ihr zunächst nichts von dem Ereignis erzählt. Oder es schlicht vergessen. Doch dummerweise war genau zwei Wochen vor Beginn der Konferenz ein Artikel in der regionalen Zeitung erschienen, in dem ausführlich von diesem Grenzen überwindenden Kolloquium berichtet worden war.

Inge Plottino hatte sich sofort per Telefon in der Gemeinde Kaprun über eine mögliche Teilnahme erkundigt. Als sie stolz erwähnte, sie sei die stellvertretende Bürgermeisterin von Lember, bekam sie von der erstaunten Kapruner Dame am Telefon die Auskunft, sie sei doch ohnehin schon lange zu dem Ereignis angemeldet.

Zu dumm für Brecht, denn jetzt konnte er nicht mehr zurück, ohne dass die Plottino einen riesigen Wirbel um die ganze Sache gemacht hätte. Gut, dann biss er am besten mit schmerzlich verzogenem Gesicht in diesen sauren Apfel und zog den gemeinsamen Besuch der Konferenz durch.

ABER. NICHT. IN. EINEM. BETT!

Nach dem recht einseitigen Telefonat mit Bürgermeister Kurt Unger, bei dem er selbst hauptsächlich geschrien und der Kollege die meiste Zeit bedauert hatte, hoffte er, Unger würde in dieser undenkbaren Situation Abhilfe schaffen.

Ansonsten sollte dieses Weib einfach machen, was es wollte: nach Hause fahren, auf der Straße schlafen oder was auch immer. Von ihm aus sogar teilnehmen. Bei den vielen Menschen auf der Konferenz konnte sich sicher jeder, der es wünschte, aus dem Wege gehen. Hauptsache, er würde sich nicht wieder um so viele merkwürdige Tote wie in letzter Zeit kümmern müssen. Wozu es bei einer solch staatsträchtigen Veranstaltung aber sicher nicht kommen würde.

Brecht sollte sich täuschen.

Eigentlich in jeder Beziehung.

Denn gerade bereitete man seine erste Leiche in diesem Jahr vor.

4

Vom 30. April auf den 1. Mai im Jahre des Herrn 1635, als die Mitternacht von den beiden Glöckchen der Jakobskapelle eingeleitet wurde, kann Nachfolgendes berichtet werden:
Niemand darf es wagen, sich in der Walpurgisnacht auf den Friedhof zu begeben, der sich da nahe dem Orte Chataprunnin und dem hohen Turme der Burg zue Kaprun befindet. Es ist die Nacht der Hexen und deren übernatürlicher Gefolgschaft, und es würde den Tod eines jeden bedeuten.
Dennoch kann niedergeschrieben werden, es wart gelungen, eine Person zu finden. Ebendort einen Schatz zu heben, konnte den Knechte Kuntz Sattler überzeugen, seine Furcht zu überwinden und sich an diesem Orte einzufinden. Er wurde nach dem anzuwendenden Rituale hingerichtet, sodass nicht das Böse herrsche.

Langsam ließ der Mann die vergilbte Seite mit der kaum noch lesbaren Schrift darauf auf seinen Schoß sinken und atmete tief durch. Es dauerte immer einige Zeit, bis er sich bewusst machte, dass er sich im 21. Jahrhundert befand und nicht im tiefsten Mittelalter.

Er strich voller Zärtlichkeit über das Blatt. Natürlich war es nicht das Original. Dieses lag schon lange zerfallen in einem unbekannten Grab, genauso wie die Gestalt, von der in den Papieren die Rede war.

Das Manuskript vor ihm war alt, aber nicht so alt wie das Geschehene selbst. Buchstabe für Buchstabe war oft übertragen worden, um nur ja den Inhalt zu bewahren.

Für die Auserwählten.

Viele davon mochte es im Laufe der Zeit gegeben haben. Aber nur er, er allein, war der wahre Meister über alle. Das Leben pochte durch seine Adern, und Macht erfüllte ihn bis in die letzte Pore.

Er drehte sich um, sah auf das wimmernde Bündel zu seinen Füßen und wusste genau, was er zu tun hatte. Seine Opfer würden die Menschen retten. Erde und Himmel riefen nach Blut – und nur er konnte es hören.

5

»Kaprun begrüßt seine Gäste!«

Gerade erreichte Bürgermeister Brecht seinen Zielort, das kleine Örtchen Kaprun im Pinzgau des Salzburger Landes. Neben dem Ortsschild stand eine riesige Tafel, die alle Besucher willkommen hieß.

»Ja, mit vollen Hosen ist gut stinken«, murmelte der Bürgermeister grantig, denn ein bisschen neidisch war er beim Anblick der gedeihenden Gemeinde und dem Gedanken an die finanziellen Möglichkeiten eines Ortes wie Kaprun doch.

Kaprun jedenfalls besaß in den Augen des Lemberers alles, was man zur optimalen Arbeit in einer Gemeinde benötigte. Der kleine Ort war noch jung und unbedeutend im Vergleich zu all den Naturschönheiten rundherum, aber bereits ein aufstrebender Tourismusort. Hänge in dunklen Tönen rahmten das saftige Hellgrün der Ebene ein, um kalt und mächtig in das Grau des Hausbergs überzugehen, des weltberühmten Kitzsteinhorns.

Kaprun selbst war ein Ort mit etwa dreitausend Einwohnern und fast zweihundertfünfzigmal so vielen Nächtigungen. Das Dorf war idealer Ausgangspunkt für Ausflüge in die wundervolle Umgebung und ins gesamte Land.

Im Ort boten findige Touristiker Erholung in Form einer Therme an oder machten auf Plakaten und in Broschüren einen Ausflug zur geheimnisumwitterten Burg »Zue Kaprun« schmackhaft.

Das mächtigste Zugpferd für begeisterte Ski- und Extremsportler sowie Landschaftsfetischisten in jeglicher körperlicher Leistungsform blieb jedoch das berühmte Kitzsteinhorn.

Könnte einer meinen, ein Füllhorn im Ort würde Kaprun genügen, so hätte er sich total getäuscht. Zur Genüge gesegnet mit landschaftlicher Einmaligkeit, war es den meisten Kaprunern auch noch beschert, mit Verstand ausgestattet worden zu sein. Durch emsige Arbeit und viel Geschick war es ihnen gelungen, zusätzlich zum Fremdenverkehr industriell gut abgesichert dazustehen.

Schon nur an dies zu denken und nicht an die vielen Kleinbetriebe und die Bevölkerungszahlen, die stetig wuchsen, machte Bürgermeister Brecht missmutig. Er konzentrierte sich daher auf den Ort selbst, der ihn in diesem Augenblick willkommen hieß. Der Kern von Kaprun war nicht besonders groß und kaum atemberaubender als der ähnlicher Dörfer in der Umgebung. Den Mittelpunkt stellte, wie in jeder Pinzgauer Gemeinde, die auf einer kleinen Anhöhe errichtete Kirche dar. Flankiert wurde das Gotteshaus von einigen echten und einigen umfunktionierten Bauernhöfen. In den echten Höfen fand man wahrscheinlich die Bauernfamilie in gemütlichen Stuben, die mit amerikanischem Kühlschrank und japanischem Fernseher ausgestattet waren, vor dem Computer sitzend. In den für den Tourismus umfunktionierten Bauernhöfen fand man Gäste aus aller Welt, vorrangig Deutschland und dem Nahen Osten, die sich die gemütlichen rustikalen Stuben ansahen, mit denen man ihnen weismachte, dass es bei den echten Bauern immer noch so aussah.

Außerdem gab es durch den Ort die Hauptstraße, an der sich einige ältere Häuser aneinanderreihten – das war's. Also vom eigentlichen Ort her nicht unbedingt umwerfend. Aber wen interessierte das schon, wenn man dem Besucher ansonsten eine bunte Palette an Infrastruktur, Unterhaltungsmöglichkeiten und Abwechslung bot?

Brecht unterbrach seine Gedanken, konzentrierte sich wieder auf seinen Aufenthalt in Kaprun, der unmittelbar bevorstand, und lenkte seinen BürgerMeisterWagen auf den Parkplatz vom »Hotel Laube«, in dem sein Zimmer für den Aufenthalt auf ihn wartete. Den anderen Bürgermeisterwagen zufolge, die bereits auf dem Parkplatz standen, waren einige der Kollegen schon eingetroffen.

Er stieg aus und eilte auf den Eingang zu. Hinter sich hörte er ein vernehmliches Räuspern und erinnerte sich daran, den Amtsleiter Ernst Krause im Schlepptau zu haben. Um nur ja nicht irgendwie in die Bettnähe von Inge Plottino zu kommen, hatte er kurzerhand seinen Mitarbeiter eingepackt und ihn zur Konferenz mitgenommen. Sollte seine neue und ungeliebte stellvertretende Bürgermeisterin doch sehen, wo sie blieb!

Er überließ es dem verdutzten Amtsleiter, das Gepäck aus dem Kofferraum zu holen, und betrat das Hotel.

Der Gemeindebedienstete war froh, dass er der Konferenz, die von Donnerstag bis Sonntag dauerte, nicht die ganze Zeit beiwohnen musste. Am Freitagabend sollte er vom Gemeinderat, Brecht-Vertrauten und Polizisten Hans Maler abgelöst werden.

Ernst Krause seufzte. Dann schulterte er seine Tasche und zog den Rollkoffer des Bürgermeisters, der die Ausmaße eines Kleinwagens hatte, durch den Rollsplitt hinter sich her.

Der Bürgermeister indes sah sich ungeduldig in der Hotelhalle um. Persönlich wäre er gern in einem besseren Haus abgestiegen, aber das kleine Drei-Sterne-Hotel hatte nun einmal als einziges noch ein Zimmer für die wichtige Konferenz anbieten können – und alles nur wegen der verspäteten Buchung! Außerdem zahlte die Gemeinde die Unterkunft, und damit hieß es sowieso sparen. Hoffentlich nahm man es hier mit der Sauberkeit genau. Neben allgemeiner Unfähigkeit stand Schmutz ganz oben auf der Feindesliste von Anton Brecht.

Da er die Rezeption verlassen vorfand und offensichtlich keiner zu seiner Begrüßung abgestellt schien, zückte er sein Handy und wählte die Nummer seines Amtsleiters.

Der schnaufte wie eine alte Dampflokomotive, als er kurzatmig das Gespräch annahm: »Chef, ich komme ja gleich! Dein Koffer trägt sich nicht von allein.«

»Haben wir die Telefonnummer dieses Hotels dabei?« Brecht wollte sich nicht mit Kleinigkeiten wie Gepäck abgeben.

»Natürlich habe ich die Unterlagen mit«, antwortete Krause irritiert.

»Ruf sofort hier an und sage denen, dass wir angekommen sind. Auch wenn wir uns nicht in einer Weltmetropole befinden, würde ich doch bitten, sich den Herausforderungen der Zeit und vor allem der Gastfreundlichkeit anzupassen und darauf achtzugeben, jeden Gast umgehend zu begrüßen.«

Kaum waren seine letzten Worte verklungen, hörte er hinter sich ein sinnlich geflüstertes »Herzlich willkommen, Herr Kommerzialrat«.

Brecht klappte sein Telefon zu, ohne den Amtsleiter über den abrupten Gesprächsabbruch zu informieren, und drehte sich um. Ihm bot sich ein landschaftlich besonders reizvoller Anblick auf zwei perfekt gewölbte Hügel. Als er den Blick davon losreißen konnte und aufblickte, sah er, dass die Hügel von zwei tiefblauen Seen überstrahlt wurden. Kurz wähnte er sich doch wirklich im Paradies. Vor ihm stand nämlich ein Prachtweib und strahlte ihn an. Sie trug ein gut dekolletiertes rotes und sehr kurzes Dirndlkleid, das sie einfach wunderbar ausfüllte. Braun gebrannte Beine in hochhackigen Schuhen, eine hellbraune Lockenmähne, die sich über einen sicher perfekten Rücken ergoss, und die schönsten weißen Zähne, die man sich vorstellen konnte, ließen Brechts Blutdruck in die Höhe schnellen.

Der Bürgermeister behauptete von sich, er wäre einer der »getschendertsten« Männer der Umgebung. Ein Frauenversteher eben. Er konnte mit beiden Geschlechtern gut zusammenarbeiten, nur diese Feministinnen, die einzig die Frau sahen und den Mann dabei zertrampelten, die mochte er nicht. Für eine normale emanzipierte Frau hatte er vollstes Verständnis, und sie konnte jede Unterstützung von einem Mann wie ihm erwarten.

Schon seit über dreißig Jahren verheiratet, musste er doch wissen, wovon er sprach. Manchmal konnte Brecht ganz charmant sein, jedenfalls wenn er es darauf anlegte. Dass seinen etwas herben Charme, der sich bei Frauen gern auf leicht anzügliche Bemerkungen und etwas schlüpfrige Altherrenwitze beschränkte, die Damenwelt mitunter recht gequält aufnahm, darauf wäre er im Leben nie gekommen. Generell treu sein, aber ab und zu den eigenen Marktwert testen, das war seine Devise.

Fast automatisch drückte er den Knopf »Frauenversteher« und den Knopf »Umwerfendes Lächeln« und reichte der Dame die Hand. »Danke für die nette Begrüßung von einer solch bezaubernden Erscheinung. Wo hat man Sie denn bisher versteckt gehalten?«

Das Lächeln, das sie Brecht nun schenkte, war um eine Nuance strahlender als die dabei mitwirkenden Zähne. »Das ist aber charmant. Wenn ich ehrlich bin, lebe ich hier in dieser kleinen Burg gefangen. Ich stelle sozusagen das Burgfräulein dar. Mein Name ist Annabella Laube. Da mir das Hotel gehört, darf ich Tag und Nacht hier weilen, und so hatte ich bisher auch nicht die Möglichkeit, so interessante Männer wie Sie kennenzulernen.«

Brecht strahlte ebenfalls, als sich hinter ihm die Eingangstür öffnete und sein Amtsleiter hereinstapfte, vollbepackt mit Taschen und Anzughüllen, während er heftig nach Atem rang. Der Bürgermeister beachtete ihn nicht weiter – warum auch, wenn man vor sich eine solche Augenweide bewundern konnte.

»Gnädigstes Burgfräulein, Sie sind so nett, mir Unterkunft für die Bürgermeisterkonferenz zu gewähren? Mein Name ist Bürgermeister Anton Brecht aus Lember.«

»Oh, Sie sind der Bürgermeister von Lember? Kann es sein, dass ich Sie schon im Fernsehen gesehen habe? Aber, ehrlich gesagt, sind Sie in natura viel stattlicher. Kommen Sie, darf ich Sie auf ein Glas Sekt einladen?«

Sie hakte sich bei ihm unter, und beide marschierten in Richtung Bar davon, ohne den Amtsleiter weiter zu beachten.

6

Sie nahm die alte Aufzeichnung zur Hand. Jedes Opfer war einzeln verzeichnet – viele Blätter gab es davon. Manche Texte waren kurz und holprig, andere lang und detailgetreu. Diese Stelle berührte ihr Herz besonders, vielleicht auch weil sie geschrieben war, als würde es gerade erst passieren.

Der Wind lässt den großen Ahornbaum aufseufzen, und meine Gedanken reisen in das Jahr des Herrn 1715.
Das kleine Mädchen namens Hildegard Mühlstein liebte diesen Baum. Er steht am Rande einer großen Wiese, die zum Ortsrand von Chataprunnin führt. Die Wiese ist nicht gemäht, und ein Windstoß wiegt die Blumen und Gräser leicht hin und her, wie zu einer Melodie, die nur ich hören kann.
Genauso leicht und zart war das Mädchen, das am liebsten unter dem Baum spielte. Sie mochte um die fünf, sechs Jahre alt gewesen sein und kam täglich aus dem Ort hierher, auch wenn ihre Eltern es verboten hatten.
Im Gegensatz zu ihren Freunden, die all den Erzählungen glaubten, die man sich über die Verschwundenen zuflüsterte, und die daher brav zu Hause blieben, schlich die Kleine immer wieder zu dem Baum, um allein oder bei mir zu sein.
Sie war ein hübsches Kind. Klein und pummelig, mit roten Wangen und goldenen Locken, hätten um sie einmal die Männer gebuhlt. Ihre Träume handelten von Rittern und Feen, von Riesen und Zwergen und von Prinzessinnen, wie sie einmal eine sein würde.
Dass das kleine Mädchen all dies nie erleben würde, weiß ich nur zu genau. Vor mir auf dem Boden lieget ein kleiner Blumenkranz aus Margeriten. Er soll an das Kind erinnern, das nie wieder hier spielen wird. Ich tippe ihn mit dem Fuß an, und die welken Blütenblätter lösen sich vom Stängel. Mein Herz scheint zu zerreißen, und eine Träne rinnt über meine Wange. Wie oft

habe ich sie hier beobachtet, wie oft mit ihr gesprochen? Ganz selbstverständlich hat sich ihre Hand in die meine geschoben, und voller Vertrauen hat sie mit einem Lächeln zu mir aufgeblickt, als ich sie mitnahm, um sie zu töten.
Ein Schrei will sich aus meiner Kehle lösen, ein Schrei der Verzweiflung und des Hasses über mich selbst und meine Taten, und doch kann mich nichts erlösen, denn auf ewig verdammt soll ich sein.
Nicht alle verschwundenen Menschen in und um den Ort sind durch meine Hand gestorben. Aber doch ahnen die Menschen auf der Burg, dass hier etwas nicht mit rechten Dingen zugeht.
Es ist Zeit. Die Dunkelheit des Waldes verschluckt mich, um mich erst wieder hervorzubringen, wenn das nächste blutige Opfer gefordert wird.

Sie legte den alten Text weg, stand auf und sandte dem Mann aus der Geschichte in Gedanken einen bitteren Gruß zu. Sie wollte wie jeder andere Mensch sein, nicht die Auserwählte. Und doch setzte sie kurz darauf das Messer an und zog es mit einem geübten Streich über die zarte Kehle vor sich.

7

Während sich der Bürgermeister amüsierte und keinen Gedanken an Inge Plottino verschwendete, war diese nicht allzu weit entfernt.

Auf Intervention des Kapruner Bürgermeisters hatte man in letzter Minute doch noch eine Unterkunft in dem ausgebuchten Ort für sie gefunden. Kurzfristig war eine kleine Kammer in einem Bauernhof am Ortsrand von Kaprun bei der Peppibäurin am Wastlhof frei geworden. Ein vegetarisch angehauchter Bürgermeister aus Frankreich hatte übereilt seine Koffer gepackt und war geflüchtet, nachdem die Peppi für sein Abendessen direkt vor seinen Augen einem Huhn den Kopf abgeschlagen hatte.

Als die Vizebürgermeisterin vor dem Hof das Auto anhielt und ihre Unterkunft für die nächsten Tage besichtigte, gefiel ihr, was sie sah: ein schönes altes dunkles Holzhaus mit Läden an den kleinen Fenstern, zwei Balkonen, einem sogenannten Glockturm, der wie ein kleiner Kirchturm auf der Spitze des Hauses thronte, Blumen, die in den Kästen vor den Fenstern blühten, Apfelbäumen, zwischen denen Wäscheleinen gespannt waren und auf denen die Wäsche, von Leintüchern bis hin zu überdimensionalen Unterhosen, flatterte, das Ganze umgeben von saftigen grünen Wiesen.

Etwas irritiert würde der Betrachter des Idylls vielleicht auf den weitläufig angebrachten Stacheldraht reagieren. Dieser umschloss vor allem das Haus und den kleinen Kräutergarten davor und war mit einem riesigen Schild versehen, auf dem »Lebensgefahr – Betreten verboten!« stand. Ein dilettantisch gemalter Totenkopf auf dem Plakat grinste spöttisch, so als würde er sagen wollen: »Traut euch nur zu kommen!«

Nun denn. Davon ließ sich eine Plottino natürlich nicht abhalten. Sie schälte sich aus dem Wagen, und eine verführerisch nach Apfelstrudel duftende Wolke hüllte sie ein. Schon waren ihr die Köchin oder der Koch sympathisch, denn wer solche

Düfte zustande brachte, der konnte nur nach ihrem Geschmack sein. Sie war nicht umsonst seit Jahren die heißeste Favoritin als Apfelstrudelkönigin in Lember, sie hatte den begehrten Titel auch schon wiederholt nach Hause gebracht.

Genau in diesem Moment trat eine Frau über die Schwelle des Bauernhauses und wischte sich die Hände an ihrer rot-weiß karierten Schürze ab. Ihr Busen wogte ausladend, und überhaupt schien sie gleich hoch wie breit zu sein. Eine bereits etwas lichte Gretlfrisur, also ein Zopf, den sie um den Kopf geschlungen hatte, ließ vermuten, dass sie die Bäuerin des Anwesens war. Recht unwirsch bellte sie in Richtung Inge: »He, Sie! Können Sie nicht lesen? Betreten verboten. Gleich lass ich den Hund los! Oder ich erschieße Sie auf der Stelle. Mir egal.«

Inge stemmte die Hände in die Hüften, legte den Kopf schief und grinste leicht. »Nichts von allem! Kennen Sie das Wort Gastfreundschaft nicht, oder leben in Kaprun nur Egoisten? Die Gemeinde hat hier ein Zimmer für mich persönlich gebucht. Außerdem bin ich nicht irgendwer, sondern die Vizebürgermeisterin von Lember.«

Kurz standen sich die zwei Walküren gegenüber wie die Kontrahenten im Western vor dem großen Duell.

Nach einigen Minuten drehte sich die Bäuerin um und grummelte im Hineingehen: »Gut, dann kommen S' herein, Sie Vizebürgermeisterin, Sie. Eines möchte ich gleich klarstellen, hier auf meinem Hof sind alle gleich. Du bist nichts Besseres. Magst einen Apfelstrudel und einen Kaffee?«

Nachdem keine das Duell gewonnen hatte, war es Liebe auf den zweiten Blick. Bei Kaffee und Kuchen erklärte die Besitzerin des Anwesens den Stacheldraht. Er solle die allzu vielen Bewunderer des alten Bauernhofs abhalten.

»Weißt du, Inge, einmal, da bin ich aufgestanden, und wie ich im Nachthemd aufs Klo wollte, steht einer im Flur und schreit immer: ›Wanderful, wanderful!‹, und fotografiert mich die ganze Zeit. Keiner fotografiert mich ungestraft im Neglische! Na, dem hab ich eine gewatscht. Gut, dann hab ich mich entschuldigen müssen, aber das war's schon wert. Die ganze Zeit ging das so.

Im Klo waren s', im Stall, im Garten, überall und überall: Foto bitte, futschi futschi. Recht viel besser ist es nicht durch den Zaun geworden, aber der Hund hält einige ab. Der ist heut mit dem Toni auf dem Feld.«

»Ach, du hast ebenfalls einen Toni? Ich auch. Der ist aber nicht mein Mann, sondern mein Bürgermeister. Wir sind ein super Team, allerdings weiß er das noch nicht. Jetzt erzähl, wie geht es so zu in Kaprun? Was gibt es zu berichten?« Inge Plottinos Wangen glühten vor Aufregung.

Ihre neue Freundin wischte einmal mit ihrer riesigen Hand von links nach rechts, als wollte sie eine lästige Fliege verscheuchen. »Bürgermeister, sagst du? Geh, hör mir auf mit dem. Nur Probleme mit diesen Männern. Und vor allem mit diesen Machobürgermeistern. Stell dir vor …«

8

Als man in der Burg die Kinder nicht fand, wurden die Eltern natürlich sofort hysterisch. Erika sinnierte kurz, ob sie den Verschwinde-Zauber nicht vielleicht doch schon ausgesprochen hatte, aber Überlegungen wie diese halfen im Moment nicht viel. Sie dachte fieberhaft darüber nach, ob sie die Polizei einschalten sollte. Aber bereits zu oft hatte sie wegen einer Lappalie die Herren des Gesetzes herbemüht. Was, wenn es wieder umsonst war, weil die Kinder ihnen nur einen Streich spielten? Und kaum war die Polizei mit Blaulicht angerückt, sprangen sie aus einem Versteck und lachten sich krumm.

Ein älterer Teilnehmer der Gruppe kam auf die Idee, vor der Burg zu suchen. »Wissen Sie, Frau Hexe, die wollten sicher die geheimen Tunnel suchen, das gefällt Kindern.«

Sofort bekam Erika ein schlechtes Gewissen, die Geheimgänge überhaupt erwähnt zu haben. Eigentlich war es nicht möglich, dass sie entwischt waren, denn Erika hatte die gesamte Zeit während ihrer Erklärungen das Burgtor im Rücken gehabt, und keiner wäre unbemerkt an ihr vorbeigekommen. Aber wer wusste schon, welche Schlupflöcher diese kleinen Biester gefunden hatten. Na, die konnten was erleben!

In diesem Moment durchfuhr es sie siedend heiß. Der Burggraben. Obwohl es länger nicht mehr geregnet hatte, führten der kleine Teich vor der Burg und der Graben darum herum genug Wasser, um darin zu ertrinken. Sie schluckte und trat, gefolgt vom Rest der Gruppe, vor das große Burgtor. Und siehe da, auf der kleinen Brücke, die über den Graben führte, standen zur Erleichterung aller die Kinder an das Holzgeländer gelehnt und schauten schweigend in die Tiefe.

Die Eltern der Vermissten stießen einen lauten Schrei aus, rannten unter Tränen zu den drei Ausgebüxten und umarmten sie glücklich.

Drei? Erika stutzte und sah sich um. Verdammt – ein Mädchen

fehlte. Mittlerweile schien auch die restliche Truppe diese nicht unbedeutende mathematische Unkorrektheit bemerkt zu haben, denn sie kamen auf Erika zu und schrien laut nach der Polizei, der Rettung und nach Hilfe.

Die Hexe baute sich vor einem der Jungen auf, von dem sie annahm, er sei wohl so eine Art Anführer, fixierte ihn scharf und fragte: »Wo ist die Kleine?«

Er sah sie nur ganz erschrocken an und schüttelte den Kopf.

Sie ging vor ihm auf die Knie und sagte etwas sanfter: »Bitte sag es uns, es ist ganz wichtig!«

Als er weiter mit etwas trotzigem Blick schwieg, brachte sie ihr Gesicht ganz nah an seines und flüsterte für die anderen unhörbar: »Sonst müsste ich dich nämlich in einen Frosch verwandeln und in den Teich werfen. Dann kann dich jedes Mädchen küssen, das vorbeikommt.«

Angewidert verzog der Junge das Gesicht. »Das kannst du nicht in echt!«

»Wollen wir es ausprobieren? Hast du die anderen Frösche da unten gesehen? Oder glaubst du, dass es in einem Teich wie diesem keine hässlichen, glitschigen, ekligen Kröten gibt? Spuck es aus, wo ist das verflixte Mädchen!«

Er sah sie noch einmal leicht skeptisch an, wischte sich über die Nase, deutete letztendlich aber in den Burggraben.

Ihr blieb fast das Herz stehen.

Wie zur Bestätigung nickte er und sagte trotzig: »Sie ist von ganz allein runtergeklettert.« Auf ein Zeichen von Erika fuhr er schnell fort: »Weil wir gesagt haben, Mädchen sind feige, wollte sie uns beweisen, dass es nicht stimmt. Wir wollten doch nur den Geheimgang finden.«

Innerhalb weniger Augenblicke teilte Erika die Gruppe in zwei Hälften auf, die den Burggraben selbst, den kleinen Teich und die dazugehörigen Böschungen absuchten. Da das Wasser nicht sehr hoch stand, konnte man relativ schnell feststellen, dass sich das kleine Mädchen hier nicht befand, was aber nicht unbedingt die Erleichterung der Erwachsenen nach sich zog. Alle sahen Erika an, als ob sie wirklich über übersinnliche Kräfte verfügte und das verschollene Kind durch eine Handbewegung wieder herhexen könnte.

Sie versuchte, möglichst viel Autorität und Ruhe in ihre Stimme zu legen, als sie der Gruppe sagte: »Ich denke, wir werden nun das Gelände um die Burg absuchen. Vielleicht hat sie sich ja einen Spaß erlaubt und sich vor den Jungs versteckt. Es ist doch schon positiv, dass sie nicht im Burggraben ertrunken ist, oder? Sollten wir sie nicht finden, rufen wir sofort die Polizei an. Aber ich bin sicher –«

In diesem Moment ertönte ein markerschütternder Schrei in der Nähe – ein Laut tiefster Verzweiflung.

Zuerst rührte sich keiner, zu groß war der Schock der Umstehenden. Dann stürmte die Gruppe wie auf ein Kommando los, über die kleine Brücke, nach links, um die Burg herum, immer dieses grenzenlose Entsetzen des Schreis in den Ohren, den sie soeben gehört hatten und der gerade wieder erscholl, an den stoischen Wänden der Burg abprallte, um sich in ihren Köpfen festzuklammern.

Neben dem Gebäude befanden sich riesige alte Bäume, darunter einige massive Steine. Bei Grabungsarbeiten war hier der Boden umgewälzt worden, und das aufgewühlte Erdreich zerstörte das vorherige Idyll der Landschaft wie Narben auf der Haut.

Erika kam als Erste um die Ecke gerannt, und als sie sah, was vor ihren Augen vor sich ging, blieb sie abrupt stehen und übergab sich an Ort und Stelle. Einige der anderen taten es ihr gleich, und obwohl viel zu spät, legten die Eltern ihre Hände über die weit aufgerissenen Augen der anderen Kinder.

Was diese aber in den wenigen Sekunden bis zur tröstlichen Schwärze gesehen hatten, würde sie wahrscheinlich bis an ihr Lebensende verfolgen.

9

Bürgermeister Brecht hatte gut geschlafen, gut gefrühstückt und war überhaupt ganz gut gelaunt. Das war er vor allem nach dem kurzen Rundgang durch das Gemeindeamt der Kapruner. Also, schlicht – sehr schlicht, dieser Amtssitz, erlaubte er zu bemerken. Generell mochte er ja eher das Einfache und Geradlinige, aber mit seinem eigenen Gemeindeamt, einem schlossartigen Gebäude, konnte das hier definitiv nicht mithalten. Gerade mit dem Ort, in dem das Gemeindeoberhaupt residierte, sollte man schon ein bisschen repräsentieren. Speziell von Kaprun hatte er wirklich etwas anderes erwartet. Ja, waren ja auch nur Menschen, diese Kapruner, stellte er mit Befriedigung fest.

Im Vorzimmer des Kapruner Bürgermeisters traf er die Vroni. Die Eder Vroni, jetzt hieß sie Aigner, hatte einst nach Kaprun geheiratet. Echt schade um sie, denn das war eine ganz Lustige. Nach einer herzlichen Begrüßung zeigte sie dem Lemberer Ortschef alle Räume und stellte ihm den Amtsleiter des Dorfes vor. Zuerst nicht erfreut über die Störung, sprang dieser sofort auf, als ihm die Vroni den vermeintlichen Störenfried als Bürgermeister Brecht aus Lember vorstellte. Der Amtsleiter war fast an die zwei Meter groß und ziemlich dürr. Er schien die Eigenschaft großer Menschen zu haben, sich kleiner machen zu wollen, als sie tatsächlich waren, denn er zog immer den Kopf ein, schob die Schultern nach unten und machte einen Rundrücken. Fast so, als wolle er eine Verbeugung machen. Markant waren sein vollkommen haarloser Kopf und die Glupschaugen.

Im Hinausgehen erklärte die Vroni dem Brecht, dass der Willi Sturm, so der Name des Amtsleiters, den absolutesten Untertan des Bürgermeisters darstellte. Darum nannten die anderen ihn gern »Wurm« statt Sturm. Vollkommen rückgratlos war er seinem Herrn treu ergeben. Nach dieser Erklärung war Brecht schon froh, dass sein eigener Amtsleiter Charakter hatte, denn was sollte er mit einem ängstlichen Handlanger, der nur vor ihm kuschte und keine eigene Meinung besaß?

»Außerdem«, raunte die Vroni ihm zu, »wenn du den Herrn Bürgermeister siehst, ist der Willi meist nicht weit weg. Wie ein Schatten schleicht er immer in dessen Nähe herum. Der würde alles für den Chef tun. Echt gruselig. Wirst sehen!«

Da es Zeit wurde, zur Eröffnung der Konferenz zu eilen, schüttelte die Vroni bei der Verabschiedung »ihrem« Bürgermeister die Hand und erklärte ihm, dass er sich jederzeit sofort an sie wenden könne, egal, was er brauche.

Brecht dankte ihr ebenfalls herzlich und suchte seinen Amtsleiter, der ihm ein weißes Schlüsselband überreichte. Dasselbe Band hing schon um Ernst Krauses Hals. Diese Bänder mochte Brecht nicht so sehr, aber ohne Erkennungskarte gab es kein Gratisessen sowie keine Geschenke, und auf die stand Brecht total. Wo man Geld sparen konnte, sollte man es tun, das war seine Devise, und die galt für die Gemeinde genau wie in seinem Privatleben.

Vom Gemeindeamt waren es nur mehr wenige Meter zu dem großen Zelt, das mitten auf dem Ortsplatz aufgestellt worden war. Es herrschte bereits reger Betrieb, und Männer in allen Altersgruppen, aber so ziemlich einheitlich in Anzug und Krawatte, beherrschten das Ortsbild. Wie von einem eigenwilligen Künstler, der die generelle Ordnung durchbrechen wollte, sah man hier und da hineingetupft einige bunte Flecken. Diese stellten sich bei näherer Betrachtung als Frauen heraus, die unter die Masse der Männer geraten waren.

Obwohl die Veranstalter versucht hatten, die Hässlichkeit des Zeltes durch viel Holz und Blumen abzumildern, blieb es trotzdem ein Zelt. Für die Zwecke der Versammlung aber war es ideal, denn es fasste an die tausend Menschen, und da das Programm sowieso durch diverse Unternehmungen und Nebenveranstaltungen aufgelockert war, sollte diese Schlichtheit keinen stören.

»Willkommen, mein Freund, willkommen.«

Die Begrüßung als Freund kam vom Hausherrn und Gastgeber der Konferenz höchstpersönlich. Vor dem Eingang verschenkte man kleine Taschen mit einem Getränk, verpacktem Speck, etwas Käse und einem Stück Brot, selbstverständlich hergestellt von Bauern aus der Region. Der Bürgermeister von Kaprun versuchte, alle, die sein monströses Festzelt betraten, persönlich zu begrüßen.

Kurt Unger war ein schöner Mann. Groß, schlank, durchtrainiert und mit dichtem dunklen Haar, das er sich immer wieder mit einer eleganten Geste aus dem gebräunten Gesicht strich, nannte man ihn nicht umsonst den George Clooney der Alpen oder einfach Mr. Piz Buin. Trotzdem galt es, diesen Mann nicht zu unterschätzen. Sein Charme und sein weltmännisches Auftreten täuschten nur den Laien über Ungers eiskalte Managerqualitäten hinweg.

Brecht schüttelte ihm angemessen enthusiastisch die Hand. »Na, Kurt, da hast du dir ganz schön was einfallen lassen. Ich gratuliere dir aber erst zum Schluss, man kann ja nie wissen. Mal sehen, was uns erwartet.«

»Simply the best! Du wirst sehen. Kaprun verpflichtet.«

Unger liebte es, Fremdwörter und englische Redewendungen zu verwenden. Sehr zum Missfallen von Brecht.

»Na ja, an Geld sollte es ja bei euch hier im Ort nicht mangeln, oder?«

Unger kannte Brecht gut genug, um nicht auf seine Sticheleien einzugehen. »Richtig, aber oft vergisst man, dass dahinter harte Arbeit steckt und auch Gold nicht immer glänzt, mein Freund.«

Amtsleiter Krause kannte dieses Beinchenheben schon. Hier trafen zwei astreine Alphatiere aufeinander, und sofort begann ein Sich-auf-die-Brust-Schlagen und Revierabstecken. Interessanterweise unterwarfen sich die Männer ziemlich schnell dem Rudelführer, der aber immer wechseln konnte. Heute schien der Kapruner zu gewinnen. Was nicht verwunderlich war, denn der war aufgeputscht mit Adrenalin durch die Aufmerksamkeit, die ihm auf dieser Konferenz zuteilwurde. Und er hatte einen Heimvorteil.

»My friend, jetzt genieß doch einfach die paar Tage hier bei uns. We only live once. Carpe diem, carpe diem.«

Schon nahm ein anderer Kollege Unger in Beschlag, und Brecht war froh, denn sonst hätte er ihm seine Meinung geigen müssen. Dass er nämlich diese Ausdrucksweise nicht unbedingt schätzte. All das neumoderne Zeugs. Alle zogen sich mit Vorliebe Tracht an, vom Salzburger Anzug bis hin zur Lederhose oder einem Dirndlkleid, pflegten die Tradition und warfen trotzdem nur so mit Fremdwörtern um sich. Das wollte er einfach nicht verstehen. Und Englisch würde er schon gar nicht mehr lernen auf seine alten Tage. Leicht verstimmt, weil er hier nicht mitreden konnte, betrat er das Zelt und musste ehrlich staunen.

Überall an den Wänden hingen überdimensionale Bilder vom Kitzsteinhorn, von Kaprun selbst und der näheren Umgebung. Sie gaben einem das Gefühl, mitten in dieser wunderbaren Landschaft des Nationalparks zu stehen. Vor einer riesigen Bühne waren Stuhlreihen aufgestellt, die einzelnen Sessel mit weiß-rot karierten Überzügen verziert. Die Bühne glich eher einem Tanzboden, wie man ihn gern auf Volksfesten sah, und war aus Holz gemacht und mit Blumengirlanden geschmückt. Das Ganze erinnerte an eine Bauernherbsteröffnung und sah nach viel Arbeit und Liebe zum Detail aus. Man musste den Kaprunern schon Respekt zollen, hier steckte einiges an Energie, Arbeit und Köpfchen dahinter.

Brecht eilte wie selbstverständlich zu den ersten Reihen direkt vor der Bühne. Die Plätze waren nicht nummeriert oder reserviert, daher konnte er nur mehr am Rande der dritten Reihe einen Platz ergattern. Sein Amtsleiter musste noch weiter hinten sitzen.

Gerade als Brecht im Schatten der Bühne Willi Wurm (oder Sturm oder wie der hieß) herumschleichen sah, ertönte ein Tusch, und zu einem flotten Marsch stolzierte die Trachtenmusikkapelle des Orts durch den Mittelgang.

Vorn winkten die feschen Marketenderinnen, hinten marschierten unter der Stabführung des Kapellmeisters die Musiker in ihren braunen Jankern und Lederhosen bei den Männern, Dirndlkleidern bei den Damen und grünen Hüten ein. Hinter der Musikkapelle schritt würdevoll der Kapruner Bürgermeister mit einer Abordnung von Kollegen aus jedem Land und strahlte und grüßte, was zwei Hände und ein Gesicht hergaben. Brecht wusste, dass so ziemlich halb Europa, sogar Kollegen aus den USA und aus China zu Besuch waren.

Man traf sich in Kaprun, um die verschiedensten Themen vorzustellen, wie zum Beispiel den demografischen Wandel in den Gemeinden. Dieses Wochenende sollte die Auftaktveranstaltung stattfinden, man wollte sich kennenlernen und einige Vorträge besuchen. Die wirklichen Arbeitsgruppen sollten erst eine Woche später beginnen.

Nachdem die einmarschierende Ehrengästetruppe auf die Bühne gezogen war, fanden die Begrüßungsreden statt. Eine halbe Stunde hielt Brecht durch, dann machte er sich auf den Weg nach draußen. Erstens sollte es bald Mittagessen geben, und daher schien es angebracht, sich gleich zum Buffet zu begeben, bevor der große Ansturm erfolgte. Zweitens wollte er sich in Ruhe draußen umsehen, dazu hatte sich bisher keine Möglichkeit ergeben. Und drittens waren sicher einige der bekannteren Kollegen schon auf dem Gelände unterwegs, mit denen würde es wohl eher zu einem interessanten Austausch kommen als bei diesen langweiligen Eröffnungsreden.

Nach einer kräftigen Stärkung quer durchs Bauernbuffet marschierte er die sogenannte Schlossstraße zurück vorbei am Gemeindeamt und begutachtete die verschiedenen Stände, die es hier gab. Links und rechts der während der Festlichkeiten zur Fußgängerzone erklärten Hauptstraße standen kleine Holzbungalows, die reich mit den verschiedensten Produkten bestückt waren. Man fand Honig, Marmelade, Speck, Brot, Schnäpse, Käse und Ähnliches aus der näheren Umgebung, konnte aber auch Produkte aus den Ländern finden, die hier zu Besuch waren. Salami aus Ungarn, Wein aus Frankreich, allerlei Fischiges aus Holland und so weiter. Die Sonne schien ziemlich heiß, die Besucher flanierten durch die Straßen und Gassen – ja, so ließ es sich doch einige Zeit aushalten. Ein, zwei Tage ohne Sorgen konnte Brecht wirklich vertragen. Vor allem nach diesen tödlichen Vorfällen der jüngsten Vergangenheit.

In der Ferne sah er in diesem Moment die Kapruner Burg und beschloss, kurz dort vorbeizuschauen. Geschichte interessierte ihn nicht besonders, aber so eine Burg, die beeindruckte doch. Da konnte man sich vorstellen, selbst der Burgherr zu sein und somit der Ritter respektive Retter einsamer Burgfräulein. Dass dieses Burgfräulein das Gesicht der Frau Laube hatte, brachte ihn selbst zum Lachen. Er war durch und durch Realist, und solche Träumereien waren höchst fehl am Platze. Aber das Gesicht von Annabella in seinen Phantasien erschien ihm definitiv besser als das Grinsen der Plottino vom Wahlplakat.

Im Grunde kannte er imposantere Monumente aus dem Mittelalter als dieses hier, aber gerade durch seine Schlichtheit und Geradlinigkeit kam das Gebäude Brecht dann doch irgendwie recht ansprechend vor.

Nicht eigentlich groß, erweckte es durch seine kompakte Klobigkeit Eindruck. Aus grobem grauen Stein gebaut und völlig unverputzt war kaum störender Schnickschnack zu sehen, keine putzigen Verzierungen und keine unnötigen Anbauten. Schlicht, massiv und dadurch gewaltig. So wie er es mochte. So wie er sich selbst eigentlich auch sah: nicht zu klein, nicht zu groß mit seinen ein Meter achtzig, stattlich, aber nicht übertrieben, durchaus attraktiv mit seinem noch dichten, aber bereits leicht ergrauten Haar und dem markanten Gesicht. Genau richtig im Grunde genommen.

Seine Gedanken mit dem Blick nach innen kehrten von der Selbstbetrachtung zurück, ohne recht Schreckliches entdeckt zu haben, und somit widmete er sich wieder der Touristenattraktion vor sich. Links konnte man einen kleinen, aber breiten Turm mit einem hölzernen Walmdach erkennen. Dieses hatte vier geneigte Seiten, und der Dachfirst war in Blickrichtung Zell am See ausgerichtet. Durch geneigte Seiten wurde wohl die Windlast verringert, wichtig in dieser Ebene und in der Nähe des Sees. Rechts stand ein etwas höherer, aber schmalerer Turm, ebenfalls mit einem Walmdach. Beide Türme waren mit einer Burgmauer verbunden.

Auch wenn der Besucher von vorn anscheinend ohne größere Steigungen zur Burg gelangen konnte, fiel sie nach hinten steil ab, denn sie war auf einem schwer zugänglichen hohen Felsen gebaut worden, wie die meisten Wehrburgen dieser Zeit.

In diesem Moment bemerkte Brecht auf der Burgmauer eine Gestalt. Sie trug schwarze Kleidung und stand vollkommen regungslos dort. Irgendwie kam es ihm vor, als würde sie ihn beobachten. Ein Rabe, der bisher auf der Mauer gesessen hatte, erhob sich krächzend.

»Glauben Sie, dass ein Gebäude böse sein kann?«

Brecht zuckte zusammen, denn in diesem Moment war direkt vor ihm auf der Böschung, die unter die Brücke des Burggrabens führte, ein weiterer Mann aufgetaucht. Irritiert beobachtete der Bürgermeister den Kerl, der keuchend den kleinen Abhang heraufkletterte. Obwohl eine Kamera um seinen Hals hing, sprach er nicht wie ein Tourist, sondern breiten Dialekt.

»Wie bitte?«

»Ich habe gefragt, ob Sie glauben, dass ein Gebäude böse sein kann?«

Brecht warf einen Blick auf die Burg vor sich und auf die Mauer, aber die dunkle Gestalt war verschwunden. »Nein, das glaube ich nicht. Wenn, dann sind es die Menschen, die böse sind oder etwas schlecht machen.«

Der Mann warf ihm ein eigenartig schleimiges Lächeln zu. »Da wäre ich mir nicht so sicher. Halten Sie sich lieber von hier fern. Ich versuche schon so lange, diesem Haufen Steine Informationen zu entlocken, aber er ist hinterlistig, gemein und ziemlich hartnäckig.«

Brecht hatte kein Interesse an diesem Gespräch, daher fragte er lapidar: »Was suchen Sie denn?«

»Ach, das weiß ich nicht so genau. Die Vergangenheit? Die

Macht der Vergangenheit? Es würde mir ein bisschen Papier schon genügen.«

Bevor das so weiterging, wünschte Brecht dem eigenartigen Fremden schnell alles Gute bei seiner Suche und beschloss, aufgrund der Hitze und der bereits fortgeschrittenen Zeit darauf zu verzichten, für eine genauere Besichtigung ins Innere zu treten. Er machte sich auf den Rückweg. Irgendwo in den Programmunterlagen war außerdem sowieso eine Veranstaltung in dem alten Gemäuer angekündigt worden. Vielleicht würde er ja daran teilnehmen.

Er lief zurück. Mittlerweile stand eine ziemlich lange Schlange vor dem Buffet im vorderen Bereich des Zelts, und Brecht strich sich zufrieden über den gut gefüllten Magen. Vor sich entdeckte er eine Gruppe Chinesen, die heftig fotografierte. Plötzlich konnte er das Motiv erkennen – und machte auf dem Absatz kehrt. Inge Plottino posierte dort mit einem anderen weiblichen Schlachtschiff, beide in üppiger Tracht. Die andere kannte er nicht, und Inge wollte er eigentlich nicht kennen. Die Chinesen aber schienen ganz aus dem Häuschen, denn außer den beiden Weibern war es sonst keinem normalen Menschen in den Sinn gekommen, sich bei dieser Hitze in die von Kopf bis Fuß schwarze und wirklich wärmende Pinzgauer Traditionskleidung zu zwängen.

Er hörte noch Inges: »Juhuh, juhuhuh, Toni!«, bevor es ihm gelang, in der Menge unterzutauchen. Die ungeliebte Verballhornung seines Vornamens würde er ihr schon noch austreiben.

10

Obwohl Brecht versuchte, lange zu schlafen, erschreckte er am nächsten Tag die Mitarbeiter im »Hotel Laube« mit seinen Frühstückswünschen um sechs Uhr in der Früh.

Das Wetter übertraf sich wieder einmal selbst. Es sah so aus, als würde ein weiterer ungewöhnlich heißer Tag folgen. In und um Kaprun herum gab es viele Bauernhöfe. Die Menschen waren auf die Ernte angewiesen, daher schaute so mancher Bauer jeden Tag sorgenvoll zum Himmel. Man benötigte dringend Regen.

Brecht spazierte in Richtung des Zentrums von Kaprun, wo auf einem großen Parkplatz die Abfahrt für den Ausflug mit einem Reisebus stattfinden sollte. Da er früh dran war, beschloss er, sich ein knuspriges Semmerl mit Leberkäse zu kaufen und es auf einer Bank zu genießen.

»He, du! Rutsch doch ein bisschen auf die Seite, brauchst ja die ganze Bank.«

Irritiert fuhr Brecht aus seinen Gedanken auf. Noch ein anderer Frühaufsteher aus seiner Gruppe? Während er widerwillig auf die Seite rutschte, betrachtete er seinen neuen Banknachbarn.

Ungepflegt. Dieses Wort kam ihm als Erstes in den Sinn. Menschen und Handlungen mit der unverheißungsvollen Silbe »un-« vor dem beschreibenden Adjektiv mochte er so gar nicht. Außerdem war der Typ unrasiert und ungewaschen, wie ihm schien. Und vor allem unnüchtern. Um diese Zeit? Also wirklich. Unmöglich.

Sein Nachbar musterte ihn ebenfalls von oben bis unten, dann erschütterte ein deftiger Rülpser die Bank und die darauf Sitzenden. Brecht wollte aufstehen und sich einen anderen Platz suchen, als ihn das Individuum zurückhielt. Er schüttelte angewidert die schmutzige Hand ab, die sich in sein schneeweißes Hemd grub, und wollte zu einer saftigen Standpauke ansetzen. Der erschrockene Blick des Mannes ließ ihn jedoch zögern.

»Setz dich und beweg dich nicht!«, flüsterte dieser zischend, und Brecht gehorchte instinktiv, wobei er selbst nicht genau wusste, warum er den Anweisungen dieses Unmenschen folgte. An und für sich war es der Bürgermeister selbst, der die Befehle gab. Vielleicht, weil die Veränderung, die er plötzlich an seinem Banknachbarn beobachten konnte, einfach zu verblüffend wirkte.

Anmaßend, angriffslustig und angetrunken hatte er sich zu Brecht gesetzt. Jetzt starrte der kleine Mann mit dem wild wuchernden Bart und den wenigen Zähnen im Mund am Bürgermeister vorbei in den Himmel – sichtlich ernüchtert, erschrocken und erstaunt. Nur der Schmutz an Kleidung und Körper war gleich geblieben.

»He, so geht –«

»Ruhig! Rühr dich jetzt um Gottes willen keinen Zentimeter«, unterbrach der Kerl Brecht erneut. Der Griff um seinen Arm, der ungemindert anhielt, schien sich noch zu verstärken.

Der Bürgermeister wollte gerade unwirsch aufspringen, als ein Knall wie von einer gigantischen Explosion ertönte. Erschrocken zuckte er zusammen, und in diesem Moment schien auf einmal die Welt unterzugehen. Wie von einer Faust getroffen, wurde Brecht von der Bank geschleudert.

Für Sekunden blieb die Zeit stehen.

Benommen setzte Brecht sich am Boden auf und sah sich um. Irgendwie schien alles wie vorher zu sein, nur etwas verschwommener. Was war hier passiert?

Jemand packte ihn an den Oberarmen und hievte ihn auf die Bank zurück.

»Was zum Teufel –«

Sein Banknachbar ließ ihn nicht ausreden. »Pst, ganz ruhig! Alles ist in Ordnung, aber erwähne auf keinen Fall, hast du gehört, auf keinen Fall jemals wieder den Teufel! Wenn der das hört, ist er schneller hier, als du denkst.« Die Worte flüsterte der Mann dicht an Brechts Ohr, deutlich unterstrichen von einem heftigen Sprühregen aus Spucke.

Brecht drehte sich verwirrt und ziemlich benommen zu dem alten Mann um. Er gedachte eine Erklärung zu fordern, doch noch fehlten ihm die Worte. Dafür fragte der Bärtige: »Hast dir wehgetan?«

Er wollte ihn offensichtlich untersuchen, aber Brecht wimmelte ihn unwirsch ab und stammelte: »Was … was ist passiert?«

»Du Dummer, du! Ganz einfach. Eine kleine Warnung? Ein Vorzeichen? Wer weiß das schon bei denen?«, erwiderte der Mann und zuckte mit den Achseln.

»Was soll das? Erkläre es mir, oder ich …«

Der Säufer hob beschwichtigend die Hände, nickte ernst und sah sich um. Gerade wollte er zu sprechen beginnen, als ihn etwas, das sich in Brechts Rücken abspielte, zu irritieren schien. Nachdem er sich auf einen Punkt hinter dem lädierten Ortsoberhaupt konzentriert hatte, beugte er sich plötzlich schnell wieder zu Brecht vor und packte ihn erneut eindringlich am Arm.

»Pass auf dich auf! Ich bin ihm entkommen. Was nichts heißt – wahrscheinlich bin ich schon tot. Aber du? Das Zeichen. Du musst der Nächste sein. Es geht nicht anders, weil …«

»Was geht nicht anders?« Hinter den beiden war eine scharfe Stimme zu hören.

»Nichts. Gar nichts.« Der Alte schaute nicht einmal hoch, während er das sagte. Er schien Brecht mit seinem Blick hypnotisieren zu wollen.

Dem fielen die roten Linien auf, die sich quer über die wässrigen blauen Augen zogen. Sollte er hiermit aufgefordert werden, Gedanken zu lesen, musste er den Mann wohl enttäuschen. Noch hatte er absolut keine Ahnung, was vor sich ging. Und das mochte ein Brecht entschieden nicht.

Er drehte sich zur Stimme um, die er natürlich sofort erkannt hatte. Dort stand Bürgermeister Unger, hinter ihm seine nagelneue schwarze Limousine. Aber warum hatte er ihn nicht kommen gehört?

Am Wagen lehnte auch noch dieser eigenartige Amtsleiter. Erst in diesem Augenblick merkte er, dass sein Kopf von der Explosion doch etwas brummte.

»Verschwinde, Mäscht! Lass endlich die Leute in Ruhe. Ich

habe dich oft genug gewarnt.« Der Kapruner Bürgermeister versuchte, den Alten mit einer Handbewegung zu verscheuchen.

»Passt schon. Gehe ja«, sagte der Mann, ohne sich umzudrehen. Dann senkte er die Stimme. »Auf den solltest gut aufpassen. Das Zeichen, du Depp! Du kennst dich ja aus, gell.« Er deutete nach oben, warf Brecht einen intensiven Blick zu, schüttelte vorwurfsvoll den Kopf und schlurfte davon.

Der Kapruner Bürgermeister setzte sich zu seinem Kollegen auf die Bank und musterte ihn aus zusammengekniffenen Augen. Einen Moment schwiegen beide. Brecht, weil er noch immer nicht ganz klar denken konnte, Unger, weil er umso intensiver nachzudenken schien.

»Was ist passiert?« Der Lemberer unterbrach als Erster die Stille.

»Tja, etwas Eigenartiges. Nicht ganz so ungewöhnlich, wie man vielleicht denkt, aber doch eben …«

Er brach ab, und Brecht wurde langsam ungeduldig.

»Jetzt benimm dich doch nicht wie in einer ›Rate-was-passiert-ist‹-Fernsehsendung. Mir brummt der Schädel, und ich will es jetzt wissen! Ich dachte, die Welt geht unter.«

»Gut, aber danach fahren wir ins Krankenhaus. Damit ist nicht zu spaßen. Ohne erklärlichen Grund ist eine Gewitterwolke aufgezogen. Nichts Großartiges, aber es hat gereicht. Plötzlich kommt dieser Wahnsinnsdonner, und mehr oder weniger gleichzeitig hat ganz in eurer Nähe der Blitz eingeschlagen. Es grenzt eigentlich an ein Wunder, dass euch nicht mehr passiert ist. Habt wohl gute Schutzengel. Shit happens.« Unger sah mit zusammengekniffenen Augen auf sein Gegenüber, als wollte er sich vergewissern, dass dieser ihn ernst nahm.

»Was, das ist alles? Na, jetzt bin ich ja beruhigt! Ich dachte schon, jemand hat einen terroristischen Anschlag verübt. Wieso hat der Alte so ein Tamtam darum gemacht? Tja, hier sieht man, was der Alkohol aus einem wahrscheinlich sonst anständigen Menschen macht.«

»Ach, anständig war der Mäscht noch nie. Bei dem war wahrscheinlich bereits Schnaps in der Muttermilch. Jedenfalls kenne ich keinen, der ihn je ganz nüchtern getroffen hat. Aber im Grunde genommen ist er harmlos.«

»Harmlos und dreckig.« Dies wollte Brecht doch angemerkt haben, während er den Handabdruck auf seinem weißen Hemd mit Ekel betrachtete.

»Vielleicht, aber das ist jetzt nicht das Thema. Mag er auch harmlos sein, die ganze Situation war es nicht. Ich denke wirklich, ihr hattet unwahrscheinliches Glück. Im Grunde wart ihr zwei weit und breit die höchste Erhebung. Dass der Blitz nur in einen Mistkübel ganz in eurer Nähe eingeschlagen hat, grenzt echt an ein Wunder.«

Brecht hielt sich zwar den Kopf, wollte aber seinen besorgten Sitznachbarn beruhigen. »Mir fehlt nichts. Aber genau unter der einzigen Wolke weit und breit müssen wir sitzen. Ein schlechter Witz, kein Wunder.«

Unger schien sich nicht beruhigen zu wollen. »Ehrlich gesagt ist es fast gar nicht möglich, dass es um diese frühe Zeit ein Gewitter gibt. Heiß genug war es ja. Aber die kommen trotzdem erst am Nachmittag.«

»Nichts ist unmöglich, wie man sieht.«

Kurze Zeit schwiegen sie, bevor Unger betont unauffällig fragte: »Was habt ihr zwei Hübschen denn so geplaudert?«

»Hübsch? Der Kerl? Aber wenn du es wissen möchtest, er hat in seinem Rausch irgendetwas dahergeschwafelt.«

»Ach, und was?«

Brecht wurde misstrauisch. Warum wollte Unger das so unbedingt wissen. »Warum interessiert dich das?«

»Nur so. Ich kenne den Mäscht mein ganzes Leben lang, ich habe ihn noch nie so aufgebracht gesehen. Darum vielleicht.«

Eine kurze Pause entstand, bevor der leicht angeschlagene Lemberer Bürgermeister wieder das Wort ergriff.

»Aufgebracht war er, da hast du recht. Von Zeichen hat er geredet, dass er bereits tot ist und so. Also, auf mich hat der ziemlich lebendig gewirkt. Konserviert durch Alkohol, könnte man sagen. Ach, und ich wäre der Nächste.«

Unger schaute auf den Boden und kaute auf seiner Lippe herum, während er nervös sein Haar nach hinten schob.

»Ist etwas?« Brecht wollte endlich von dieser blöden Bank weg. Langsam kamen Menschen auf dem Parkplatz an, die das Spektakel wohl aus der Ferne beobachtet hatten. Vorwiegend handelte es sich um Touristen. Einige fotografierten den ziemlich mitgenommenen Mistkübel, andere deuteten aufgeregt zum Himmel. Denen wäre ein toter Bürgermeister vor der Kamera wohl nur recht gekommen. Man stelle sich vor, was es dann zu Hause so alles zu erzählen gegeben hätte.

Unger brauchte einige Zeit, bis er auf Brechts Frage reagierte. »Ob etwas ist? Nein. Was soll schon sein? Nein, alles bestens. Wir fahren jetzt zum Arzt, wenn du nicht ins Krankenhaus willst. Irgendwie ist es ja heute fast wie ein zweiter Geburtstag für dich.«

Unger hatte zu seinem »Ich-bin-der-schlichte-Wahnsinn«-Lächeln zurückgefunden und half Brecht von der Bank hoch.

Dieser versuchte ebenfalls ein Grinsen, bevor er gedankenverloren erwiderte: »Einmal Geburtstag, zweimal Geburtstag. Der Tag bleibt der gleiche.«

Ohne Vorwarnung ließ Unger ihn los, und Brecht plumpste auf die Bank zurück. Was hatte dieses verdammte Holzding von Bank nur an sich, dass er sich so gar nicht von ihr lösen konnte?

»Was heißt das? Was willst du damit sagen? Einmal Geburtstag, zweimal Geburtstag? Der gleiche? Wieso der gleiche?«

Das schien doch wirklich den Amtskollegen mehr aufzuregen als der Blitzanschlag vorhin und sein mögliches Ableben.

»Gut, du hast mich erwischt, ich habe heute Geburtstag«, brummte Brecht etwas verlegen.

»Hast du nicht!« Unger wirkte extrem aufgebracht.

»Du hast heute nicht Geburtstag. Ich habe mir alle Listen der Teilnehmer durchgesehen. HEUTE. HAT. KEINER. GEBURTSTAG!« Er drehte sich zu seinem Amtsleiter um, der sich keinen Zentimeter bewegt zu haben schien und mit verschränkten Armen und zusammengekniffenen Augen das Geschehen beobachtete. »Hat er heute Geburtstag?«

Wurm fuhr bei der wütenden Frage seines Chefs zusammen und krümmte den Rücken. Er schüttelte den Kopf. »Nein, hat er nicht.«

Brecht war es zuerst ein bisschen peinlich. Dann wurde er böse. »Sehr gut, wenn es sowieso alle besser wissen. Ich mag das nicht so, das Feiern. Darum habe ich ein falsches Datum angegeben. Das Schlimmste wäre, wenn mir alle gratulieren würden. Geht's noch? Habe ich nichts Besseres zu tun, als eine Runde Schnaps zu bezahlen? Ich bin doch nicht der Goldesel für jeden!«

»Hast du das irgendjemandem hier gesagt?«

»Nein. Nur im ›Hotel Laube‹ in der Anmeldung steht es.«

Plötzlich packte ihn Unger am Arm und sah ihm intensiv ins Gesicht. Ein Déjà-vu. Was wollten diese Kapruner alle nur mit seinem Arm und diesem beschwörenden Hypnoseblick?

»Anton. Versprich mir: Du erzählst niemandem, dass du heute Geburtstag hast. Versprich es mir!«

Unger schien wirklich etwas daran zu liegen.

Brecht verstand nicht, warum sich der andere über so eine Kleinigkeit aufregte. Aber vielleicht war es ihm ja doch peinlich, dass er kein Geschenk hatte? Ja, es konnte schon sein, dass das Ego seines Kollegen darunter leiden könnte. Und ganz so unwichtig war er selbst ja wirklich nicht. Egal, sein Kopf tat immer noch etwas weh, und er wollte sich kurz in seinem Hotelzimmer hinlegen.

»Ist ja gut. Ich verspreche es dir.«

Unger atmete auf, und endlich durfte Brecht die Kapruner Parkbank, seine neue Urlaubsbekanntschaft, verlassen.

11

Nachdem der Arzt mehr oder weniger Entwarnung gegeben hatte (der Mediziner wollte absolute Bettruhe für Brecht – der wollte das selbstverständlich nicht), schien wieder alles beim Alten. Auf den Ausflug am Nachmittag verzichtete der Bürgermeister aber, der schien ihm zu anstrengend.

Als Polizist Hans Maler nach Mittag eintraf, um den Amtsleiter abzulösen, sorgte er sich rührend um seinen Freund Brecht. Sehr zum Bedauern von Frau Laube, die »ihren« Ritter ebenfalls bemuttern wollte. Maler gefiel das gar nicht – Brecht umso mehr.

Nach einem ausgiebigen Mittagsschlaf fühlte sich der Bürgermeister wieder topfit. Die beiden Männer beschlossen, am späteren Nachmittag einen Besichtigungsgang durch Kaprun zu unternehmen. Ganz in Ruhe. Um Brecht zu schonen und etwas zu entspannen. So war es jedenfalls geplant.

Der Plan hielt genauso lange, bis ihnen ausgerechnet die Plottino über den Weg lief, ein strahlendes Lächeln im Gesicht.

»Juhuh! Ju-hungs! Leider habe ich keine Zeit für euch. Wir haben heute einen Auftritt.«

Brecht fragte mit mäßigem Interesse: »Ach, wo denn?«

»Na, bei der Burg! Ich kann da mitmachen. Mal sehen, ob ihr mich erkennt. Bis später also. Tschü-hüß!«

Weg war sie.

»Du warst so nett. Sonst fragst du sie nie etwas«, merkte Maler an und grinste breit.

Brecht erwiderte, während er ebenfalls lachte: »Richtig, aber nur, weil ich dort ganz sicher NICHT sein werde.«

Als sie am großen Veranstaltungszelt am Ortsplatz von Kaprun vorbeikamen, flüsterte Maler seinem Besichtigungspartner zu: »Geh einfach weiter, tu so, als ob nichts wäre. Ich glaube, wir werden verfolgt.«

So allmählich reichte es Brecht. Er hatte sich einige nette Tage fern von Problemen, meckernden Bürgern und neugierigen Inge

Plottinos erhofft, und nun hatte er es mit durchgedrehten alten Säufern, verliebten Parkbänken, verrückt gewordenen Blitzen und möglichen Verfolgern zu tun!

In diesem Moment konnte er hinter sich erregte Stimmen hören. Hans Maler gestikulierte aufgebracht mit zwei Männern, die ungefähr zehn Meter von ihnen entfernt standen. Die Diskussion schien schon das allgemeine Interesse zu erwecken, denn aus dem Veranstaltungszelt kamen einige Personen heraus und betrachteten Maler und die beiden Männer. Unter anderem befand sich der Kapruner Bürgermeister unter den Neugierigen. Er warf einen Blick auf die Szene und schaute missmutig auf seinen Kollegen.

»Der Brecht Anton. Wer sonst? Wo immer sich irgendetwas tut, scheinst du nicht weit zu sein. Wären alle tausend anderen Teilnehmer auch so, würden wir hier gar nicht zur Ruhe kommen.«

Bevor sich der Lemberer über diese Worte aufregen konnte, eilte Unger, gefolgt von seinem katzbuckelnden Amtsleiter, zu Hans Maler und den beiden Männern, die sich mittlerweile etwas beruhigt hatten.

Einige Bürgermeister aus den Orten in der näheren Umgebung, die er gut kannte, gesellten sich zu Brecht, und bald war er in anregende Gespräche vertieft und vergaß die Szene. Auf die Aufforderung des Brucker Bürgermeisters hin wechselte man den Schauplatz und tauschte die sengende Nachmittagshitze gegen ein angenehmes Ventilatorenwindchen an der Bar im Festzelt.

Einige Zeit später kam Maler zu Brecht zurück. »Ach, hier bist du!«

Kurt Unger gesellte sich ebenfalls dazu. »Alles geregelt.«

Brecht nahm einen großen Schluck von seinem Bierchen, das er sich ausnahmsweise gegönnt hatte, und schaute die beiden fragend an. »Na, James und Kurti Bond, seid ihr wieder da? Meine Verfolger gestellt?«

Maler nickte. »Das waren Kollegen von mir. Die sind hier überall präsent, wegen der Konferenz und so.«

»Ja, stimmt. Ganz harmlos. Wir wollen nur alles in Ruhe abwickeln. Mehr nicht. In so einem Fall braucht es Polizeipräsenz. That's life.«

Unger bestellte für sich und Hans Maler ebenfalls zwei kühle Blonde und prostete den anderen Bürgermeistern zu. »Meine Herren, Prost! Auf eine erfolgreiche Konferenz. Wir sehen uns ja heute Abend auf der Burg. Es erwartet euch eine Veranstaltung, die man nicht jeden Tag sieht. Wir zelebrieren die Walpurgisnacht. Geschlossene Gesellschaft. Sind nicht alle eingeladen. Megaevent, topsecret!«

»Walpurgisnacht, was ist das? Meine Oma hat Walpurga geheißen, aber zu ihren Ehren wirst du ja wahrscheinlich kein Fest veranstalten.«

Alle lachten, obwohl sich bei den Aussagen des Brucker Bürgermeisters keiner ganz sicher sein konnte, ob er es im Spaß sagte oder er es in seiner Naivität ernst meinte.

Unger lachte nicht. »Also, bitte schön! Du wirst doch wissen, was eine Walpurgisnacht ist. Die Nacht der Hexen.«

So schnell gab sich der Brucker nicht geschlagen. »Weiberzeugs«, sagte er deswegen. »Viel blabla und trallala. Das interessiert einen echten Mann gar nicht.«

Unger plusterte sich erbost auf. »Blödsinn! Glaubst du, dass ich eine Veranstaltung für gute Kollegen organisiere, die nicht einen historischen Hintergrund hat?«

Bevor er weiterreden konnte, versuchte der Taxenbacher Kollege abzulenken, damit sich die zwei Gockel nicht in die Haare bekamen. »Wie hast du das geschafft? Sind da nicht einige von den nicht eingeladenen Teilnehmern beleidigt?«

»Ha, wir sind ja nicht auf den Kopf gefallen hier in Kaprun. Es wird zeitgleich ein großer Heimatabend veranstaltet. Die Trachtengruppe gibt ein paar Plattler und ein paar Tanzerl zum Besten. Dann serviert man einheimische Spezialitäten. Ein gutes Bier dazu, und schon kann man sich vor Anmeldungen nicht mehr retten. Da kräht kein Hahn nach einer anderen Veranstaltung. Aber für euch wäre das zu banal. So ein Folkloreabend ist ja nichts Neues. Ihr braucht doch was Groovigeres.«

Die Kollegen lachten, obwohl keiner so richtig wusste, was »Groovigeres« bedeutete. Zugegeben hätte es keiner, und so nickten alle wissend.

»Ich gehe zu dem Heimatabend«, erklärte der Brucker Bürgermeister Fred Baum beleidigt. »Wer weiß, zu was für einer langweiligen Veranstaltung wir auf der Burg entführt werden. So Hexenzeugs ist nicht meins. Bei einem Schweinebraten und einer Trachtengruppe weiß ich wenigstens, woran ich bin.«

Missbilligend hob Mr. Piz Buin eine Augenbraue, lenkte jedoch ein. »Ach komm, Fred! Das ist etwas ganz Besonderes. Dein Bier und deinen Schweinsbraten bekommst du schon noch. Mein Event ist wirklich special. Die Burg hier ist nicht nur ein Teil der Geschichte in Kaprun, sondern auch der ganzen Umgebung. Ich persönlich sorge für eine kleine Führung. Ihr könnt Räume und Teile der Burg sehen, die originalgetreu aus dem 12. Jahrhundert sind. Und wie die alles um den riesigen Felsen gebaut haben, Hut ab, das ist eine Meisterleistung! Der Felsen soll übrigens ein keltischer Kraftplatz gewesen sein. Da sollte man doch ein bisschen mehr Interesse zeigen. Übrigens, bitte alle ganz in Schwarz gekleidet erscheinen. Wir sehen uns?«

Alle nickten ergeben – außer Brecht. Dieser wollte eine kleine Information zur Entscheidungsfindung. »Ist meine stellvertretende Bürgermeisterin eingeladen?«

Unger dachte angestrengt nach, bevor er antwortete. »Geladen ist sie nicht, aber die Organisatoren haben einige Freiwillige gesucht, die bei einer Vorführung mitwirken. Da müsstest du die Annabella Laube fragen, die koordiniert das Schauspiel auf der Burg.«

Brecht sah in Gedanken Inge Plottino vor sich, mit spitzem Hut und Besen, wie sie ihm zuwinkte und womöglich noch ein »Hallo, juhu, Toni!« in die Menge warf. Mit so einem Getue und dem Hexenzeugs hatte er sowieso nichts am Hut.

»Kurt, ich darf mich für heute Abend entschuldigen. Ich bin etwas angeschlagen, daher werde ich mich bald zurückziehen. Der Hans kommt aber gern, den interessiert so was sicher sehr.«

Maler warf Brecht einen giftigen Blick zu. In Gedanken war

er bereits beim Schweinsbraten und den feschen Tänzerinnen der Trachtengruppe gewesen.

Brecht hatte jedoch nicht mit der Reaktion von Unger gerechnet. Dieser packte ihn schon wieder am Arm. Jetzt reichte es aber.

»Nein, das kannst du nicht machen! Du musst kommen. Ehrlich. Du sitzt neben mir.«

Er schüttelte den Arm ab. Die Stimmung war plötzlich abgekühlt. Wieso diese eigenartige Reaktion? Brecht beschlich langsam das Gefühl, dass Kurt Unger einige Probleme mit den Nerven hatte. So ziemlich das Schlimmste, was einem hartgesottenen Ortsoberhaupt passieren konnte. Da brauchte man viel Gefühl für die Menschen und trotzdem Nerven aus Stahl. Bei Letzterem hätten ihm seine Gemeindebürger sicherlich zugestimmt, bei Ersterem definitiv nicht. Dass jemand seine Ausführungen so deutlich nicht akzeptierte, war er nicht gewohnt, daher fiel seine Antwort etwas patzig aus.

»Ich kann alles machen, was ich will. Ich bin hier Gast. Bereits vergessen?«

Unger ließ nicht locker. »Aber mir würde das etwas bedeuten. Bitte! Das sage ich nicht oft.«

Eine *Bitte* von Unger? Das änderte die Sachlage natürlich.

Brecht schien nicht überzeugt, konnte sich aber der intensiven Bitte des Gastgebers in Gegenwart der anderen kaum entziehen, ohne dass der Kapruner Kollege sein Gesicht verloren hätte. Außerdem winkte dort offenbar ein Treffen mit seiner schönen Wirtin. Die Plottino würde er einfach ignorieren.

»Ja, ich komme. Außer, es geht mir ganz schlecht.«

12

Mochte er auch unbeliebt sein oder geduldet, übersehen, belächelt, verkannt wegen seines Berufs, seines Aussehens, so hatte ihn all das nur härter gemacht. Er war bereit, ohne zu zögern, ohne zu jammern, die alten Überlieferungen weiterzuführen und Blut zu vergießen. Sehr viel Blut.

Er fühlte sich fitter, seine Sinne schärften sich, sein Herz hämmerte, und er hätte schreien können vor Tatendrang. Wenn es ihm jetzt noch gelang, die restlichen Unterlagen zu finden, wäre er wirklich unbesiegbar – allmächtig wie Gott oder der Teufel. Er konnte alles schaffen, aber nur mit den alten Aufzeichnungen, und es fehlte noch ein großer Teil. Wo konnten sie nur versteckt sein?

Er wusste immerhin schon den genauen Ort, an dem, den Überlieferungen zufolge, ein Blutopfer zu bringen war. Man nannte sie die Hexenfelsen. Zuerst hatte er gedacht, es wären die Felsen gemeint, auf denen die Burg erbaut worden war. Doch als er die Stelle genauer gelesen hatte, hatte er erkannt, dass es sich um drei eher unscheinbare große Steine rechts neben der Burg handeln musste.

Er kannte also den Ort, er kannte die Zeit, und er wusste, er musste jemanden töten oder besser gesagt opfern. Leider fehlten hier genau die Seiten, die den Unterschied zwischen einem banalen Mörder und einem berufenen Meister, der die Welt retten konnte, machten.

Verdammt, wenn er doch nur diese restlichen Papiere für die anderen Zauber finden würde! Doch er beruhigte sich, das würde schon werden. Und wenn er buchstäblich über Leichen gehen musste.

Er lachte über sein Wortspiel. Die Macht wallte in ihm auf, und er blickte auf das junge, zerbrechliche Wesen vor sich auf dem Boden. Auch wenn es nur zu Übungszwecken war, fühlte er sich allmächtig, fühlte er sich unbesiegbar.

Langsam, um jeden Moment des Rituals auszukosten, hob er das Messer. Er merkte, wie sich in seiner Hose etwas regte, anschwoll wie sein Selbstvertrauen und mit dem Todesstoß explodierte.

13

Während Brecht auf einige Tage gehofft hatte, die er entspannt in interessanter Gesellschaft verbringen würde, schien Inge Plottino vor Tatendrang schon fast zu platzen. Der Bürgermeister aus Lember bekam sie kaum zu Gesicht, darum machte er sich keine Gedanken über seine rührige, aber nervige Vizebürgermeisterin.

Diese präsentierte ihrer neuen Busenfreundin Peppi Wastl gerade das Kostüm für den Abend. »Selbstverständlich musst du dir die Schminke dazudenken und die Haare. Ich werde so etwas von gigantisch mystisch aussehen!«

Peppi betrachtete Inge von oben bis unten und nickte zustimmend. »Ja, ich denke, dass du richtig super aussehen wirst, wie eine richtige Hexe. Ich war schon einmal bei so einer Walpurgisnacht. War ziemlich gruselig.«

Die Damen befanden sich in der gemütlichen Wohnstube der Familie Wastl. Die Stube war relativ groß und ganz in Holz gehalten. Ein grüner Kachelofen versprach wohlige Wärme im Winter und eignete sich als hübsche Dekoration in den warmen Zeiten des Sommers. Der Holzboden spiegelte die Erinnerung an die vielen großen und kleinen Füße wider, die ihm im Laufe der Jahre seine Form gegeben hatten. Auf dem Tisch in der Ecke sah man die Überreste einer Kaffeejause, die in einem schönen alten rosa-grün geblümten Kaffeegeschirr serviert worden war.

Peppi saß auf einem Stuhl und musterte Inge anerkennend, aber auch skeptisch. »Bist du nicht schon zu alt für so was? Für so einen Auftritt?«

Die Angesprochene schien gar nicht dieser Meinung. »Was heißt hier zu alt? Man ist nie zu alt für etwas. Sind wir jemals zu alt, um etwas Besonderes zu sein?«

Peppi schüttelte den Kopf. »Nein, du hast ja recht. Aber das heute Abend ist ja nur für die Zuschauer inszeniert. Ich kann mir nicht vorstellen, dass das in Wirklichkeit so war. Obwohl sich die Mitwirkenden sicher viel Mühe geben, um alles so echt wie möglich aussehen zu lassen.«

»Sagt eine echte Hexe.«

»Richtig. Sagt eine echte Hexe.«

Inge wollte dieses Thema nicht vertiefen. Der plötzliche Ernst ihrer neuen Freundin war ihr etwas unheimlich. So erklärte sie leichthin: »Ich weiß gar nichts von Hexen. Ich kenne nur eine, und die hat einen Schuss. Einen Hexenschuss.« Sie lachte über ihren eigenen Witz und den Gedanken an Martha Brant.

Als Peppi nicht einstimmte, beschloss Inge, das Thema zu wechseln. »Wieso veranstaltet ihr eigentlich eine Walpurgisnacht? Die kennt eh keiner. Ihr macht ein großes Burgfest, das ist doch genug Mittelalter, oder?«

Peppi dachte kurz nach, bevor sie antwortete. »Tja, gute Frage. Die Walpurgisnacht wird nicht unbedingt für die breite Öffentlichkeit zelebriert. Da wird kaum Werbung gemacht, und nur wenige Touristen verirren sich hin. Organisieren tut das Ganze die Oberhexe des Burgvereins. Es ist ziemlich heidnisch, und der Herr Pfarrer will nichts davon wissen, aber es gehört trotzdem zu unseren Bräuchen dazu. Ist halt so. Die Walpurgisnacht ist immer in der Nacht vom 30. April auf den 1. Mai gewesen. Und an Hexen glauben hier die meisten Einheimischen. In jeder Sage oder Geschichte kommt eine vor. Aber das wirst du ja heute alles erfahren. Hat seine eigene Magie, die Nacht. Wirst sehen. Hoffentlich geht alles gut.«

Plötzlich schien sie tief in Gedanken versunken. Es wirkte fast so, als habe sie vergessen, dass Inge noch bei ihr saß. Zumindest bis deren nicht gerade dezente Stimme laut fragte: »Was soll denn passieren? So ein Fest schaffen wir mit links.«

Es schien wohl Peppis Art zu sein, über jeden Satz, den sie sagte, vorher kurz nachzudenken. »Das meine ich nicht. Genaues weiß keiner. Diese Nacht ist einfach unheimlich.«

Das schürte natürlich die Neugier einer Plottino umso mehr. »Komm, erzähl! Es gibt irgendetwas, das du mir verschweigst.«

Peppi schien mit sich zu ringen. »Ich bin der Meinung, man

sollte schlafende Geister nicht wecken. Schon gar nicht in Kaprun.«

»Warum? Welche Geister gibt es hier? Du meinst die Hexen?«

Wieder fuhr Peppi nur zögernd fort. »Wie gesagt, ich weiß nichts Genaues. Es hat mit der Walpurgisnacht zu tun.«

Jetzt war Inges Neugier endgültig geweckt. Geheimnisse gehörten aufgedeckt. Und bei wem waren sie am besten untergebracht? Bei der Aufdeckerin Nummer eins schlechthin, ihr selbst.

»Warum?«

»Weiß ich nicht genau. Aber es hat Tote gegeben. Was genau passiert ist, weiß keiner so recht.«

Inge Plottino war ganz Ohr. Mit unnatürlichen Todesfällen kannte sie sich aus. Es würde hier doch nicht eventuell welche geben? Nein, so viel Glück konnte sie ja gar nicht haben. Oder besser gesagt die Kapruner. Da hatten sie doch, ohne es zu wissen, eine der besten Ermittlerinnen überhaupt eingeladen. Oder, um wieder genauer zu sein: Unterstützerin der Polizei. In Lember wären diese tragischen Fälle niemals ohne ihre aktive Mithilfe aufgeklärt worden. Niemals.

»Tote sagst du? Und Unklarheiten. Komm, lass dir nicht jedes Wort aus der Nase ziehen. Ich will alles genau wissen.«

Jetzt schien Peppi doch nicht ganz wohl zu sein angesichts Inges plötzlich erwachtem Interesse. »Viel ist es sowieso nicht. Es sind ja auch nur ein Todesfall und eine verschwundene Person gewesen. Das war zeitlich gesehen so um die Walpurgisnacht. Aber es wird halt geredet. Die Tote fanden Touristen bei der Burg. Den verschwundenen Mann hat man ebenfalls zuletzt dort gesehen. Vielleicht spricht man nur darüber, weil die meisten bei uns doch zu Hause in ihrem Bett sterben und die Burg schon immer etwas Unheimliches hatte.«

Damit war für sie die Sache beendet, nicht aber für Inge.

»Ach, es wurde nie aufgeklärt, was da passiert ist?«

»Nein.«

»Aber wir haben ja wieder Walpurgisnacht. Es könnte doch heute etwas passieren, oder?« Inge wurde immer aufgeregter.

»Könnte, könnte. Hoffen wir, dass nichts geschieht. Aber ja, in einer Nacht wie dieser ist alles möglich. Doch jetzt hat sich so viele Jahre nichts ereignet. Wird wohl gut gehen.«

Nicht in der Anwesenheit einer Plottino. Sie würde Augen und Ohren offenhalten. Sie war ein Profi. Und sollte sich doch etwas Außergewöhnliches wie ein Mord oder zwei zutragen – sie bekreuzigte sich schnell –, wehe dem Mörder!

14

»Prost, mein Ritter!«

Brecht saß in der gemütlichen Hotelbar vom »Hotel Laube« in einem riesigen roten Samtsessel und prostete gerade seinem Burgfräulein Annabella mit Sekt zu. An und für sich hielt er dieses Getränk für eine der unnötigsten Erfindungen überhaupt, aber erstens war es gratis und zweitens von *der* Frau schlechthin persönlich und liebevoll serviert. Die saß ihm nun gegenüber, ein gewinnendes Lächeln in ihrem atemberaubend schönen Gesicht, und strahlte ihn an. Ach, schon ein Augenschmaus, die gute Annabella.

Heute trug sie hautenge Jeans und ein weißes T-Shirt mit V-Ausschnitt, das den Brustansatz erahnen ließ, die Haare waren keck hinter die Ohren gesteckt, während sie sich in sanften Wellen über den Rücken ergossen. Aber das war es nicht allein, nein, Augenweiden kannte Brecht zur Genüge. Mit ihr konnte man diskutieren, dass es eine Freude war. So klug war diese Frau und …

»Guten Abend, meine Liebe«, ertönte in diesem Moment eine tiefe männliche Stimme hinter den beiden.

Welcher unverschämte Eindringling unterbrach hier seine traute Zweisamkeit mit Frau Laube? Brecht wollte nicht gestört werden und schon gar nicht dieses wunderbare Lächeln seiner Angebeteten mit jemandem teilen. Ha, der Neuankömmling bekam es auch nicht. Um mindestens zwei Grad eisiger blickte Annabella Laube zu dem großen Mann auf, der sie gerade begrüßt hatte.

»Guten Tag, Werner. Was kann ich für dich tun?«

Sie bot ihm weder einen Platz noch ein Getränk an. Gut, sie wollte wohl mit ihm, Anton Brecht, ebenfalls allein sein. Gleich zehn Zentimeter größer und mit stolzgeschwellter Brust verfolgte er die Unterhaltung, die sehr stockend geführt wurde. Den Kerl, den er nicht kannte, schienen die knappen Worte nicht zu stören, denn er besaß doch wirklich die Frechheit, sich unaufgefordert zu ihnen zu setzen. Er wandte den Kopf und musterte den Bürgermeister.

»Gestatten, Laube mein Name. Ich bin der Gatte dieser entzückenden Dame hier.«

Ansonsten ein Meister der Selbstbeherrschung, entgleisten Brecht jetzt doch die Gesichtszüge. Zu seinem Burgfräulein gab es einen Burgherrn. Wie dumm von ihm! Normalerweise entging ihm gar nichts, aber in seiner Schwärmerei hatte er doch glatt die mögliche Existenz eines Gatten ignoriert. Wobei er dabei ganz zu vergessen schien, dass er selbst ja auch verehelicht war. Und wie Frau Laube ebenfalls keinen Ring trug, denn der Ringfinger war dem Siegelring der Gemeinde Lember vorbehalten.

Frau Laube wurde rot und erwiderte mit süffisantem Lächeln: »Exmann, Gott sei Dank. Das Hotel gehört übrigens mir, Herr Brecht. Mein Verflossener war damals nur so nett, meinen Namen anzunehmen.«

Sie wandte sich wieder besagtem Exmann zu, einem leider recht attraktiven Kerl, wie sogar Brecht zugeben musste, allerdings sehr unwillig und unter heftigem Protest seines Egos. Um die fünfzig, sportlich und mit dem Selbstbewusstsein eines Menschen ausgestattet, der es offensichtlich gewohnt ist, im Mittelpunkt zu stehen.

Tja, es sollte ja wirklich Frauen geben, die auf diesen Typ Mann standen, dachte Brecht gerade kopfschüttelnd, bevor Annabella wütend ihren Ex anfuhr: »Also, warum störst du unser Gespräch? Das hier ist übrigens Bürgermeister Anton Brecht aus Lember.«

Sie legte doch glatt die Hand auf Brechts Knie, worüber er die nächste Bemerkung des Konkurrenten zuerst einmal gar nicht wahrnahm.

»Ach, ein Bürgermeister? Ja, du wolltest ja schon immer hoch hinaus, und auf Bürgermeister stehst du bekannterweise. Egal, ich bin hier, um noch einmal alles wegen der Aufführung heute durchzusprechen. Deine Liebschaften interessieren mich nicht mehr, liebe Annabella.«

Sie überging die letzte spitze Bemerkung und beschloss offensichtlich, sachlich zu bleiben. »Warum kommst du in dieser Angelegenheit zu mir? Die Organisation für heute Abend macht doch die Margret.«

Margret Reich kannte man in Kaprun eher als Burghexe. Im echten Leben war sie mit Christoph Reich verheiratet, dem Filialleiter der hiesigen Bank.

Herr Laube entgegnete: »Ja, aber du hast mit ihr die Geschichte ausgearbeitet. Und die Margret können wir beim besten Willen nirgends finden. Es eilt, daher denke ich, wirst du mir wohl oder übel helfen müssen.«

»Margret hat das Sagen, ich bin nur Gehilfin. Sie ist doch vor einem Fest immer auf der Burg. Wenn sie nicht dort ist, müsste ich mir wirklich Sorgen machen. Aber das alles weißt du ganz genau.«

Ihr Exmann wurde kurz ernst. »Ja, eben weil ich sie kenne, bin ich ja hier. Sie war mitten unter uns, und auf einmal war sie weg. Eine Hexe mit Leib und Seele, auch im echten Leben. Du kennst sie ja. Aber wir brauchen wirklich dringend jemanden, der uns bei einigen Details hilft. Du willst doch sicher nicht, dass ausgerechnet heute Abend, wenn all die Pseudoprominenz da ist«, hier warf er einen spöttischen Blick auf Anton Brecht, bevor er fortfuhr, »etwas schiefgeht. Das würde deinem Bürgermeister gar nicht gefallen.«

Annabella Laube legte Brecht wieder die Hand aufs Knie. »Hören Sie nicht auf seine lästerlichen Worte, mein Lieber. Schon als wir zusammen waren, hat er immer Geister und angebliche heimliche Liebschaften von mir gesehen, die gar nicht existierten. Vor allem Männer, die gesellschaftlich und von der Persönlichkeit her über ihm stehen, haben es ihm angetan.« Hier bedachte sie ihren Ex mit einem giftigen Blick und wandte sich mit einem strahlenden Lächeln wieder an Brecht. »Aber in diesem Fall muss ich mich wohl leider entschuldigen. Ich habe die Sachen in meinem Büro. Dieser Herr ist nämlich der Chef unseres Burgvereins, der Burgherr sozusagen. Man kann sich leider die Menschen nicht immer aussuchen, mit denen man zu tun hat.«

Brecht wusste nicht, wie ihm geschah, als sie mit tiefer Stimme hauchte: »Aber wir sehen uns doch heute Nacht, lieber Bürgermeister, oder? Auf der Burg, meine ich. Und wer weiß, wo sonst noch? Die Nacht ist lang, die Nacht ist mystisch. Jedenfalls verspreche ich Ihnen, ich spiele nur für Sie, denn ich bin ebenfalls bei dem Spektakel auf der Burg dabei! Heute ist die Nacht der Frauen, die Männer müssen sich sehr in Acht nehmen.«

Mit einem verheißungsvollen Blick stand sie auf. War Brecht noch immer etwas unsicher bezüglich der Teilnahme an dieser eigenartigen Feier gewesen, hatte dieser Augenaufschlag alle Zweifel hinweggefegt.

»Um nichts in der Welt würde ich nicht daran teilnehmen, meine Liebe. Wo ich doch Ihr größter Fan bin.«

Sie lächelte, winkte ihm zu und ging, ohne ihren Exmann eines Blickes zu würdigen, in Richtung eines Raums mit der Aufschrift »Büro«.

Herr Laube grinste, zwinkerte Brecht verschwörerisch zu und folgte seiner Exfrau. Der Bürgermeister musste sich eingestehen, dass dieser Mann über einen gewissen Charme verfügte. Na ja, er selbst ja auch, Gott sei Dank.

Als er sein Zimmer betrat, sank Brechts Stimmung schlagartig auf den Tiefpunkt. Dort lag doch wirklich gleich hinter der Tür ein Stück altes, dreckiges und speckiges Papier. Er hob es mit spitzen Fingern auf und überlegte, ob er es gleich der Chefin bringen und eine Standpauke für das Zimmermädchen fordern sollte. Solche Nachlässigkeit bei Mitarbeitern konnte man nicht dulden.

Als er es aber genauer betrachtete, konnte er folgenden handschriftlichen Text entziffern:

Meide die schwarze Brut! Meide den Fluch des Todes! Der wird ihm entgehen, der die Zeichen lesen kann. Der wird ihm entgehen, der die Zauber kennt. Sonst wirst du sterben.

Im ersten Moment wusste er nicht so recht, ob er sich mehr über den Dreck und das alte Papier oder über den geschwollenen

Text darauf ärgern sollte. Theatralischer und dümmer ging es wohl nicht. Mit Hexen und Flüchen wollte er nichts zu tun haben. Noch idiotischer erschien ihm ein Zettel mit eigenartigem Wortlaut, den man nach genauerem Überlegen wohl unter seiner Zimmertür durchgeschoben haben musste. Da er weder ein ängstlicher Mensch war noch einer, der an derartigen Humbug glaubte, war ihm diese Botschaft einfach nur lästig. Und wenn es ein Teil dieses komischen Hexenklamauks war, hoffte er, dass dieser Abend so schnell wie möglich vorübergehen würde.

Vielleicht hatte der Mann von Frau Laube, der einen Konkurrenten in ihm sah, den Brief geschrieben? Ja, der Zettel kam sogar sicher von dem Exmann, der eifersüchtig auf ihn zu sein schien. Er wollte ihm mit so einem Blödsinn Angst einjagen. Eine andere Erklärung konnte es für ein derartiges Schreiben nicht geben.

Brechts Laune besserte sich etwas. Obwohl er diese Veranstaltung gern gemieden hätte, hielten ihn von einem Fernbleiben doch das Annabella Laube und ein klein wenig das dem Bürgermeisterkollegen Unger gegebene Versprechen ab.

Angeekelt warf er das Papier in den dafür erfundenen Korb und begann sich umzuziehen, einen Seufzer auf den Lippen. Allerdings würde er sich um keinen Preis der Welt dem Gruppenzwang unterwerfen und sich ganz in Schwarz kleiden. So trug er gebügelte Jeans, ein hellblau-weiß gestreiftes Hemd mit dunkelblauer Krawatte und ein dunkelblaues Sakko. Perfekt angezogen für eine Nacht der Hexen, wie ihm schien. Im Grunde genommen waren das ja auch nur Frauen, und jede Dame schätzte einen geschmackvoll gekleideten Herrn mit Krawatte.

Die Nacht der Versprechungen konnte beginnen.

15

Der von allen Seiten auf die unterschiedlichste Weise angekündigte Abend auf der Burg war angebrochen. Da es zu diesem besonderen Ereignis dunkel sein sollte und man unbedingt die Mitternacht erleben wollte, schlug die Uhr bereits zehnmal ihren dumpfen Gong, als sich schwarz vermummte Gestalten auf den Weg zum Veranstaltungsort machten.

Der Ort selbst schien für die Nacht der Nächte gut gerüstet. Die Straßenlaternen waren vom Ortsrand Kapruns, der sich ganz in der Nähe der Burg befand, bis zum Gebäude selbst ausgeschalten worden. Den Weg wiesen Fackeln, die in regelmäßigen Abständen in den Boden gerammt waren. Lange Schatten kamen und verschwanden wieder im Nichts. Der fast volle Mond tat sein Übriges, um alles in ein unheimliches Licht zu tauchen. Am Tage üppig grüne Sträucher und fröhlich blühende Bäume verwandelten sich in der Nacht in undefinierbare Schattenmonster, einmal klein, dann wieder übermächtig groß, die neben und über den Besuchern des Festes lauerten und ständig die Position zu wechseln schienen. Geisterwesen und Hexen, bei Tageslicht spöttisch belächelter Humbug, traten in dieser Situation aus der Lächerlichkeit heraus und in den Bereich des Möglichen. Moderne Technik und reales Denken verschwanden in den Hintergrund, und tief verwurzelter Aberglaube, von Jahrhundert zu Jahrhundert weitergegeben, unterwarf sich jede Logik und schlich in den Vordergrund, leise, unbemerkt und unaufhaltsam.

Sogar Brecht konnte sich dieser Atmosphäre nicht ganz entziehen. Die Hitze hatte sich in eine brütende Schwüle gewandelt, und es lag ein Hauch von prickelnder Erwartung, von unerwarteten Ereignissen und von Erregung in der drückenden Luft. Maler und der Bürgermeister schwiegen auf dem Weg zur Burg. Auch von den anderen Gestalten, die sich in unscharfen Konturen in die gleiche Richtung bewegten, war nur leises Gemurmel zu vernehmen. Maler, der sich durch seine große bullige Gestalt von der restlichen schwarz gekleideten Masse etwas abhob, drehte sich einige Male um oder blickte angespannt über die Schulter.

Brecht ging das mit der Zeit gehörig auf die Nerven. »Was ist los? Du machst mich nervös. Keine Angst, es gibt keine Hexen. Jedenfalls keine echten.«

Maler lachte. Etwas zu gezwungen und laut für die sonst eher gedämpften Geräusche. »Blödsinn. Angst! Es ist nichts. Aber man hat uns ja gestern schon verfolgt, und die sind schon wieder hinter uns.«

Sich darüber Gedanken zu machen erschien dem Bürgermeister doch übertrieben. »Das wissen wir nun ja. Polizeipräsenz.«

»Bei einer Walpurgisnachtaufführung? Außerdem, wieso immer hinter uns beiden? Es gibt ja noch andere Teilnehmer. Ganz gefällt mir die Sache nicht.«

Brecht erahnte so etwas wie eine Berufskrankheit bei Maler. »Kannst ja den Kurt fragen, der wartet sicher schon bei der Burg. Wir sind gleich da. Vielleicht siehst du ja Gespenster? Anscheinend kommt das bei Polizisten häufiger vor.«

Maler konnte nicht über den Scherz von Brecht lachen, ihn beschlich ein eigenartiges Gefühl. Er hatte bemerkt, dass die sogenannte Polizeipräsenz, die Brecht so abwertend erwähnt hatte, viel stärker war, als dieser wohl ahnte. Einen Kollegen, auch in Zivil, erkannte er auf jede Entfernung. Etwas stimmte hier nicht. Dorfbürgermeister, obwohl sie selbst über sich ganz anders dachten, waren nicht so wichtig, um diese starke und vor allem heimliche Überwachung zu rechtfertigen. Aber gut, Verrückte gab es genug und überall. Maler zuckte mit den Achseln. Wenn hier etwas im Busch war, dann hatte Kurt Unger es sicher im Griff.

Endlich kam die Burg in Sicht. Durch viele Fackeln erhellt, konnte man dunkle Konturen, die in den Nachthimmel ragten, hinter einem gigantischen Baum erkennen. Nach zwanzig Metern führte eine Einfahrt an der linken Seite in Richtung des vorerst nur erahnbaren Gebäudes.

Die beiden Männer verließen die Straße und betraten einen nicht asphaltierten Weg. Vor ihnen erhoben sich die Mauern der Burg in ihrer ganzen Imposanz. Am Tage schon anders als viele ähnliche Bauwerke, zollte man der »Zue Kaprun« in der Nacht noch mehr Respekt. In der Dunkelheit starrten die vielen kleinen Fenster dunkel, kalt und undurchsichtig auf die Eindringlinge herab. Die Menschengrüppchen pilgerten wie Ameisen auf dem Weg zu ihrem Bau auf den Veranstaltungsort zu.

Vor dem Burgtor empfingen Kurt Unger und der Burgherr Werner Laube die Besucher höchstpersönlich. Beide trugen eigenartige Gewänder, die wohl mittelalterlich sein sollten. Der Bürgermeister war in ein braunes Gewand mit einem Adler vorn drauf und Raulederstiefel, die bis über die Knie reichten, gekleidet. Ein Hut mit einer riesigen Feder saß keck und leicht verwegen auf seinem Kopf. Werner Laube hatte sich für ein blaues Oberteil mit einem breiten Gürtel und eine dunkle Hose entschieden. Seine Stiefel reichten wie bei Unger bis über die Knie. Außerdem hing ein grauer Umhang lässig über seine Schultern.

Brecht musste sich mit kaum unterdrücktem Neid eingestehen, dass die beiden ein sehr repräsentables Paar darstellten. So richtige Haudegen wie aus einem alten Kinofilm.

Unger nahm seinen Hut ab, machte damit eine schwungvolle Bewegung zur Begrüßung und fuhr sich in gewohnter Manier durch sein dunkles Haar. Er erinnerte an Errol Flynn zu seiner besten Zeit. Schade für die beiden Galane, dass Burgfräulein Annabella schon an ihn, nämlich Brecht, vergeben war. Sogar ohne Hut und Degen. Ein bisschen konnte den Lemberer dieser Gedanke aufmuntern, als er plötzlich vor Schreck zusammenzuckte. In diesem Moment nämlich hüpfte eine kichernde Gestalt aus einer dunklen Mauernische, und nicht nur Brecht, sondern auch Maler und die anderen anwesenden Bürgermeister, die gerade angekommen waren, erschraken auf das Heftigste.

Die Oberhexe!

Haare in allen Farben standen wild von ihrem Kopf ab. Ein dunkles, unförmiges Kleid mit viel Firlefanz, Ketten, Knochen und Was-auch-immer waberte um ihren Körper und ließ Konturen nur erahnen. Grell geschminkt und mit rußigen Streifen im Gesicht, machte sie ein riesiges Tamtam mit ihrem Besen. So stellten sich die Kapruner also Hexen vor? Und wo stand es geschrieben, dass diese noch dazu stinken mussten? Sie roch – streng? Sollte wohl Schwefel sein, stank aber definitiv nach Pferdedung.

»Ist wohl eher Fasching. Kapruner Narrenzeit«, brummte Brecht, der schon wieder bereute, gekommen zu sein. Von Annabella Laube, seinem einzigen Lichtblick, fehlte jede Spur.

In diesem Moment nahm ihn der Kapruner Kollege am Arm und führte ihn an der Hexe, die hin und her hüpfte und ununterbrochen unverständliches Zeug brabbelte, vorbei durch das massive Burgtor. Fackeln spendeten im Inneren des Burghofs diffuses Licht. In einer größeren Mauernische zwischen zwei Türmen zu ihrer Rechten war eine einfache Holzbühne aufgebaut worden. Gegenüber befand sich eine teils überdachte Tribüne, die in langen Reihen nach oben anstieg. Allerdings waren die Holzstufen, auf denen man später sitzen würde, um sich die Vorführung anzusehen, nicht im Halbrund angeordnet, sondern in geraden Linien. Den kompletten Innenhof umschloss massives Mauerwerk, unterbrochen nur durch wenige Fenster und einige Türen, die ins Gebäude führten. Gestalten, die mittelalterlich gekleidet waren, schritten umher, und auf den Rängen saß bereits eine stattliche Menge an dunkel gekleideten Besuchern, die leise murmelnd in Gespräche vertieft waren.

Unger führte Brecht in die zweite Reihe der einfachen Holzbänke und platzierte ihn zwischen sich und Hans Maler. Der Polizist schien begeistert von der Atmosphäre, der Umgebung und der Burg. Sogar Brecht konnte sich dem Gefühl nicht ganz entziehen, in eine andere Zeit versetzt worden zu sein. Fast schon bereute er es, sich nicht doch schwarz gekleidet zu haben.

Als könnte er Gedanken lesen, winkte Unger einen der mittelalterlich verkleideten Menschen heran und flüsterte ihm etwas ins Ohr. Dieser grinste und stieg die Steinstufen hinauf, die neben der Arena links und rechts nach oben führten. Kurze Zeit später kam er mit einem schwarzen Bündel zurück, das Unger Brecht nun überreichte.

Etwas überrascht entfaltete dieser einen langen schwarzen Mantel. Kurz war er versucht zu bemerken, dass er doch kein Vampir sei, seufzte aber nur und ergab sich. Ohne Protest ließ er sich von Maler den Umhang anlegen.

Unger winkte ein weiteres Mal dem Unbekannten zu, und nachdem der Mann wieder zugehört hatte, nahm er den verdutzten Maler am Arm und zog ihn weg. Dann kam der Kerl wieder und setzte sich ziemlich dicht neben Brecht auf den Platz, den bis vor Kurzem noch Hans Maler besetzt hatte. Dieser eigenartig gekleidete Mensch, der ihn jetzt frech anblickte, erinnerte ihn an Till Eulenspiegel. Mit einer Kappe auf dem Kopf, grell umrandetem Mund, überall Glöckchen. Lächerlich. Aber gut, jedem das Seine – ein Brecht konnte tolerant sein.

Während er seinen Nachbarn betrachtete, der unaufhörlich breit grinste, richtete Unger das Wort an den Kollegen. »Übrigens, neben dir sitzt der Hofnarr. Er steht heute zu deinen Diensten, wird dir alle Wünsche erfüllen, sämtliche Fragen beantworten und nicht von deiner Seite weichen.«

Brecht kam nicht dazu, zu fragen, warum er einen Babysitter benötigte, denn in diesem Moment erklang getragene Musik, und die Stimmen auf den Rängen verstummten nach und nach. Die Bühne lag wie leer gefegt vor den Zuschauern. Lateinische Chorgesänge erfüllten Raum, Zeit und die Menschen mit pochender Erwartung, schwollen an, wurden von den Mauern zurückgeworfen und verhallten in der Nacht.

Nach kurzer Zeit öffnete sich eine kleine Tür, und aus dem Dunkel traten in braven Zweierreihen Mönche auf den Platz, die Kapuzen tief ins Gesicht gezogen. Sie trugen unruhig flackernde Kerzen in den Händen und durchquerten mit langsamen Schritten den Hof. Gerade wollte sich Brecht von der erwartungsvoll unheimlichen Stimmung mitreißen lassen, da hob plötzlich einer der Mönche den Kopf. Ja, aber …

Brecht wollte seinen Augen nicht trauen, als er Hans Maler erkannte, der unter der tief ins Gesicht gezogenen Kopfbedeckung hervorlugte. Er sah in seiner Mönchskutte riesig aus.

Bevor Brecht sich darüber weitere Gedanken machen konnte,

erklang plötzlich unangenehmer Lärm auf dem Burghof. Von oberhalb der Tribünen, von den Treppen, von außen und aus den Türen fegten wilde Gestalten, die, in dunkle Fetzen gehüllt, laut schrien und kreischten.

Die Hexen.

Fünfzehn an der Zahl konnte der Bürgermeister zählen, aber sie wirbelten wild durcheinander, daher war es nur zu schätzen.

Brecht bemerkte neben sich eine Bewegung, jemand stieß ihn an. Er sah, dass Kurt Unger aus seinen mittelalterlichen Taschen ein Objekt hervorfischte, das zeitgeschichtlich gar nicht passte: ein supermodernes Handy.

Stirnrunzelnd sah er kurz auf das Display und wandte sich an Brecht. »Entschuldige kurz, muss nur etwas überprüfen.« Dann eilte er geduckt weg, um die anderen Anwesenden, die gebannt zusahen, nicht zu stören.

Immer im Dienst, dachte Brecht voller Stolz, das Los der Bürgermeister. Sollte er ebenfalls einen Anruf vortäuschen, um verschwinden zu können? Würde dieser Till-Eulenspiegel-Verschnitt ihm nachgehen? Dem schelmischen Grinsen nach ja. Später vielleicht. Er folgte Unger mit seinem Blick und sah, wie ihn eine Mauer einfach zu verschlucken schien.

Brecht hatte aber keine Zeit, sich um diese gruslige Tatsache Gedanken zu machen, denn in diesem Moment leuchtete der Himmel plötzlich taghell, und ein riesiges Wetterleuchten untermauerte den Auftritt der Hexen. Wie hatten die Kapruner das inszeniert?

Kurz trat unerwartete Stille ein, die Hexen schienen selbst erschrocken über diese Einlage der Natur. Nach einiger Zeit entsannen sie sich wohl wieder ihrer Bestimmung und fauchten die Mönche an, stupsten sie mit den Besen, schrien und hüpften um sie herum. Alle sahen wie die Oberhexe aus, mit geringen Variationen. Eine hysterische Stimme ertönte von den Weibern, die wild um die armen Männer tanzten: »Dies ist die Nacht der Hexen, die Walpurgisnacht. Heute habt ihr hier nichts zu suchen, ihr Männer Gottes. Fort mit euch!«

Die Mönche ließen sich in ihrem Marsch nicht beeindrucken,

der Chorgesang nahm sogar noch eine Spur an Stärke zu, aber letztendlich marschierten die Männer in ihrer Zweierformation doch brav zum Tor hinaus.

Der inzwischen wieder leiser gewordene Choral verstummte ganz. Nachdem der Feind entfernt war, bildeten die Hexen einen Kreis in der Mitte des Platzes, und zu einem Lied, das Brecht nicht kannte, führten sie einen urigen Tanz auf, indem sie alle gleichzeitig die Besen schwangen, sich drehten, rhythmisch stampften und dazu sangen. Dazwischen gab es lautes Kreischen und irres Kichern.

Ja, doch, das war irgendwie schon beeindruckend. Das dumpfe Stampfen und der Rhythmus führten dazu, dass sich die Beobachter auf den Rängen zu bewegen anfingen und magisch von der Tanzfläche angezogen fühlten.

In diesem Moment wurden der Hexentanz und die Musik unterbrochen, und es ertönte unerwartet eine wunderschöne Stimme, die eine getragene Ballade zu singen begann. Alle Blicke richteten sich auf den Turm auf der rechten Seite, direkt neben dem Burgtor. Ganz oben, bisher im Dunkeln und jetzt von einem Scheinwerfer erhellt, stand eine ganz in weiße fließende Gewänder gehüllte Gestalt und sang, dass es einem warm ums Herz werden konnte. Die Stimme erfüllte die Nacht, sie glich einem süßen Flehen. Auch die Hexen blieben davon nicht unberührt und wichen angeekelt zurück. Dafür kamen Kinder in die Mitte des Hofes gesprungen und lauschten andächtig der Lichtgestalt auf dem Turm. Sie waren ganz in Grün gekleidet, hatten braune Kappen auf dem Kopf, und auf ihre langen Umhänge waren Blätter aufgenäht.

Nachwuchsjäger vielleicht?

»Waldelfen«, raunte Till Eulenspiegel, der Brechts Verwirrung bemerkt hatte.

»Aha, selbstverständlich. Waldelfen, was sonst.«

Die »Elfen« hielten sich an den Händen, summten und wiegten sich im Takt zur einschmeichelnden Stimme der – Fee? Brecht lächelte stolz. Anscheinend hatte er den ganzen Humbug jetzt begriffen. Ach, nicht so schwer für einen Mann mit Einfühlungsvermögen. Am Tag würden er und wohl jeder Mensch, der halbwegs normal dachte, über so viel Blödsinn und Klischee lächeln, aber in einer Nacht wie dieser ergab es durchaus Sinn.

Als die Dame in Weiß ihr Lied beendet hatte und wieder im Schatten verschwunden war, nahmen die Elfen die Hexen an der Hand und führten sie weg. Nun kamen die in mittelalterliche Gewänder gekleideten Gestalten zurück, die bei Brechts Eintreten auf dem Burghof herumspaziert, aber bei Beginn des Stückes auf die Seite getreten waren. Sie stellten eine Szene auf dem Markt dar. Es gab einen Marktschreier, der bei Ergreifung der Hexen ein hohes Kopfgeld und ewigen Frieden versprach. Es gab Damen, die mit Einkäufen über den Platz schlenderten. Kinder tollten herum und spielten den Erwachsenen Streiche, und eine Gruppe führte einen mittelalterlichen Tanz auf.

Plötzlich aber legte sich eine unheimliche Stille über das Geschehen. Die Menschen schauten sich nervös um, Mütter packten ihre Kinder, alle flüsterten miteinander, Unheil schien in der Luft zu liegen. Unwillkürlich sah Brecht über seine Schulter und blickte direkt in das Gesicht seines schelmischen Nachbarn, der leicht spöttisch lächelte. Schnell tat er so, als ob er einen Fussel von seinem neuen Umhang wischen wollte. Er gedachte in keinster Weise, sich bei irgendeiner weibischen Gefühlsduselei von einem Hofnarren ertappen zu lassen.

In diesem Moment fing es an zu regnen. Ohne Vorwarnung. Oder besser gesagt, es schüttete in Strömen. Vorher hatte noch der Mond geschienen, und jetzt so etwas. Das gehörte wohl nicht zur Veranstaltung. Tja, wohl doch keine echten Hexen, wenn sie nicht einmal das Wetter beeinflussen konnten, stellte Brecht zufrieden fest.

Sollte man sich ins Trockene begeben? Brecht sah sich um, aber keiner rührte sich von der Stelle. Alle starrten gebannt auf einen Punkt ganz oben am Turm, und auf einmal hörte man ein Sirren wie von Wind. Plötzlich, wie aus dem Nichts, erklang ein irrer, triumphierender Schrei.

Brecht sah nach vorn, dann nach oben. Er suchte den Himmel ab, während der Regen immer dichter fiel, als ein unförmiges schwarzes Bündel aus der Luft auf ihn zugerast zu kommen schien. Entsetzt schrie er auf, warf sich zur Seite und hörte ein Aufstöhnen der Menge.

Applaus ertönte. Vorsichtig wagte er sich aus der Deckung. In diesem Moment kam es schon wieder. Was flog denn da nur durch die Luft?

Da hörte er von dem rasenden Kleiderbündel über sich ein lautes »Juhuh, juhu-hu!« und erkannte Inge Plottino, die auf einem Besen durch die Nacht zu reiten schien. Er hatte es ja immer gewusst. Damit war der Beweis erbracht – diese Frau konnte nur eine Hexe sein.

Nicht ganz zu dieser Theorie passen wollten der moderne Helm, der auf ihren eigenartig gefärbten Haaren thronte, und das Brustgeschirr um ihren Körper. Jetzt konnte er ein Seil erkennen, das vom höchsten Turm links von ihm bis an das untere Ende der Arena auf der anderen Seite gespannt war. Eine Seilrutsche sozusagen oder wie diese Dinger hießen, mit denen Verrückte sich abseilen konnten. Dass diese Weiber sich so was trauten? Sich von da hoch oben quer über den Burgplatz fallen zu lassen? Er machte sich eine geistige Notiz, Inge Plottino in Zukunft nicht allzu sehr zu unterschätzen.

Unter großem Hallo seilte man die Hexen ab, was einige Zeit in Anspruch nahm. Als die letzte herunten war, stürmten sie geschlossen auf den Platz und auf die mittelalterlichen Bewohner der Burg zu. Ein heftiges Durcheinander und viel Lärm entstanden, und die Bürger flüchteten, während die Hexen versuchten, so viele wie möglich zu fangen.

Bald schienen die Weiber genug Opfer in ihrer Gewalt zu haben, denn die wilde Horde trieb die Menschen grob auf dem Platz zusammen. Natürlich wurden alle Aktionen immer von viel Geschrei und Blabla und Ahs und Ohs begleitet. Frauen halt.

Erneut folgten Tanz und Gesang zu einer recht poppigen Musik, die aus einer ziemlich modernen Anlage stammte, wie man sehen konnte. Der Techniker war wie ein Druide gekleidet und fingerte fieberhaft an Knöpfen, Reglern und Verstärkern herum, während er im Takt mit dem Kopf nickte.

»Holla die Waldfee! Inszenieren können sie, die Kapruner, also das ist vom Feinsten!« Brecht konnte sich ein Lob nicht verkneifen und wandte sich anerkennend an den Hofnarren.

Dieser nickte leicht abwesend. Sein Blick wanderte zu Brecht, und sein Grinsen wurde breiter. Schelmisch stieß er ihm seinen Stab mit den bunten Tüchern daran in die Seite. Brecht schüttelte verständnislos den Kopf und sah wieder nach vorn.

Mittlerweile bereute der Bürgermeister aus Lember nicht mehr, zu dieser Veranstaltung gekommen zu sein. Es hatte sogar aufgehört zu regnen, und kalt war es ebenfalls nicht.

Nach einigen Tänzen und Einlagen kletterte auch der Kapruner Bürgermeister wieder über die benachbarten Beine. Der Hofnarr stupste ihn mit dem Narrenstab an, was dieser aber ignorierte. Er ließ sich genervt neben Brecht auf die Bank plumpsen.

Dieser erklärte sofort: »Jetzt hast du das Beste verpasst. Wo warst du denn?«

Gerade als Unger zu einer Erwiderung ansetzen wollte, zerrten die Hexen unter Einsatz ihrer offensichtlich doch nicht so magischen Kräfte ein großes verhülltes Ding, das bisher wohl hinter einer Holzwand zwischen einem der Türme und der kleinen Bühne versteckt gewesen war, nach vorn. Der Gegenstand war einen guten Meter hoch und genauso breit. Eine überdimensionale alte Decke war darübergeworfen worden, trotzdem konnte man ein Gefäß darunter erahnen. Die Hexen stellten es sichtlich erleichtert in der Mitte des Platzes ab, auf dem die anderen Weiber gerade ein großes Lagerfeuer entfachen wollten. Nach dem Regen entpuppte sich dies als etwas schwierig, denn das Holz schien trotz Abdeckung ein wenig feucht geworden zu sein. Nach einigen vergeblichen Versuchen der weiblichen Belegschaft schlurfte eine bucklige Gestalt mit nervtötender Langsamkeit und einer Fackel bewaffnet zum Feuer. In der Karikatur des Glöckners von Notre-Dame erkannte Brecht nach längerem Hinsehen – und dafür besaß er genug Zeit – Ungers leibeigenen Diener, diesen Willi Sturm. Als der aber sogar mit der Fackel nichts ausrichten konnte, schlenderte ein Bursche, der nicht ganz so nach Mittelalter aussah, weil auf seinem schwarzen T-Shirt mit weißer Schrift »Fuck Technology« stand, in die Mitte des Platzes und half dem Feuer mit etwas Benzin nach. Nun brannte der Holzstapel hell und klar. Schatten zuckten, und auf der Burgmauer schien flackerndes Licht gegen die unnachgiebige Dunkelheit zu kämpfen. Es knisterte und prasselte, und die Flammen züngelten nach oben.

Die Hexen schoben das große verhüllte Ding in die Nähe des Feuers. Die Gefangenen wurden zusammengetrieben, wieder unter viel Hallo und Trara, während es bei gespenstischer und immer lauter werdender Musik zur geheimnisvollen Enthüllung kam. Das Ganze stellte sich als riesiger gusseiserner Kessel heraus, in dem sie wohl beabsichtigten, die Gefangenen einzukochen. Oder was auch immer. Es setzte das übliche Geschrei und Gekreische ein, wobei man sagen musste, irgendwie unterschied es sich von dem gekünstelten »Ihhhhhhhh!« und »Wähhhhh!« von vornhin, obwohl zuerst noch nicht ganz so klar ersichtlich war, warum.

Bis zu dem Moment, als man den Fuß mit einem recht modernen Turnschuh dran aus dem Kessel ragen sah und den meisten Anwesenden auf Bühne und Tribüne dämmerte, dass dieser definitiv nicht zum Programm gehörte.

16

Zu dem Fuß, der da aus dem Hexenkessel auf der Burg Kaprun schaute, gehörte ein Körper, der sich ebenfalls in dem Gefäß befand. Mochte der Kessel auch groß erscheinen, war der Raum im Inneren doch begrenzt, und es war ein logistisches Wunder, wie der Besitzer des Fußes wohl darin Platz gefunden haben mochte. Offensichtlich ziemlich gepresst oder in Teilen, denn der sofort herbeigerufene Arzt warf nur einen kurzen Blick in das Innere des überdimensionalen Kochtopfs und verzog entsetzt sein Gesicht.

Dr. Pühringer trug immer noch sein Druidengewand, in dem er bis gerade eben die Mischpulte für die Show bedient hatte. Man sah also einen Druiden, gekleidet in ein langes fließendes Gewand und mit einer Art Kranz auf dem Kopf, umringt von Hexen und anderen mittelalterlichen Gestalten, der heftig in ein kleines Gerät sprach, das jeder gemeinhin mit dem Wort »Handy« bezeichnete.

Während der Arzt telefonierte, hatte ein Mönch die polizeilichen Tätigkeiten übernommen. Hans Maler trug seine Kutte, und trotz einer genervten Aufforderung von Brecht wollte er sie partout nicht ablegen. Die Polizei war informiert. Beziehungsweise sogar teilweise schon vorhanden. Dem Aufruf von Maler, »ob denn ein weiterer Polizist anwesend wäre«, waren plötzlich an die zehn Personen gefolgt, die sich während der Veranstaltung alle in und um die Burg befunden hatten und sich als Kollegen von ihm entpuppten. Sich über das für eine einfache Hexennacht doch recht ansehnliche Polizeiaufgebot Gedanken zu machen – dafür würde jedoch später mehr Zeit sein. Jetzt hieß es handeln.

Eiligst spannte jemand ein Absperrband, das noch von einer Baustelle am Burggraben übrig geblieben war, um den Hexenplatz herum. Die Zuschauer und Akteure, die schaurig ergriffen und angezogen von der bittersüßen Macht des Todes nach vorn drängten, scheuchte man vom Toten weg und verbannte sie wieder auf die Tribüne. Eine schwierige Aufgabe, denn jeder schien etwas zu sagen und in unmittelbarer Nähe des Toten zu tun zu haben. Speziell eine Hexe erwies sich als besonders widerspenstig. Sie wurde nicht müde, den Polizisten mit in die Hüften gestemmten Fäusten zu erklären, sie würde zur Polizei gehören. Keinen Zentimeter wich sie von ihrem Platz in der Nähe des Kessels zurück.

Mittlerweile befanden sich nur mehr der Kapruner Bürgermeister, Brecht, Maler, der Burgherr, der Druide, die Oberhexe, einige Polizisten, Inge Plottino und ein Fuß plus zugehörigem Körper auf dem Burghof. Auf den Rängen mit den Holzbänken und dem Platz oberhalb bei der Musikanlage stand die Menge in kleinen und größeren Gruppen zusammen, und nach dem ersten Schock diskutierte man heftig, wenn auch leise, das Unfassbare. Jede mögliche natürliche, aber auch elektrische Lichtquelle war bemüht worden, und die Burg und der Schauplatz waren in eine unnatürlich grelle Helligkeit getaucht. Vom schummrigen Mittelalter, das die Phantasie anregte und Träume wahr machte, war man plötzlich zurückgeholt worden in eine kalte und brutale Gegenwart.

»Meine Herren, wie gehen wir in dieser unappetitlichen Sache weiter vor?« Die stellvertretende Bürgermeisterin Inge Plottino unterbrach als Erste die Stille auf dem Platz. Die über dem Busen verschränkten Arme, der fordernde Blick und das forsch vorgestreckte Kinn widersprachen den wirr vom Kopf abstehenden Haaren, dem rußigen Gesicht mit schwarz umrandeten Augen sowie einem Gewand, das mehr oder weniger ausschließlich in schmuddeligen Fetzen herabhing.

Brecht und Unger drehten sich gleichzeitig zu ihr um und sahen sich dann wortlos in die Augen. Ein Nicken von Brecht zu Maler folgte. Dieser nahm Inge am Arm.

»Komm, du hast hier nichts zu suchen. Ist nicht deine Leiche.«

Die so Angesprochene schüttelte erbost den Arm ab. »Ach, wer sagt das? Ein Mönch? Vielleicht bin ich eine wichtige Zeugin? Und was heißt hier *meine* Leiche. Eine Leiche gehört bitte schön gar niemandem, also genau genommen allen, mein

Freund. Außerdem habe ich genauso ein Recht, hier zu sein, wie der da.« Dabei wies sie auf Bürgermeister Brecht.

Maler seufzte sichtlich genervt. »Lass es, Inge. Ich bin nicht dein Freund. Hier ist kein Platz für dich. Punkt. Da liegt ein Toter! Halt *einmal* in deinem Leben den Mund und lass wenigstens den in Frieden ruhen. Es reicht vollkommen, wenn du die Lebenden nervst.«

Obwohl derartig heftig zurechtgewiesen, dachte Inge gar nicht daran, ruhig zu sein. Unter Androhung aller möglichen Konsequenzen, inklusive einiger immenser Flüche, die eine Lernhexe so in petto haben mochte, führte die Polizei sie mehr oder weniger sanft vom Platz. »Ihr werdet noch um meine Hilfe flehen!«

»Gott bewahre! Wie hältst du das aus?« Unger schüttelte fassungslos den Kopf und schaute Brecht fragend an.

»Tue ich gar nicht. Dabei hat sie in ihrem Vizebürgermeisterposten gerade erst begonnen. Du kannst dir kaum vorstellen, wie es bei uns in der Gemeinde zugeht. Sie ist mein Sargnagel.«

Bei dem letzten Wort wandten sich die beiden wieder dem Toten zu. Kurze Zeit schwiegen sie, bis Brecht meinte: »Sie hat ja recht. Ich habe hier nichts zu suchen. Ich warte, bis die Ermittler aus Salzburg kommen, dann bin ich weg. Da ich nichts gesehen habe, wird meine Aussage sicher kurz sein. Die morgige Veranstaltung wird wohl abgesagt werden, oder?«

Unger wandte sich seinem Kollegen zu. »Im Moment weiß ich nicht so recht. Was würdest du machen? Würdest du als Teilnehmer unter diesen Umständen erscheinen? Ich nehme an, wir können die Geschichte nicht geheim halten, zu viele Menschen waren bei der Veranstaltung heute zugegen.«

»Wenn ich ehrlich bin, würde ich schon kommen. Sonst würde ja die ganze Arbeit von vorher umsonst gewesen sein. Ich denke, es wäre für Kaprun nicht so ideal, die Mitglieder der Konferenz mit diesem Beigeschmack von Tod nach Hause zu schicken. Halt den Ball flach, was den Toten hier betrifft, zieh morgen die Konferenz durch und mach am Ende eine einfache kurze Schlussveranstaltung ohne viel Getöse.«

Unger schien erleichtert über die Worte von Brecht. »Das ist eine gute Idee. So habe ich es mir in ungefähr auch gedacht, da ja im Grunde die wirkliche Arbeit der Konferenz erst anfängt. Mit den Kleingruppen, die wir übermorgen einteilen. Du machst doch ebenfalls mit?«

Dieses Mal hörte er nicht die gewünschte Antwort des Bürgermeisters aus Lember.

»Das ist mit Sicherheit eine ganz wichtige Sache, ich habe jedoch in der Gemeinde viel zu tun. Da gibt es Bessere. Aber ich rate dir eines, versichere dich, dass du die Plottino nicht bei deinen Kleingruppen dabeihast. Die findet immer einen Weg, um im Mittelpunkt zu stehen.«

Unger lachte und klopfte Brecht auf die Schulter. »Keine Sorge, dort sind nur Bürgermeister vorgesehen, keine Stellvertreter. Aber ich verstehe dich nur zu gut. Schade. Wir bleiben in Kontakt.« Er sah lange zum Himmel und flüsterte so leise, dass Brecht es fast nicht gehört hätte: »Gott, bin ich froh, wenn diese Nacht vorbei ist.«

In diesem Moment kam die Polizei. Die echte. Jedenfalls in deren Augen. Die Salzburger Mordkommission. Denn Unfall oder Selbstmord schienen aufgrund der optischen Tatsachen doch relativ unwahrscheinlich.

Allen voran – welche Überraschung! – ein alter Bekannter. Soeben betrat Gruppeninspektor Bernd Krüger, Leiter der Mordkommission des Landeskriminalamtes, den Burghof. Er hatte in Lembers schwarzen Zeiten die Ermittlungen rund um die Verbrechen geleitet. Wie er den ansonsten idyllischen Ort mit seinen etwas eigenwilligen Bewohnern in Erinnerung behalten hatte, sollte man lieber nicht nachfragen. Doch noch ehe er sich einen Überblick über die Lage verschaffen konnte, stürmte ein wild gewordenes Kleiderbündel auf ihn zu und umarmte ihn.

»Juhu! Juhu-hu! Grüß Gott, Herr Oberkriminalhauptkommissar. Endlich jemand, der kompetent ist in Ermittlungszeug und so!«

Die Worte »Herr Oberkriminalhauptkommissar« und die Stimme erinnerten den soeben Eingetroffenen, der wie versteinert in der festen Umarmung am Busen dieses Wesens verharrte, stark an eine unheilvolle Begegnung von früher. Er starrte auf die mit Gel aufgerichteten Haare, den kurzen Hals, die dreckige Kleidung. Nein, das war nur eine verwirrte Frau, sonst niemand, versuchte er sich zu beruhigen.

In diesem Augenblick entdeckte er Brecht. Ruckartig machte er sich aus der Umarmung los und drehte sich zu seinen Kollegen um, die etwas ratlos hinter ihm standen und die Szene stirnrunzelnd beobachteten. »Wie heißt der Ort hier?«

Der Kollege antwortete erstaunt: »Kaprun, Chef. Aber das wissen Sie doch.«

Krüger atmete erleichtert aus. »Dann muss es ein Irrtum sein. Dieses ganze Burgdingsbums und die Beleuchtung, man könnte fast anfangen zu phantasieren und Gespenster zu sehen. Offensichtlich bin ich doch noch nicht ganz über gewisse Personen hinweg.«

Leider war die Frau, die da an ihm hing, nur zu real, wie er feststellen musste, und in dem sonst eher ruhigen, leicht mürrischen Gruppeninspektor stieg die Befürchtung auf, es doch mit einem Schrecken der Vergangenheit zu tun zu haben. In diesem Moment hakte sich Inge Plottino bei ihm unter, und bevor er sich's versah, schleifte sie ihn in Richtung des Toten, während sie fröhlich drauflosplauderte.

»Jetzt freue ich mich aber wirklich sehr! Sie sich auch, nehme ich an? Sie brauchen nichts sagen, das ist doch selbstverständlich. Wir sind ja fast so etwas wie Freunde. Und Kollegen.« Ein kurzes Augenzwinkern folgte. Bevor jemand etwas sagen konnte, fuhr Inge fort: »Wo ich Ihnen doch so eine große Hilfe war in Lember. Aber Sie kennen mich ja. Helfen ist für mich selbstverständlich. Da denkt man nicht drüber nach. Das hat man, oder man hat es nicht. Darum bin ich ja vom Volk gewählt worden. Ach, vielleicht wissen Sie ja die große Neuigkeit gar nicht?« Ein kurzer bescheidener Blick auf Krüger folgte, dann zwitscherte sie mit strahlendem Lächeln: »Sie dürfen mich jetzt mit Frau Vizebürgermeisterin anreden. Nicht dass ich darauf besonderen Wert legen würde, aber es ist doch ein hohes Amt, dem einiges an Respekt gebührt. Eine schwere Last, die ich zu tragen habe. Selbstverständlich hilft mir unser Bürgermeister, aber …«

Die letzten Worte hatte sie schnell nachgeschossen, denn mittlerweile waren die beiden in Hörweite von Brecht gekommen.

Hans Maler eilte auf den ranghöheren Kollegen zu und salutierte, obwohl er sozusagen in Zivil war. Die Pflicht nahm er sehr ernst, und sofort verwandelte sich der gutmütige Mönch in den hochakkuraten Polizisten. Auch den Berufssprachmodus schaltete er ohne nachzudenken ein: vom kehligen Dialekt in gewähltes Hochdeutsch.

»Guten Tag, Herr Gruppeninspektor. Es ist mir eine Freude – also generell ist es mir eine Freude –, heute natürlich wegen der Umstände nicht so … Also jedenfalls: Grüß Gott!«

In der Zwischenzeit war es dem ermittelnden Beamten Krüger gelungen, sich aus seiner Schockstarre zu befreien und Inge Plottino abzuschütteln. Mit einem Knurren hieß er sie, hinter dem Absperrband zu verschwinden. Augenblicklich!

Beleidigt dampfte Inge davon. Natürlich nicht, ohne sich wenigstens sprachlich das letzte Wort zu sichern. »Die werden sich noch wundern, wie weit sie kommen! Sollen sie machen, was sie wollen. Pffffhh! Ist ja nicht mein Toter. Geht mich nichts an.«

In der Mitte des Platzes machte sich der Gruppeninspektor gerade mit den Anwesenden bekannt. Brecht, der noch immer seinen langen schwarzen Umhang trug, und die anderen verkleideten Gestalten hatten ihn nur eine hochgezogene Augenbraue gekostet. Nach einem kurzen Gespräch mit dem Arzt und einer anschließenden Erklärung des Bürgermeisters von Kaprun bedeutete er den Umstehenden zu schweigen, trat an den großen Kessel heran, sah hinein, ging darum herum und nahm die Szene in sich auf. Er winkte die restlichen Kollegen inklusive der Spurensicherung zu sich, während er sich zu den mittelalterlichen Gestalten umdrehte.

»Danke für die Benachrichtigung, meine Herren, aber ab jetzt werden die Profis übernehmen.«

Hier warf er einen vielsagenden Blick auf Brecht. Dieser zuckte nur mit den Schultern. War ja nicht sein Toter.

»Meine Herren, bitte alle hinter die Absperrung. Jetzt gilt es vorrangig, die Spuren zu sichern und herauszufinden, woran der Tote gestorben ist. Vor allem müssen wir ermitteln, wer er ist.«

Schon wandte er seine ungeteilte Aufmerksamkeit wieder dem Mann im Kessel zu, als Bürgermeister Unger sich räusperte.

»Bei eins und zwei kann ich leider nicht helfen, aber zu Nummer drei kann ich meine Hilfe anbieten. Definitely.«

Alle Köpfe drehten sich in Ungers Richtung.

Krüger fragte etwas zweifelnd: »Was soll das heißen, Herr Bürgermeister? Sie wollen den Toten anhand eines Fußes erkennen? Sind Sie zu einem mittelalterlichen Wahrsager mutiert?«

An den Zynismus des Kriminalbeamten musste sich Kurt Unger, der selten mit Widerspruch zu rechnen hatte, erst gewöhnen. Dass der Gruppeninspektor nach der Geschichte in Lember eine Allergie gegen Bürgermeister und eine bestimmte Spezies von Dorfbewohnern entwickelt hatte, konnte er natürlich nicht wissen.

Beleidigt wandte er sich ab. »Dann lassen Sie es eben bleiben, wenn Sie mir so kommen, mein Freund!«

»Nun seien Sie doch nicht gleich eingeschnappt! Also, woher wissen Sie, wer das ist?«

Unger überlegte, aber in Anbetracht der Situation schien es tatsächlich nicht angebracht, beleidigt zu sein. »Während der Vorstellung hier auf der Burg habe ich einen Anruf erhalten, dass jemand vermisst wird. Da hier nun ein Toter im Kessel steckt, wird es sich mit großer Wahrscheinlichkeit um den Vermissten handeln.«

Krüger schien nicht so überzeugt wie Unger. »Ach, daraus schließen Sie das also? Und warum hat uns noch niemand über einen Vermissten informiert?«

»Die Polizisten in Kaprun haben zuerst *mich* informiert. Bei uns ist das so.«

Krüger lächelte bitter. »Ja, ich weiß, dass das auf dem Lande *so ist*. Dass hier sowieso alles anders ist. Aber woher wollen Sie wissen, ob der Tote wirklich der Vermisste ist?«

Kurz überlegte der Bürgermeister, sah über die Schulter und flüsterte: »Glauben Sie mir, ich weiß es. Woher, tut hier nichts zur Sache.«

Krüger schluckte. Jetzt ging das mit diesen Bürgermeistern wieder los. Die wussten immer alles besser. Wenn der vielleicht so ein Weib wie diese – wie hieß sie noch, Pattino oder so? – dabeihatte … Wie kurz zuvor Kurt Unger warf er einen nervösen Blick über die Schulter. Als er aber kein offensichtlich dazugehöriges weibliches Wesen, das vor Neugier nur so strotzte, ausmachen konnte, beruhigte er sich etwas.

»Gut, haben Sie wohl bitte die Gnade, uns zu sagen, mit wessen Bein wir es in diesem Fall zu tun haben?«

»Das ist der Breitenbacher Gérard.« Der Bürgermeister sprach den Namen wie »Schera« aus. »Eigentlich heißt er Gerhard, aber er wollte so genannt werden. Schera. Ein Deutscher aus Köln.«

Alle warteten auf eine weitere Erklärung, aber Unger hatte wohl beschlossen, dass er der Polizei schon genug geholfen hatte.

Krüger schien nicht der gleichen Meinung zu sein. Sein Ton wurde hörbar ungehaltener. »Aha, und wer ist das, dieser *Schera*? Wohnt er hier? Was macht er? Hat er Angehörige? Feinde? Na los! Außer dem Toten hat hier keiner wirklich Zeit für Ratespiele.«

Unger beugte sich der in seinen Augen rohen Polizeigewalt. »Was er genau beruflich macht – machte –, weiß ich nicht, aber er ist so eine Art Immobilienmakler.«

»Geht es etwas genauer, Herr Bürgermeister?«

Zögernd fuhr Unger fort. »Der kam früher immer mit seinen Eltern im Urlaub nach Kaprun. Die kommen immer noch jedes Jahr her. Das weiß ich so genau, weil ich denen erst gerade die goldene Ehrennadel von Kaprun überreicht habe. So ganz einfache Leute. Der Sohn war schon immer ein Möchtegern-Trickser. Globetrotter – you know what I mean?«

Als er sah, dass Krüger nicht zu wissen schien, was er meinte, zuckte er mit den Schultern und fuhr in seinen Erklärungen fort. Der verstand wohl kein Englisch.

»Hat während seines Aufenthalts ganz Kaprun aufgemischt, als Bub schon allen möglichen Leuten Streiche gespielt. Generell sind gern Sachen verschwunden, wenn er in der Nähe war, aber beweisen konnte man ihm nie etwas. Jedenfalls ist er längere Zeit nicht mehr mit den Eltern mitgekommen, doch auf einmal ist er wiederaufgetaucht. Mit einem protzigen Auto, ganz in Rot, Sie wissen ja. Teure Anzüge, klobige Goldringe an den Fingern und hat mit dem Geld nur so um sich geworfen. Keiner weiß so recht, wie er reich geworden ist. Einige sagen, durch Bordelle, die anderen, durch Spekulationen. Vielleicht hat er ja nur im Lotto gewonnen. Who knows?«

Er überlegte kurz und sprach nach einem tiefen Seufzer weiter. »Er hat angefangen, hier in Kaprun, aber eigentlich im ganzen Pinzgau und Pongau, Häuser aufzukaufen. Viele unserer jungen Leute bleiben ja dort, wo sie studieren, ergattern gute Arbeitsplätze und so weiter. Die Eltern haben sich mühsam ein Haus gebaut und abbezahlt, und plötzlich will es keiner mehr haben. Das ist ein großes Thema hier bei uns, oder, Anton?«

Er wartete nicht die Antwort seines Kollegen ab, denn langsam kam er in Fahrt. »Irgendwann müssen sie verkaufen, oder die Erben tun es. Ist ja kein Problem, es gibt ja genug Nachfrage auf dem Markt. Die Verkäufer suchen sich aber den Meistbietenden aus, und nun kommt der Schera ins Spiel. Er kauft die Häuser zu hohen Preisen. Preise, die sich eine junge Familie einfach nicht leisten kann. Und vermittelt sie an betuchte Ausländer weiter, die hier einen Ferienwohnsitz haben wollen, einen sogenannten Zweitwohnsitz. Denen kann er die Häuser noch einmal teurer anbieten, die können sich das nämlich leisten. Ein großes Problem, das wir derzeit noch nicht im Griff haben.«

Krüger überlegte kurz, dann winkte er einem Mann in Uniform, der ganz in der Nähe stand. »Herr Bürgermeister, sagen Sie bitte meinem Kollegen hier, wo der Herr gewohnt hat. Wir unterhalten uns morgen weiter über Details. Denken Sie nach. Vor allem Feinde des Toten interessieren uns.«

Der Bürgermeister rief seinen buckligen Adjutanten herbei und befahl Willi Sturm, die Adresse des Toten zu eruieren. Dieser machte einen Diener und schlurfte davon. Es hatte ihm wohl niemand gesagt, dass er seine Rolle ablegen konnte.

Unger wandte sich wieder dem Gruppeninspektor zu. »Morgen haben wir wenig Zeit. In Kaprun findet gerade eine große Konferenz statt. Eine Unmenge an Bürgermeistern und Vizebürgermeistern befindet sich hier bei uns. Morgen ist die finale Veranstaltung. Best of the Fest.«

Krügers Gesicht nahm eine ungesunde weiße Farbe an. Ein ganzes Nest von diesen Bürgermeisternervensägen also! Er betete innerlich zu Gott, dass dieser Kelch, vollgefüllt mit Ortsgenerälen, an ihm vorübergehen mochte.

Brecht hatte genug für diesen Tag. Man würde ihn wohl ohnehin nicht mehr brauchen, er konnte ja auch rein gar nichts zur Aufklärung des Verbrechens beitragen. Es war spät, und er begann die Müdigkeit in den Knochen zu spüren. Da Maler beschäftigt herumeilte, begab er sich allein und unbemerkt zum Ausgang und verließ die Burg durch das Burgtor.

Die Hektik im Inneren der Burg stand im krassen Gegensatz zu der schon fast unheimlichen Stille außerhalb der massiven Mauern. Erleichtert atmete er auf. Er fühlte sich um einiges freier, weil er nicht mehr von so vielen Menschen umgeben war. Trotz der kurzen Regenphasen während der Aufführung lag die Hitze immer noch drückend über allem.

Brecht überquerte den Burggraben und wandte sich nach rechts in Richtung Ort. Er wünschte sich, nur mehr in sein Bett zu fallen und am nächsten Tag in sein beschauliches und übersichtliches Lember zurückzukehren.

Die Fackeln, die vorher den Weg beleuchtet hatten, waren heruntergebrannt, aber die Straßenlaternen waren nicht wieder eingeschaltet worden. Es musste schon einiges nach Mitternacht sein, es war die Zeit, in der die Nacht am dunkelsten schien. Jedes Geräusch war doppelt so laut zu hören wie am hellen Tag, und so hallte ihm jeder seiner Schritte voraus und knirschte laut in der dunklen Einsamkeit.

Ganz so locker, wie er gedacht hatte, war dieser Gang ins Hotel nicht, denn eine allumfassende Dunkelheit, unterbrochen nur von einigen konturlosen Schatten, umgab ihn. Geräusche, die jede noch so kümmerliche Phantasie ins Uferlose wachsen ließen, und Gerüche, die tief ins Gehirn einzudringen schienen, begleiteten den Bürgermeister. Dass vielleicht ein Mörder ganz in der Nähe war und das Treiben der Polizei um seine Tat beobachten mochte, machte die Sache nicht gerade einfacher. Konnte man es ihm da verdenken, dass er sich plötzlich verfolgt fühlte?

Er blieb abrupt stehen und horchte in die Nacht.

Stille.

War das gut oder schlecht?

Schlecht, beschloss er, denn diese Stille war zu endgültig für eine normale Nacht. Da sollte es doch sicher Geräusche von Insekten, von Nachttieren oder sonst etwas geben?

Er machte wieder einige Schritte und blieb erneut stehen. Hatte es ihn getäuscht, oder war hinter ihm ein Schritt nachgehallt? Konnte man irgendwo auf dem Weg, den er gerade gegangen war, dunkle Schemen erkennen, oder bildete er es sich nur ein?

Brecht beschleunigte seinen Gang. Gerade überlegte er, ob es eines Bürgermeisters würdig war, davonzulaufen, als jemand die Arme um ihn schlang. Und er schrie, schrie und schrie, wie noch nie in seinem Leben. Bürgermeisterwürde hin oder her.

17

Die Frau las in den alten Überlieferungen. Sie fühlte tief in sich eine Sehnsucht nach dieser Zeit, so als ob sie schon einmal gelebt hätte und einfach wiedergeboren worden wäre. Vielleicht war es ja so. Wiedergeboren, um eine Aufgabe in diesem Leben zu erfüllen.

Doch die Zeichen standen schlecht. Irgendetwas ging vor sich, und sie wusste nicht, was.

Besorgt las sie weiter. Sie hatte einen Brief gefunden, in dem ein Burgherr schrieb:

Werter Freund und Meister,

wir schreiben den 15. April im Jahre des Herrn 1775. Es kündigt sich ein heißer Tag an. Noch vor dem Morgengrauen erwachet die Burg zum Leben.
Als das Glöcklein der nahe gelegenen Jakobskapelle die hora prima einläutet, ist der Burghof voll der Menschen. Jeder weiß, was er zu tun hat, und durch das Hin-und-her-Geeile wird die dünne Staubschicht, die durch die Hitze der letzten Wochen auf dem festgestampften Boden liegt.
Ich stehe an einer der Öffnungen in der Brüstung der Burgmauer, und meine Augen verfolgen das emsige Treiben unter mir, mein Herz jedoch ist woanders.
Die Menschen können nicht wissen, dass ich ihr Leben in meinen Händen halte, und das ist gut so.
Auch du wirst zu gegebener Zeit diese Last verspüren, sobald du bereit bist.
Sollte heute mein neuester Versuch jedoch nicht gelingen, wirst du das Opfer vollbringen.
So viele Jahre habe ich alles darangesetzt, das Unheil abzuwenden. An dem gewählten Tage muss es gelingen, denn wenn ich in dieser Nacht wieder versage, werde ich meiner Tochter nicht

mehr helfen können. Sie soll die Nächste sein. Dafür musst du mit deinem Leben schwören, egal, was passieren mag.
Mein Versagen darf das Ritual nicht unterbrechen. Mein Herz ist voll der Qual.
Ein Leben für alle. Doch der Preis ist zu hoch. Jedes Mal.

Der Auserwählte

18

Selbstverständlich war es Brecht unheimlich peinlich. Sein nächtlicher Mörder entpuppte sich als Hexe. Zuerst dachte er, es wäre die Plottino, und hundert Mordarten schossen ihm durch den Kopf. Bei näherem Hinsehen und vor allem, als er die Stimme erkannte, musste er erstaunt bemerken, dass sich hinter der Hexenverkleidung sein Burgfräulein, Annabella Laube, versteckte. Während des Treibens auf dem Burghof war sie ihm nicht aufgefallen. Wobei er sich nicht die Mühe gemacht hatte, bei diesem Klamauk genauer hinzusehen.

»Aber Herr Bürgermeister, wer ist denn hier so schreckhaft?«

»Ich wollte eigentlich Sie erschrecken, verehrte Frau Laube. Wie Sie vielleicht bemerkt haben, habe ich mich des Öfteren umgedreht, weil ich Sie schon kommen gesehen habe.«

»Oh, das war ich nicht, sondern ein Mann oder eine Frau, so genau konnte ich es nicht erkennen. Ich habe dort vorn unter dem Baum auf der Bank gesessen, als ich Sie plötzlich in meine Richtung hasten sah. Mit Ihrem langen Umhang haben Sie mir fast ein bisschen Angst eingejagt, Sie Schlimmer. Aber jetzt habe ich ja starke männliche Begleitung, die mich sicher nach Hause bringt.«

Bevor sich Brecht genauer nach seinem Verfolger erkundigen konnte, hakte sich die Hexe bei ihm ein und zog ihn plaudernd in Richtung Hotel. Er war erleichtert, dass sie nicht näher auf seinen etwas peinlichen Schreianfall von vorhin einging.

»Was machen Sie eigentlich hier um diese Zeit? Auf einer Bank mitten in der Nacht ganz allein, verehrte Frau Laube? Das ist doch ziemlich ungewöhnlich, selbst für eine Hexe.«

Sie kicherte. »Ich habe auf Sie gewartet.«

»Ja, das mag glauben, wer will, aber ich nicht. Sie wussten ja gar nicht, wann ich kommen würde. Und warum auch?«

Die beiden waren mittlerweile beim »Hotel Laube« angekommen.

»Doch wirklich, nach der ganzen Sache dachte ich mir, dass Sie bald kommen würden. Ich habe einfach gewartet, obwohl ich mich etwas gefürchtet habe. Aber es ist ja jetzt vorbei. Kommen Sie herein, ich werde Ihnen zeigen, wieso.«

Holla, das klang wie Musik in Brechts Ohren, wobei er nicht so genau wusste, wie er in dieser Situation reagieren sollte. Wollte ihn diese Frau verführen? Schickte es sich überhaupt, angesichts des jüngsten Todesfalls so zu denken und zu handeln? Aber in einer Nacht wie dieser schienen Konventionen so fern. War er selbst schon so weit? In jeder Lebenslage ein beinharter Verhandler und Kritiker, bekam der große Ortschef von Lember gerade weiche Knie. Er hätte schneller weglaufen sollen.

Sie betraten das Hotel durch einen Nebeneingang, und Brecht zögerte für einen klitzekleinen Moment. Wer aber sollte sie um diese Zeit beobachten? Die Hotelchefin führte Brecht in ihren privaten Bereich. Sie forderte ihn auf, sich ins Wohnzimmer zu setzen.

»Machen Sie es sich gemütlich, ich komme gleich wieder. Ich ziehe mir nur etwas Bequemeres an.«

Brecht wusste nicht so recht, wie ihm geschah. Der Traumsatz von einer Frau für alle Männer. Was würde sie machen? Im Negligé wiederkommen? Die Situation kannte er nur zu gut aus den Filmen, die sich seine Frau pausenlos ansah. Furchtbare Filme. So grauslich kitschig, dass es wehtat. Er las lieber die Zeitung oder widmete sich Berechnungen für die Gemeinde, in jedem Fall etwas Sinnvollem.

Doch etwas nervös, und damit er sich ein bisschen von der Panik ablenken konnte, die gerade versuchte in ihm aufzusteigen, betrachtete er entgegen seiner Gewohnheit die Einrichtung. Sehr geschmackvoll eingerichtet war sie, die Frau Laube. Wie ja die ganze Frau wirklich besonders war. Irgendwie passte diese peinliche Situation gar nicht zu ihr. Hatte er doch vielleicht etwas zu viel Charme versprüht? In Gedanken, ja, da war er bereits viel weiter. Aber in der Realität? In diesem Moment ertönte hinter ihm ihre weiche Stimme, und er drehte sich um.

Da stand sie. Gott sei Dank vollkommen bekleidet.

In den Händen hielt sie einen Kuchen, auf dem drei Kerzen brannten. Ein Lächeln verzauberte ihr ohnehin wunderbares Gesicht, während sie schmeichlerisch sang: »Happy birthday to you! Happy birthday to you! Happy birthday, lieber Anton, happy birthday to you!«

Sie musste sein Geburtsdatum in der Anmeldung gelesen haben. Und wenn er auch keinen Wert auf diesen Tag legte, hatte diese Szene doch etwas Besonderes. Vielleicht nur zu toppen, wenn sie nackt gewesen wäre. Er befahl sich in Gedanken, sich zusammenzureißen, und lächelte. Frau Laube überreichte ihm die kleine Torte – eine Sachertorte – und küsste ihn links und rechts auf die Wange. Ein Duft nach süßem Pfirsich umwehte sie und verwirrte ihn.

»Alles Gute, Herr Bürgermeister. Ich denke, Sie sind keiner, der seinen Geburtstag groß feiert, aber ganz sollte man ihn nicht unter den Tisch fallen lassen. Leider habe ich es erst spät entdeckt, sonst hätte ich schon früher gratuliert.«

Brecht verspürte so etwas wie Rührung. Diese Frau war wirklich eine einmalige Person. Natürlich hatte ihn auch seine Frau angerufen, aber das war etwas ganz anderes. Irgendwie. Er sah zuerst Annabella an, dann den Kuchen. Noch dazu eine Sachertorte, die mochte er sehr gern. Auch wenn er sich insgeheim, ganz tief drinnen, vielleicht etwas anderes erhofft hatte, verbrachte Brecht eine nette Zeit bis in die frühen Morgenstunden mit Annabella.

Es blieb aber vereinigungstechnisch gesehen bei dem freundschaftlichen Du und einem keuschen Kuss auf die Wange. Schade, wirklich schade, dass ihre gemeinsame Zeit schon wieder vorbei war.

19

Verdutzt sah Kurt Unger am nächsten Morgen eine energische Inge Plottino die Bühne im Festzelt der Bürgermeisterkonferenz erklimmen. Das Hexenoutfit war gegen den schwarzen Überrock getauscht worden. Sie schnaufte aufgrund der Hitze und der Enge des Rocks die paar Stufen zur Bühne hinauf, fasste sich an ihren wogenden Busen und wischte sich mit einem Taschentuch das Gesicht ab.

Als der Bürgermeister seine Sprache wiederfand, wies er sie scharf zurecht. »Frau Vizebürgermeister, wir sind in einer öffentlichen Veranstaltung, und ich wüsste nicht, was diese Unterbrechung rechtfertigt. Wir können uns später unterhalten.«

»Was ich zu sagen habe, kann nicht warten.«

Bereits um neun Uhr in der Früh hatten sich die Teilnehmer des Kongresses im Zelt versammelt. Auf Musik, Auftritte der Trachtengruppen und derlei war aufgrund des Todesfalles verzichtet worden. Sichtlich froh, das Ganze in Bälde beenden zu können, hielten sich sogar die Redner ziemlich kurz. Unger hatte gerade den Teilnehmern erklärt, dass sich in den einzelnen Unterlagen Fragebögen befanden, mit denen sich die Bürgermeister am nächsten Tag zu den Workshops anmelden konnten, um das drängende Problem der Jugendabwanderung anzugehen.

»Frau Plottino, ich bitte Sie wirklich –«

Inge drängelte den Bürgermeister kurzerhand vom Rednerpult weg. Sie stellte sich auf die Zehenspitzen und reckte das Kinn in die Höhe, damit sie mit dem Mund in die Nähe des Mikrofons gelangen konnte. Unger blieb nicht tatenlos, und so konnte man kurze Zeit einem Gerangel um den Platz am Rednerpult zusehen. Das Publikum amüsierte sich prächtig. Nach kurzem Applaus zuckte Unger mit den Schultern und überließ Inge das Feld, nicht ohne leise, aber heftig zu fluchen. Nervös fuhr er sich mit beiden Händen durchs Haar und versuchte krampfhaft zu lächeln. »Kurz!«

Inge räusperte sich, dann schrie sie ins Mikro: »Eins, zwei, eins, zwei. Sprechprobe.«

Anscheinend hatte ihr noch nie jemand erklärt, dass ein derartiges Gerät eben dazu da war, die Stimme lauter erklingen zu lassen.

»Grüß Gott, werte Kollegen und Kolleginnen. Ich bin die Inge Plottino aus Lember.«

Brecht versuchte gerade unter den Sessel zu rutschen, als sich einige Köpfe zu ihm wandten, während deren Besitzer breit grinsten. Er befand sich hier als Gast und musste sich derartige Affronts gefallen lassen? Da musste er mit Unger ein Wörtchen reden. Er selbst durfte keine Rede halten, aber diese Karikatur einer Vizebürgermeisterin schon?

Inge fuhr in der Zwischenzeit lautstark und in Englisch fort: »Hello and welcome. I von Lember. You know.«

Vereinzelter Applaus und Gelächter erklangen aus dem Publikum.

»Hier in Kaprun bin ich, weil ich ja eine Vizebürgermeisterin bin. You must know, I big boss two in Lember. Sie wissen ja, dass das nicht einfach ist. Da könnte ich Ihnen eine Geschichte erzählen, die in …«

Ein heftiges Räuspern von Unger ließ sie innehalten.

»Ja, äh, also ich habe heute etwas zu sagen. Anzukündigen. Weil mein lieber Herr Bürgermeister da unten einfach zu bescheiden ist. Ich denke aber, das sollte man nicht unter den Tisch fallen lassen. Hochverehrte Anwesende, ich möchte Herrn Bürgermeister Anton Brecht aus Lember …«

Sie streckte doch tatsächlich die Hand aus und zeigte mit dem Finger auf ihn.

»Ja, genau der dort. Also ich möchte meinem Kollegen nachträglich alles Gute wünschen. Der hat nämlich gestern Geburtstag gehabt. You know, happy birthday. Vielleicht singen wir ihm ja ein Liedchen zusammen? Sie müssen wissen, ich bin im Chor. I a singer. Ich kann anstimmen.«

Inge war tot. So sicher, wie Brecht hier saß, so sicher war diese Frau in Kürze tot!

Die Plottino brüllte jetzt, so falsch es nur ging, ein »Heeeeeppi börsdei« ins Mikrofon. Das Publikum setzte prompt ein, und bald sang das gesamte Zelt mit. Es standen dazu alle auf, schauten auf Brecht und applaudierten heftig, um ihm so zu gratulieren. Inge machte die Siegerpose, indem sie die Hände nach oben riss, verneigte sich, als ob der Applaus ihr gegolten hätte, und trat ganz bescheiden ab.

Unger starrte ihr geschockt hinterher und erwachte erst aus seiner Starre, als ein Kollege, der nach ihm reden sollte, ihn antippte. Entsetzt blickte er auf Brecht, sah sich voller Panik im Publikum um, so als würde er jemanden suchen.

»Äh, ja, wir gratulieren dem Kollegen natürlich alle sehr herzlich, obwohl ich nicht sicher bin, ob ihm das überhaupt recht ist.«

Sichtlich in seinen Grundfesten erschüttert, führte der sonst so selbstsichere und eloquente Kapruner Bürgermeister fahrig und schnell die Veranstaltung, ohne auf weitere Redner einzugehen, zu einem Ende und eilte davon.

Brecht ebenfalls, denn es galt zu fliehen, bevor ihm jeder die Hand schütteln wollte. Oder ihn sogar zu küssen versuchte. Igitt. Vollkommen unnötig. Weg! Er musste sich dieses Weib vom Leib schaffen, koste es, was es wolle. Wie viel würde wohl ein Auftragsmörder kosten? Für Bürgermeister Anton Brecht, derzeit höchst verstimmtes und grausam enttarntes Geburtstagskind, war die Kapruner Episode damit beendet.

Nach einer eilig beendeten Konferenz verbrachte der Bürgermeister den restlichen Vormittag mit der Kriminalpolizei auf dem Gemeindeamt. Dort informierte er Gruppeninspektor Krüger über jedes Detail, das er über den Toten wusste. Der Gruppeninspektor war höchst erfreut, Unger mit seinem etwas eigenartigen Amtsleiter und einer weiteren ihm noch unbekannten Person, aber ohne zusätzliche Bürgermeisterkollegen zu treffen.

Man nahm Platz, und Unger ergriff das Wort, während er sich mit einer Hand durch sein dichtes Haar fuhr. »Gentlemen. Gut, ich habe wie gewünscht ein Brainstorming gemacht und einen

Bekannten eingeladen. Er ist ebenfalls in der Gemeindevertretung. Da er des Öfteren mit dem – ja, dem Toten zu tun hatte, dachte ich, er kann eventuelle Fragen wahrscheinlich besser beantworten. Das ist Ferdinand Pospischil. Wenn Sie sich noch erinnern können, Sie haben ihn auf der Burg als Till Eulenspiegel gesehen.«

Krüger nickte und begrüßte den Neuling, nachdem er ihn kurz von oben bis unten gemustert hatte. Jung, schlaksig, mit einem breiten Lächeln.

»Guten Tag, Herr Pospischil. Ein ungewöhnlicher Name für einen Kapruner.«

»Grüß Sie, Herr Direktor. Nennen Sie mich Fery, und ja, ich bin eigentlich Wiener. Fery der Wiener, so nennen die mich in Kaprun.«

Er rekelte sich lässig im Sessel, bevor er gemächlich fortfuhr. Sein Alter war schwer zu schätzen, er besaß eines dieser Gesichter, die man sich nicht merken konnte. Nase, Mund, Augen, Haare – so hätte ihn wohl jeder beschrieben, denn mehr gab es darüber nicht zu sagen. Ein Allerweltsgesicht, das im Moment nur durch einen recht großen Pickel auf dem Kinn auffiel.

»Weil meine Schwester ist hier verheiratet, und ich wohne jetzt ebenfalls hier.« Er betonte das l sehr stark, so wie die meisten es von einem echten Wiener erwarteten. »Weil ich echt abgefahren am Computer bin, helfe ich den Oldies hier. Na ja, und außerdem arbeite ich auf der Burg.«

Dabei grinste er schelmisch wie tags zuvor als Hofnarr, dann schlug Fery der Wiener Unger dem Kapruner auf die Schulter. »Weil ich mal Jura gepaukt habe, unterstütze ich Kurt den Großen hier bei den EU-Rechten. Abgefahrene Sache, wenn einer sich da auskennt. Jetzt studiere ich aber was anderes. Chilliger für mich.«

Krüger wurde unruhig. Schon fast ein bisschen zu entspannt, dieser junge Mann hier. Sollte er einen Drogentest machen? Nein, nichts sollte seinen Aufenthalt in diesen von Bürgermeistern und Plattinos verseuchten Gefilden verlängern, und so brachte er sein Polizistengewissen recht abrupt zum Schweigen: »Woher kennen Sie den Toten?«

»Den Schera?«

»Ja, wen denn sonst?«

»Keep cool. Der läuft ja nicht mehr weg. Ist ja gut, ich red ja. Den Schera habe ich kennengelernt, als ich ein Haus in Kaprun kaufen wollte. Nicht ich, meine Eltern. Wir fahren ja schon lange hierher auf Urlaub, und da haben die beschlossen, hier sesshaft zu werden. Der Schera, der wollte uns ganz schön übers Ohr hauen, die Kanaille. Weil, der Preis war ja ganz okay, aber das Haus kannste vergessen. Keine gute Bausubstanz. Wir haben uns für ein anderes entschieden, und so ein Trottel aus Holland hat es nicht gerafft und das vom Schera gekauft. Ist aber total happy damit. Sein Problem, oder? Der Schera hat des Öfteren mit der Gemeinde zu tun gehabt. Gebühren, Beschlüsse und so. Da hat er mich einmal mit seinem Ferrari fahren lassen.«

Unger runzelte die Stirn ob dieser Information, aber der junge Mann winkte lässig ab.

»Cool bleiben, Bürgermeisterboss, ich bin nicht bestechlich. Da haben wir uns besser kennengelernt. War ein ganz easy Typ. Nicht unangenehm.«

Krüger wollte mehr wissen. »Aber irgendjemandem muss er unangenehm geworden sein. Hatte er Feinde?«

Fery ließ seine schlaksigen Arme über die Sessellehne baumeln und kaute bedächtig auf seinem Kaugummi. »Na, beliebt war er nicht unbedingt in Kaprun. Also, nicht bei allen. Die wollen ja unter sich bleiben. Schon komisch. Da leben die vom Fremdenverkehr, aber anwachsen wollen die keinen lassen, die Eingeborenen hier. Jedenfalls keine Fremden halt. Aber so richtige Feinde? Na, am ehesten den Schernthaner Fritz und seine Anhänger, wenn ich genau nachdenke.«

Nun schien der Gruppeninspektor interessiert. »Wer ist dieser Schernthaner Fritz?«

Während der Junge überlegte, wie er es am besten erklären sollte, ergriff Unger das Wort.

»Das ist ein Kapruner. Ein bisschen schwierig, aber der bringt doch keinen um.«

Fery feixte und machte das Peace-Zeichen in Richtung Unger. »Mensch, Bürgermeisterchen. Du weißt genau, wie jähzornig der ist. Wir haben genug Probleme mit dem Bauernschädel hier auf der Gemeinde. Weil, der ist gegen alles, so ein richtiger Querulant.«

Unger bekam einen roten Kopf und funkelte Fery den Coolen böse an. »Ja, aber das kann alles gelöst werden. Da sollte man doch vorsichtig sein, wen man da beschuldigt. So was kann schnell Folgen haben. Das müsstest du doch gerade wissen, obwohl du nur in den wenigsten Jura-Vorlesungen persönlich anwesend warst.«

Fery schaute kurz verunsichert und wandte sich an Krüger. »Der erfährt doch nicht, dass ich ihn verpfiffen habe?«

Krüger schüttelte den Kopf. »Was genau hatte der gegen den Herrn Breitenbacher?«

Sofort nahm der junge Mann wieder die Ich-rekele-mich-auf-dem-Stuhl-Haltung ein und plauderte eifrig weiter. »Der Fritz ist ein Großbauer da bei uns, und der hat einen Verein. Aber da sind auch andere dabei, also nicht nur Bauern, meine ich. Der Fritz eckt sowieso mit fast jedem an. Mit allen seinen Nachbarn hat er einen Prozess angefangen, mit der Gemeinde ebenfalls. Aber der Verein, der hat doch einiges an Zulauf. Weil, da sind sich viele, die den Querulanten nicht mögen, schon mit ihm einig. Der Verein heißt ›Kaprun der Jugend erhalten‹. Dabei sind wir Youngsters denen doch ziemlich gleich. Die wollen den Tourismus eindämmen. Na viel Spaß. Mit dieser Lage, diesen tollen Sehenswürdigkeiten hier in Kaprun und in der Nähe, da haben sie viel zu tun. Und dem Fritz und den anderen ist es da ein Dorn im Auge, wenn immer mehr Kapruner Häuser an Ausländer verkauft werden und es schon fast mehr Zweitwohnsitze gibt als Hauptwohnsitze.«

»Was macht diese Gruppe so? Sind die rechtsradikal?«

Der Junge dachte nach, kam aber Unger mit einer Antwort zuvor. »Rechtsradikal? Nicht direkt. Nein, eher nicht. Wobei einige vielleicht schon Tendenzen in diese Richtung haben. Aber rechtsradikal würde ich sie nicht nennen. Eher heimatverbunden. Das wird immer beliebter. Back to the roots. Die machen

Aktionen wie bei Greenpeace. Das sind so ihre Vorbilder. Aber mit Peace, also Frieden, hat das nichts zu tun. Sagen wir es so, sie sind radikal, aber es hat nur indirekt mit den Ausländern zu tun.«

Der Bürgermeister konnte das nicht so stehen lassen. »Jetzt hör auf, Fery, die sind manchmal ziemlich lästig, aber auch nicht mehr. Rechtsradikal? Wirklich nicht!«

Krüger wandte sich an Unger. »Lassen Sie bitte den Herrn Pospischil erzählen. Ich möchte mir selbst einen Eindruck von der Situation machen.«

»Sicher, aber ich möchte nicht, dass hier ein einseitiges Bild entsteht. Wir haben genug Probleme mit dem Herrn Schernthaner und seinen Anhängern, aber den Breitenbacher hat er nicht umgebracht. Willi, du bist doch meiner Meinung?«

Selbstverständlich war der Amtsleiter das.

Krügers Augen verengten sich zu kleinen Schlitzen. Ohne den Wurm zu beachten, fragte er den Bürgermeister: »Woher wissen Sie das so genau?«

Nervös furchte Ungers Hand durch das dichte Haar. »Ich bin Bürgermeister, da braucht man Menschenverstand und Einschätzungsgabe. Wenn ich jemanden kenne, sind es meine Mitbürger in der Gemeinde. Natürlich kommt es hier und da mit einzelnen Gruppierungen und Vereinen zu Diskussionen. Die wollen ein neues Feuerwehrfahrzeug, neue Instrumente, andere ein Vereinsheim. Jeder fühlt sich absolut im Recht und denkt, der andere würde schon warten können. Und wir als Gemeinde? Sollen zahlen. Woher das Geld kommt, ist doch egal. Na, und dass es da Leute wie den Fritz gibt, die Unmögliches fordern, das hat auch jede Gemeinde. Aber man kann den Fortschritt, the future, nicht aufhalten. That's life.«

Krüger beschloss, diesen Bürgermeister erst gar nicht so groß werden zu lassen wie den aus Lember und die kleine Wahlrede zu unterbrechen. »Mit Menschenverstand und Einschätzungsgabe allein hätte ich bisher noch keinen Mörder zur Strecke gebracht, Herr Bürgermeister.« Er wandte sich wieder an Fery. »Also weiter.«

Fery der Wiener schaute etwas verunsichert, fuhr aber fort. »Na ja. Wir haben da so einen Heimatabend. So ein Großaufgebot mit Volksmusik und Trachtlern, wo wir uns halt für die Besucher zum Deppen machen. Da kommen an die zwei-, dreihundert Touristen. Da sind die von dem Verein auf einmal mittendrin einmarschiert, total übertrieben angezogen. Mit Trachten, die waren so kitschig. Die wollten den Touris einen Spiegel vorhalten. War aber ein Schuss nach hinten.«

In Erinnerung an die Szene gluckste er laut. »Den Touristen hat es so gut gefallen, dass sie wie die Verrückten Fotos gemacht haben. Keiner hat kapiert, was die Truppe wirklich wollte. Sogar die einheimischen Organisatoren dachten, es gehört dazu, und haben sich heimlich zu dieser genialen Idee gratuliert.«

Er überlegte wieder, bevor er weitererzählte. »Oder ein anderes Beispiel. Wenn ein Konzert auf dem Dorfplatz ist, wie fast jede Woche, kommen die mit den Traktoren und drehen die so laut auf, dass man nichts mehr hört. Oder bei den Wanderwegen, da patrouillieren sie mit ihren Hunden, damit sich die Touris fürchten. Der Schera war denen natürlich ein besonderer Dorn im Auge. Zerstochene Reifen, Müll im Garten et cetera. Das musste der ertragen. Hat den Schernthaner Fritz angezeigt. Konnten ihm aber nichts beweisen. Die zwei haben sich gehasst wie die Pest.«

Krüger wirkte das erste Mal an diesem Abend ansatzweise zufrieden. »Gut, das reicht mir schon fürs Erste. Es sind bereits Menschen für weniger ermordet worden. Ich fahre jetzt zu diesem Herrn Schernthaner, danke, Herr Pospischil.«

Der junge Mann machte ein Zeichen, das wohl gerade bei der Jugend in war, und schaute sichtlich zufrieden auf die beiden anderen Männer.

Unger schien in Gedanken versunken, während Krüger wohl aufbrechen wollte. Er schreckte Unger aus seinen Überlegungen, als er ihn anbellte: »Kommen Sie mit, Herr Bürgermeister, oder wollen Sie hier weiter über irgendwas brüten, bis es ausschlüpft?«

Erneut durchpflügte Ungers Hand das dunkle Haar, die Geste wirkte ziemlich resigniert. Irgendwie konnte man Ungers Gemützustand an der Art bestimmen, wie er sich durch die Haare fuhr.

»Gut, wenn es sein muss. Ich komme ja schon.«

Vor dem Gemeindeamt herrschte trotz der Mittagshitze reger Betrieb. Menschen mit Fahrrädern fuhren vorbei. Manche in Renntempo und voller Mountainbike-Montur, andere ganz gemächlich mit Einkäufen auf dem Gepäckträger. Wanderer mit klobigen Schuhen, Rucksäcken und Hüten suchten den Weg in die Berge oder studierten ihre Karten.

Unger blieb stehen und starrte auf einen Punkt im Rücken des Gruppeninspektors. »Herr Krüger, gehen Sie schon mal zum Auto, ich muss nur kurz jemanden begrüßen.«

Der Gruppeninspektor nickte und sah, wie der Bürgermeister zu einem ungepflegten alten Mann trat und ihn hinter eine Hausecke zerrte.

»Verdammt, Mäscht, wo warst du die ganze Zeit?«

Der Alte grinste frech und zeigte seine Zahnlücken. »Hehe, der Herr Bürgermeister sind wohl etwas unruhig.«

Unger verzog das Gesicht, denn sein Gegenüber verströmte nicht gerade den besten Duft. »Wir müssen reden.«

»Machen wir doch gerade.« Der Alte wollte wohl besonders witzig sein.

»Nicht hier. Wo kann ich dich finden?«

Auf einmal wurde Mäscht ernst und sah sich um. Er schüttelte den Kopf und antwortete mit weinerlicher Stimme: »Gar nicht können wir reden! Ich bin doch eh fast tot. Hier kann mir nichts passieren. Unter den vielen Menschen. Bin tot. Bin nur hier, weil ich dich warnen will.«

Ungers Augen verengten sich zu Schlitzen. »Du willst *mich* warnen? Der Scherz ist gut.«

Mäscht schüttelte wieder sein ungewaschenes Haupt. »Du kannst das nicht geheim halten. Nicht mit noch so viel Blut. Die Zeit ist um. Das weißt du. Die Welt wird untergehen.«

»Blödsinn. Die Welt wird nicht untergehen. Und lass das Geschwafel über Blut! Woher weißt du das eigentlich alles?«

Verschlagen sah ihn der Kerl an. »Ich komme viel herum.« Plötzlich wimmerte der Alte wie ein kleines Kind. »Du trägst die Schuld! An allem, an allem.«

»Ich? Wenn du so gut informiert bist, bist du wirklich tot. Dein Leben ist echt nichts wert. Sag mir sofort, was du weißt!«

Der Alte lachte und riss sich los. »Wollte dich nur warnen. Es gibt keine Opfer mehr. Das wächst dir über den Kopf. Was ich weiß? Ach wie gut, dass niemand weiß, dass ich Rumpelstilzchen heiß …«

Während er die letzten Zeilen laut krächzte, tanzte er um Unger herum. Einige der Menschen, die in der Nähe vorbeigingen, wandten sich in die Richtung der beiden.

Beim letzten Satz kam der Alte ganz nah an Ungers Gesicht. Eine Mischung aus Knoblauch, fauligem Atem und viel Schnaps ließ den Bürgermeister heftig würgen, und er wich zurück. Diesen Moment nützte der Alte, um blitzschnell zu verschwinden. Unger sah ihn kurz in der Menge, dann war er weg. Ärgerlich. Sehr ärgerlich. Aber darum würde er sich später kümmern.

Krüger wartete schon auf ihn. Als er sich neben den Gruppeninspektor setzte, roch der sofort Schnaps. Trank der Bürgermeister heimlich? Na, nicht sein Problem.

»Also, wo geht's lang?«

Was die beiden Herren nicht ahnten: Fritz Schernthaner, seine Frau Riki, Peppi Wastl und Inge Plottino saßen beim Eintreffen des Bürgermeisters und des Gruppeninspektors auf dem Hof friedlich in der guten Stube des Bauern und tranken Kaffee.

Gleich auf einer Anhöhe außerhalb Kapruns, mit sensationellem Blick auf den Ort und auf das Kitzsteinhorn, lag der Tannacherhof, weitum bekannt für seine landwirtschaftlichen Produkte. Es gab nicht nur einen Ab-Hof-Verkauf, sondern auch einen Ausschank mit Verkostung. Besitzer war Fritz Schernthaner. Sogar Krüger konnte sich dem Wow-Effekt, den dieses traumhafte Anwesen bei Besuchern gern hervorrief, nicht entziehen.

Auf einer breiten Hofauffahrt näherte man sich dem riesigen

Holzhaus. Das weiß getünchte Erdgeschoss trug zwei weitere Stockwerke auf dem Rücken, aus von Hunderten Jahren nachgedunkeltem Holz. Die Balkone des Wohnhauses bogen sich unter einer bunt gemischten Blumenpracht, die die strenge Gliederung des Baus aufbrach und das Ganze endgültig zu einem wahren Augenschmaus werden ließ. Sogar unter den Fenstern im Erdgeschoss waren Blumenkästen angebracht worden, in denen Pelargonien, Petunien und Hängegeranien in jeder erdenklichen Farbe wetteiferten, wer wohl seine bunte Pracht am besten zur Geltung brächte.

Links neben dem Anwesen stand ein Stall, der dem Haupthaus in seiner Größe in nichts nachstand. Vor dem gigantischen Hoftor, das einem nimmersatten offenen Maul glich, prangte einer der größten und imposantesten aller möglichen Traktoren, erstes Zeichen für den Fortschritt der Zeit auf dem Hof. Ein kraftstrotzendes Symbol von Männlichkeit und Vermögen in Grün. Sehr gepflegt und zusammengeräumt strahlten Haus und Stall selbstverständliche Sauberkeit und Vertrauen aus.

Als sich das Duo an einem plätschernden Holzbrunnen vorbei den Stufen zu einer großen Eingangstür näherte, empfing sie zuerst einmal ein himmlischer Duft. Es roch nach Blattlkrapfen. Diese Köstlichkeit war nicht einmal für einen Einheimischen alltäglich.

In diesem Moment hörten sie ausgerechnet die Stimme von Inge Plottino. Zurückgeholt aus dem Himmel der Sinne in die brutale Realität, in der es Plottinos gab, vernahmen Bürgermeister Kurt Unger und Gruppeninspektor Bernd Krüger diese Stimme, die sich aus dem Inneren des Hauses näherte. Sie winkte heftig, führte die beiden Männer in die Stube und schwatzte dabei laut und ohne Unterbrechung.

Der Bauer sah die beiden Neuankömmlinge etwas skeptisch an, während Inge Plottino begeistert dastand, als hätte sie gerade eine besonders exotische und seltene Beute erlegt. Natürlich übernahm sie die Begrüßung.

»Ach, liebe Kollegen. Willkommen, willkommen! Wir haben schon auf euch gewartet. Und, auch wenn ich mich nicht loben will, einen Teil der Arbeit erledigt. Herr Kriminaloberkommissar, ich darf Ihnen den liebenswürdigen Herrn Schernthaner und seine Frau vorstellen. Die Peppi Wastl kennen Sie bereits?«

Krüger gelang es bei all dem Redefluss nicht einmal, seinen Titel zu korrigieren (er hasste es, Kommissar genannt zu werden), und Unger war angesichts des Wortes »liebenswürdig« ausgerechnet beim Tannacherbauern so sprachlos, dass er das Wort »Kollege« vollkommen überhört hatte.

Der Bauer glotzte die zwei Männer aus seinen leicht wässrigen Augen feindselig an und machte der Vorstellung von Inge Plottino nicht unbedingt Ehre. Krüger hatte sich den Tannacher ganz anders vorgestellt. Obwohl er in seinem Beruf immer wieder versuchte, sich gar keine Vorstellungen von jemandem zu machen, sondern nur Tatsachen sprechen zu lassen, gelang das nicht immer. Nach der Beschreibung des Bürgermeisters hatte er einen stämmigen, bodenständigen Mann erwartet. Hier sah er sich mit dem Gegenteil konfrontiert. Fritz Schernthaner reihte sich eher in die Kategorie »zäh« ein. Nicht sehr groß und eher hager, war er einer dieser Männer, die, egal, wie alt sie wurden, immer irgendwie wie ein Bub aussahen. Nicht dass man ihm seine vielleicht fünfzig Jahre nicht angesehen hätte, aber er wirkte doch recht zeitlos. Das Gesicht war trotz der frühen Jahreszeit braun gebrannt, ledrig und von tiefen Linien zerfurcht, die in einem eher spärlichen Vollbart endeten. Die zusammengekniffenen Augen verliehen ihm einen leicht hinterhältigen Eindruck. Er stand nicht auf, um seine Gäste zu begrüßen.

Unger ergriff das Wort, während er sich heftig gegen den Busen von Inge Plottino an seiner Brust wehrte, die ihn vor lauter Überschwang schon wieder zu umarmen versuchte. »Grüß dich, Tannacher.«

Hier war es üblich, die Bauern nicht mit ihrem Nachnamen, sondern dem Namen des Bauernhofes anzusprechen. Da der Tannacherhof der größte und wohl auch reichste Bauernhof in Kaprun und Umgebung war, würde der Bauer nichts anderes erwarten, als mit diesem »Titel« angesprochen zu werden.

Inge Plottino schien nichts von der Spannung im Raum zu

bemerken. Als ob ihre lange vermisste Familie nach ewiger Zeit wiedervereint wäre, wuselte sie zwischen den Männern hin und her, legte dabei die Hand auf den Arm des einen und tätschelte dort die Schulter des anderen.

»Ach, ihr beiden! Ihr braucht nichts mehr zu erklären. Die Peppi und ich, wir haben dem Fritzi bereits alles erzählt und gleich das Wichtigste gefragt. Dass ihr zwei euch aber so Zeit lasst mit den wirklich wichtigen Dingen.« Hier setzte sie einen leicht tadelnden Blick wie bei einem ungezogenen Kind auf und wackelte mit dem Zeigefinger zur Ermahnung. »Kommt, setzen wir uns und essen einen dieser wunderbaren Krapfen von der Riki. Unerreicht. Unerreicht! Einfach köstlich.«

Da der Bauer keine Anstalten machte, die Einladung zu wiederholen, blieben die beiden Angesprochenen stehen.

Krüger ergriff das Wort. »Guten Tag, meine Damen, guten Tag, Herr Schernthaner. Wir stören nicht lang, und da Sie ja offensichtlich schon informiert sind«, diesen unzulässigen Vorgriff auf seine Arbeit würde er später mit dieser Frau klären, »erspare ich mir die Einleitung und komme gleich zur Sache. Wir sind hier, um Herrn Schernthaner einige Fragen zu stellen, und daher würde ich alle außer ihm bitten, den Raum zu verlassen.«

Ungers Augen weiteten sich. Großer Fehler! Ein Satz nach dem anderen. Auf diese Art würde der Gruppeninspektor beim Tannacher gar nichts erreichen. So war es auch.

Wenn überhaupt möglich, verengten sich die Augenschlitze des Bauern noch mehr, bevor er mit einem Brummen in der Stimme das Wort ergriff. »Ihr seid bei mir. In meinem Haus. Da bestimme ich. Hab ja nichts verbrochen. Die Weiber bleiben hier.«

Unger sah Krüger an und schüttelte leicht den Kopf, um ihm zu bedeuten, dass er so hier nicht weiterkommen würde. Krüger überlegte. Normalerweise hätte er auf eine Aussage bestanden. Bei Nichterreichen seines Willens wäre er gegangen und hätte den Sturkopf auf die Wache vorgeladen. Da wurden die meisten weich. Aber das war umständlich und zeitintensiv. Er seufzte und gab nach. Ausnahmsweise. Dem Toten zuliebe.

»Gut, also wie Sie wissen, gab es heute Nacht einen Todesfall. Voraussichtlich handelt es sich bei dem Toten um den Herrn Gerhard Breitenbacher. Wir gehen alle Bekannten von ihm durch, damit eventuell herausgefunden werden kann, was er getan hat, wo er wann war und so weiter.«

»Das war kein Bekannter. Ein Trottel, das war er. Bin froh, dass er weg ist.«

Kurze Stille. Unterbrochen von Inge.

»Ach, das meint der Fritz nicht so. Der ist in Ordnung. Viele waren gegen den Herrn Breitenbacher und seine Machenschaften, gell, Fritz? Der Fritz sagt einfach seine Meinung, der hat das Herz am richtigen Fleck.«

Der nette Fritz hatte sein Herz wohl gut versteckt, denn er brummelte grantig weiter: »Meine es aber so. Hab ja nichts zu verbergen. Schade nur, dass ihn ein anderer erledigt hat.«

Krüger hatte langsam genug von dieser nicht vorhandenen Kooperation. »Herr Schernthaner, hüten Sie sich, was Sie sagen. Sonst lasse ich Sie wirklich verhaften.«

Riki Schernthaner legte die Hand auf den Arm ihres Mannes. Klein, zierlich und abgerackert, wie sie war, konnte man sich gut vorstellen, welches Leben sie an der Seite dieses offensichtlichen Tyrannen führte. Aber vielleicht täuschte das äußere Bild ja auch.

»Mir wurscht!« Der Bauer blieb stur.

Inge versuchte zu vermitteln. »Aber Fritz! Gut, ich sag euch jetzt, was ich alles vom Fritz weiß. Als Vizebürgermeisterin kann man mit Menschen umgehen. Und der Fritz ist wirklich ein guter Mensch. Viele haben ihm halt unrecht angetan in seinem Leben. Ja, Herr Bürgermeister, auch Sie – beziehungsweise die Gemeinde –, da können Sie empört schnaufen, das ist so. Der Fritz ist ein Steuerzahler, sogar ein guter. Die behandelt man nicht derart. Immer bekommen die anderen recht, das kennen wir schon. Ich werde das in meiner Gemeinde nicht zulassen. Aber kommen wir zu Schera, dem Toten. Natürlich war der dem Fritz ein Dorn im Auge.«

Jetzt konnte sich Unger nicht mehr mit einer Frage zurückhalten. »Ach, Frau Plottino, woher wissen Sie eigentlich von der Beziehung zwischen Ihrem netten Herrn Fritz und dem toten Herrn Schera? Das würde den Gruppeninspektor sicher ebenfalls interessieren.« Unger betonte die Worte »nett« und »Gruppeninspektor« besonders intensiv.

Was Inge aber überhörte. »Das ist mein Beruf. Aber erzählt hat es mir heute beim Frühstück der Peppi ihr Mann. Sie wollte eh nicht so richtig, aber ich dachte mir, besuchen wir den Fritz und seine Frau, da wir Frauen das doch immer diplomatischer machen, wie ihr Männer vorgeht.«

Körperliche Gewalt war verboten, das wusste Unger. Also beschränkte er sich auf geistige Gewalt, indem er ihr die Pest an den Hals wünschte. Gleichzeitig empfing Peppi Wastl einen Blick, der nicht genau zu definieren war. Ruhig sagte er: »Gut, Frau Plottino, aber das kann uns sicher alles der Herr Schernthaner selbst erzählen, oder?«

In diesem Moment sprang der Bauer auf und keifte los. »Der Depp hat unsere Heimat verkauft! Da kann keiner zuschauen. Außer vielleicht ein anderer Depp, gell, *Herr* Bürgermeister?«

»Halt, hier wird nicht mit Schimpfwörtern herumgeworfen!« Krüger war nun klar, warum man sich den Schernthaner als Feind Nummer eins für Breitenbacher ausgesucht hatte.

Der Bauer blieb von den Worten der Exekutive sichtlich unbeeindruckt. Mit hochrotem Kopf fuhr er fort. »Und? Wenn nicht, was dann? Alle halten die Klappe, obwohl die das Gleiche denken. Feige Trotteln! Was passiert, wenn die ganzen Fremden die Häuser der Einheimischen kaufen? Die Jungen gehen weg. Können sich das nicht leisten. Die Häuser sind nur mehr ein paarmal im Jahr bewohnt. Kein Vereinsleben mehr, kein Zusammenhalt, kein Erhalt der Tradition. Unsere schöne Heimat wird verkauft nach Holland, nach Russland, nach Dschibuti oder sonst wohin. Das geht nicht. Das muss gestoppt werden! Mit allen Mitteln.«

Die Hände zu Fäusten geballt, stand der Bauer da, und nicht nur Krüger fürchtete, dass er seine Wut in Gewalt enden lassen würde. Wobei ihm der Bürgermeister ja teilweise sogar recht geben musste. Was er jetzt auch sagte.

»Du hast ja recht, in einigen Punkten. Diese Geschichte mit den Zweitwohnsitzen muss geändert werden. Das ist der Politik klar. Aber so wie du es dir vorstellst, geht das nicht. No way! Selbstjustiz war einmal. In einer Gesellschaft braucht jeder Gesetze, um das Zusammenleben zu koordinieren. Daran haben sich alle zu halten.«

»Politik! Spuck drauf! Große Reden, keine Taten. Außer vielleicht in die eigene Tasche wirtschaften. Ihr richtet es euch doch, wie es euch gefällt. Irgendwann kommt ihr immer alle und schreit nach Veränderungen. Aber so viel Zeit haben wir nicht, bis *ihr* was macht.«

Bürgermeister Unger wollte das als Herzblutpolitiker so nicht stehen lassen. »Ach, und du machst das alles ganz selbstlos? Außerdem ist es so einfach, für alles die Politik, in den meisten Fällen die Gemeinde, verantwortlich zu machen. Da haben wir ja den perfekten Sündenbock.«

Er kam mittlerweile in Fahrt, allzu satt hatte er diese Weltverbesserer, die nur Unruhe stifteten und das als gute, selbstlose Taten hinstellen wollten.

»Lasst uns Politiker doch einfach arbeiten, dann müssten wir unsere Zeit nicht immer drauf verschwenden, die Löcher zu stopfen, die so Möchtegern-Robin-Hoods wie du in unser Tun reißen.«

Bevor sich die zwei an die Gurgel gingen, sprach der Inspektor ein Machtwort. »Ruhe! Es reicht. Politische Diskussionen können ohne mich geführt werden. Außerdem machen sie den Toten nicht wieder lebendig. Also, Herr Schernthaner. Wie genau Sie zu Herrn Breitenbacher standen, wissen wir ja jetzt. Wenn Sie es auf die direkte Art und Weise wollen, frage ich Sie jetzt klar und deutlich: Wo waren Sie letzte Nacht?«

»Was soll das? So Blödsinn, wie mit dem Kessel und so, mache ich nicht. Wenn ich es getan hätte: Hirn weggeschossen. Aus. Es geht Sie gar nichts an, wo ich war, Ende! Außerdem, fragen Sie doch den feinen Herrn da neben Ihnen. Der hat genug Dreck am Stecken.« Er zeigte mit seinem Finger auf den Bürgermeister.

Krüger blieb aber hart. »Es geht uns sehr wohl etwas an, Herr

Schernthaner. Und im Moment sind Sie dran und niemand anders. Verstanden? Sonst hole ich einen Streifenwagen und lasse Sie auf die Polizeiwache bringen. Wäre Ihnen das lieber? Raus mit der Sprache!«

Der Bauer warf einen kurzen warnenden Blick auf seine Frau, die daraufhin sichtlich zusammenzuckte. »Zu Hause. Meine Frau kann das bestätigen. Nicht wahr, Alte?«

Diese beeilte sich, ohne Zögern zu antworten: »Ja, das kann ich bestätigen. Wie der Fritz es sagt, so war's.«

Krüger hegte seine Zweifel, aber er würde schon noch genauer nachforschen. Ihm war klar, dass diese Frau sogar behaupten würde, ihr Mann wäre das goldgelockte Christkind, wenn dieser es forderte.

»Na, das werden wir ja sehen. Wehe Ihnen, Herr Schernthaner, ich finde etwas anderes heraus!«

Er bedeutete Unger, dass er fertig war, und beide gingen nach einem kurzen Gruß zum Auto.

Vor dem Wagen blieben sie stehen, und der Gruppeninspektor sah Unger strafend und vorwurfsvoll an. »Was hat er damit gemeint, dass Sie Dreck am Stecken haben?«

Der Bürgermeister sah in den Himmel und versuchte, betont unschuldig zu wirken. »Was weiß ich? Der phantasiert doch.«

In diesem Moment klingelte das Telefon von Krüger. Er nahm das Gespräch entgegen und hörte kurz zu. Nachdenklich nickte er. »Gut, das wissen wir schon. Weiter.« Erstaunt riss er nach einiger Zeit die Augen auf. »Wie bitte? Wiederholen Sie das.« Dieses Mal schüttelte er den Kopf. »Sind Sie sicher? Ja, gut. Okay. Ende.«

Gerade wollte er Unger, der das Gespräch interessiert verfolgt hatte, etwas sagen, als die Vizebürgermeisterin von Lember aus dem Haus wuselte und laut schnaufte. Ihr nicht unbeträchtlicher Schatten, die Peppi Wastl, folgte ihr auf dem Fuß.

Die Plottino schnappte nach Luft und winkte den beiden zu: »Halt! He. Hallo. Ihr da. Halt!«

Für eine Flucht war es zu spät. Unter heftigem Japsen hielt sie sich an Ungers Arm fest. Dieser schüttelte sie erbost ab.

Kaum konnte die Plottino im Ansatz wieder sprechen, sprudelte sie los: »War das alles? Gedenken Sie so Ihre Ermittlungen zu führen, Herr Kriminaloberkommissar? Wenn ja, nehmen Sie meine Empörung zur Kenntnis.«

Bevor der Beschuldigte nur den Hauch einer Chance hatte, zu antworten, fuhr sie fort: »Sie haben ja den Fritz gar nichts außer seinem Alibi gefragt. Kein brutales Verhör, ja, gar kein Verhör eigentlich. Nein, so geht das nicht! Auch nicht, wenn er unschuldig ist.«

Krüger sah die Plottino an und überlegte, inwieweit er bereit war, sie in die bisherigen Erkenntnisse einzuweihen. Er wusste, dass sie nur helfen wollte, aber dabei ganz gern über das Ziel hinausschoss. Bevor Inge aber wieder irgendwelche Halbwahrheiten verbreitete, beschloss er, ihr eine Denkaufgabe zu geben.

»Na, Frau Plottino. Wo waren denn Sie? Haben Sie ein Alibi?«

Er schaffte es, dass Inge Vizebürgermeisterin Plottino die Kinnlade fallen ließ und kurz verstummte. Erst Ungers schallendes Lachen riss sie aus der Schockstarre, und sie stotterte noch immer fassungslos: »Werden jetzt schon unbescholtene Bürger, also … das hat Folgen!«

So schnell ließ sich Krüger seinen Vorteil nicht nehmen, denn er entgegnete trocken: »Warum? Jeder, der während der Aufführung auf der Bühne war und Zeit hatte, nach hinten zu gehen, ist verdächtig.«

Sie überlegte kurz. Als sie den Schwachpunkt an dieser Argumentation gefunden hatte, trumpfte sie auf: »Ha, Blödsinn, der Kessel stand die ganze Zeit hinter der Holzwand und war mit einer Plane bedeckt. Die Leiche kann schon lange Zeit vorher dahin gekommen sein.«

Krüger grinste, wenn auch sichtlich freudloser als seine Gesprächspartnerin. »Nein, das kann er nicht. Fünf der Hexen haben den Kessel nämlich kurz vor Beginn der Vorstellung weiter nach vorn gerückt, da er ziemlich schwer ist. Dabei ist ihnen die Plane heruntergefallen. Sie haben gestern in der Nacht eidesstattlich erklärt, dass der Kessel da noch leer war. Viel Zeit blieb also nicht. Es muss im Grunde genommen während der Aufführung passiert sein. Was ist mit Ihrem Alibi?«

Inge überlegte. Da sie aber keine Antwort wusste, beschloss sie wie üblich, dass Angriff die beste Verteidigung war. »Sehen Sie denn nicht fern, wenn schon keiner Ihnen das auf Ihrer Polizeischule beibringt? Guter Polizist, böser Polizist. So müssen Sie die wirklich Verdächtigen verhören, nicht mich! Hallo, ich bin die Gute, verstehen Sie? So werden wir den Mörder nie finden, wenn Sie so weitermachen. Und was wissen Sie vielleicht sonst noch nicht, ha? Hat man Ihnen alles berichtet, ha? Dass es bereits einmal ein solches Verbrechen gegeben hat?«

Jetzt sah Krüger doch etwas verdutzt aus. Unger eher nervös. Inge hatte den Blickwechsel der beiden und das Zögern sehr wohl bemerkt und triumphierte auf.

»Dachte ich es mir doch! Also Sie – ja, Unger, Sie –, was haben Sie zu berichten? Wo waren Sie denn eigentlich?«

Der Bürgermeister wandte sich betont gelassen an den Gruppeninspektor und ignorierte Inge.

»Auf Anschuldigungen mich betreffend ist es mir wirklich zu dämlich, zu antworten. Ich war im Publikum. Dafür gibt es wohl genug Zeugen.«

Er überlegte kurz, warf einen Blick auf Inge, sah, dass sie schon wieder losreden wollte, und fuhr daher besser selbst fort. »Ich nehme an, Frau Plottino spielt auf eine Begebenheit vor einigen Jahren an. Gut, damals ist ebenfalls jemand auf recht eigentümliche Weise zu Tode gekommen, aber das ist über zehn Jahre her. Ich bitte Sie! Seither ist nichts mehr passiert. Und jetzt lassen Sie uns endlich hier in Kaprun in Ruhe und plagen Sie Ihre eigenen Bürger, Frau Plottino!«

Gruppeninspektor Krüger sah Kurt Unger lange an. Dann drehte er sich abrupt um, ging zu seinem Auto und öffnete die Fahrertür, um einzusteigen.

Inge Plottino war fassungslos. Da hatte sie das Verbrechen quasi aufgeklärt, und nun ließ man sie hier wie eine Idiotin stehen. So unverschämt konnte nur ein Mann sein. Na, die würden ja noch sehen.

Krüger sah Inge, Peppi und Unger einen nach dem anderen über die geöffnete Fahrertür nachdenklich an. Letztlich ließ er sich doch zu einer kurzen Erläuterung herab. »Der Tote ist der Herr Gerhard Breitenbacher. Richtig. Das haben meine Kollegen mittlerweile bestätigt.« Er hob zur Erklärung sein Handy hoch, mit dem er eben telefoniert hatte. »Wie er in den Kessel gekommen ist, das gilt es zu klären. Denn dass er nicht selbst hineingeklettert ist, liegt auf der Hand. Er war zu diesem Zeitpunkt ja schon tot. Der Mann hatte etliche schwerwiegende Verletzungen. Ebenfalls bestätigt. Das hat meine Kriminaltechnik alles herausgefunden. Aber noch etwas haben meine Kollegen festgestellt. Gestorben, ja, gestorben ist der Herr Breitenbacher an einem ordinären Herzinfarkt.«

Damit war die Episode »Aufklärung des brutalen Mordes in Kaprun« abrupt beendet. Kein Mord, das bedeutete sofortiges abflauendes Interesse. So war das eben. Wer den Toten in den Kessel gesteckt hatte, schien nicht mehr so wichtig. Man würde genaue Ermittlungen führen, aber nicht mit der Intensität wie vielleicht nötig.

Das war's dann wohl.

20

Am nächsten Morgen blickte Unger gedankenverloren aus dem Fenster des Gemeindeamtes in Richtung Burg. Er konnte sie nicht sehen, aber wie ein dunkler Schatten schien sie immer über Kaprun zu wachen. Er dachte an die Geschehnisse der letzten Zeit, und ein kalter Schauder lief über seinen Rücken. Ein weiser Mann hatte einmal gesagt, ein Bürgermeister würde immer mit einem Fuß im Unangenehmen stehen. Wie richtig das doch war, und im Moment stand er – wenn man es nüchtern betrachtete – mit beiden Beinen in der Scheiße.

Diese Geschichte mit dem Breitenbacher konnten sie jetzt gebrauchen wie einen eingewachsenen Zehennagel. Aber es war ja relativ glimpflich verlaufen. Wenn die Polizei richtig angefangen hätte zu suchen, zu fragen und herumzubohren, wer weiß, was die nicht alles ausgegraben hätten.

In so einer Situation hatte er sich noch nie befunden. Ein Unger würde sich niemals einfach so die Zügel aus der Hand nehmen lassen. Er straffte die Schultern und fuhr sich mit einer Hand durch die Haare. Etwas zuversichtlicher schaute er auf die Menschen, die vor dem Gemeindeamt herumirrten, flanierten und spazierten. Sie wussten nicht, wie nah sie der Gefahr waren, und das sollte auch so bleiben. Früh genug musste er handeln, und das erste Mal in seinem Leben schien der Ausgang seiner Taten ungewiss.

Der Bürgermeister streckte sich und atmete tief ein. Ein intensives Machtgefühl durchströmte ihn, und er wurde wieder etwas zuversichtlicher. Jemand versuchte seine Pläne zu durchkreuzen, aber derjenige schien wohl keine Ahnung zu haben, mit wem er sich anlegte. Unger hegte den leisen Verdacht, wem er das alles zu verdanken hatte, war sich aber absolut nicht sicher. Wenn sich dieser Verdacht bestätigen würde, wehe ihm! Als Meister der Rache würde er die Ordnung, wie sie früher bestanden hatte, wiederherstellen.

Vor dem Gemeindeamt sah er Erika Hallo vorbeihasten. Sie

winkte ihm fahrig zu, und er nickte zurück. Er dachte wieder daran, wie er vor einiger Zeit – einen Tag vor Konferenzbeginn, um genau zu sein – ihren Anruf erhalten hatte und nach den kaum verständlichen und eher gestammelten Worten von Tod und Grauen und Hilfe sofort mit Willi Sturm zur Burg geeilt war. Wie gelähmt stand eine Gruppe Menschen vor dem Burgtor, die meisten kalkweiß im Gesicht und einige sogar in Tränen aufgelöst. Er kannte niemanden, also musste es sich um eine Touristengruppe handeln.

Erika lief ihm entgegen, ihr Hexenkostüm hing trostlos an ihr herab, und sie roch nach Erbrochenem. In dem Moment, in dem sie ihn erreichte, fasste sie mit der einen Hand hilfesuchend nach seinem Arm, zeigte mit der anderen verzweifelt zu den sogenannten Hexenfelsen und stammelte: »Dort hinten, wir haben sie gerade gefunden!«

Unger runzelte die Stirn und wusste nicht, ob er *sie* überhaupt sehen wollte. »Hast du die Polizei gerufen?« Es half ihm zwar nichts, Zeit herauszuschlagen, aber es musste sowieso gefragt werden.

Die Hexe sah ihn an und schüttelte den Kopf. »Nein, ich dachte, wegen der Burg und der Veranstaltung. Also, nein, ich wusste nicht, was ich tun soll.«

Unger überlegte kurz, ob er den Willi vorschicken sollte. Der schien ihm in der ganzen Runde am entbehrlichsten. Aber nachdem alle Blicke auf ihn gerichtet waren, drehte er sich entschlossen in die angegebene Richtung und marschierte um die Ecke. Als er bemerkte, dass ihm keiner außer Erika und Sturm folgte, beschlich ihn ein ungutes Gefühl.

Zwei Sekunden später wurde es zur Gewissheit.

Sie war tot. So viel konnte man erkennen, auch ohne Arzt zu sein.

»Wir haben das kleine Mädchen gesucht, und sie dann so aufgefunden. Ich dachte, ich sage es dir zuerst, du weißt sicher, was zu tun ist.« Unbemerkt war Erika neben ihn getreten, behielt aber den Blick konstant abgewandt von dem unschuldigen Wesen, das da auf einem der Steine lag.

Es handelte sich um eine kleine Ziege, die jetzt tot war. Lässig umschwirrten einige Fliegen Unger, die Hexe und Sturm, und bei dem Gedanken, dass sich diese schwarzen, fetten Insekten noch vor Kurzem an dem Tier gelabt hatten, gruselte es ihn.

Er nickte zerstreut und trat näher an den Felsen heran. Die Ziege lag unnatürlich verrenkt auf dem Stein, und unweigerlich drängte sich dem Betrachter der Verdacht auf, dass der Verrückte, der dies getan hatte, nicht nur einen Knochen hatte brechen müssen, um sie so zu drapieren. Die vier Beine mit den Hufen hingen an der Seite herab, und der Kopf baumelte nach hinten, so als wollte das Tier voller Wonne seine tiefe blutige Wunde an dem zarten Hals präsentieren. Durch die Hitze stank es bereits bestialisch, und weitum schien jeder Käfer, jede Fliege und so mancherlei anderes Getier zu dem seltenen Festmahl erschienen zu sein.

Unger hatte genug gesehen. Die durchtrennte Kehle verriet dieselbe Vorgehensweise wie bei drei anderen Tieren auch, die Einheimische in letzter Zeit um Kaprun herum gefunden hatten. Bisher hatte es sich eher um Katzen und Hunde gehandelt, deren Tod wütend einem besonders herzlosen Tierquäler zugeschrieben worden war. Dass das hier weit über Tierquälerei hinausging, ahnte noch niemand, und daher musste es so geheim wie möglich gehalten werden. Was Unger auch gelungen war. Zu gegebener Zeit würde er die Polizei informieren, aber nicht jetzt. Er hatte genug gesehen und wollte gehen. Nach wenigen Schritten bemerkte er, dass sein wurmiger Schatten ihm nicht gefolgt war. Als er sich umdrehte, bemerkte er, warum. Mit angeekeltem Grauen und doch irgendwie lüstern starrte sein Amtsleiter auf das arme geschundene Tier.

Die Touristen veranlasste der Bürgermeister, Kaprun so schnell wie möglich zu verlassen, mit Gutscheinen für einen weiteren Urlaub in einem anderen Ort in der Tasche. Dem Mädchen, das die tote Ziege gefunden hatte, wurden zusätzlich Stunden in psychiatrischer Betreuung versprochen.

Erika wusste um die Probleme, die so ein Fund mit sich bringen würde – für den Tourismus im Allgemeinen und die

Bürgermeisterkonferenz im Speziellen. Sie versprach zu schweigen und hielt sich eisern daran. Obwohl ein besonders lästiger Reporter ihr viel Geld versprach, ließ sie ihn mit seinen unbestätigten Vermutungen im Regen stehen.

Der Bürgermeister selbst hatte einige Anrufe geführt, und in kürzester Zeit hatte die kleine Waldlichtung wieder idyllisch und unschuldig neben der Burg gelegen, so als ob nichts gewesen wäre.

Unger schüttelte sich, und seine Gedanken kehrten in die Gegenwart zurück. Und das alles ausgerechnet, während die Konferenz und anderes über ihnen schwebte. Er wandte sich vom Fenster ab und setzte sich an seinen Schreibtisch. Wer nur konnte so etwas wagen? Und was würde noch passieren?

Nicht mehr lange, dann war es vorbei. Und obwohl er sich selbst nicht zu den abergläubischen Menschen zählte, machte er ein Zeichen gegen das Böse.

Ein grimmiges Grinsen huschte über sein Gesicht, er griff nach dem langen, scharfen Brieföffner und rammte ihn mit voller Wucht in die glatt polierte Oberfläche seines schönen Eichentisches.

21

Ohne es zu ahnen, hatte Brecht mit seiner Entscheidung, nach Lember zurückzukehren, eine gute Wahl getroffen. Zwei Tage nach seiner Ankunft daheim fing er an. Der Regen. Stetiger, nervender, beißend kalter Regen. Nach den unnatürlich heißen Tagen des Aprils sehnte jeder ihn sehnsüchtig herbei.

Regen. Man rief nach ihm.

Regen. Man flehte nach ihm.

Stöhnend unter der Sonne, der einzige Wunsch: Abkühlung. Für Mensch, Natur und Tier.

Und endlich wurden die Rufe erhört. Geballtes Flehen führte zu geballten Regengüssen.

Am Anfang heftig begrüßt, legte sich dieser Jubel jedoch bei vielen schon nach kurzer Zeit. Es folgten schier endlose weitere Tage von riesigen Mengen an Wasser, Wasser, Wasser, und bald war jeder frustriert.

Der Regen fiel unerbittlich vom Himmel und suchte sich seinen Weg. Er war in der Erde, auf Wegen und Bäumen, kroch gepaart mit Kälte unter die Kleidung, entlang der Haut wie unzählige kleine Nadelstiche. Der Regen schlich sich in die Seelen der Menschen, verwässerte sie und machte sie trübe.

Zermürbte die Gemüter. Zermürbte die Erde.

Und so passierte, was passieren musste. Diese Erde wehrte sich. Bäche mutierten zu reißenden braunen Fluten, schlammige Erdmassen zu gewaltigen geballten Fäusten, die alles, was ihnen in den Weg kam, erschlugen, mitrissen, vernichteten. Klein und hilflos standen die Menschen daneben und konnten nur zusehen, wie ihre Häuser zerstört wurden, ihr Hab und Gut sich verstreute und auf einmal nichts mehr so war wie vorher.

Nach den letzten großen Unwettern waren elf Jahre des Wiederaufbaus vergangen. War man in anderen Teilen Österreichs generell gefährdet, galt die Region des Pinzgaus eigentlich als relativ geschützt. Über zehn Jahre hatten sich die Menschen in

Sicherheit gewogen, bevor sie ohne erkennbare Vorwarnung eines Besseren belehrt wurden.

Die Keller überflutet, Garagen und Teile der Gebäude von Erdrutschen zerstört, Autos umgekippt, Schlamm, wohin man schaute. Ortschaften von allem abgeschnitten, Straßen unbefahrbar, Bäume, die durch die Luft gewirbelt wurden, geworfen von mächtigen Erdmassen, die sich ihren Weg vom Hang ins Tal bahnten.

Wem es möglich war, der stürzte sich in den Einsatz, um zu helfen oder zu retten, was noch zu retten blieb. Man schob Neid und Missgunst für kurze Zeit auf die Seite, und Schulter an Schulter kämpften die Menschen ums nackte Überleben.

Lember war ebenfalls von den Unwettern nicht verschont geblieben. Den Auftakt hatte ein riesiges Gewitter gemacht, und keiner konnte sich erinnern, zu Lebzeiten den Himmel von gezackten Blitzen so hell erleuchtet gesehen zu haben wie an diesem Tag. Der Donner ließ Kinder schreiend zu ihren Müttern laufen, Erwachsene ängstlich zusammenzucken und Tiere nervös nach einer Fluchtmöglichkeit suchen.

Die sofort gerufenen Feuerwehrleute und einige freiwillige Helfer arbeiteten bis zur Erschöpfung an diesen Tagen im Mai. Immer verzweifelter und lauter hörte man Rufe nach Hilfe. Es galt, die am stärksten bedrohten Häuser zu evakuieren, nicht immer mit dem (Ein-)Verständnis der Bewohner. Straßen wurden abgeriegelt, weil sie durch Muren unbefahrbar geworden waren. Mit Hubschraubern flogen die Einsatzleiter die Umgebung ab, damit sie nach Hängen Ausschau halten konnten, die eventuell ins Rutschen kommen könnten.

In guten und sonnigen Tagen oft milde für ihren unentgeltlichen Einsatz belächelt, stieg der Respekt vor den Männern und Frauen von Feuerwehr, Rotem Kreuz, Wasserrettung und Bergrettung bis ins Unermessliche. Man überhörte keinen Hilferuf, kein Weg schien zu weit, kein Wasser zu tief und kein Pegel zu hoch, um zu den Rufenden zu gelangen. Meistens unter Einsatz des eigenen Lebens, tropfend nass und zitternd vor Kälte, arbeiteten sie schier ohne Pause gegen eine steinige, schlammige und wässrige Übermacht. Hier konnte jeder die wahren Helden des Alltags bei der Arbeit sehen.

Bürgermeister Brecht war ständig unter und neben ihnen. Damit er nicht das eingespielte Team störte, baten ihn die Einsatzleiter gleich, anstatt seiner körperlichen Möglichkeiten seine geistigen zur Verfügung zu stellen. Eine Eigenschaft, die man in dieser Situation aber hoch zu schätzen wusste. Er kannte die Verantwortlichen der Bezirkshauptmannschaften im ganzen Land mit Namen, war mit den Zuständigen der Behörden immer in Kontakt und konnte so manches Verfahren oder dringende Anfrage schneller erledigen, als es ansonsten möglich gewesen wäre. Sein Handy läutete ununterbrochen, jeder stellte ihm Fragen, und doch bewahrte er den Überblick und die Ruhe, denn hierin sah er seine Aufgabe, seine Berufung.

Selbstverständlich war auch die stellvertretende Bürgermeisterin mit von der Partie. Sie übernahm mit ihren Landfrauen die Versorgung der Einsatzkräfte in Form von Nahrungsmitteln, aufmunternden Worten und handgestrickten Socken. In der eigens eingerichteten Feuerwehrzeugstätte bogen sich bald die Tische. Kaum kam einer der erschöpften Helfer zurück, um sich kurz zu wärmen, wusste er nicht, wie ihm geschah. Sofort war er Jacke, Handschuhe, Stiefel und Helm los, die auf eine Heizung gelegt wurden, damit sie trocknen konnten. Ausgestattet mit frischen Socken und was sonst vonnöten war, saß er kurz darauf vor einem Teller heißer Suppe. Tee, Kaffee, Bier – alles stand bereit. Und wenn das nichts mehr half, wurde zur inneren Wärmung ein scharfer Schnaps gereicht.

Suppe, Schnitzerl, belegte Brote, Schweinebraten, Kuchen und Torten in allen Formen und noch vieles mehr warteten geduldig, um von den Helden in Energie umgewandelt zu werden. Dass die Einsatzkräfte dies zu schätzen wussten, konnte man sehen. Jedenfalls am Anfang. Doch es kam irgendwann der Punkt, an dem die Müdigkeit alle anderen Empfindungen überdeckte und alles bedeutungslos werden ließ. Und es regnete, regnete, regnete, und kein Ende schien in Sicht.

Irgendwann war es dann doch vorbei. Jedenfalls der Regen. Zuerst zaghaft, aber immer selbstbewusster behaupteten sich einige Sonnenstrahlen. Ein kurzer Moment des Aufatmens, aber noch konnte die Sonne nicht über die Katastrophe hinwegstrahlen, denn zu vieles lag zerstört am Boden. Doch Trübsal blasen konnte man später, denn nun hieß es aufräumen, hieß es wieder an die Zukunft denken, hieß es weitermachen und nicht zurückblicken.

Während man Inge Plottino fast mit Gewalt aus ihrer Wirkungsstätte im Einsatzhauptquartier entfernen musste, begann für den Bürgermeister die härteste Zeit nach der Katastrophe. Denn kaum war das Schlimmste vorbei, begannen die Schuldzuweisungen und das Suchen nach Fehlern.

Hier beschwerte sich ein Mann, ohne seine Zustimmung evakuiert worden zu sein, dort forderten Familien Soforthilfe, obwohl nur wenige Schäden am Haus sichtbar waren. Jeder wollte ein Stück des Katastrophenfondskuchens der Landesregierung ergattern, und kaum einer zeigte Einsicht oder Verständnis, warum das Stück des anderen größer sein sollte als sein eigenes.

Bei einigen wenigen Männern der Wildbachverbauung, der Straßenmeisterei, dem Landesgeologen und dem Katastrophenreferenten der Bezirkshauptmannschaft lag die Verantwortung der Begutachtung. Sollte weiterer Regen folgen, wer blieb gefährdet? Wo waren Hänge, die ins Rutschen kommen konnten? Wem konnte man wann, wo und wie helfen? So mancher ging unter dieser Last der Verantwortung in die Knie, der Druck wurde zu groß. Und mittendrin immer die Bürgermeister der betroffenen Gemeinden, die die Forderungen ihrer Mitbürger auf den Schultern trugen.

Lember konnte zwei große Hangrutschungen, einige Evakuierungen, unzählige Keller, die unter Wasser standen, und eine angebliche Plünderung im Kaufhaus Brant vermelden. Relativ harmlos hörte sich das im Gegensatz zu einigen Nachbargemeinden an, in denen ganze Häuser weggerissen, Autos versenkt und Straßen auf lange Zeit unbefahrbar waren.

Eine gut sichtbare Warnung der Natur war zurückgeblieben.

22

Mit der Zeit kehrte irgendwann doch der Alltag wieder ein. Bereits vier Tage nach den schlimmen Regengüssen überquerte Bürgermeister Brecht an einem Montag den hübschen Dorfplatz von Lember und betrachtete wohlwollend den plätschernden Brunnen, die wieder gepflegten Blumenbeete und die teilweise frisch gestrichenen Häuserfassaden. Die Wunden, die die nicht lange zurückliegenden Unwetter ins Ortsbild geschlagen hatten, waren teilweise noch sichtbar, aber das meiste konnte schon wieder als erneuert betrachtet werden. Und die Natur regenerierte sich sowieso von selbst, kaum war der ärgste Schlamm einmal beseitigt.

Im Moment eilte der Bürgermeister ganz allein auf das Gemeindeamt zu. Er fühlte sich irgendwie frei, denn in der letzten Woche hatten ihn fast immer Menschen umgeben. Voller Genuss biss er in ein Leberkäs-Semmerl, das himmlisch duftete und das er gerade ganz knapp vor Ladenschluss in der örtlichen Fleischhauerei »Schönauer« ergattert hatte. Obwohl seine Uhr noch zwei Minuten vor sechs zeigte und mit Sicherheit Leberkäse übrig war, hatte ihn Frau Schönauer fast nicht mehr bedienen wollen. Irritiert hatte Brecht darauf beharrt, und so war in Windeseile eine Semmel geteilt und Brechts Leckerbissen von Henni Schönauer zubereitet worden. Was sie ihm nicht hatte mitteilen können, war, dass in Kürze eine Sitzung im »Fliegenden Hirschen« stattfinden würde – organisiert von Inge Plottino und den Landfrauen. Streng geheim, versteht sich.

Der Bürgermeister wusste nichts von dieser Aktion, daher konnte er seine hart erkämpfte Errungenschaft genießen. Mit Senf bestrichen und vielen Gurkerln liebte er diese Zwischenmahlzeit ganz besonders.

Dies geschah sehr zum Missfallen von Frau Martha Brant. Als Besitzerin des einzigen Lebensmittelladens in Lember beobachtete sie jeden im Ort mit Argusaugen, wo genau er einkaufte –

und was. Sie saß hinter ihrer altertümlichen Ladenkasse, dünn und ganz in Schwarz gekleidet, wie eine Spinne, und lugte zu den Schönauers hinüber, deren Laden sich schräg gegenüber auf der anderen Seite des Dorfplatzes befand. Speziell über Brecht und seine Frau führte sie eine Stricherlliste.

Selbstverständlich konnte es sich ein vom Volk gewähltes Organ nicht leisten, einen Laden vor dem anderen zu bevorzugen. Brecht versuchte, bei ihr ebenfalls Sachen zu kaufen, aber es fiel ihm sehr schwer. Er mochte die Brant nach den Vorfällen im letzten Jahr in Lember noch weniger als vorher, zusätzlich war sie die engste Vertraute von Inge Plottino. Außerdem hielten die Plottino-Jünger in ihrem Geschäft regelrechte Sitzungen ab, um das aktuelle Ortsgeschehen wieder und wieder durchzukauen oder durch das eine oder andere Gerüchtchen aufzupeppen.

Diese Gerüchteküche hasste Brecht am meisten. Aber als Ortsvater hatte er auch mit seinen schwierigen Kindern vernünftig und gerecht umzugehen. Daher kaufte er Gummistiefel für die Gemeindearbeiter, Gießkannen und solche Sachen dort, um Gerechtigkeit walten zu lassen. Bei Lebensmitteln konnte bei Frau Martha Brant allerdings keiner genau wissen, aus welchem Jahrhundert sie stammten, und darum ließ Brecht wohlweislich die Finger davon.

Gut, dass er nichts von Frau Brants geheimster Geheimliste mit der Überschrift »Einkaufsferteilung gewältes Ohrgan« wusste, denn diese hätte mit Sicherheit zu einem seiner gefürchteten Wutausbrüche geführt. Aber man konnte es ja nicht wissen, dachte sich Frau Brant insgeheim, vielleicht war irgendwann genau eine solche Beweisführung zum Sturz der Mächtigen vonnöten. Und so machte sie weiter pflichtbewusst ihre Striche und notierte außerdem die Verhaltensweise vieler anderer Bewohner von Lember.

Gerade als Brecht seinen zweiten Bissen tätigen wollte, klingelte sein Handy. Schwer hin- und hergerissen zwischen Wasser-im-Mund-Zusammenlaufen und dem Pflichtbewusstsein als Bürgermeister, konnte er doch aus seiner Haut nicht heraus und zog verärgert den Störenfried aus der Tasche.

Eine halbe Stunde später befand er sich noch immer auf dem Dorfplatz. Er war dort beim Telefonieren auf und ab getigert. Seiner lauten Stimme und seinem roten Kopf nach zu urteilen, fand ein ziemlich heftiges Gespräch statt.

Bis er auflegen konnte, war es schon halb dunkel, und er betrachtete das mittlerweile kalte Leberkäs-Semmerl in seiner linken Hand. Weiteressen war vor Wut jetzt nicht möglich. Außerdem mochte er keinen kalten Leberkäse. Aber Wegwerfen kam für ihn nicht in Frage. Wo käme man denn hin, wenn jeder anfangen würde, Lebensmittel wegzuwerfen. Und er hatte schließlich dafür bezahlt. Vielleicht wollte es seine Frau?

Während er noch heftig überlegte, bemerkte er ein Auto, das neben ihm zum Stehen gekommen war. Durch die abgedunkelten Scheiben konnte er den Fahrer nicht erkennen, und das Auto war ihm nicht bekannt. Da er geistig den Leberkäs-Semmel-Kampf austrug und noch immer von seinem Telefongespräch erregt war, beachtete er das Gefährt inklusive Insassen entgegen seiner sonstigen Gewohnheit nicht weiter.

Mit dem Rücken zum Auto blieb er abrupt stehen, denn in diesem Moment quoll gerade eine Gruppe laut schnatternder Frauen aus dem Gasthaus »Fliegender Hirsch«. Er war froh, halbwegs von Bäumen verdeckt zu sein, somit war er nicht auf Anhieb zu sehen. Als er unter ihnen Inge Plottino erkannte, überlegte er mit Stirnrunzeln, was die wohl schon wieder im Schilde führte, und beachtete daher das leise Zuschlagen der Autotür in seinem Rücken nicht.

Ein schwerer Fehler, wie sich herausstellen sollte, denn der Fahrer hatte nichts anderes im Sinn, als Brecht mit voller Kraft voraus einen Knüppel über den Kopf zu ziehen.

23

Während Brecht auf dem Dorfplatz telefonierte, eröffnete Inge Plottino eine ihrer berühmten Notfallversammlungen im »Fliegenden Hirschen«. Im Raum befanden sich an die zwanzig Damen, drei ältere Männer und der Wirt, der gelangweilt hinter seiner kleinen Bar lehnte.

Inge liebte Notfallsitzungen. So konnte eine entlaufene Katze einen Notfall darstellen (sie könnte ja entführt worden sein), aus den Blumenbeeten der Gemeinde entfernte Blumen (wobei jeder wusste, dass Frau Brant sie sich »auslieh« und in ihrem Geschäft wiederverkaufte), alleinige Entscheidungen des Bürgermeisters (immer ein Notfall), unerlässliche Anschaffungen für das Seniorenheim (obwohl die nur in den Augen von Inge notwendig waren) und so manches mehr. Generell bedeuteten die Sitzungen für Anton Brecht oder andere Gemeindebürger zusätzliche Arbeit und die Notwendigkeit zur Lösung von Problemen, die sie ohne die Landfrauen gar nicht gehabt hätten. So schaffte sich in einer Gemeinde eben jeder seine Legitimation.

Natürlich fanden die Sitzungen mit allerhöchster Geheimhaltungsstufe statt. Sie waren ja auch von entscheidender Wichtigkeit. Hätte Brecht davon erfahren, würde sicher jemand von seinen Leuten unter den Anwesenden sitzen, oder noch schlimmer, er selbst würde kommen und wichtige Anliegen im Keim ersticken. Am Anfang hatte man seine Frau und die vom Polizisten Maler nicht so recht dabeihaben wollen, aber mittlerweile hatten sie sich zu wahren und echten Verfechterinnen der Angelegenheiten dieser Gruppe entwickelt.

Gerade stand Inge vor ihren Kampfgenossinnen und dem männlichen Fanclub, sah über den Rand ihrer Brille in die Runde und wedelte mit einem Stapel Papier herum. »Meine Damen und drei Herren, wir haben heute zwei wichtige Punkte auf der Tagesordnung, die beschlossen werden müssen. Punkt eins: Soforthilfe für die Opfer der Katastrophe letzte Woche. Ideen?«

Alle überlegten, bis sich die sonst eher ruhige Berta Maler meldete und zu bedenken gab: »Welche Opfer? Es hat doch nur ein paar überschwemmte Keller in Lember gegeben. Wenn wir wirklich helfen wollen, sollten wir uns auf Menschen in anderen Gemeinden konzentrieren. Dort haben doch einige alles verloren, sagt mein Mann.«

Inge rückte ihre Brille zurecht und wedelte erneut aufgeregt mit den Papieren in ihrer Hand.

»Was heißt hier keine Opfer? Selbstverständlich haben wir Opfer. Die alte Frau Maier zum Beispiel. Der ganze Keller stand unter Wasser. Die lebt doch nur von einer kleinen Rente. All ihre selbst gemachten Marmeladen und ihr eingelegtes Gemüse sind kaputt. Quasi davongeschwommen. Bevor sie hungern muss, unterstützen wir sie natürlich. Oder nehmt doch den alten Härtinger. Sein Hund ist seit dem Unwetter verschwunden. Er ist untröstlich und am Boden zerstört. Bei alten Menschen kann so ein Verlust sogar zum Herztod führen. Es hilft nichts, da müssen wir einen neuen besorgen. Weißt du, Menschen wie der Maierin oder dem Härtinger, denen hilft außer uns keiner. Der Bürgermeister und seine Leibeigenen fühlen sich zu höheren Taten berufen, obwohl nicht ganz klar ist, was sie so den ganzen Tag über machen. Wenn wir uns nicht um die einfachen Menschen kümmern würden, würde es sonst keiner tun. Für die sind wir wie Engel. Rettende Engel, liebe Berta.«

Martha Brant kam ihr zu Hilfe. »Wieso sollen wir Geld, das wir sammeln wollen, in andere Orte tragen? Wir wissen nicht einmal genau, ob sich da nicht Menschen bereichern, die gar keine Hilfe benötigen. Und bei mir können wir dann auch gleich günstig Lebensmittel erwerben. Ich bin dafür, dass wir darüber abstimmen.«

Natürlich wurde es eine einstimmige Entscheidung, denn Berta wollte nur ihr schlechtes Gewissen etwas beruhigen. Sie wusste, dass ihr Mann, wie der von der Maria Brecht, ihr Mitwirken in dieser Gruppe nicht schätzte, und so wollte sie wenigstens alles ganz kritisch hinterfragen. Die Frau des Polizisten war eine große, schlanke, eher ruhige Frau, die sich in der Gruppe von Inge einfach ein bisschen Anschluss holen wollte.

Schließlich beratschlagten sie noch, was man machen könnte, um Geld in die Spendenkasse zu bekommen, und die Gruppe entschied, ein Kinderfest zu organisieren. Die Einnahmen würden an die notleidenden Opfer verteilt werden. Das Fest sollte in drei Monaten stattfinden, und es würde eine eigene Sitzung zur Organisation einberufen werden. Dass bis dahin die arme Frau Maier schon verhungert sein und sich wahrscheinlich auch der Herzinfarkt des Herrn Härtinger nicht gedulden würde, das ignorierten die Anwesenden.

Nach einem zufriedenen Blick in die Runde fuhr Inge fort: »Gut, kurz zu Punkt zwei. Wie ihr ja wisst, komme ich als Vizebürgermeisterin ganz schön herum. Wenn ich ehrlich bin, wird es mir manchmal doch ein bisschen zu viel, weil ich bereits die meisten Repräsentationsaufgaben in der Gemeinde übernehme. Selbstverständlich hilft mir der Bürgermeister dabei, aber er hat eben auch anderes zu tun«, fügte sie nach einem schnellen Seitenblick auf Maria Brecht hinzu, die bei dieser heftigen Übertreibung ganz schön böse guckte.

»In meiner Funktion war ich vor einiger Zeit in Kaprun und habe dort wirklich nette und kluge Menschen kennengelernt. Die sind dort etwas weltoffener und nicht so engstirnig wie hier. Wir sind uns ja nicht zu schade, gute Ideen anderer Gemeinden zu übernehmen, daher schlage ich einen Bildungsausflug nach Kaprun vor. Dort gibt es eine Gruppe, die den Ort für junge Menschen attraktiv halten will.«

Sie wartete geduldig, bis verhaltener Applaus erklang.

»Jedenfalls werden wir uns diese Gruppe in Kaprun einmal näher betrachten. Ich habe mit den Kaprunern gesprochen, und die wollen uns einladen. Wir machen einen Ausflug auf eine Alm dort und treffen den Chef der Ortsgruppe. Was haltet ihr davon?«

Nachdem so ziemlich jeder Teilnehmer der Sitzung seine Meinung zu dieser Aktion hatte verlauten lassen, nahm man diesen Antrag ebenfalls einstimmig an. Zum Schluss fixierten die Damen und Herren noch das Datum.

Was keiner außer Inge Plottino wusste beziehungsweise wissen musste, es fiel genau mit dem Auftakt der Arbeitsgruppen der Bürgermeister in Kaprun zusammen, die bereits in nicht einmal einer Woche starten sollten. Wenn man ihr eine Teilnahme dort verwehrte, würde sie also trotzdem anwesend sein. Sollten die nur sehen, dass es einer Plottino möglich war, Ideen umzusetzen, während die anderen diskutierten. Um in die örtliche Zeitung zu kommen, würde ihr schon noch etwas einfallen. Die Sitzung war so gelaufen, wie sie es geplant hatte, und zufrieden schnatternd machten sich die Damen auf den Heimweg.

In kleinen Gruppen traten sie vor die Tür des »Fliegenden Hirschen«. Eine laue Nacht erwartete die Frauen und Männer. In den meisten Häusern war bereits heimeliges Licht zu sehen. Ganz war der Tag noch nicht der Dunkelheit gewichen, und es lag eine angenehme Zufriedenheit über dem Ort. Einige der Frauen mussten noch Neuigkeiten austauschen, andere verabschiedeten sich gerade wortreich und herzlich, ein paar sahen sich schon nach ihren Fahrrädern oder Autos um, ließen die Blicke über die Blumen schweifen, aber niemand beachtete so recht die schwarz vermummte Gestalt, die gerade einen heftig zappelnden Bürgermeister in ein geparktes Auto verfrachten wollte.

Moment mal.

Eine schwarz vermummte Gestalt, die gerade einen heftig zappelnden Bürgermeister in ein geparktes Auto verfrachten wollte?

Diese Szene passte irgendwie so gar nicht in das übliche idyllische Ortsbild, und bevor es bewusst in die Hirne der Landfrauen vordrang und dort korrekt verarbeitet werden konnte, löste sich eine Gestalt aus dem Grüppchen vor dem Wirten und stürmte mit wehendem Rock und einem lauten Schrei auf die zwei zu, die da heftig kämpften.

»Mörder!«, schrie Henni Schönauer und schwang ihre große schwarze Tasche.

Überrascht sah sich die dunkle Gestalt um, und Brecht konnte die Hand, die sein verzweifeltes Rufen bisher unterdrückt hatte, abschütteln. Aus vollem Halse schrie er: »Weiber, helft mir!«

In diesem Moment war Henni schon bei ihnen angekommen und versetzte dem Angreifer einen Schlag mit ihrer Tasche, die keiner unterschätzen sollte. Mittlerweile hatten sich die anderen wieder im Griff und kamen angerannt, während sie markerschütternd schrien. Selbst einem tapferen Kämpfer wäre bei diesem Anblick und vor allem bei diesem Lärm das Herz in die Hose gerutscht.

Der Angreifer beschloss, der Amazonenübermacht nachzugeben, und so schubste er, der mit seiner dunklen Skimaske an einen Ninja-Kämpfer erinnerte, Henni Schönauer auf Brecht, und beide kamen zu Fall. Brecht lag auf dem Rücken und Henni auf ihm. Die vermummte Person stürzte auf das Auto zu und startete den Motor. Eine Flucht wäre nicht möglich gewesen, hätte sich die Truppe, die nun angestürmt kam, mehr organisiert. Aber so standen sich alle im Weg, liefen durcheinander, zogen die zappelnde, etwas fülligere Henni von einem nach Luft ringenden Bürgermeister herunter, schrien nach Hilfe, nach der Polizei, der Feuerwehr und nach dem Pfarrer. Man hörte Rufe wie »Attacke!«, Rufe nach Ruhe und Forderungen nach einer Pistole. Die einen liefen dem Auto des Entführers hinterher, die anderen zu ihren eigenen fahrbaren Untersätzen, um die Verfolgung aufzunehmen, die einen in Richtung Feuerwehr und die anderen zu Brecht, um ihr Ortsoberhaupt zu retten oder zu schützen. Bald konnte keiner mehr sagen, wer wohin lief, wer Feind oder Freund und was eigentlich gerade passiert war.

Brecht stand in der Zwischenzeit wieder und schüttelte die Hand seiner Frau ab, die mit Unterstützung von etwas Spucke Dreck aus seinem Gesicht entfernen wollte.

Henni Schönauer wurde sich just in diesem Moment ihres Mutes bewusst und fiel in Ohnmacht. Nur im Fernsehen fingen helfende Hände den mutigen Helden auf. Hier reagierte keiner so schnell, und die Fleischhauers-Gattin knallte relativ unsanft in ein Blumenbeet.

Mittlerweile war es gelungen, die Feuerwehr zu alarmieren, und zum allgemeinen Durcheinander ertönte nun auch noch das laute Heulen der Sirene. Als die Einsatzgruppe und ein hastig angezogener Hans Maler am Schauplatz eintrafen, dachten sie zuerst an eine feindliche Invasion oder einen terroristischen Anschlag. Es herrschte blankes Chaos, Henni Schönauer lag wie tot in einem Meer von Blumen, Brecht sah zum Fürchten ramponiert aus, und einige Damen wedelten mit ihren Taschen, um einen unsichtbaren Feind, der eventuell noch anwesend war, zu vertreiben.

Nur langsam legte sich die Aufregung. Der ebenfalls herbeigerufene Arzt untersuchte Henni und Brecht. Maler und seine Kollegen versuchten Ordnung in die Truppe zu bringen und scheuchten sie in den Gasthof »Fliegender Hirsch«.

Dort erzählte Inge Plottino selbstverständlich als Erste die Geschichte. »Also, wir haben einige wichtige Projekte hier besprochen, Projekte, die schon lange Zeit anstehen, und auch aktuelle Sachen. Wir möchten nämlich –«

Hans Maler wollte nur die Tatsachen hören. »Nur das Wichtigste, sonst frage ich jemand anderen, verstanden?«

Die Drohung schlechthin für Inge, obwohl ihr selbst alles von ihr Gesagte wichtig schien. »Ist ja schon gut. Also, wir gehen raus, da steht ein Auto, und ein riesiger maskierter Mann kämpft mit dem Bürgermeister. Wir sind alle hingestürmt, haben ihm Brecht entrissen und den Täter verjagt. Er konnte entkommen. Schwer verletzt.«

Maler notierte die Angaben, bevor er fragte: »Beschreibung des Täters und des Fluchtautos.«

Eifrig antwortete Inge und unterstrich ihre Aussage mit wedelnden Händen. »Der Mann war so an die zwei Meter groß und hatte kalte blaue Augen. Mörderische Augen, wenn du mich fragst.«

Maler unterbrach sie. »Und das Auto?«

»Das Auto? Ein Van. So ein riesengroßes Ding. Schwarz. Getönte Scheiben. Wie in diesen Fernsehsendungen. Wenn ich nachdenke, fällt mir sicher noch ein, ob das Ding schon vor der

Sitzung dort geparkt hat. Und wenn ich es mir recht überlege, kann ich mich bereits den ganzen Tag an eigenartige Subjekte erinnern, die durch Lember gestreift sind. Ja, ich glaube, das waren mehr und nicht nur einer. Und wenn ich es mir ganz genau überlege …«

Obwohl die Vizebürgermeisterin sicher noch viel zu erzählen gehabt hätte, entließ man sie trotz heftigen Protests und holte die nächste Zeugin, nämlich Maria Brecht, die Frau des Bürgermeisters.

Die wischte sich eine Träne aus dem Gesicht und berichtete unter heftigem Seufzen: »Wir kommen aus der Sitzung, zu der ich wirklich rein zufällig dazugestoßen bin, wie ich betonen möchte. Ja, wir ahnen nichts Böses, und in diesem Moment sehe ich meinen Gatten mit einer Gestalt ringen. Er hat sich todesmutig gewehrt und die Gestalt zurückgedrängt, als die Henni Schönauer auf die beiden losgestürmt ist. Mein Mann hatte schon die Oberhand gewonnen und den Täter gerade überwältigt, da ist die Henni gestolpert und auf meinen Anton gefallen. Dadurch konnte die Gestalt entkommen.«

Maler stutzte, stellte aber die übliche Frage. »Beschreibung des Angreifers und des Fluchtautos?«

Kurz dachte die Befragte nach, bevor sie überzeugt antwortete: »Ich denke, es war ein Mann. So einen Meter achtzig. Muskulös. Das Fluchtauto? Ein Geländewagen. Dunkelgrün oder grau. Schwarz war er nicht. Ein Jeep oder so.«

Sie eilte nach der Befragung zu ihrem Gatten, und Maler wollte in der Reihe fortfahren, als Martha Brant die anderen Zeugen zur Seite drängte und sich selbstbewusst vor dem Polizisten aufbaute. »Du, Herr Inspektor, ich habe eine Aussage zu machen.«

Maler sah sie kurz an und bellte: »Warten Sie, bis Sie drankommen!«

Die Brant zeigte ihm die Faust und sah ihn mit einem Blick an, der schon als Drohung gereicht hätte. »Nein, nichts da! Was ich zu sagen habe, ist wichtiger als alles von den anderen. Die haben ja gar nichts gesehen. Außerdem: Wenn du weiter bei mir einkaufen willst, nimmst du mich jetzt dran, Hans Maler!«

Für sie stellte die Androhung eines Kaufverbots in ihrem Laden die schlimmste Drohung dar, dem Polizisten hingegen wäre nichts lieber gewesen als das.

»Gut. Bitte schön, was haben Sie zu berichten?«

Martha setzte sich umständlich auf den Stuhl, der vor dem Tisch und Maler gegenüberstand, und umfasste ihre schwarze Tasche. Voller Inbrunst, aber sehr verschwörerisch zischte sie ihm zu: »Die Gestalt war nicht von dieser Erde!«

Maler seufzte innerlich. »Ein Vogel also?«

»Sei nicht kindisch. Man konnte genau sehen, dass sie im Kampf gleitend über den Boden schwebte. Das inkarnierte Böse.«

»In die Flucht geschlagen von einer Damenhandtasche.«

Martha schien langsam die Geduld zu verlieren. »Blödsinn! Der Teufel hätte uns alle vernichtet. Ich habe mich aber der Sache widersetzt und ihm einen wirklich starken Zauber geschickt. Daraufhin ist er sofort geflüchtet.« Zufrieden lehnte sie sich in ihrem Stuhl zurück.

Maler sah sie an. »Ach, und was wollte der Teufel von unserem Bürgermeister?«

»Bist du so blöd, oder tust du nur so? Seine Seele natürlich.«

»Ihr behauptet doch immer, der hat gar keine Seele?« Maler hatte sich diese letzte Bemerkung nicht ganz verkneifen können, verzichtete aber auf weitere Beschreibungen aus dem Munde von Martha Brant. Er wollte nach dieser Aussage gar nicht mehr wissen, welcher Art das Fluchtauto gewesen war. Ein Höllenpferd?

Allerdings konnte er Martha erst loswerden, nachdem sie mit einer Art Klobürste herumgewedelt und so die bösen Schwingungen um ihn vertrieben hatte. Seit sie sich als Hobbyhexe geoutet hatte, war es fast nicht mehr auszuhalten mit ihr.

Die weitere Befragung der bemühten Zeugen wurde nicht besser. Damit sie sich nur ja gegenseitig übertrumpfen konnten, kamen immer detailliertere Beschreibungen des Geschehens und der Mitwirkenden zutage. Von einem weißen Auto war die Rede, von einer Frau als Angreiferin, von mehreren Personen, einem kleinen dicken Mann, einem großen dünnen Jungen und vielem mehr. Natürlich wollte jeder gehört werden, und Maler versuchte, die Befragung so schnell wie möglich zu beenden, um mit Brecht zu reden. Dieser schien ihm trotz eines Schlages auf den Schädel immer noch der Vernünftigste unter den Anwesenden zu sein.

Der Bürgermeister hatte einen Verband um den Kopf, und es war ihm dringend geraten worden, ins Krankenhaus zum Röntgen zu fahren. Seine Frau wollte ununterbrochen seine Hand nehmen, aber er schlug sie weg wie eine lästige Fliege. »Mir fehlt nichts. Lass mich einfach in Ruhe!«

So schnell wollte sie sich aber nicht überzeugen lassen. »Bist du sicher, mein Schatz? Toni, ach mein Toni, was ist da nur passiert?«

Gott sei Dank erlöste Maler ihn.

»Na endlich«, brummte Brecht, als der Dorfpolizist die Gattin des Ortschefs bat, sie allein zu lassen.

Der Bürgermeister schien ein bisschen eingeschnappt zu sein. »Da musst du dich erst mit diesen Fregatten herumschlagen, warum kommst du nicht gleich zu mir, Hans?« Er war sichtlich schlecht gelaunt, was vielleicht vom Schlag auf die Rübe kam.

»Weil es so Vorschrift ist.« Vorschriften gingen dem Polizisten über alles. Hier kannte er keine Gnade. Nicht einmal einem Bürgermeister gegenüber.

»Pah, Vorschrift! Neben dir könnte ich verrecken, und du hältst dich immer noch an irgendeine Regel.«

»Erstens bist du nicht verreckt, und zweitens bist du ebenfalls ein Mensch, der sehr gerecht denkt. Also sag mir nicht, was ich zu tun habe. Oder messen wir bei dir mit zweierlei Maß?«

Brecht murmelte etwas Unverständliches, denn Maler wusste genau, welche Knöpfe er bei seinem Freund zu drücken hatte. Der Bürgermeister hasste Unrecht. Da er aber schwer eigene Fehler zugeben konnte und einer Extremsituation ausgeliefert gewesen war, lenkte Maler von sich aus ein.

»Du hast ja recht, Anton, aber die anderen müssen auch befragt werden. Vielleicht hat ja doch jemand etwas gesehen, das uns weiterhilft. Ausnahmsweise waren genug Menschen anwesend.«

»Und? Lass mich raten: Jeder hat alles gesehen und im Grunde keiner etwas? Habe ich recht?«

Maler seufzte. »Ja, es wäre zu schön gewesen. Du kennst deine Pappenheimer recht gut.«

Zufrieden lehnte sich Brecht zurück, zuckte aber zusammen, als er seinen Kopf bewegte.

»Kannst du wirklich aussagen, Anton? Wir können das auch später machen.«

»Pah, von so einem Möchtegern-Ninja lasse ich mich nicht fertigmachen.«

»Du denkst also, dein Angreifer war ein Mann? Bitte berichte von Anfang an.«

»Tja, viel kann ich dir dazu nicht sagen. Generell weiß ich genau, was um mich vorgeht, aber durch irgendeine wichtige Sache war ich abgelenkt.«

Dass diese wichtige Sache ein Leberkäs-Semmerl gewesen war, unterschlug er wohlweislich. Es diente ja sicher nicht zur Aufklärung dieses Falles. Wo war es eigentlich?

»Ich habe bemerkt, dass neben mir ein Auto steht, aber bevor ich mich über die getönten Scheiben wundern konnte, sah ich die Weiber aus dem ›Fliegenden Hirschen‹ strömen. Da habe ich hinter mir eine Bewegung bemerkt. Das hat mich wahrscheinlich gerettet. Denn ich wollte mich umdrehen und habe nur noch einen scharfen Schmerz an der Schläfe gespürt.«

Vorsichtig fasste er sich an den Verband, bevor er fortfuhr. »Hätte ich nicht so schnell reagiert, wäre der Schlag direkt auf meinen Hinterkopf gegangen. Somit würde ich mich nun definitiv im Auto des Mannes befinden. Oder tot sein. Ob ich kurz bewusstlos oder abgelenkt war, weiß ich nicht mehr so genau, allerdings wurde ich von hinten gepackt, und jemand hat mir den Mund zugehalten. Ich habe mich gewehrt, aber alles ging so schnell, und ich konnte mich kaum bewegen durch den Griff um meinen Oberkörper. Meinst du, eine von den Tratschtanten hätte zu mir hergeschaut? Wenigstens ist mir die Henni zu Hilfe geeilt. Durch das Geschrei war der Angreifer kurz abgelenkt, und so konnte ich die Hand auf meinem Mund wegschlagen und schreien. Endlich haben sich die anderen Weiber auch gerührt, und der Mann ist geflüchtet.«

»Kannst du das Auto beschreiben oder den Kerl?«

»Es war ein schwarzes Auto. Ein Kombi. Mit getönten Scheiben. Eher schon ein älteres Modell. Aber genau kann ich es dir nicht sagen. Den Typen habe ich kaum gesehen, er hatte außerdem eine Skimaske vor dem Gesicht. Er war größer als ich, ich denke, so an die eins fünfundachtzig, und ziemlich stark.«

»Kannst du dir erklären, was das sollte? So eine Entführung ist ja nicht gerade alltäglich.«

Brecht runzelte die Stirn. »So gut es im Moment geht, habe ich mir den Kopf zermartert, aber ich habe absolut keine Ahnung. Wirklich nicht!«

»Feinde?«

»Blödsinn. Du kennst mich doch am besten. Du weißt, dass ich sehr beliebt bin. Natürlich muss man ab und zu Entscheidungen treffen, die jemandem gegen den Strich gehen. Aber eine Entführung? Wozu? Was würde man damit erreichen?«

Maler wusste, dass Brecht nicht ganz so beliebt war, wie er dachte, hielt aber wohlweislich den Mund. Der Bürgermeister konnte ganz schön laut werden, wenn es nicht so lief, wie er wollte. Aber über allen diesen menschlichen Reaktionen stand für Maler immer fest, dass Brecht ein wirklich engagierter und auf seine Gemeinde bedachter Bürgermeister war. Und außerdem ein guter Freund.

»In Ordnung, wir werden diese Sache weiterverfolgen. Vielleicht hat ja doch ein Zeuge das Auto schon früher bemerkt oder den Mann oder sonst etwas Auffälliges. Du gehst jetzt ins Krankenhaus und lässt dich untersuchen. Verstanden?«

Was der Bürgermeister natürlich nicht tat, denn wie immer wusste er alles besser. Und wenn es ihn selbst betraf, ließ er sich sowieso nichts sagen. Nicht einmal von Hans Maler.

24

Die Ermittlungen verliefen im Sande, obwohl in ganz Lember fast jeder etwas gesehen hatte und seinen Kommentar und seine Vermutungen zu diesem sensationellen Ereignis abgab.

In der Kommandozentrale, dem verstaubten Kaufhaus Brant, lief die Suche nach dem »kriminellen Subjekt« selbstverständlich auf Hochtouren weiter, und heimlich befragte man einkaufende Verdächtige, vorrangig Ortsfremde, anwesende Zeugen und eigentlich ganz Lember. Ergebnislos.

So vergingen zwei weitere Tage, in denen Brecht wie immer seine Gemeinde regierte, vielleicht mit der kleinen Abweichung, dass er das eine oder andere Mal unauffällig einen Blick über die Schulter warf. Eingestanden hätte er sich das natürlich auf keinen Fall, denn es musste schon ein anderes Kaliber kommen, um einen Brecht das Fürchten zu lehren. Freund und Polizist Hans Maler konnte vermehrt in der Gesellschaft oder in der Nähe des Ortsoberhauptes angetroffen werden, nur rein zufällig, wie er immer wieder betonte.

Bald waren alle möglichen und vor allem unmöglichen Varianten über das Geschehene in ganz Lember bis zur Übersättigung durchgekaut worden, und allmählich wandte man sich wieder dem Alltagsgeschäft oder kleineren wahren oder erfundenen Skandalen zu.

Dem Üblichen eben.

Brecht überarbeitete in seinem Büro gerade einige Unterlagen. In Gedanken bei einer schwierigen Bauverhandlung, hörte er folgende Worte, als auf seinem Schreibtisch das Telefon läutete und er abnahm: »Hallo, mein lieber Anton. Erinnerst du dich noch an mich?«

Wie könnte er diese leicht rauchige Stimme und das Prachtweib, dem sie gehörte, vergessen haben? Selbst in Gedanken verbat er sich die erregenden Träume, die diese Frau immer wieder in ihm wachrief. Er lachte – wie er meinte – sein tiefes verführerisches Lachen und erwiderte: »Hallo, Annabella, wie geht es dir?«

Sie schien sich zu freuen, ihn zu hören, aber trotzdem lag ein leichter Vorwurf in ihrem nächsten Satz. »Ehrlich gesagt würde ich dich ganz gern einmal wiedersehen. Wie sieht es aus, hast du für mich nicht ein bisschen Zeit?«

Brecht wusste, er spielte mit dem Feuer. »Morgen Nachmittag auf einen Kaffee? Das wäre möglich.«

»Ach, wie schade, morgen geht leider nicht. Bist du wirklich nicht zu überzeugen, zu dieser Veranstaltung der Bürgermeister zu kommen? Du könntest das ganze Wochenende bei mir verbringen.«

Er überlegte, und der Gedanke, sie wiederzusehen, schwebte verführerisch im Raum.

Schweren Herzens erwiderte er: »Nein, es geht unmöglich. Termine, meine Liebe, Termine.«

Aber so schnell ließ Annabella nicht locker. Nichts anderes hatte er von ihr erwartet.

»Termine, die man nicht verschieben kann?«

»Nein, wirklich. Wir haben im Ort ein, zwei Veranstaltungen, die ich unbedingt besuchen muss. Aber ich verspreche dir, so bald wie möglich vorbeizukommen. Ehrlich.«

Leicht enttäuscht drang Annabellas Stimme zu ihm durch, und er konnte ein gewisses Hochgefühl nicht verleugnen.

»Ach, schade. Kann ich dich wirklich nicht überreden? Ich weiß, Männer wie du haben wichtige Termine. Aber nur einmal, ein klitzekleines Mal eine Ausnahme zu machen wäre doch möglich? Bei uns findet außerdem am Freitag das bekannte Trachtendorffest statt. Wir könnten gemeinsam hingehen. Die Schmankerl, die es dort gibt, sind wirklich eine Sünde wert. Du wirst es ganz sicher nicht bereuen, Anton. Bitte, bitte, bitte! Du lässt doch sicher eine Frau nicht vergeblich bitten.«

»Also …«

Bevor der derartig Angeschmachtete antworten konnte, unterbrach sie ihn. »Nein, sag nichts! Überleg es dir in Ruhe und gib mir Bescheid. Dein Zimmer wartet auf dich. In Ordnung?

Du wärest zu allem eingeladen. Nur überlegen, mehr verlange ich nicht.« Dann legte sie auf.

Er war hin- und hergerissen. Erstens warteten wirklich diverse Veranstaltungen hier auf ihn, und zweitens wusste er um die Eifersucht seiner Frau. Wenn er Termine im Ort verschob, um nach Kaprun zu fahren, würden alle Alarmglocken bei ihr schrillen. Wie sollte er das logisch erklären? Außerdem, was wollte er dort? Nur mit dem Feuer spielen oder sich doch die Finger verbrennen? Er liebte seine Maria, und als Bürgermeister konnte er sich keine Fehltritte leisten. Ausgerechnet er war bekannt dafür, hart durchzugreifen.

War es wirklich Zufall oder von Annabella gelenkt, als am späten Nachmittag nach dem Gespräch mit ihr das Telefon auf dem Gemeindeamt wieder klingelte und der Amtsleiter Bürgermeister Unger aus Kaprun zu ihm durchstellte?

Brecht hörte die aufgekratzte Stimme seines Kollegen, als er den Hörer abnahm. »Hallo, alter Knabe. Alles roger bei dir? Warum antwortest du nicht auf meine Mails und auf meine SMS?«

Brecht konnte seine SMS nicht abrufen, das Handy blieb ausschließlich dem Telefonieren vorbehalten, und E-Mails druckte sein Amtsleiter ihm aus und legte sie auf seinen Schreibtisch. Das würde er aber einem Technikfreak wie Unger sicher nicht auf die Nase binden. Mit seinem Amtsleiter musste er aber ein Wörtchen reden, denn er konnte sich nicht erinnern, in letzter Zeit Schreiben von Unger auf seinem Arbeitsplatz vorgefunden zu haben. Wenn er sich recht entsann, rannte Krause schon seit einigen Tagen ziemlich konfus durch die Gegend. Egal, der würde sich schon wieder beruhigen – aber Nachlässigkeit bei der Arbeit duldete er nicht.

Was Brecht nicht wusste: Der Amtsleiter eilte wirklich etwas kopflos durch die Büros. Er haderte mit sich, wie er in einer bestimmten Angelegenheit handeln sollte. Es war ihm durch seine Frau der geplante Ausflug der Lemberer Gruppe nach Kaprun unter Leitung der Plottino zu Ohren gekommen. Wie sollte er sich verhalten? Generell sah er es als seine Pflicht an, seinen

Chef zu informieren. Dieser wollte immer und überall alles wissen, damit er von unangenehmen Sachen nicht überrascht werden konnte und allem Geschehen einen Schritt voraus blieb. Er kannte aber auch das höchst aufbrausende Temperament seines Vorgesetzten.

Es war immer das Gleiche. *Er* würde die Nachricht überbringen, also würde sein Chef *ihm* rhetorisch den Kopf abreißen. Das konnte er im Moment gar nicht gebrauchen. Was aber noch schlimmer war: Mit absoluter Sicherheit würde es passieren, dass er ihn in die Gruppe einschleusen würde. Dass er an diesem Wochenende einen Kurzurlaub mit der Familie gebucht hatte, würde Brecht ziemlich egal sein.

Nein, dieses Mal wollte Krause so tun, als ob er nichts gewusst hatte. Wahrscheinlich würde Brecht es ja nie erfahren. Die Mitreisenden würden aus eigenem Interesse schweigen, da war er sich sicher. Und die anderen Mitbürger gaben dem Bürgermeister nicht gern Gerüchte weiter, denn keiner wusste, wie er reagierte. Darum hatte der Amtsleiter die Schreiben von Unger abgefangen. Wenn der Chef der Einladung des Kapruner Bürgermeisters folgen sollte, würde er unausweichlich auf die anderen treffen. Und von den Schreiben des Kapruner Kollegen erfahren. Was der Chef nicht weiß, dass macht den Chef nicht heiß. Besser so.

Ein großer Fehler, wie sich herausstellen sollte. Denn erstens erfuhr Brecht auf Dauer immer alles, und zweitens hatte Krause nicht mit der Hartnäckigkeit von Kurt Unger gerechnet. So nahm die Gewitterwolke über seinem Haupt volle Größe an.

Brecht antwortete auf die Frage Ungers nach seinen Schreiben: »Ich hab eben viel zu tun. Hatte noch keine Zeit dazu, sie zu beantworten.«

»Schon gecheckt, geht mir nicht anders. Auch in einer kleinen Gemeinde wie deiner gibt es genug Arbeit. Aber Spaß beiseite. Was hast du am Wochenende vor, my friend?«

»Wir in Lember müssen im Gegensatz zu euch arbeiten für unser Geld. Ich habe keine Angestellten, die mir alles abnehmen, hier muss sich jeder Einzelne voll reinknien, und trotzdem ist es nie genug.«

Unger versuchte, seinen Gesprächspartner zu besänftigen. »Jetzt sei nicht immer so empfindlich! Wir brauchen dich von Freitag bis Sonntag hier in Kaprun. Egal, was du für Termine hast, hier steht unsere Zukunft, die Zukunft unserer Gemeinden auf dem Spiel.«

Brecht war noch immer nicht ganz besänftigt nach Ungers Seitenhieb. »Etwas kurzfristig fällt euch ein, dass ihr mich braucht, oder?«

»Falsch. Ich laufe dir schon seit deinem Besuch vor zwei Wochen nach. Das weißt du genau. Aber die Unwetterkatastrophe ist dazwischengekommen. Wir mussten die Arbeitsgruppen um mindestens eine Woche verschieben. Ein irrer Aufwand. Nun ist klar, wir ziehen alles durch. Kannst du kommen? Come on, boy!«

»Deinen Anruf hat nicht zufällig jemand in die Wege geleitet?«

Leider konnte Brecht durch das Telefon nicht feststellen, ob Unger die Wahrheit sagte oder nicht. Darum hörte er nur eine ganz unschuldige Antwort.

»Wer sollte das in die Wege geleitet haben? Gestern bei der Besprechung ist dein Name gefallen. Und es sind alle sofort begeistert auf den Zug aufgesprungen. Brecht muss dabei sein! That's it.«

Obwohl das schmeichelte, ließ sich Brecht nicht so schnell abbringen. »Ich weiß nicht recht. In diesem Fall müsste ich einige wichtige Sachen in der Gemeinde absagen. Und die Aufräumarbeiten nach dem Regen sind noch nicht abgeschlossen. Das ist schon sehr kurzfristig.«

»Die läuft ausnahmsweise sicher mal ohne dich! Was ist wichtiger als die Zukunft unseres Landes? Unserer Jugend? No way! Du bekommst natürlich alles bezahlt. Unterkunft, Anreise, Essen und eine Einladung zu unserem Trachtendorffest. Selbstverständlich bist du unser Ehrengast. Na, ist das eine Ansage?«

Brechts Brieftasche rief: »Ja, ja – sag zu!«

Sein Ehrgefühl entgegnete: »Nein, so einfach kannst du deinen eigenen Ort nicht im Stich lassen!«

Er beendete das Gespräch mit dem Bürgermeister, indem

er ihm fest versprach, sich alles genau zu überlegen. Am besten würde er diese Angelegenheit vorerst verschieben und sich später den Kopf darüber zerbrechen. Er beschloss, nach Hause zu fahren und eine Nacht darüber zu schlafen.

Zur gleichen Zeit besprachen in der Kommandozentrale Inge Plottino und Frau Brant den anstehenden Ausflug nach Kaprun. Er sollte bereits am kommenden Wochenende stattfinden, und das Organisationsteam befand sich im Endstadium der Vorbereitungen.

Martha Brant stand hinter der kleinen Wursttheke. Sie zierte sich etwas, bevor sie fragte: »Was ziehst du an?«

Inge Plottino musterte ihr Gegenüber verwundert. Die Kaufhausbesitzerin war in den letzten dreißig Jahren noch nie in einer anderen Kleidung als in schwarzen Kleidern, Blusen oder Röcken gesehen worden, daher schien ihr jegliches modisches Gespür abhandengekommen zu sein. Umso merkwürdiger war ihre Frage.

»Äh, keine Ahnung. Ganz normal. Vielleicht nehme ich ein Alltagsdirndl mit zum Wandern. Man will ja schon etwas darstellen. Diese Kapruner sollen nicht denken, wir von Lember kämen aus der Provinz. Wo wir uns doch schon allein geografisch näher an der Hauptstadt befinden als die.«

Martha Brant holte ihre grimmigste Miene hervor. »Ach, denken die so über uns?«

Inge zuckte mit den Schultern. »Keine Ahnung. Einige könnten vielleicht so denken. Darum lieber vorbeugen. Wieso fragst du, was ziehst du an?«

»Weiß noch nicht. Vielleicht etwas Schwarzes. Mal sehen. Du, schau, Würstchen hätte ich im Angebot. Brauchst du welche? Ganz frisch sind die!« Sie deutete auf fünf Paar Frankfurter Würstel, die gerade noch als solche zu erkennen waren.

Inge Plottino erschrak. So ziemlich nichts auf der Welt konnte sie ängstigen außer von Martha Brant als frisch angepriesene Lebensmittel. Diese armen Würstchen hier schienen definitiv an Altersschwäche gestorben zu sein.

»Nein, danke, ich habe alles, was ich wollte. Nächste Woche vielleicht wieder.«

Ihr Gegenüber reckte das Kinn. »Gut, dann eben nicht. Die werden mir sowieso aus der Hand gerissen. Mein Fleischhauer hat nur die besten Sachen.«

Inge seufzte. Manchmal konnte der Gang zur Brant ein Spießrutenlauf sein. Das meiste Zeug lag hier schon so lange herum, dass es zum Inventar zu gehören schien. Aber man musste ab und zu etwas kaufen. Mittlerweile rührten aber nicht einmal mehr ihre Katzen die hochgepriesenen »Frischwaren« an. Ein bedenkliches Zeichen. Daher beeilte sie sich nun, so schnell wie möglich aus dem Geschäft zu kommen.

Sie räumte drei Dosen Katzenfutter in ihren Korb, winkte kurz und bemerkte schon im Hinausgehen: »Ich muss los. Essen kochen für meine Schätze. Wenn alles klar ist, sehen wir uns am Samstag, Punkt neun Uhr, beim Bus. Sollte etwas Wichtiges sein, ruf mich an.«

Inge Plottino kochte gern und mit Leidenschaft, eine Sache, die ihr Mann an ihr sehr zu schätzen wusste. Auch ihre fünf Kinder, obwohl schon alle über zwanzig, befanden sich noch im gemeinsamen Haushalt und machten keine Anstalten, auszuziehen. Zu schön war es einfach, im Hotel Mama verwöhnt zu werden. Dass sich Inge um alles kümmerte, schien keinen zu stören, und Inge selbst wurde nicht müde, unentwegt zu betonen, die Kleinen wurden doch sowieso zu schnell erwachsen und flügge. Manchmal beschlich Herrn Plottino das unangenehme Gefühl, dass alle fünf den Abflug aus dem Nest der mütterlichen Glucke verpassen könnten oder schon verpasst hatten, aber wie üblich vertraute er seiner Frau vollkommen. Die wusste generell immer, was das Beste für sie alle war. Besser nicht zu viel nachdenken, und ein wirklich guter Vogelbeerschnaps beim Martinswirt würde sofort alle Lebensgeister wecken und negative Gefühle im Keim ersticken. Denn was konnte besser sein gegen schlechte Gedanken oder Bakterien als Alkohol? Nichts.

Mittlerweile diskutierte man im Hause Brecht ebenfalls heftig. Weil hier niemand auf die Idee gekommen wäre, negative Keime mit Alkohol abzutöten, grenzte die Diskussion schon eher an einen Streit.

»Sag es, wenn du eine andere hast!«, tönte Maria Brecht gerade ziemlich aufgebracht.

Brecht selbst verstand die Welt nicht mehr. »Wieso sollte ich eine andere haben?«

»Weil du schon wieder nach Kaprun willst!«

Eine lächerliche Schlussfolgerung von ihr, wie er fand.

»Aber ich war doch bereits öfter in Kaprun. Da hast du nicht jedes Mal einen Aufstand gemacht. Woher weißt du das eigentlich schon wieder? Ich habe bisher niemandem mitgeteilt, dass ich das vorhabe. Außerdem ist nicht fix, dass ich überhaupt fahre.«

Sie ließ sich nicht so schnell beruhigen. »Da hat irgend so ein Weib bei uns angerufen, die unbedingt den ›Anton‹ sprechen wollte. Das ›Anton‹ hat sie total zuckersüß gesagt, mir kleben jetzt noch die Ohren zu. Hier ist doch was im Busch! Verkauf mich nicht für dumm, Anton Brecht. Und außerdem, warum hat die unsere Festnetznummer von zu Hause, ha? Gestehe!«

Maria Brecht konnte man allgemein als selbstbewusste Frau betrachten, wobei sie mit Argusaugen darauf achtete, dass ihr der Gatte nicht abhandenkam. Klein und zierlich, wie sie war, die Haare mittlerweile zu einem frechen Bob geschnitten, durfte keiner ihre Zähigkeit und Durchsetzungskraft unterschätzen. Umsonst war es ihr nicht gelungen, eine Persönlichkeit wie ihren Bürgermeistergatten all die Jahre zu ertragen und auf gewisse Art zu zähmen.

Durch seine Funktion in der Politik hatte er zu oft Kontakt zu weiblicher Versuchung. Das wusste sie sehr genau. Sie war sich sicher, dass er ihr treu blieb, aber einen Flirt schien er nicht zu verachten, und man konnte als Ehefrau nicht vorsichtig genug sein.

Brecht verstand die Argumentation überhaupt nicht. »Ja, und? Ich kann doch nichts dafür, wenn wer für mich anruft. Außerdem hat der Bürgermeister von Kaprun ebenfalls heute angerufen und mich eingeladen. Mit dem verdächtigst du mich hoffentlich nicht, ein Verhältnis zu haben.«

Maria war noch nicht beschwichtigt, daher wollte sie ihn testen. »Du willst mich nicht mitnehmen, oder?«

Brecht schien diese Frage zu erstaunen. »Was willst du da? Diese Sachen sind langweilig für dich. Es geht von früh bis spät um Arbeitsgruppen, sogar beim Essen finden Diskussionen statt. Groß einkaufen kannst du dort auch nicht. Nein, du bleibst zu Hause, wenn, dann fahre nur ich nach Kaprun.«

Wie immer endeten die Streits der Brechts recht lautstark. Er betrachtete sich als Herr im Hause, und seine Frau sollte sich auf keinen Fall in seine beruflichen Sachen einmischen. Das schien ihm vollkommen unnötig, denn er hatte ihr ja aus Gleichberechtigungsgründen erlaubt, selbst einem Beruf nachzugehen. Ganztags. Ja, wenn sie dabei ihre natürlichen Pflichten im Haushalt nicht vernachlässigte, konnte er schon ein Auge zudrücken.

In diesem Moment knallte Maria das Abendessen auf den Tisch, hängte die Schürze auf den Haken neben der Anrichte und erklärte spitz: »Gut, wenn das dein letztes Wort ist, wirst du schon sehen!« Die unschuldige Eingangstür wurde unsanft zugeknallt, und weg war sie.

Obwohl sie sich wieder einmal über den Elefanten in ihrem Gatten ärgerte, kam ihr im Grunde genommen dieser Streit ganz recht. Als die Frau am Vormittag angerufen hatte, um den ›Anton‹ nach Kaprun einzuladen, war Maria Brecht zuerst einmal geschockt gewesen. Die Einladung betraf genau das Wochenende, an dem sich die Gruppe der Landfrauen ebenfalls in Kaprun befand. Da sie gedacht hatte, ihr Gatte würde in dieser Zeit in Lember weilen, wäre es kein Problem gewesen, mitzufahren. Ihr wäre schon eine Ausrede eingefallen. Was aber, wenn er die Einladung annahm? Und ihr am Ende dort über den Weg lief? Er hasste es, wenn sie mit den Landfrauen unterwegs war. Nicht dass sie sich von ihrem Willen würde abbringen lassen, aber die ewigen Diskussionen, die darauf folgten, konnte sie nicht ausstehen.

Maria grübelte. Sollte sie absagen? Und Anton dieser zuckersüßen Kaprunerin überlassen? Sie straffte sich und fasste einen Entschluss. Sie würde an diesem Ausflug nach Kaprun teilnehmen, und sie würde ein Auge auf ihren Mann haben, sollte er auch dort sein. Besser konnte es doch eigentlich gar nicht laufen.

Brecht schmeckte sein Abendessen trotz des unschönen Gesprächsthemas. Er liebte wie Hans Maler gutes Essen, und die Vorteile seiner Frau bestanden neben gewissen optischen Reizen auch in einer guten Küche. Heute gab es außerdem eines seiner Lieblingsgerichte.

Vor ihm standen gebackene Mäuse. Er musste immer wieder schmunzeln, wie entsetzt ihn seine Kollegen aus der Stadt ansahen, wenn er dieses Gericht nannte. Natürlich aß man auf dem Lande keine echten Mäuse. Diese Dummen! Aber weil man den Teig in heißem Fett ausbuk, entstanden kleine runde Küchlein, die oft witzige Formen hatten und irgendwie an Mäuse erinnern konnten. Mit viel Phantasie, verstand sich – die er ja besaß. Aus welchem Teig sie bestanden, wusste er nicht, er konnte nicht einmal ein Spiegelei in die Pfanne schlagen. Wozu auch? Seine Qualitäten lagen auf anderen Gebieten. Keiner war perfekt. Obwohl er selbst schon ziemlich nahe dran war, stellte er beim dritten Bissen fest.

Als er sein Essen mit Genuss beendet und sich das übrige Fett von den Fingern geleckt hatte, stand er vom Tisch auf, ohne seinen Teller oder das Besteck wegzuräumen. Vielleicht würde die Hausarbeit das Gemüt seiner Frau wieder etwas abkühlen. Er beschloss, noch einmal auf dem bereits geschlossenen Gemeindeamt vorbeizusehen und einiges an Arbeit zu erledigen.

Dort angekommen, setzte er sich hinter seinen Schreibtisch. Absolute Stille herrschte in dem alten Gebäude. Die großen Räume mit den hohen Decken ließen immer ein Gefühl der Ehrfurcht in ihm aufkommen. Große Holztüren, Parkettböden, die bei jedem Schritt knarrten, und Möbel, die schon seit einigen Generationen hier standen, machten auf die lächerliche Vergänglichkeit der Menschen, die in ihrer eingebildeten Wichtigkeit ein und aus gingen, aufmerksam.

In dieser eigenartig ruhigen Stimmung, die ihn in dem leeren Gebäude immer wieder erfasste, kamen ihm die Gespräche, die er mit Kurt Unger und Annabella Laube geführt hatte, wieder in den Sinn.

Er hatte beiden versprochen, es sich zu überlegen. Am Anfang tendierte er trotz der intensiven Überredungsversuche von Unger und Annabella eher dazu, nicht zu fahren. Einmal geleistete Zusagen wollte er nicht brechen. Keiner konnte behaupten, ein Brecht hätte keine Handschlagqualität.

Aber besaß er nicht auch ein Anrecht darauf, einmal das Angenehme mit dem Nützlichen verbinden zu dürfen? Außerdem ärgerte ihn die übertrieben hysterische Reaktion seiner Frau auf einen simplen Anruf. Hatte sie ihn mit ihren Worten nicht schon fast dazu getrieben, mit der Faust auf den Tisch zu hauen und ihr zu beweisen, dass er machen konnte, was er wollte? Ja, dann sollte sie das ganze Wochenende in ihrem eigenen Saft schmoren und sich überlegen, was sie so von sich gab. Bei seiner Rückkehr würde sie sanft wie ein Lämmchen sein.

Die Würfel waren gefallen. Weil es schon ziemlich spät war, musste Brecht höchstpersönlich zum Hörer des Telefons auf seinem Schreibtisch greifen, dann sagte er kurz und bündig seine Termine ab und Unger, der sich sehr darüber freute, zu.

Im Anschluss malte Brecht sich die Reaktion aus, wenn er Annabella diese Nachricht überbringen und wie ihr Wiedersehen wohl ablaufen würde. Und das erste Mal in seinem bisherigen Leben überlegte Anton Brecht etwas unschlüssig, was er wohl am besten anziehen sollte.

25

Der Anfang der Aufzeichnungen. Fast wie in einem Tagebuch lasen sich die Einträge. Er war sich fast sicher, dass die Burgherrn, die die meisten Texte aufgezeichnet hatten, diese nie so verfasst hätten. Dazu klangen sie zu wenig nach Mittelalter. Im Laufe der Jahrhunderte, wenn die vergilbten Seiten zu brüchig geworden waren, war vieles neu geschrieben und mit anderen Worten weitergegeben worden.

Der Inhalt jedoch, der blieb der gleiche.

Annalen zue den Anfängen
Es lieget an mir, niederzuschreiben, was nicht sein soll und trotz alledem festgehalten werden muss. Zum Schutze des Volkes, zum Weiterbestande der Auserwählten.
Hier stehe ich auf dem Wehrgang der »Burg zue Kaprun« und ergötze mich an der betörend schönen Landschaft im Tale. Im Hofe der Burg tanzen die Menschen einen täglich wiederkehrenden Tanz, die Schritte ihres Reigens erschaffen aus Gewohnheit, Sitten und Lebensumständen. Dies scheint nicht ein Tag, an dem es sich lohnt, schauderhafte Erinnerungen wachzurufen. Trotzdem kommen sie wie das Böse aus dunklen Gedankengängen hervorgekrochen.
Die Fetzen der Erinnerung an dieses verhängnisvolle Ereignis vor fünfzig Jahren umhüllen mich wie ein Mantel und lassen sich nicht abschütteln. Obwohl meine Kenntnisse von damals die eines zehnjährigen unschuldigen Kindes waren, wurde mir auferlegt, diesem schauerlichen Schauspiel einer Hexenverbrennung beizuwohnen. Nicht dass ich mich gewehrt hätte. Schon Tage vorher stritten Menschen jedes Alter und Standes darum, den besten Platz zu ergattern.
Genau am 18. März im Jahre des Herrn 1575 war es denn besiegelt worden, die Pfarrersköchin Eva Neidegger und den Bramberger Pfarrer Ramsauer auf einem Scheiterhaufen in Mit-

tersill dem Tod in den Flammen zu überantworten. Beide waren der Hexerei angeklagt und für schuldig erklärt worden.
Es war die erste Hexenverbrennung in meinem Leben.
Würde dieses schaurige Ereignis vielleicht ein Ende der Not bedeuten? Irgendjemand musste Schlimmes getan haben, denn noch so viele Gebete in der kleinen Kapelle neben der Burg und noch so viele gut gemeinte Taten halfen nichts. Diese gewaltigen Unwetter, die immer wieder über die Menschen hereinbrachen, wollten kein Ende nehmen.
Im Grunde waren sie immer da gewesen. Wir Kinder fürchteten uns stets vor dem mächtigen Donner und den bösen Blitzen, denen nicht einmal sonst allwissende Eltern Einhalt gebieten konnten. Es kamen Jahre, in denen diese Unwetter für lange Zeit nicht mehr weggehen wollten. Blitze fegten über die Burg und das Tal, und der Donner schien nicht mehr nur am Himmel, sondern in jeden Raum sowie in die Menschen zu dringen und sie zu erdrücken. Die Ernten wurden vernichtet, das Essen immer knapper. Viele Weiher in den Ebenen liefen über, und die Menschen zogen sich vor dem Wasser in höhere Regionen zurück. Das Tal indes glich einem einzigen großen Sumpf, und das Quaken der Kröten konnte man Tag und Nacht hören, wohl als Hohn, weil sie den Sieg über uns hochmütige zweibeinige Wesen davongetragen hatten.
Doch nicht nur den Regen, sondern auch das Fehlen der Sonne bemerkte man plötzlich. Zweifel legte sich wie das Grau des Horizonts auf die Menschen und vergiftete die Seelen. Zuerst wehrte die Hoffnung die Verzweiflung ab, aber irgendwann war ihre Kraft aufgebraucht, und sie machte Platz für den Missmut, der in alle Sinne kroch. Und auf Missmut folgt bekanntlich irgendwann der Hass.
Ein stetes Flüstern wurde immer lauter, in dem man das Wort »Hexe« hören konnte. Und wirklich mehrten sich mit der Zeit die Zeichen. Kühe brachten tote Kälber zur Welt. Dinge verschwanden, und man fand sie nie wieder, Krankheiten brachen aus, und man konnte sie nicht heilen, und das stetige Wetterläuten der kleinen Kapelle machte die Menschen unruhig.

Das Wetterläuten soll eigentlich böse Geister und Hexen vertreiben, und ein nahendes Unwetter gleich mit. Doch der helle durchdringende Klang der beiden kleinen Glocken zerrte in dieser Zeit eher an den Menschen und ihrem Glauben, als dass er ihnen Trost und Hilfe spendete.
Nach einem nassen Sommer folgte ein harter Winter mit viel Schnee. Ohne genügend Lebensmittel gehortet zu haben, stöhnten die Menschen unter der kalten Macht. Bis in den April fielen die dichten weißen Flocken vom Himmel, und alle hofften, das Schlimmste wäre überstanden, als sich im Mai zaghaft die Sonne zeigte.
Als aber am 28. Juni im Jahre des Herrn 1574 ein noch nie da gewesenes Unwetter den Pinzgau von Hollersbach über Kaprun bis nach Zell am See heimsuchte und zu wiederholten Überschwemmungen und Murenabgängen führte, wurden die Stimmen über Hexerei und Wettermacherei immer lauter. Unmöglich konnten diese herben Naturkatastrophen der letzten Jahre ohne böse Absichten gekommen sein. Bereits seit jeher wusste jedermann um die Macht der Wettermacher. Speziell Hexen, aber auch Hexer, die diese Kunst beherrschten, waren gefürchtet. Es wurden Gerüchte lauter, und zwar über die Bramberger Pfarrersköchin, die schon des Öfteren der Hexerei verdächtigt worden war.
Eva Neidegger war bewandert in der Kunst der Kräuter. Und es war allgemein bekannt, dass sich Hexen Kräuter für ihre Zauber zunutze machten. Sie lebte nicht keusch und enthaltsam, wie es selbstverständlich jeder von einer Pfarrersköchin erwartet hätte. So übertrug sich die Nachricht, zuerst zweifelnd in wohligem Nichtglauben, dann weitererzählt mit mittlerweile überzeugter Bestimmtheit. Und wie es so ist mit wohlgenährten Gerüchten: Sie kommen langsam, wachsen unaufhaltsam und enden irgendwann tödlich.
Wenn Eva eine Hexe war, erklärte dies auch die vielen Wetterumschwünge. Oft genug war sie wegen ihrer liederlichen Art gewarnt worden. Immer wieder hatte man sie mit den Anklagen konfrontiert, aber sie hatte nur schallend gelacht.

Aber irgendwann konnte mein Vater, der Burgherr, nicht mehr umhin, auf die Rufe der verzweifelten Bevölkerung zu hören, und so gab er den Befehl, Eva Neidegger gefangen zu nehmen. Unter Jubelrufen brachten sie zwei Büttel in einem Karren nach Kaprun auf die Burg und warfen sie in das dunkle Verlies.
Und hier stehe ich, verzweifelt ob der Bürde, die zu tragen ist, und mit Scham muss ich bekennen, auch ich wollte die Hexe brennen sehen.

26

Als der Bürgermeister am Freitag prächtig gelaunt in seinem Bürgermeisterwagen in Kaprun einfuhr, ahnte er noch nicht, dass die halbe Lemberer Damenschaft und deren männlicher Fanclub ebenfalls die Koffer gepackt hatten und ihm auf dem Wege nach Kaprun dicht auf den Fersen war. Er wollte sich zuerst am Dorfplatz mit Bürgermeister Kurt Unger treffen, damit er seine Arbeitsunterlagen und alle nötigen Papiere bekam, und danach bei Annabella Laube absteigen. Ein Lied auf den Lippen, lenkte er sein Auto auf den Parkplatz vor dem Gemeindeamt und stieg aus.

Unger wartete schon in einem nahe gelegenen Café auf ihn und winkte aus dem Gastgarten. Ausnahmsweise schien er allein und ohne seinen obligatorischen Schatten zu sein.

Auf dem Weg zu Unger kam der gut gelaunte Brecht an einer Parkbank vorbei und sah zu seiner nicht ganz so freudigen Überraschung den alten Mäscht darauf sitzen. Blitzschnell schaute er in den Himmel und atmete erleichtert aus, als er keinerlei dunkle Gewitterwolke über sich ausmachen konnte. Eilig wollte er vorbeigehen, ohne die Aufmerksamkeit dieses lästigen Mannes auf sich zu ziehen, aber wieder schnellte dieser hoch und verkrallte sich mit einer dreckigen Hand im Arm des Bürgermeisters.

»Bist du also doch in die Falle gegangen! Verdammt, ich habe dich gewarnt«, brummte der Kapruner wütend.

Brecht wollte voller Unmut die Hand abstreifen, aber sein Angreifer hatte einen für sein Alter erstaunlich festen Griff. Er roch streng nach Alkohol und Pisse. Unwillkürlich lehnte Brecht den Kopf nach hinten. »Lass mich sofort los! Was soll das heißen, in die Falle gegangen, alter Spinner?«, fuhr er den Mann an, der aber keinen Zentimeter zurückwich.

Stattdessen flüsterte er verschwörerisch in Brechts Richtung, während er immer vorsichtig über die eigene Schulter blickte.

»Du sollst nicht nach Kaprun kommen. Bist hergelockt worden. Du Hornochse, willst du unbedingt sterben?« Er sah sich misstrauisch um, und bevor der Bürgermeister reagieren konnte, hatte er ihm eine dreckige Plastiktüte in die Hand gedrückt.

Brecht betrachtete fassungslos das grausliche Ding vor sich. Er presste heraus: »Niemand hat mich hergelockt, außerdem geht es dich nichts an. So, und jetzt lass mich los! Was ist das?«

Angeekelt streckte er die Tüte von sich und wollte sie fallen lassen. Doch der Alte umschloss Brechts Faust eisern mit seiner und wurde böse.

»Schau hinein. Und trag es immer bei dir. Verstanden?«

Während der Bürgermeister, um des lieben Friedens willen, in die Tüte sah, erklärte Mäscht: »Da ist ein Hufeisen drin und eine Hasenpfote. Werden dich beschützen. Glaub mir.«

Entsetzt wiederholte der Lemberer: »Eine HASENPFOTE?«

Zerknirscht rollte der alte Kerl mit den Augen. »Na gut. Hast mich erwischt. Hasenpfote habe ich keine aufgetrieben. Also habe ich beim Metzger einen Schweinefuß geklaut, aber Schweine bringen auch Glück. Das wird's wohl tun. Muffelt schon etwas, brauchst ihn ja nicht essen.«

Brecht befand sich im Schockzustand und stellte die Tüte mit ihrem grauslichen Inhalt übertrieben vorsichtig auf den Boden. Er sah seinen »Retter« an und erklärte nochmals betont und aufs Äußerste entschlossen: »Niemand hat mich hergelockt. Ich will meine Ruhe, und ich will keine Hilfe gegen böse Mächte außer vielleicht gegen dich. Verstanden?«

So schnell gab der Verrückte nicht auf. Honigsüß äffte er den Bürgermeister nach. »›Niemand hat mich hergelockt!‹ Du bist mir wurscht, du blöder Depp, du. Aber jetzt bin *ich* in Gefahr. Oder glaubst du, ich habe jetzt noch lang zu leben? Verpiss dich sofort! Jetzt. Noch hast du Zeit. Vielleicht, bevor …« Er sah sich plötzlich panisch um und stöhnte. »Zu spät, zu spät. Du Trottel!«

In diesem Moment tauchte ein Schatten neben ihnen auf und riss Mäscht ziemlich unsanft von Brecht weg. Unger schüttelte den Alten, und Wellen des Gestankes strömten von ihm aus.

Wütend fuhr der Kapruner den Kerl an: »Lass es dir ein letztes

Mal gesagt sein, Finger weg von unseren Gästen! Sonst wirst du es bereuen.«

Mäscht riss sich los. Während er hastig ein paar Plastiktüten zusammensuchte, die neben der Bank standen und wohl seinen Haushalt enthielten, schimpfte er laut vor sich hin: »Bereuen. Ja, bereuen, das tue ich. Keiner glaubt dem Mäscht. Aber ich habe recht. Immer. Wer hat denn gesagt, die Welt würde untergehen? Der Mäscht. Keiner hat's geglaubt. Passiert. Wer hat gewarnt? Der Mäscht. Keiner hat's geglaubt. Tot. Werdet sehen. Schon tot.«

Der Bürgermeister hatte sein Errol-Flynn-Lächeln angeknipst, fuhr sich mit beiden Händen (nachdem er sie angeekelt an einem immer mitgeführten Feuchttuch abgewischt hatte) durch das dichte Haar und führte Brecht zum Café. »Jetzt haben wir uns aber ein gutes Gläschen Wein verdient, denkst du nicht auch?«

Brechts gute Laune war verflogen. Seinem blütenweißen Hemd sah man die Attacke an, und es stank. Solche Sachen schätzte er nicht. Und obwohl er es nie zugegeben hätte, wurde ihm der Alte langsam unheimlich. »Der unappetitliche Kerl verfolgt mich wirklich. Kaum bin ich in Kaprun, ist er nicht weit weg. Hat er etwas gegen mich oder gegen Bürgermeister im Allgemeinen? Oder mag er einfach keine Menschen mit sauberen weißen Hemden? Dich schätzt er ja auch nicht besonders, oder?«

»Sorry, sorry! Tut mir echt leid. Aber glaube mir, du bist nicht der Einzige. Der geht jedem mit seinen Weltuntergangsgeschichten auf den Keks. Bisher hatte ich immer eine kleine Schwäche für den alten Tattergreis. Aber sprechen wir von anderen Dingen. Herzlich willkommen in Kaprun, lieber Anton, herzlich willkommen in Kaprun!«

27

Während Anton Brecht am nächsten Tag bei einem zweiten Frühstück saß, traf die Delegation aus Lember auf dem öffentlichen Parkplatz in Kaprun ein – wovon ihr Regent natürlich nichts ahnte.

Der gestrige Abend im »Hotel Laube« wäre deutlich netter gewesen, hätte er die Gastgeberin für sich allein gehabt. Leider hatte sich Unger einfach nicht abschütteln lassen, und zu guter Letzt war auch noch der Exmann Werner Laube aufgetaucht. Für einen ungeliebten Verflossenen hielt er sich in Brechts Augen zu oft in der Nähe von Annabella auf. Wenigstens ignorierte diese ihn, so gut es ging. Außerdem vertieften sich der Bürgermeister von Kaprun und der Ex-Werner schon bald an einem Nachbartisch in ein tiefes Gespräch, und er konnte Annabella für kurze Zeit für sich beanspruchen. Jedoch tauchten immer wieder irgendwelche lästigen Touristen auf, die etwas von ihr wollten. Unverschämt, manche Menschen. Jeder konnte sehen, dass Frau Laube sich mit ihm unterhielt, und die unterbrachen einfach! Wen interessierte schon, ob ihr Wasserhahn tropfte oder im Bad ein Licht nicht funktionierte? Also, wirklich!

Nach einigen Gläschen Wein war er allein auf sein Zimmer gegangen und hatte sich hingelegt. Mal sehen, was der nächste Tag so für ihn bereithalten mochte. Obwohl die abendlichen Stunden nicht ganz zu seiner Zufriedenheit verlaufen waren, freute er sich trotzdem auf den heutigen Tag, denn für das Dorffest am Abend wollte sich die Hotelchefin ganz auf ihn konzentrieren, wie sie betont hatte.

Genauso gut wie Brechts Stimmung war auch die der anderen angereisten Lemberer. Hätten die einen von der Anwesenheit des anderen gewusst und umgekehrt, wäre das Stimmungsbarometer sicher unter den Gefrierpunkt gesunken.

In Kaprun erwartete man den Bus mit den circa fünfunddreißig Personen bereits neugierig. Als Empfangskomitee stand am Ortseingang Peppi Wastl in einem zeltartigen Dirndlkleid bereit, die Schürze fest unter dem wuchtigen Busen gebunden und mit einem Blumenstrauß in der Hand. Neben ihr warteten zwei weitere Damen in ähnlicher Kleidung, nur die Größe der Dirndlkleider unterschied sich vehement. Es zählten noch zwei Männer zur Runde, mit Lederhosen bekleidet und mit Unterlagen bewaffnet.

Der Bus der Lemberer Delegation »Für ein neues Lember« stand noch keine Sekunde, als selbstverständlich Inge Plottino als Erste herauspurzelte und grüßte. Sie trug ein Trachtenkostüm. Die dunkelgraue Lodenjacke war mit den traditionellen Hirschhornknöpfen bestückt, und der passende überdimensionale Rock reichte fast bis zu den Knöcheln. Praktisches schwarzes Schuhwerk rundete das, in ihren Augen, perfekte Kunstwerk nach unten hin ab. Oben auf dem Kopf thronte ein Trachtenhut mit einer riesigen Feder. Die obligatorische schwarze Tasche baumelte von ihrem Ellbogen, um beide Hände für eine herzliche Begrüßung frei zu halten.

Ohne auf die anderen zu warten, eilte sie auf die kleine Kapruner Gruppe zu, nahm entzückt den Blumenstrauß in Empfang und umarmte die Peppi. Gerührt drückte sich wogender Busen an wogenden Busen.

Inge löste sich aus Peppis Umklammerung und sah sich neugierig um. »Wo ist denn der Fritz?«

»Der kommt nach, der muss noch einen Bus abfertigen. Touristen, die Produkte bei ihm kaufen. Weißt eh, das Geschäft geht natürlich vor. Er freut sich aber schon sehr auf euren Besuch. Wir treffen ihn auf der Alm, auf die wir wollen.«

»Oh, gut, lass mich nur kurz einige Personen vorstellen.« Inge winkte zuerst einmal der Martha Brant. Diese trug ein schwarzes Kostüm, ebenfalls einen Hut und eine schwarze Tasche. Das Haar streng aus dem Gesicht gekämmt und zu einem Knoten zusammengebunden, wirkte sie wie immer unnahbar.

»Liebe Peppi, das ist unsere Martha Brant.«

Der Peppi konnte sich auch eine Hexe nicht entziehen. Bevor

sie sich versah, war sie bereits in der Brust der Kaprunerin und in einer Umarmung versunken.

»Herzlich willkommen, liebe Martha. Ich habe schon so viel von der Inge über dich gehört. Zuerst einmal über dein Produktangebot in deinem Laden, das du trotz aller Widrigkeiten und Konkurrenz der großen Geschäfte beibehältst. Ja, und dann hat sie mir noch erzählt«, hier wurde ihre Stimme leise und verschwörerisch, »dass du eine richtige Hexe bist. Mich interessiert das total! Vielleicht können wir uns darüber einmal in Ruhe unterhalten?«

Das eventuell doch in Fragmenten vorhandene Herz besagter Hexe schmolz, und sie bejahte glücklich.

Nach der intensiven allgemeinen Begrüßung bat Inge lautstark um Ruhe. »Die Peppi wird uns jetzt unser Programm für diesen Tag mitteilen, später werden wir weitersehen. Ruhe dahinten!« Obwohl sich ohnehin keiner gerührt oder geredet hatte, wollte sie den Kaprunern gleich zeigen, wer hier der Chef war.

Peppi Wastl stand der Freundin aus Lember bezüglich der Lautstärke ihrer Stimme in nichts nach. »Sehr geehrte Lemberer! Griaß eich. Es freut mich, euch hier zu haben. Die Inge und ich sind ja schon Freunde, wir werden uns sicher alle gut verstehen. Wie ich von ihr weiß, habt ihr ja ebenfalls einen Ortsverschönerungs- und -erhaltungsverein, unser Verein ist ganz etwas Ähnliches. Ihr habt jetzt eine Stunde Zeit, um euch unser schönes Kaprun selbstständig anzusehen, dann treffen wir uns hier und beginnen mit der Wanderung auf die Bärbachalm. Dort gibt es eine deftige Jause. Dazu seid ihr von uns eingeladen.«

Kräftiger Applaus der ergeben und erwartungsvoll Zuhörenden erklang.

Peppi fuhr fort: »Dort können wir unsere Ziele und alles genauer besprechen. Auf der Alm werdet ihr den Schernthaner Fritz kennenlernen, unseren Chef. Auf geht's, und viel Spaß!«

Wieder Applaus, dann standen die einzelnen Grüppchen erst einmal etwas unschlüssig herum. Die meisten kannten Kaprun mehr oder weniger gut, aber es gab auch welche, die noch nie hier gewesen waren.

Martha Brant drückte sich die riesige schwarze Tasche unsicher an die Brust und sah sich um. Inge vertiefte sich gerade in ein Gespräch mit Peppi Wastl sowie dem Empfangskomitee, und die anderen hatten sich zu kleinen Gruppen zusammengefunden. Welcher dieser Gruppen sollte sie sich am besten anschließen? Sicher nicht der, in der Henni Schönauer mitmachte.

Die Gruppe dort drüben? Nein, da stand die Frau des Bürgermeisters dabei, und die konnte sie nicht ausstehen, schon allein wegen ihres Gatten.

Ja, und dort sah sie die Mitteregger Resi, die Frau eines Gemeindearbeiters. Bah, die kaufte vorwiegend in einem der großen Supermärkte in den Nachbargemeinden ein. Sicher nicht zu denen!

Karin Prall? Nein, diese Frau konnte ihr gestohlen bleiben. Neugierige Weiber waren sowieso weit unter dem Niveau einer Persönlichkeit wie ihr.

Als sie mit skeptischem Blick die verschiedenen Gruppen absuchte, stellte sie fest, dass keine für sie in Frage kam. Kunden konnte sich keine Geschäftsfrau aussuchen, aber in ihrer spärlichen Freizeit wollte sie mit den meisten dieser kleinkarierten Besserwisser und Tratschtanten nichts zu tun haben.

Am Ende müsste sie doch allein losziehen? Nein, das kam gar nicht in Frage. Wer wusste denn, welche Gefahren hier lauern mochten. Und außerdem konnte sie sich nicht ganz sicher sein, wieder zurückzufinden. Man könnte natürlich einen Wiederfindungszauber sprechen. Aber dazu musste sie auf die Knie gehen, nein, das war doch etwas peinlich. Während die anderen noch plauderten und nach und nach in den Ort zogen, stellte sie sich einfach hinter Inge Plottino und wartete unauffällig. Als Peppi Wastl sie bemerkte, zog sie Martha erfreut an ihre Seite.

»Hallo, Martha, möchtest du dich nicht uns anschließen? Ich zeige dir auf dem Weg unser Lebensmittelgeschäft, wenn du es nicht schon kennst. Und dann trinken wir einen Kaffee? Magst du?«

Und ob die Martha mochte! Sie zierte sich noch und murmelte etwas von anderen Gruppen, die sie ebenfalls gefragt hatten, stimmte aber schlussendlich zu, bevor es sich die Fragende anders überlegen konnte.

Inge schien nicht sonderlich über die neue Gesellschaft erfreut. Wenn jemand ausschließlich aus Ecken, Kanten und Stacheln bestand, im körperlichen und im geistigen Sinn, dann war es Martha Brant. Das konnte manchmal ganz schön anstrengend sein. Aber egal, sollte sie mitgehen, wäre vielleicht ganz gut, wenn sie die Hexe unter Kontrolle hatte. So bewegten sich die drei plaudernd in Richtung Zentrum.

Nach kurzer Zeit berührte Peppi Martha am Arm und zeigte auf ein Gebäude. »Hier, liebe Martha, siehst du auf der rechten Seite unseren Gemischtwarenladen.«

Martha sah sich neugierig um. Konnte aber nichts entdecken. »Wo?«

Inge deutete auf das Gebäude. »Na, du stehst direkt davor!«

Marthas Blick folgte der ausgestreckten Hand und fiel auf ein nagelneues, sehr gepflegtes und großes Gebäude mit vielen Schaufenstern. »Ach, da ist er drinnen, euer Gemischtwarenladen?«

Peppi schüttelte den Kopf und stellte richtig: »Da ist er nicht nur drinnen, das ist er. Das ganze Gebäude ist unser Greißler.«

Ausnahmsweise war Martha Brant sprachlos.

Nach einer Stunde wieder zurück am Bus, fragte die Reiseleitung in Form von Inge Plottino nach, wer die Fahrgelegenheit auf die Alm benutzen wollte und wer den gemütlichen Fußmarsch von circa einer halben Stunde wählen würde. Nur Berta Maler und Maria Brecht entschieden sich dafür, zu Fuß zu gehen. Das »Typisch Extrawurst!« überhörten beide geflissentlich.

Dann ging es los. Na ja, nicht sofort. Bis sich endgültig alle im Fahrzeug befanden, ihre in der Früh erworbenen »Stammplätze« erstritten hatten und man endlich losfahren konnte, mussten bereits zwei der anwesenden Damen wieder auf die Toilette. Also hieß es erneut warten. Schließlich konnte die circa zehnminütige Fahrt auf der breiten und gut asphaltierten Straße in Richtung »Alm« aber losgehen.

Der Bus brachte die Ausflügler bis direkt vor die urige Hütte. Dort stiegen die »Wanderer« aus, klopften ihre Wanderschuhe ab, rückten die Wanderrucksäcke auf dem Rücken zurecht und marschierten tapfer und fröhlich die drei Meter bis zur großen Terrasse des hölzernen Gebäudes. Berta und Maria erwarteten sie bereits und sahen beim Eintreffen der »müden Wanderer« demonstrativ auf die Uhr. Dann setzten sich nach der wirklich großen Anstrengung alle gemeinsam zum Mittagstisch.

Ehrlich betrachtet konnte man das Gebäude, in dem sich die Lemberer gerade niederließen, nicht mehr unbedingt als Alm bezeichnen. Kein einsamer Wanderweg, kein Plumpsklo, kein Kerzenschein und offenes Feuer, sondern elektrischer Strom, Kellner und Kellnerinnen, deren Muttersprache sich nach Ungarisch anhörte, und eine Speisekarte wie in einem Fünf-Sterne-Restaurant erwarteten den »Natur pur«-Suchenden. Aber weder Touristen noch Einheimische störten sich daran, denn wenn der Schein gewahrt wurde und niemand auf seinen Luxus und die Bequemlichkeit verzichten musste, dann konnte doch generös ein Auge zugedrückt werden. Es stand Alm drauf, also war auch Alm drin!

Obwohl der angekündigte Großbauer noch nicht anwesend war, beschlossen die Kaprun-Besucher aus Lember, schon einmal zu bestellen. Zu verführerisch roch es aus der Küche, und zu genüsslich schaufelten andere Gäste die verschiedenen örtlichen Schmankerl in sich hinein.

Nach der anstrengenden Anreise gesellte sich zum Essen und Trinken noch das eine oder andere selbst gebrannte Schnapserl, und alles in allem fühlte man sich bald schon wie im siebten Almhimmel.

28

Völlig reglos stand er mitten unter den Menschen und beobachtete sein nächstes Opfer. Es stellte kein Wunschziel dar, sondern eher ein notwendiges Übel, aber es musste getan werden. Zu nah war er an sein Geheimnis gekommen.

Völlig unbeschwert bummelte der Mann durch die beginnenden Festivitäten für die Abendveranstaltung in Kaprun, blieb einmal hier stehen, betrachtete dort einen Stand oder die Verkaufsstücke darauf. Nur die Hand hätte er ausstrecken müssen, um die Distanz zwischen sich und seinem Opfer zu überbrücken. Seine Finger berührten leicht die Schulter des anderen, ohne dass dieser es bemerkt hätte.

Wie denn auch? Nur er allein besaß die Gabe, sich unbemerkt in einer großen Menge zu bewegen oder aber, wenn er es wünschte, von jedermann gesehen zu werden. Macht, alleinige Macht war das Zauberwort. Eine Frau warf ihm einen leicht skeptischen Blick zu, als er so dastand und eine Hand ins Nichts erhoben hatte – reglos, lauernd. Er grinste, und sie blickte schnell weg. Gleichzeitig mahnte er sich, etwas vorsichtiger zu sein. Noch durfte er keine Aufmerksamkeit erregen. Er atmete tief ein und wieder aus, um sich zu beruhigen.

Es musste Opfer geben. Zu groß war die Sache, zu lange war sie aufgeschoben worden.

Er ließ die Hand sinken und griff sich an die Brust. Dort war der Dolch versteckt, sein Instrument.

Er lachte. Dann ließ er sich von der Menge verschlucken.

Wie immer lieber zu früh als zu spät machte sich zur selben Zeit Anton Brecht auf den Weg zum Trachtendorffest. Nach einem langweiligen Vormittag mit Reden verschiedener Amtsträger – es galt, das drängende Problem der Jugendabwanderung anzugehen – in einem kahlen Konferenzraum auf dem Gemeindeamt wollte er die restlichen Stunden noch genießen.

Annabella Laube hatte ihm fest versprochen, später zu ihm zu stoßen. Für diesen Anlass brachte Brecht heute alle optischen Waffen eines auf der Balz befindlichen Mannes mit. Sein seiner eigenen bescheidenen Meinung nach stärkstes körperliches Attribut stellten mit Sicherheit seine Wadln dar. Deshalb trug er heute seine teure Kniebundlederhose. Eine Hirschlederne war eben eine Hirschlederne.

In einer kleinen Seitentasche besagter Lederhosn befand sich ein sogenannter Glacklpoppen. Dies war ein spezielles Jagdmesser. Früher hatte es zum Essenzerschneiden und Wildzerlegen gedient. Heute benutzte es ein Mann mit Lederhose nur noch aus dekorativem Grund. Brechts Gattin empfand es als bloße Angeberei, aber sie war halt nur eine Frau. Sein aufgebügeltes grün-weiß kariertes Hemd und derbe Berghammerl rundeten den Eindruck eines »g'standenen Mannsbildes« ab. Lässig über die Schulter geworfen trug der Bürgermeister seine dunkle Trachtenlodenjacke.

Als er das »Hotel Laube« verlassen wollte, eilte bereits die Chefin auf ihn zu und pfiff bei seinem Anblick durch die Zähne. Unterwegs hielten ihn einige Touristen an und baten um ein Foto. Man muss allerdings erwähnen, dass er im Moment noch so ziemlich als Einziger in Tracht unterwegs war. Das Fest würde ja erst um achtzehn Uhr beginnen, bis dahin waren noch gut zwei Stunden Zeit.

Der Bürgermeister bog, bevor er zu der stark befahrenen Straße durch den Ort kam, nach links in die Wilhelm-Fazokas-Straße ab oder, wie er sie heimlich nannte, in die Kapruner Nobelmeile. Dort waren bereits die Stände für das Dorffest aufgebaut worden. Die Helfer erledigten noch die letzten Handgriffe an kleinen Zelten, Bars und Ähnlichem. Jeder Verein und jeder Gewerbetreibende war aufgefordert, sich zu beteiligen, und neben den Einheimischen sah man professionelle Schausteller, die Zuckerwatte und Lebkuchenherzen verkauften oder kleine Ringelspiele bedienten. Die ganze Straße entlang gab es Verschiedenes zu betrachten und auszuprobieren, von selbst gebastelten Eierwärmern über Käseprodukte bis hin zu getrockneten Kräutern und vielem mehr. Brecht genoss es, durch diese erwartungsträchtige Hektik zu schlendern, die noch fast ihm allein gehörte.

In diesem Moment lief es ihm kalt über den Rücken. Er sah sich irritiert um, aber alles in seiner Umgebung schien ganz normal zu sein. Er kannte niemanden, und es kümmerte sich offensichtlich keiner um ihn. Trotzdem konnte er sich des Gefühls nicht erwehren, beobachtet zu werden.

Blödsinn, schalt er sich, doch da passierte es.

Der Schreck durchfuhr ihn heiß und kalt.

Hatte er wirklich in einem Bus, der gerade vorbeifuhr, Martha Brant gesehen? War er dabei, verrückt zu werden? Das konnte nicht sein.

Er schüttelte sich, eilte auf ein Standl zu und fragte, ob er schon ein Bier bestellen könne. Nach dem ersten Schluck ging es ihm gleich besser. Die Hitze schien ihm doch zu schaffen zu machen. Er trank sein Bier aus und ging dann weiter, nachdem er sich halbwegs von dieser schrecklichen Erscheinung erholt hatte.

Doch der nächste Schreck folgte bald. Auf der gleichen Bank wie das letzte Mal saß der alte Mäscht. Wie konnte er ihn ungesehen meiden? Am besten gar nicht. Es war an der Zeit, diesem Theater ein Ende zu bereiten. Brecht setzte eine unnahbare Miene auf und ging an ihm vorbei. Der Alte sprang aber im Gegensatz zu den früheren Malen nicht auf, sondern grinste Brecht nur frech an.

Plötzlich schrie er laut, sodass rundum alle die Köpfe wendeten: »Du bist der Nächste! Frag doch deinen Bürgermeisterfreund. Oder deine Schlampe. Oder die anderen. Du bist der Nächste!« Dabei zeigt er mit seinem Finger auf Brecht.

Dieser wollte sich nicht aus der Ruhe bringen lassen und ging an ihm vorbei. Wieder kam ein ungutes Gefühl auf. Er brauchte wohl dringend etwas Gesellschaft.

Die bot sich ihm in Form des Bürgermeisterkollegen Kurt Unger. Im Gastgarten des gleichen Cafés wie am Tag zuvor saß er, ebenfalls in einer Knielederhose, rank, schlank und gebräunt, und hielt Hof. Schon an der Geste, mit der er sich durch das Haar fuhr, hätte Brecht ihn erkannt. Er steuerte auf ihn zu.

In diesem Moment schlängelte sich der Amtsleiter durch die Menge und stellte sich hinter seinen Chef. War ja klar, dass der eigenartige Kerl ebenfalls da war, dachte Brecht.

»Ach, mein Freund Anton. Komm, setz dich zu mir! Ich bin zwar etwas busy, weil es am Schluss immer noch vieles zu organisieren gibt, aber du bist gerade richtig. Schau dir bitte diese Megabühne an, die wir hier aufgebaut haben. Es findet zuerst die Begrüßung statt, dann kommt der Bieranstich, und später spielen die ›Oberunterpinzgauer‹. Kennst du die? Nein? Eine Megaband. Nicht ganz billig, aber das ist uns die Sache wert.« Er lachte schallend und schlug Brecht auf den Rücken.

Diese Kapruner wollten einen immer berühren. Lästig.

Urplötzlich sprang Unger auf, brüllte etwas in Richtung Bühne und gestikulierte wild. Brecht sah eigentlich niemanden, der darauf reagierte, aber der Kapruner Ortschef ließ sich zufrieden auf seinen Stuhl sinken und seufzte.

»Sorry, die Pflicht. Die Pflicht. Ohne eine leitende Hand machen die, was sie wollen.«

Sprach's und deutete einem Mann zu, der hektisch in der Gegend herumeilte. Dieser schien nicht erfreut über die Unterbrechung, kam aber doch an den Tisch des Ortsherrn.

»Anton, ich muss dir jemanden vorstellen. Das ist der Max Pfister. Er organisiert unser ganzes Dorffest. Alles ehrenamtlich, versteht sich. Eine Megakraft, der Max. Hast du wieder alles supi hinbekommen. Kannst stolz sein. Hast du Zeit, dich zu uns zu setzen? Auf einen Drink?«

Dieses Mal bekam der Neuankömmling den Schlag auf die Schulter ab. Max Pfister, ein fülliger, leicht schwammiger Mann um die fünfzig mit einer Baseballkappe auf dem Kopf, die so gar nicht zu der urigen Tracht passen wollte, musterte Brecht von oben bis unten und nickte ihm kurz zu. Um seinen Hals hing eine Kamera, und man wusste nicht, ob sie zur Benutzung diente oder dazu, um davon abzulenken, dass sich die Knöpfe des Trachtengilets über dem wuchtigen Bauch nicht schließen ließen.

Der Organisator entschuldigte sich mit viel zu süßem Lächeln wortreich, er würde später Zeit haben, aber im Moment gäbe es noch Probleme mit den großen Boxen der Band und deren Starallüren, denn die wollten unbedingt einen amerikanischen Kühlschrank in ihrer Umkleidekabine und so weiter.

»So what? Wird doch irgendwo aufzutreiben sein, so ein Ding. Die Stars der Zukunft haben eben Sonderwünsche. Aber du machst das schon, Max, mein Guter!« Unger blieb ungerührt. Das Vorrecht der Befehlenden. Zeitintensive Ausführungen waren irrelevant.

Dann war Pfister entlassen. Brecht kannte diesen Mann, konnte ihn aber im Moment nicht zuordnen. Unger sah ihm kurz nach, schließlich beugte er sich zu Brecht und raunte ihm zu: »Guter Organisator, der Kerl, aber sehr unsympathischer Zeitgenosse. Keiner mag ihn, aber das merkt er wohl nicht. Trotzdem ist es besser, sich mit ihm gut zu stellen.«

Warum es besser war, erörterte er nicht näher, aber Brecht interessierte es gar nicht, und mittlerweile füllten sich die Zelte und die Straße rund um das Trachtendorffest. Da gab es genug zu sehen.

Unger sprang immer wieder auf, eilte hierhin und dorthin, kam zurück, bellte einige Befehle, winkte wiederholt in die Menge, achtete stets darauf, sein Zahnpasta-Lächeln dabei nicht zu vergessen, und fuhr sich ein ums andere Mal durch seine Haare. Warum machte er so etwas? Brecht schüttelte den Kopf über das Gehabe seines Kollegen. Das war zu aufgeblasen für seine Begriffe. Möge ihn Gott davor bewahren, selbst so zu werden. Gut, dass er sich einschätzen konnte. Bescheidenheit war eine Zier!

Gerade holte Unger Fery den Wiener zu sich heran, um ihn auf einige Bürgermeisterkollegen aufmerksam zu machen, die in der Nähe an einem der Stände miteinander sprachen, und forderte ihn auf, diese an seinen Tisch zu holen. Da fiel ein Schatten auf sie. Brecht kannte den Menschen nicht, der ihnen die Sonne genommen hatte, aber Unger schien nicht erfreut, ihn zu sehen. Während um sie herum Fest und Leben weiterpulsierten, schien an ihrem Tisch plötzlich die Zeit stillzustehen. Sämtliche Gespräche verstummten, und jeder konnte die Spannung zwischen dem Kapruner Ortschef und dem neu angekommenen Mann spüren.

»Was willst du?«, erkundigte sich Unger nicht gerade freundlich bei ihm.

Willi Sturm stand auf und nahm eine bedrohliche Haltung ein.

Der Mann sah zuerst verächtlich den Amtsleiter an, dann aus zusammengekniffenen kleinen Augen den Bürgermeister und erwiderte: »Begrüßt man so einen Gast eures berühmten Festes?«

Unger lachte laut auf. »Gast? Ich denke eher, du und dein Verein habt euch schon wieder eine Bosheit ausgedacht. Ich verstehe nicht, warum du das alles boykottierst, wenn du doch in gewissem Sinn selbst vom Fremdenverkehr lebst.«

In dem Versuch, die Spannung etwas zu entschärfen, mischte sich der junge Fery Pospischil ein. »Ach, hier kennt ja jemand offensichtlich unseren Dorfliebling noch gar nicht. Das ist der berühmte Tannacherbauer. Tannacher, das ist der Bürgermeister aus Lember, Anton Brecht. Und wenn ich vorstellen darf, hier kommen gerade –«

Sofort unterbrach ihn der Bauer ziemlich rüde: »Nein, du darfst nicht. Halt die Klappe! Dich hat keiner gefragt, dich braucht und will hier keiner.«

In diesem Moment schaltete sich Unger ein, um der Sache ein Ende zu machen, bevor die zwei noch einen Streit anfingen. »Was willst du, Tannacher? Ich sag dir eins, wenn du etwas vorhast, um unser Fest zu stören, legst du dich mit mir an.«

»Ach, halt's Maul! Stör dein Fest schon nicht. Denk, das wird sich von selbst erledigen. Wenn du dich mit dem Klamauk zum Deppen machen willst, kannst du das tun. Weil ich dich gerade sehe, wollt ich dich nur warnen, wenn du nochmals mit der Polizei bei mir auftauchst, wirst du mich kennenlernen«, sagte er, drehte sich um und war nur Sekunden später in der Menge verschwunden.

Unger schlug dem noch immer ziemlich verdatterten Fery auf die Schulter und sagte versöhnlich: »Nimm den Alten nicht zu persönlich. Wir kennen ihn ja alle. Der hat ein ziemliches Problem mit sich selbst. Hat unter seinem Vater gelitten, und jetzt rächt er sich an der ganzen Welt. Was natürlich nichts entschuldigt. Du bist mittlerweile ein wichtiger Teil von Kaprun. Und jetzt hole mir bitte meine Kollegen her.«

Dann wandte er sich ab, fuhr sich mit beiden Händen durchs Haar, schnaufte einmal tief ein und aus und knipste sein strahlendes Lächeln an.

Mittlerweile hatte der junge Wiener die Amtskollegen an den Tisch von Kurt Unger verfrachtet und Brecht einige Male in die Seite geknufft.

Der schien ziemlich verärgert über derartige Vertraulichkeiten eines Wildfremden, als Unger das Rätsel auflöste: »Ruhig bleiben, Anton! Das versteht unser Fery als Spaß. Du hast ihn bereits kennengelernt. Es ist der Hofnarr, der während der Vorstellung in der Walpurgisnacht neben dir gesessen hat.«

Während Brecht gnädig nickte – in seinen Augen berechtigte dies den jungen Kerl noch lange nicht, so zu tun, als wären sie gute Freunde –, machte dieser eine übertriebene Verbeugung und sagte: »Es ist mir eine Ehre, Bürgermeisterchen Brecht.« Zu seinem Glück begann in diesem Moment die offizielle Eröffnung des Trachtendorffestes, sonst hätte er sich eine gewaschene Standpauke von Brecht bezüglich Respekt anhören müssen.

Zuerst marschierte die bereits bekannte Musikkapelle von Kaprun ein, gefolgt von den Schützen. Obwohl in Toplage, konnte Brecht von seinem Platz aus nicht mehr viel vom Programm sehen, denn die Menschenmassen drängten nach vorn und wollten um jeden Preis den idealsten Platz für ein Foto ergattern.

Egal, er kannte das ganze Brimborium von den eigenen Festen. Die übrigens diesem hier in gar nichts nachstanden. Das musste er Unger bei Gelegenheit schon einmal unter die Nase reiben. Weil dieser sich gar so protzig gab.

Hier in Kaprun mussten wie in Lember ebenfalls viele Freiwillige mithelfen. Aber auch wenn der Kapruner Bürgermeister Max Pfister als ehrenamtlichen Organisator vorgestellt hatte, wusste Brecht genau, dass für die Organisation dieser Art von Festen genug Geld floss. Vielleicht nicht ganz in die richtigen Hände. Aber das war nicht sein Problem. Dieser Pfister, den hatte er doch schon irgendwo gesehen. Ein Brecht vergaß nie ein Gesicht. Nicht so wichtig. Doch etwas stimmte hier nicht. Mitten in dem Trubel und der allgemeinen Heiterkeit überkam ihn wieder ein eigenartiges Gefühl. Und nun geschah etwas, was ihn vollends glauben ließ, er wäre verrückt. Er hörte die Stimme seiner Frau.

Und es kam noch schlimmer: gefolgt vom Lachen der Inge Plottino.

Erschrocken fuhr er herum.

Es strömten Unmengen von Menschen an ihm vorbei, aber er kannte niemanden. Weit und breit keine Plottino und keine Ehefrau.

Was passierte hier in Kaprun, das ihn an seinem gesunden Menschenverstand zweifeln ließ? Das ihn schon Stimmen hören ließ? Ein schlechtes Gewissen seiner Frau gegenüber? Aber er hatte doch gar nichts getan.

Und warum war Inge Plottino in seinem schlechten Gewissen anwesend?

Weder seine Frau noch die impertinente Plottino (er vermied es sogar in Gedanken, sie als Vizebürgermeisterin zu bezeichnen) hatten das Recht, ihn heimzusuchen.

In diesem Moment fiel ihm Max Pfister auf, der ihn aus einiger Entfernung beobachtete. Dieser schien bemerkt zu haben, dass Brecht zu ihm blickte, daher winkte er kurz und setzte seinen Weg fort. Brecht würde schon noch herausfinden, wo er dieses Gesicht bereits gesehen hatte.

Mittlerweile befand sich Bürgermeister Unger ganz in seinem Element, denn er hielt die Eröffnungsrede. Zuerst in Deutsch und dann in holprigem Englisch mit extrem pinzgauerischer Färbung. Das erkannte sogar Brecht. Zu seiner Überraschung begrüßte Unger stellvertretend für die anwesenden Bürgermeisterkollegen Anton Brecht aus Lember und bat ihn, auf die Bühne zu kommen.

Der Lemberer zauderte nicht, tat aber doch ein bisschen, als wäre es ihm peinlich, so über die anderen gestellt zu werden. Obwohl er es nicht zugeben mochte, liebte er den Mittelpunkt wie die meisten seiner Kollegen und war es gewohnt, an vorderster Front oder in erster Reihe zu stehen. Sofort wandten sich die Köpfe der Zuschauer ihm zu, und viele fotografierten ihn wie einen Filmstar. Es kannte ihn zwar keiner, aber wer wusste denn schon, wen man da vielleicht vor die Linse bekam.

Es kam wie angekündigt zum großen Bieranstich, den der Kapruner Bürgermeister nach dem zehnten Schlag immer noch nicht geschafft hatte. Der Braumeister musste zu Hilfe kommen, bevor sich das Fass unter den immer wilderen Schlägen von Kurt Unger in seine Einzelteile auflöste. Die Herrschaften präsentierten sich noch der Presse und für allgemeine Fotos den Besuchern des Festes. Die Musik spielte ein Ständchen, die Schützen schossen (ganz aus Versehen natürlich) einige Vögel ab, dann marschierten die Musikerinnen und Musiker unter dem allgemeinen Applaus der Zuschauer vom Platz.

Bestens gelaunt kamen die Bürgermeisterkollegen an den Tisch zurück. Dort lobte jedermann den Ortschef, und Brecht sparte nach dieser ehrenvollen Einlage nicht mit Worten der Anerkennung für seinen Kollegen.

Bald zog die kleine Gruppe von Stand zu Stand weiter, und selbstverständlich luden alle die hohen Herren ein. Hier flossen Bier, Schnaps und Liköre in Strömen, dort servierte man einen Bauernschmaus mit Schweinsbraten, Würstel, Geselchtem und Sauerkraut. Vor Mehlspeisen, die verführerisch süß dufteten, konnten sie sich fast nicht retten. Ein Fest ganz nach dem Geschmack von Brecht. Vor allem, weil es bald an der Zeit war, sich mit Annabella Laube zu treffen. Er zögerte kurz, horchte in sich hinein und war sehr zufrieden, als er keine Stimmen hörte, die sich meldeten. Im Moment schien das Leben einfach perfekt. Der Abend war jung, die Nacht verheißungsvoll und Brecht gebauchpinselt, satt und zu allem bereit. Wirklich zu allem? Man würde sehen.

Die Nacht kämpfte noch mit den letzten Überbleibseln des Tages, aber dies bemerkte hier keiner, denn Lampen erhellten bereits das Gewusel der Menschen. Immer dichter wurde das Gedränge, immer ausgelassener die Stimmung. Brecht, Unger und drei weitere Bürgermeister befanden sich gerade an einem Standl, und die Stimmung war bereits ziemlich alkoholgenährt, als Brecht auf der üblichen Bank den alten Mäscht erblickte. Der saß noch genauso dort wie bei Brechts Ankunft, wahrscheinlich aber schon um einige Bierchen und Schnäpschen voller. Im Grunde tat ihm der Alte leid. Der konnte nichts dafür, dass er, der sonst so nervenstarke Brecht, in Kaprun irgendwie nervöser war als üblich. An diesem Tag beziehungsweise in dieser Nacht sollte nichts die Freude der Feiernden trüben, und in einer seltenen Minute der Generosität bestellte Brecht ein Bier (ein kleines nur, denn er wollte ja nicht übertreiben) und näherte sich dem alten Mann.

Der alte Kerl hatte ihn ja im Grunde nur gewarnt, auf sich aufzupassen, da sollte man doch etwas versöhnlicher sein. Vielleicht würde er nach dieser wirklich absolut großherzigen Geste in Zukunft von ihm in Ruhe gelassen werden? Einen Versuch schien es Brecht wert.

Konzentriert näherte er sich dem Alten von hinten und rief laut dessen Namen. Ein recht sinnloses Unterfangen, denn er konnte ja selbst nicht einmal verstehen, was er da so von sich gab.

Und in diesem Moment passierten zwei Dinge gleichzeitig.

Gerade als er Mäscht auf die Schulter schlug, um sich bemerkbar zu machen, legte ihm von hinten jemand eine Hand über die Augen. Er erschrak und ließ fast das Bierglas fallen, aber nur fast, denn er hatte es ja bezahlt.

In diesem Moment hörte er ein heiseres Flüstern an seinem Ohr: »Rate, wer hier ist?«

Er rief: »Annabella, endlich«, und während er sich umdrehte und seiner entsetzten Frau in die Augen sah, kippte der alte

Mäscht durch den Schlag auf die Schulter von der Bank und blieb mit weit offenen Augen, weit offenem Mund und einer hässlichen roten Linie quer über den Hals auf dem Boden liegen.

29

Es dauerte lange, bis die Menschen, die um die Bank standen, auf die Szene aufmerksam wurden, und noch länger mussten sie warten, bis bei den Ersten durch den Alkoholdunst und das Adrenalin der Gedanke drang, dass hier etwas nicht ins Bild passte.

Ein Schrei gellte, ein zweiter folgte, und bald hörte man Schreien und Rennen. Die weiter entfernt Stehenden wussten nicht, was los war, und wollten nachschauen, während die anderen von dem Toten wegdrängten. Eine Massenpanik schien in dieser Situation alles andere als ausgeschlossen. In einem dicht an dicht feiernden Menschenpulk eine lebensgefährliche Sache.

Unger, der die ganze Szene beobachtet hatte, und Brecht reagierten gleichzeitig. Auch die Bürgermeisterkollegen waren schlagartig nüchtern. An das Befehlen gewohnt, übernahmen sie das Kommando. Wie aus dem Nichts lösten sich außerdem einige Männer in Tracht aus der Menge und gesellten sich zu Brecht. Er befahl seiner Frau, das Heulen einzustellen und ihre Jacke über den Toten zu breiten. Gleichzeitig organisierten Unger und die anderen einen halbwegs geordneten Abzug.

Ganz ohne Treten und Drängen ging es nicht ab, aber durch das hastig der Musikgruppe entrissene Mikrofon konnte zuerst die Menge etwas beruhigt und anschließend eine notdürftige Erklärung geliefert werden. Bei einer Rauferei sei es zu Verletzungen gekommen. Damit die Rettung und alle Einsatzkräfte zur Stelle durchkommen konnten, benötigte man eine Räumung des Platzes. Die sehr brenzlige Situation hing einige Zeit an einem seidenen Faden, und die Chancen standen halbe-halbe, ob es gelang, die Menge zu beruhigen, oder ob das Ganze wirklich in eine Massenpanik ausarten würde. Durch den Alkohol, der das Reagieren mit Sicherheit verzögerte, und weil jeder eher in Feierlaune war sowie durch das Eingreifen einiger Personen, die sich der hysterischen Menschen um den Toten herum annahmen, konnte Schlimmeres verhindert werden.

Unmutig über das abrupte Ende des Festes zogen die Leute ab, und die mit gezückten Kameras standhaft gebliebenen Touristen wurden von den Polizisten zum Rückzug gezwungen. Bis die Rettung eintraf, war das Gebiet von der neben dem Gemeindeamt stationierten Polizei schon abgeriegelt worden. Trotz der Betriebsamkeit der handelnden Personen herrschte eine schaurige, tödliche Ruhe.

30

Er las weiter.

Nun kam der Teil, der ihm besonders gefiel.

Gierig sog er die nächsten Zeilen auf und wünschte nur von Herzen, damals dabei gewesen zu sein.

Obwohl die Hexe gefangen in Ketten lag, kam es zu offener Missgunst, Beschuldigungen und Anzweiflungen unter den Burgbewohnern. Wer konnte schon wissen, was diese Hexe alles aus der Dunkelheit zu tun vermochte? Wen sie sich im Tageslicht zum Helfer auserkoren hatte?

Nachdem der Burgherr, mein Vater, die Verwandlung der Menschen in seiner Umgebung beobachtet hatte, musste er handeln. Er befahl, die Angeklagte zu verhören. Nach zwei Tagen brachte ihm der Kerkermeister, der bis dahin eher Hühnerdiebe und Betrunkene beherbergt hatte, das Resultat seiner Befragungen: nichts.

Eva Neidegger behauptete, unschuldig zu sein, und blieb standhaft bei dieser Aussage. Wie er mir später berichtete, bei Übertragung des Erbes in meine Hände, plagten ihn gar arge Zweifel ob ihrer Schuld. Quälte man hier eine Unschuldige?

An einem Tag, an dem das Schreien und Heulen der Hexe aus dem Verlies besonders deutlich zu vernehmen war, verdunkelte sich das Tal, und es zogen erneut Wolken auf. Die Gebilde erinnerten an riesige dunkle Steine, die sich am Himmel zusammenhäuften, um ihrer Herrin, der Wettermacherin im Verlies, geballt zu Hilfe zu kommen.

Kaum fing der Donner an, in unerträglicher Stärke auf die Welt herniederzurollen und der Regen zu prasseln, als würde man Eimer über dem Tal ausschütten, waren die Menschen nicht mehr zu halten.

Die Dorfbewohner pilgerten zur Burg, rotteten sich mit den Burgbewohnern zusammen und forderten die Auslieferung der

Hexe. Der Burgherr ließ die aufgebrachten Menschen von seinen Soldaten in Schach halten.
Und so kam es, dass er die Anweisung zur Folterung von Eva Neidegger erteilte, um endlich die Wahrheit ans Licht zu bringen. Damit gaben sich die Menschen vorerst zufrieden. In dem Moment, in dem der Bescheid kam, sie habe in allen Punkten gestanden, eine Hexe und besagte Wettermacherin zu sein sowie mit dem Teufel sexuell verkehrt zu haben, brach großer Jubel in der Menge los.
Die Hexe war entlarvt.
Dieses Hochgefühl hielt bis zu dem Zeitpunkte an, an dem Neidegger ihre Aussage widerrief. Damit war das Flüstern der Menge bestätigt: Nur tote Hexen waren gute Hexen. Der Folterknecht sollte endlich seine Arbeit erledigen, vor allem endgültig. Der Burgherr wohnte den Folterungen bei, denn es sollte trotz allem Recht walten.
Sie beharrte jedoch auf ihrer Unschuld und blieb standhaft. Der Teufel schien ihr persönlich neue Kraft geschickt zu haben, sonst gab es dafür keine Erklärung. All der Schmerz und die Qual machten meinem hohen Vater ein schweres Gemüt. Er konnte nicht verstehen, dass jemand ohne Schuld nach diesen Schmerzen nicht gestand.
Gerade aber, als er sich in seinem ursprünglichen Glauben an ihre Unschuld bestätigt sah, zerbrach die Frau. Er berichtete mir von einer unheimlichen Stille in der Folterkammer. Plötzlich brach die Pfarrersköchin in schrilles Gelächter aus. Aller Schmerz schien von ihr abgefallen zu sein. Folgendes berichtete mein Vater in seinen Worten, und ich bringe es aus meiner Erinnerung in geschriebenes Wort:
Plötzlich schrie die Hexe: »Das werdet ihr noch büßen! Wenn ihr wollt, dass ich eine Hexe bin, gut – hier habt ihr sie.«
»Wer hilft euch, Frau? Wettermacher sind mächtig. Von allein könntest du das niemals erlernt haben. Sagt am besten alles, um eure Seele zu befreien!« Der Burgherr sprach ruhig auf sie ein, doch sie schien ihn nicht zu sehen.
Der anwesende Pfarrer ging einen Schritt näher und erklärte

gütig: »Kind, wenn du uns sagst, wer der Wettermacher ist, der dich beherrscht, dann wirst du Ruhe in Gottes Gnaden finden.«
Lange sah die Frau den Pfarrer an, und es schien schon fast, als wollte sie nicht antworten. Da raunte sie zischend: »Wenn ich meine Ruhe habe, wenn ihr mich nicht mehr foltert, sage ich es. Wenn ihr es wissen wollt: Der Pfarrer hat es getan!«
Nicht mehr ganz so gütig und gelassen wie vorher fuhr der Geistliche sie an: »Welchen Pfarrer meinst du, Hexe? Ich kann es ja wohl nicht sein, wir kennen uns nicht!«
»Sucht euch einen aus.«
Als sie wieder schwieg, trat der Geistliche direkt vor sie hin und fragte: »Ist es dein Pfarrer? Der, dem du gedient hast? Ist es der Ruprecht Ramsauer?«
Die Frau sah auf, nickte heftig und spuckte dem Fragenden ins Gesicht.
Die Männer waren geschockt. Schon allein einen Pfarrer zu beschuldigen, einen Abgesandten Gottes, der für das Böse unantastbar sein sollte, war unglaublich. Wenn der Teufel all die Schutzmittel wie Kreuz, Weihwasser und vieles mehr durchdrungen hatte, wie sollte es dann noch möglich sein, sich zu schützen? Und ausgerechnet der Ruprecht Ramsauer? Ein alter weiser Mann, der sein Leben lang Gott ehrfürchtig gedient hatte? Unvorstellbar.
Aber aus Eva Neidegger konnte nichts anderes mehr herausgefoltert werden, sie schwieg, und nur ab und zu kam ein hysterisches Gekicher, bevor sie wieder in völlige Lethargie verfiel.
Obwohl den Burgherrn ein ungutes Gefühl beschlich, weil ihr der Geistliche die Worte in den Mund gelegt hatte und der Name nicht zuerst von ihr selbst genannt worden war, ein Geständnis war ein Geständnis. Es blieb dem Burgherrn letztlich nichts anderes übrig, als den betagten Pfarrer von seinen Bütteln holen zu lassen. Unsanft aus seinem Mittagsschläfchen gerissen, wusste dieser zuerst nicht, wie ihm geschah. Als er endlich ganz wach war und hörte, was ihm die Ankläger vorwarfen – und vor allem von wem die Anschuldigung kam –, ergab er sich seinem

Schicksal und folgte den Soldaten, während er sein einfaches Holzkreuz fest umklammerte.
Dieses Schweigen und der fehlende Versuch, sich zu verteidigen, reichten den Dorfbewohnern vollkommen als Schuldeingeständnis aus.

31

»Mit einem Draht jemanden erdrosseln, wer macht so etwas? Genau zur Zeit unseres weitum bekannten Trachtendorffestes. Wir sind erledigt! Over and out! Wisst ihr überhaupt, was das für den Fremdenverkehr bedeutet? Oder für meine Wiederwahl? Ich bin am Ende.«

Während er vor sich hin jammerte, malträtierte Unger mit bereits bekannter Geste sein unschuldiges Haar, so als wäre es für das eben Geschehene verantwortlich zu machen. Der sonst so souveräne Bürgermeister saß aufgelöst an seinem Schreibtisch im ersten Stock des Kapruner Gemeindeamts und beklagte wehleidig sein ungerechtes Schicksal. Es befanden sich Brecht, Annabella Laube und Fery der Wiener bei ihm. Und natürlich Willi Sturm, der ihm gerade eine Tasse Kaffee hinstellte, ohne die anderen zu fragen, ob sie ebenfalls eine Stärkung nötig hätten.

Keiner wollte so richtig etwas sagen. Keiner *hatte* so richtig etwas zu sagen.

Fery, von dem eigentlich niemand genau wusste, warum er da war, trug eine recht auffällige Lederhose in Schwarz mit giftgrünen Stickereien. Aus der Seitentasche der Lederhose, aus der Brecht und andere echte Männer zu jeder passenden und unpassenden Gelegenheit ihr Messer holten, fischte Fery sein Handy hervor. Selbstverständlich die neuste Ausgabe eines iPhones mit allem Pipapo und wahrscheinlich allen möglichen Apps. Wie wild fing er an darauf herumzutippen, als gelte es, dem kleinen unschuldigen Ding den Namen des Mörders zu entlocken.

Während der weinerliche Bürgermeister und der Technikfreak Fery mit sich selbst beschäftigt waren, trat Anton Brecht zu Annabella Laube ans Fenster. Sie stand wie versteinert dort, stützte die Hände am Fensterbrett ab und schaute gedankenverloren auf das Geschehen draußen. Brecht stellte sich neben sie und legte seine Hände ebenfalls auf das schlichte Holzbrett. Wie durch Zufall berührten sich ihre kleinen Finger.

Ein bemerkenswertes Prickeln und Schaudern durchfuhr Brecht. Solche Gefühle erschienen in dieser Situation, mit einem Toten fast direkt vor ihren Füßen, definitiv nicht angebracht, da sie doch eindeutig sexueller Natur waren. Gott sei Dank lief gerade die einzige Person unten auf der Straße vorbei, die jegliche heiße Regungen in Brecht zum Erlöschen bringen konnte: Inge Plottino.

Wortlos beobachteten Brecht und Annabella, wie die Vizebürgermeisterin von Lember, gefolgt von Martha Brant, Peppi Wastl und einigen weiteren Damen, in westlicher Richtung am Tatort vorbei zum Ortsende von Kaprun eilte. Die Parkbank selbst, also der Tatort, war hell erleuchtet von Lampen, die das Ermittlungsteam darum aufgestellt hatte. Eine Abdeckung verhinderte zu erkennen, ob der alte Mäscht sich noch dort unten befand oder ob er schon abgeholt worden war. Eine erhebliche Anzahl an Menschen in weißen Ganzkörperanzügen, und einige ohne, eilten herum – harsch kommandiert von Gruppeninspektor Bernd Krüger, der mittlerweile aus Salzburg angereist war. Ein großer Bereich um den Toten sollte durch Absperrbänder geschützt werden, aber immer wieder schlüpften Personen durch, um irgendwo herumzuschleichen, sich an der Situation zu ergötzen oder mit dem Handy den ultimativen Schnappschuss zu ergattern. Schnell fingen Polizisten in Uniform sie ab und trieben sie wieder hinter die Absperrung zurück.

In diesem Moment kamen aus der Richtung, in die Inge mit ihrer Hühnerschar verschwunden war, drei Gestalten. Als sie ins Licht der Scheinwerfer traten, konnte man Maria Brecht und Berta Maler erkennen. Direkt hinter ihnen erschien der Exmann von Annabella Laube. Es sah aus, als gehörte er zu den beiden Damen dazu. Oben am Fenster wechselten Annabella und Brecht einen langen Blick. Während der Bürgermeister keine Miene verzog, hob sie fragend eine Augenbraue. Brecht zuckte nur mit den Schultern und wandte sich wieder dem Geschehen auf dem Platz unter ihnen zu.

Seine Gattin trat auf Krüger zu und bewegte den Mund,

während sie heftig mit den Armen herumfuchtelte. Krüger hörte kurz zu und redete dann umgekehrt aufgebracht auf sie ein. Berta Maler schob Maria Brecht zur Seite und baute sich vor Krüger auf. Werner Laube legte den Arm um die Frau des Bürgermeisters von Lember, als wollte er sie schützen. Berta näherte sich dem Gesicht von Krüger, und man konnte kaum sehen, ob sie die Lippen bewegte oder nicht. Dann schien sich Krüger in sein Schicksal zu ergeben, denn offensichtlich hatte er in der Richtung, aus der die drei gerade gekommen waren, etwas Wichtigeres entdeckt. Er hob den Arm, ohne den Blick folgen zu lassen, und zeigte auf das Gemeindeamt – hoch ans Fenster, an dem Brecht und Annabella standen.

Maria, Berta und Werner schauten auf und erblickten die beiden. Obwohl sie nichts Anrüchiges angestellt hatten, fuhren sie wie ertappte Kinder zurück. Als sie wieder aus dem Fenster sahen, eilten die drei Personen unten gerade in ihre Richtung, und Maria Brechts Blick, der voller Anklage zu Brecht schnellte, verhieß nichts Gutes.

In diesem Moment tauchten Inge Plottino und Anhang – noch in der gleichen Formation wie vorher – unten auf und wollten an Krüger vorbeieilen, diese Mal in die andere Richtung. Vorn Inge, mit vor Neugier vorgerecktem Kinn, ihre üppige Brust stolzgeschwellt vor sich herschiebend, und hinter ihr, wie Gänse, die der Leitgans folgen, ihr Fanclub. Krüger stellte sich ihnen in den Weg, und ein eifriges Gestikulieren folgte. Obwohl hinter dem Fenster nichts zu verstehen war, konnte sich Brecht recht gut vorstellen, worum es dort ging. Inge Plottino und Team hatten die Ermittlungen aufgenommen.

Weiter kam er nicht, denn die Tür flog auf, und wie drei Engel für Charlie standen da Werner Laube, Berta Maler und Maria Brecht. Der Kapruner Ortschef und Fery der Wiener unterbrachen ihre jeweiligen Tätigkeiten und blickten erstaunt auf. Brecht und Annabella, die sich vom ersten Schock wieder erholt hatten, schmunzelten. Selbst wenn sich Brecht ein kleines bisschen, aber wirklich kaum der Rede wert, ertappt vorkam.

Maria stürmte auf ihren Mann zu. »Ist sie das? Die Schlampe, mit der du mich betrügst?«

Ein heißer Zorn stieg in Brecht auf. Ihn so zu beschuldigen, für etwas, das er (leider) noch nicht getan hatte, nährte seine Empörung. So donnerte er in seiner besten Bürgermeisterstimme: »Bist du verrückt? Was machst du überhaupt hier in Kaprun? Hierherzukommen habe ich dir doch untersagt!«

Maria dachte gar nicht daran, wie all die anderen vor diesem Manne zu Kreuze zu kriechen. Hier saß *er* auf der Anklagebank und nicht sie. »Das geht dich gar nichts an. Lenk jetzt nicht vom Thema ab. Ich hatte recht! Du betrügst mich.«

Brecht brüllte zurück: »Hör mir gut zu, denn ich sage es nur einmal: ICH. BETRÜGE. DICH. NICHT!«

»Ach, und wer ist das da?« Sie nickte abschätzig in Richtung Annabella. »Das Christkind?«

»Das ist Annabella Laube. Eine gute Freundin. Einfach nur eine gute Freundin.«

»Gute Freundin. Dass ich nicht lache. *›Annabella – endlich!‹*« Beim letzten Satz ahmte sie Brecht nach.

»Annabella ist eine gute Freundin. Und allein schon dass du mir nachspionierst, grenzt an Frechheit.« Brecht dachte gar nicht daran, nur einen Zentimeter nachzugeben.

»Ich spioniere dir nicht nach. Ich bin auf einem Ausflug hier. Aber was ich gesehen habe, reicht mir.« Seine Frau war ebenfalls nicht kompromissbereit.

»Gut, wenn du mir nicht vertraust, können wir diese Diskussion gleich beenden.« Brecht stürmte aus dem Raum. Das tat er immer, wenn er vor Wut kochte und nicht so recht weiterwusste. Wenn jemand ihn in dieser Phase störte oder zufällig seinen Weg kreuzte, spielte derjenige mit dem Leben. Daher tat es auch keiner.

Im Raum trat Berta Maler auf Annabella Laube zu und musterte diese kalt. »Was haben Sie dazu zu sagen?«

Annabella erwiderte den Blick in genau der gleichen Gradstärke und lächelte spöttisch zurück.

»Und Sie sind wer, wenn ich fragen darf? Die Zweitfrau im

Harem des Herrn Bürgermeisters, oder wie? Oder vielleicht die Mutter?«

»Unverschämte Person. Wie man sieht, ist Maria total aus dem Häuschen, also frage ich Sie nochmals in ihrem Namen. Was haben Sie dazu zu sagen?« Berta Maler würde diese Person für ihre Freundin Maria zur Rede stellen. In Verhörtechniken stand sie ihrem Mann in nichts nach.

Nun wagte es auch noch Werner Laube, sich einzumischen. »Antworte ihr!«

Der Blick der Hotelchefin wurde, wenn überhaupt möglich, noch kälter. »Was mischst du dich ein? Dich geht es am wenigsten an. Was immer ›es‹ sein mag.«

»Mich betrifft es sehr wohl. Schließlich waren wir einmal verheiratet. Da geht es um meinen Ruf!«

Annabella wandte sich ihrem Exmann zu. Sogar dieses langsame Umdrehen strömte eine beneidenswerte Laszivität aus. »Ach, und das berechtigt dich hier zur Mitsprache? Ich denke eher, dein Ego ist angekratzt, weil mich eventuell ein anderer Mann attraktiv finden könnte. Wäre das möglich? Jemand, der dir vielleicht überlegen ist?«

»Dieser aufgeplusterte Zwerg? Der stellt doch wirklich keine Konkurrenz für mich dar.«

Auf diese Aussage meldete sich Maria Brecht zu Wort. Sie schien beschlossen zu haben, für kurze Zeit den Anlass der Situation zur Seite zu schieben. »He, mein Mann ist kein Zwerg. Und Hirn hat er auch noch, das fehlt Ihnen wohl ganz. Sie sind doch nicht mehr als ein ausgemusterter Skilehrer.«

Annabella Laube klatschte Beifall.

Berta Maler, ganz Polizistengattin, wiederholte: »Lenken wir nicht vom Thema ab. Was haben Sie dazu zu sagen?«

»Gut. Wenn Sie es unbedingt wissen wollen: Mit Anton Brecht hatte ich den geilsten, längsten und wahnsinnigsten Sex, den man sich nur vorstellen kann.«

Absolute Stille folgte diesem Statement, das wohl alle überraschte. Unger vergaß sogar, sich durch das Haar zu fahren, denn er hatte genug damit zu tun, seine Kinnlade auf ihrem Platz zu halten. Fery der Wiener gluckste amüsiert und zückte sein Handy – wohl, um das Ganze zu filmen. Wurm stand hinter seinem Chef und zuckte mit seiner nicht vorhandenen Augenbraue.

In diesem Moment meldete sich Brecht wieder zu Wort. Seine Wut war etwas verraucht. Er hatte beschlossen, die Arena wieder zu betreten, und die letzten Worte von Annabella Laube gehört. »Danke, Annabella. Aber klären wir die Situation ein für alle Mal. Es ist nichts passiert. Ich bin dir immer treu gewesen und habe auch in Zukunft nichts anderes vor. Aber solltest du weiter so ein Tamtam machen, kann sich das ganz schnell ändern.«

Maria Brecht musterte ihren Mann. Nach so vielen Jahren wusste sie genau, wann er die Wahrheit sagte und wann er sie verbog. Lügen tat Brecht niemals, aber er konnte ganz gut die Grenzen des Möglichen und Unmöglichen verschieben und verbiegen.

Brecht merkte, dass sie ihm glaubte, und drehte den Spieß um. Ganz der Politiker. »Aber jetzt will ich sofort wissen, was ihr hier alle macht. Es wundert mich so gar nicht, dass die Plottino in der Nähe ist. Die riecht einen Toten auf einen Kilometer Entfernung. Aber du?«

Maria wurde etwas verlegen. »Wir sind doch nur auf einem Ausflug hier. Wirklich. Und ich denke, alles andere besprechen wir später, Toni. Allein. Ich wohne im Hotel ›Auhof‹. Jetzt muss ich weg.« Sie packte Berta Maler am Arm und wollte raus.

»Halt! Was macht Inge Plottino gerade?« So einfach entkam sie ihrem Gatten nicht.

Da sie genau wusste, dass er ihre Bekanntschaft mit Inge nicht tolerierte, antwortete Maria: »Ehrlich gesagt war ich mehr mit dir und diesem Weib beschäftigt als mit Inge. Aber sie sucht irgendwas. Das weiß ich von der Peppi. Bevor du fragst: Ich weiß nicht, was.«

Dann eilte sie durch die Tür, gefolgt von Berta, die Brecht von oben bis unten kalt musterte, bevor sie ihr folgte. *Dir glaube ich nicht so schnell, Freundchen. Ich werde dich im Auge behalten,* sollte dieser Blick wohl andeuten.

Brecht schnaufte und ging wieder zum Fenster. Er wollte kurz den Blicken der anderen entgehen, um sich zu sammeln, denn er hasste Szenen wie diese. Normalerweise standen die Menschen vor ihm wie kleine Käfer und himmelten ihn an. Er selbst mochte nicht so gern der Mittelpunkt einer so pikanten Diskussion sein. Es dauerte einige Sekunden, bis er begriff, was am Platz vor dem Gemeindeamt gerade passierte.

Seine Frau und Berta gingen in diesem Moment auf Inge und ihre Gänseschar zu, die wieder einmal im Laufschritt den Dorfplatz überquerten. Dieses ständige Gerenne der Weiber von links nach rechts und wieder zurück ging Brecht mächtig auf die Nerven. Das war schon keine Wichtigtuerei mehr, sondern grenzte an Realitätsverlust. Jetzt liefen sie wieder auf Krüger zu, der bei ihrem Anblick sichtlich zusammenzuckte. Inge wedelte mit einem Taschentuch oder einem Stück Papier, um die Aufmerksamkeit des Herrn Kommissar zu erwecken.

Krüger wollte weg, aber Inge hielt ihn am Arm fest. Eine kurze Rangelei folgte, und die Gefolgschaft der Plottino bildete einen Kreis um Krüger und ihre Anführerin, womit ihm eine Flucht nicht mehr möglich war.

Krüger schien das auch so zu sehen, denn er ergab sich wohl in sein Schicksal, wie Brecht interessiert beobachtete. Durch die grellen Scheinwerfer, die teilweise unscharfen Konturen der Nacht und das heftige Gestikulieren ohne Worte hatte die Situation den Anschein, als würde man einem Stummfilm zusehen.

Mittlerweile stand Annabella Laube ebenfalls wieder am Fenster und legte Brecht eine Hand auf den Arm. Kurz kehrte seine Aufmerksamkeit wieder in das Zimmer zurück, wo ihn heftiges Stimmgewirr der Anwesenden erwartete, die die Situation von vorhin diskutierten.

Er sah Annabella an. Zwischen ihnen waren keine Worte nötig, aber Brecht wusste, dass sie ihn beruhigen wollte. Er lächelte zurück. Beide wandten den Blick wieder nach unten. Um in zehn Augenpaare zu schauen, die zu ihnen hochblickten. Die Lage glich einer Konfrontation zweier verfeindeter Lager kurz vor dem Zusammenstoß. Man stand sich gegenüber, beobachtete den anderen scharf, um seine Schwachstelle zu finden und dann zuzuschlagen.

Was genau in diesem Moment passierte.

Denn wie ein einzelnes Wesen setzte sich der Mob zu ihren Füßen in Bewegung und eilte – Krüger in der Mitte – in Richtung Gemeindeamt.

Die zwei Menschen oben am Fenster harrten der Dinge und Naturgewalten, die nun kommen mochten. Jeder bereitete sich auf seine Art seelisch auf die Begegnung vor.

Wie es nicht anders sein konnte, eilte die aufgebrachte Vizebürgermeisterin mit blitzenden Augen als Erstes durch die Tür. Ihr folgten Henni Schönauer und Martha Brant, von denen jede die Nächste sein wollte. Dadurch verkeilten sie sich im Türrahmen, und einige Zeit ging nichts vor oder zurück. Da die anderen hinten nachdrängten, kam es zum Stillstand, bevor alle auf einmal mehr oder weniger in den Raum purzelten. Immerhin wollte niemand etwas versäumen.

Inge wedelte aufgebracht mit der Hand und blieb plötzlich wie angewurzelt stehen, weil diese leer war. Sie sah sich irritiert um und dann auf Gruppeninspektor Krüger, der gerade würdevoll mit einem Stück Papier zwischen den Fingern ins Büro trat. Irgendwo und irgendwann in dem Getümmel musste er es ihr entrissen haben.

»Beweismaterial«, sagte er nur, sichtlich erfreut über diesen kleinen Sieg.

»Papperlapapp. Immerhin habe ich – äh – haben *wir* dieses Beweismaterial gesichert.« Inge sah triumphierend zu ihren Damen, sie ließ sich nicht lange unterkriegen.

»Ja. Und das unberechtigterweise. Dafür könnte ich Sie verhaften.«

»Was heißt hier unberechtigterweise? Wir haben gesucht, und wir haben gefunden. Ihr wärt einfach über einen wichtigen Beweis gestolpert, ihr sogenannten Ermittler ihr.«

Wie immer hatte sie Krügers wunden Punkt getroffen, und er wollte aufbegehren, als Brechts donnernde Stimme zu vernehmen war.

»Nimmt das heute noch ein Ende? Ich bin müde, und es interessiert mich überhaupt nicht, wer was gefunden hat.« Damit dreht er sich zur Plottino und musterte sie böse. »Wehe, wenn du mich hier in einen Ermittlungsfall hineinziehst, der mich gar nichts angeht.«

Inge antwortete mit Stolz in der Stimme: »Man wird mir wohl oder übel zuhören müssen, Herr Kollege. Hier in Kaprun und in Zukunft auch in Lember, lieber Toni!«

Bevor Brecht auf diese Worte reagieren konnte, begann Inge die Anwesenden über den Fund aufzuklären. »Also, weil wir ja bereits geübt in Ermittlungsdingen sind, haben wir zuerst einmal eine Lagebesprechung abgehalten. In dieser kam mir die glorreiche Idee, die Schlafplätze des alten Mäscht abzusuchen. So nach dem Motto: Es weiß ja keiner, was man dort nicht alles finden kann.«

Berta Maler bemerkte: »Das war meine Idee!«

Diese unnötige Kleinigkeit zu erwähnen fand Inge total überflüssig, darum erklärte sie nun voller Stolz: »Ja, aber ich habe herausgefunden, dass der tote alte Mann gar kein echter Obdachloser war. Der wohnte nämlich in einem Zimmer im Seniorenheim. Die Peppi hat es mir erzählt. Aber in dem Heim hat sich der Mäscht selten aufgehalten. So wie es das Wetter zuließ, hat der draußen im Freien übernachtet. Die Peppi hat gemeint, der hat sich überall lieber aufgehalten als dort, denn er mochte keine Regeln, die Pflegerinnen haben ihn genervt, und die vielen neugierigen alten Menschen auch. Gell, Peppi, das hast du so gesagt?«

Die Angesprochene nickte kurz, und Inge erzählte weiter, während sie jeden Moment der Aufmerksamkeit genoss. »Nur, wenn der Hunger allzu groß geworden ist oder die Kälte in der Nacht nahezu unerträglich, dann ist er schon hin. Tja, und da haben wir nachgesehen.«

Die etwas verwirrte Nachtschwester im Seniorenheim hatte für eine Plottino kein gröberes Hindernis dargestellt, aber leider war das Zimmer eine Enttäuschung gewesen. Spartanisch eingerichtet und ohne persönliche Sachen des Verstorbenen, förderten die Damen keine Überraschungen ans Tageslicht. Dass im Zuge dieser Durchsuchung vielleicht wirklich wichtige Spuren verloren gingen, interessierte in diesem Moment keinen.

Trotz der ersten Niederlage ließ sich das Spurensicherungsteam um Inge Plottino nicht entmutigen und machte sich voller Hoffnung zu den anderen Schlafstätten des alten Mannes auf. Und siehe da: Hinter der Bushaltestelle am Ortsrand standen schon fast säuberlich aufgereiht einige Plastiktüten, die wohl die Habseligkeiten des Mäscht enthielten.

Mit spitzen Fingern pflückten die Damen die Fundstücke auseinander. Neun Augenpaare sahen einen rostigen Dosenöffner, Bier- und Plastikflaschen, streng riechende Kleidungsstücke, einen Schlafsack, Streichhölzer, einen Schuhlöffel, ungewaschenes Besteck, Dosen mit Fertigessen, einen elektrischen Rasierer inklusive einer Vielzahl an Barthaaren, Socken, die Löcher in den Socken, eine Regenhaut, alte Zeitungen und Papier in jeder Form und Größe. Der Mann schien alle Kassenbons, jeden Flugzettel und jedes andere Fitzelchen Papier aus ganz Kaprun gesammelt und aufbewahrt zu haben. Leider erwiesen sich die Funde auf den ersten Blick als relativ unbrauchbar. Erst in einer versteckten Tasche im Schlafsack, über die wohl jeder andere außer Martha Brant hinweggesehen hätte, fand man ein abgegriffenes Kuvert mit dem Logo der hiesigen Bank. In dem Umschlag warteten allerdings keine Kontoauszüge oder wichtige Unterlagen auf die Neugierigen. Lediglich ein Stückchen Papier, das nur so vor Dreck starrte und auf dem einige Sätze standen, musste die Blicke der neugierigen Damen aushalten.

Inge riss Martha Brant das Kuvert mit dem Fund aus den Händen und rang nach Luft. Der heiß ersehnte Durchbruch schien gelungen!

Hundertprozentig.

Endlich.

Obwohl keine der anderen dies zu bemerken schien – sie wusste es. Dies musste ein wichtiges Indiz sein. Niemand würde sie nun mehr ignorieren können. Eine Sache übrigens, die sowieso keinem möglich gewesen wäre.

Nachdem Inge dies alles bis ins kleinste Detail berichtet hatte, präsentierte Gruppenkommandant Krüger das hoch bewertete Stück Papier und las laut vor, was darauf stand:

»…ie Rechnung bezahlen! Sonst muss nachgeholfen werden. Wenn es nichts nützt … den Tod holen. Wie all die anderen Jahre! Das Tor ist ein Schlüssel, vergesst … nie! Der Teufel will … Fluch über alle … Viele werden sterben müssen.«

Tod, Teufel, Tor, nachhelfen … Das klang doch eindeutig nach einer massiven Drohung und in der weiteren Folge nach Mord. Schade, dass das Papier nur wenige Zeilen enthielt, mit denen man noch nicht so viel anfangen konnte. Trotzdem wies Inge stolz auf das Dokument, welches Krüger immer noch in der Hand hielt. Dieser brummte etwas von Fingerabdrücken, Weibern und zerstört, als plötzlich Werner Laube aufschrie und ihm den Zettel aus der Hand reißen wollte. Krüger, der bei dem ganzen Weibervolk schon sehr vorsichtig geworden war, zuckte eine Sekunde schneller zurück, und so konnte der Mann nur einen Blick darauf werfen.

»Das ist doch …?« Verstört blickte Laube auf. Er schüttelte den Kopf. »Nein, Entschuldigung, ich dachte … nein, ich habe mich geirrt.«

Aber keiner beachtete ihn, denn jeder hatte gesehen, dass sein Blick erschrocken auf seine Exfrau gerichtet gewesen war. Diese wenigen Worte entzündeten die ohnehin schon explosive Stimmung. Ein wildes Durcheinanderreden begann, Beteuerungen von Annabella, sie wisse beim besten Willen nicht, was hier los sei, Brechts Unterstützung der Angebeteten, Krügers Kommandos – auf die keiner hörte – und Inges Stimme, die alle anderen übertönte, waren die Folge. Als sich das Stimmgewirr schließlich wieder legte, übernahm Krüger die Führung.

»Frau Laube, haben Sie diese Zeilen geschrieben?«, fragte er streng.

»Blödsinn, warum sollte ich das tun?«

»Geben Sie es zu! Die beiden Bullen und der Herr Oberkriminalhauptkommissar werden es sowieso herausfinden, dass Sie das waren«, mischte sich Inge Plottino ein.

Krüger verlor die Geduld mit der Frau. »Sie halten endlich den Mund, Frau Plottino, oder Sie gehen. Habe ich mich klar und deutlich ausgedrückt?« Dann sah er wieder zu Annabella Laube, die sich gab, als ob sie das alles nichts anging. Der Rest der Anwesenden stand in engem Kreise um sie herum. Keiner wollte etwas versäumen.

Nach kurzer Bedenkzeit sah sie Krüger an und forderte ihn auf: »Geben Sie den Wisch her, ich möchte ihn mir ansehen. Ich verbitte mir aber wüste Beschuldigungen jeder Art.« Sie warf ihrem Exmann einen vernichtenden Blick zu, langte nach dem Zettel und sah ihn lange an. Als sie aufblickte, war ihrer Miene jedoch immer noch keine Regung außer Ärger zu entnehmen. »Ja, der ist von mir.«

Die Worte standen unheilverkündend im Raum, und alle warteten auf mehr, aber es kam nichts.

Mit Inges Selbstbeherrschung war es wieder einmal als Erstes vorbei. »Und? Weiter? Warum und an wen haben Sie diese Worte geschrieben? Und warum wurde er versteckt in den Sachen eines Toten gefunden? Jetzt reden Sie schon! He, Sie, Herr Kommissar, hier haben wir mit großer Sicherheit die Mörderin, und *ich* kann ihr die Informationen wie Würmer aus der Nase ziehen.«

Krüger reichte es. »Sollten Sie es noch einmal wagen, mich zu unterbrechen oder diese Befragung –«

Leise hörte man von Inge: »Verhör!«

Doch Krüger unterbrach sie sofort, indem er laut brüllte: »Befragung! Befragung! Befragung! Also, sollten Sie noch einmal wagen, die BEFRAGUNG zu unterbrechen, dann lasse ich Sie, so wahr ich hier stehe, verhaften. Haben Sie verstanden?«

Als Inge nichts darauf antwortete, sondern beleidigt den Kopf wegdrehte, wandte er sich wieder Annabella Laube zu. Kurz räusperte er sich, um die Fassung wiederzuerlangen, und fragte: »Und? Weiter? Warum und an wen haben Sie diese Worte geschrieben? Frau Laube, es geht hier nicht um ein Ratespiel, wir haben da draußen einen Toten.«

Annabella zuckte mit den Schultern. »An niemanden direkt.«

»Frau Laube, das klingt wie eine Drohung, es kann doch nicht sein, dass Sie an niemanden geschrieben haben. Und wieso finden wir diesen Zettel ausgerechnet bei einem voraussichtlichen Mordopfer?« Da Annabella immer noch schwieg, seufzte der Polizeibeamte resigniert. »Aber eigentlich sollten wir das nicht vor all diesen Menschen hier besprechen, am besten, wir begeben uns auf das Polizeirevier. Dort werden wir weitersehen.«

Inge Plottino und einige andere protestierten heftig. Würde Annabella Laube auf dem Revier verhört werden, würde man vielleicht nie erfahren, was es mit diesen Worten auf sich hatte. Eine Diskussion zwischen Inge und Krüger entbrannte.

In diesem Augenblick meldete sich Annabella Laube ganz ruhig zu Wort. »Ehrlich gesagt verstehe ich die ganze Aufregung nicht. Diese Zeilen stammen aus einem meiner Stücke.«

Krüger runzelte die Stirn, hinter der diese gelassen gesprochenen Worte anscheinend noch verarbeitet werden mussten. »Aus welchem Stück? Was ist mit Stück gemeint?«, fragte er etwas ratlos.

»Ich schreibe die Stücke für die Aufführungen bei der Walpurgisnacht und die Theaterstücke für die Mittelalterfeste. Werner?« Sie sah ihren Exmann auffordernd an.

Dieser schien verwirrt, so als wüsste er im ersten Moment nicht, was sie von ihm wollte. Schließlich bejahte er zögernd die Frage. »Ja, sie schreibt die Stücke. Ja, richtig.« Er machte eine Pause und schien wieder nachzudenken.

Keiner sagte ein Wort, alle warteten auf einen weiteren Kommentar, so als ob sie sich weigern würden zu glauben, dass das wirklich schon alles gewesen sein sollte. Der gewünschte Kommentar kam sehr unentschlossen und fast stotternd über seine Lippen. »Allerdings kenne ich sie alle, und … ja … also … von *sterben* war aber in keinem die Rede.«

Annabella Laube seufzte und beschloss, ihren Exmann von dessen offensichtlichem Leiden zu erlösen. »Ist schon gut, Werner. Obwohl du liebend gern alle meine Stücke zehnmal zurückgehen lässt, um sie umschreiben zu lassen, kannst du nicht alle davon kennen. Dieses Stück wurde außerdem nie aufgeführt.« Kurz warf sie Bürgermeister Unger einen Blick zu.

Krüger wandte sich sofort an ihn. »Kennen Sie vielleicht die Zeilen?«

Annabella Laube kam ihm zuvor und beteuerte ein bisschen zu schnell: »Nein, er kennt das Stück nicht.«

»Warum sehen Sie ihn dann an?« Der Beamte wusste, dass Blicke oft mehr sagen konnten als Worte. Wieso also dieser leicht fragende Blick in Richtung des Kapruner Bürgermeisters?

»Ich habe nur nachgedacht. Manchmal zeige ich die Stücke dem Kurt. Er will oft Ausflugsziele aus der Umgebung eingebaut haben. Als versteckte Werbung sozusagen. Das ist alles.«

Bevor Krüger diese leicht fadenscheinige Erklärung hinterfragen konnte, kam ihm jemand mit einer Bemerkung zuvor: »Warum nicht?«

Die Frage stellte Berta Maler. Sie hatte wohl beschlossen, in Abwesenheit ihres Mannes die örtliche Polizei zu vertreten.

Zum ersten Mal schien Annabella Laube verwirrt. »Was heißt, warum nicht?«

»Wieso ist Ihr Stück nicht aufgeführt worden? Keiner macht sich doch einfach die Mühe und schreibt ein Stück, um es später nicht aufzuführen, oder? Aber offensichtlich schien es dem alten Mann, der nun tot ist, so wichtig, dass er es aufbewahrt hat.«

Annabella Laube machte eine Bewegung, als wollte sie eine lästige Fliege wegwischen. »Sie haben ja alle keine Ahnung. Man schreibt ein Stück, dann gefällt es nicht mehr, und so weiter. Was wollt ihr alle in diese paar Zeilen interpretieren? Ich habe bereits vieles geschrieben und es wieder verworfen. Einige der Teile kann ich euch sogar zeigen.«

Jetzt war Krüger wieder an der Reihe. »Gut, aber wieso haben wir ausgerechnet das bei einem Toten gefunden?«

»Der hat doch alles aufbewahrt, was ihm in den Sinn und in den Weg kam. Der alte Mann durchwühlte mit Freuden die Müllkübel anderer Menschen. Papier hat es ihm eben angetan.«

Mehr schien Annabella nicht zu sagen zu haben, daher zuckte sie einfach mit der Schulter und schwieg.

Brecht war hin- und hergerissen, denn er wusste im Moment nicht, was er glauben sollte. Wenn er sich recht erinnerte, hatte er einen fast identisch aussehenden Zettel nur mit einem leicht anderen Text in seinem Hotelzimmer gefunden. Bei seinem ersten Besuch in Kaprun war es gewesen, bevor er sich auf den Weg zur Walpurgisnacht mit dem toten Breitenbacher im Kessel gemacht hatte. Seine Botschaft war wie dieses Stück hier auf gelbem Papier – oder besser gesagt auf vergilbtem – geschrieben gewesen, und dass das Wort »Fluch« auch darin vorkam, konnte eigentlich kein Zufall sein. Natürlich würde er dies nicht erwähnen, denn er glaubte fest an Annabella Laube.

Irgendwie.

Wieso hätte sie ihn aus Kaprun vertreiben wollen? Das ergab wirklich keinen Sinn. Und immerhin nannte sie ihn ihren Ritter. Allerdings ging ihm die momentane Situation ziemlich auf die Nerven. Er musste Annabella zu Hilfe eilen. Nur wie?

In diesem Moment meldete sich wieder Werner Laube zu Wort. Sehr zögernd, so als wollte er eigentlich gar nichts mehr dazu sagen. »Vielleicht hat ja die Annabella den Bürgermeister so angesehen, weil der nicht gern über das Tor spricht. Das ist ja auch im Text vorgekommen, dieses Wort. Und wenn es etwas mit dem echten Tor zu tun hat, müsste man den ehrenwerten Herrn Unger vielleicht einmal fragen, wieso er die Ausgrabungen boykottiert. Wieso er alles tut, um den Fund totzuschweigen, obwohl es sicher eine zusätzliche Attraktion für Kaprun und die Burg wäre.«

Verständnislos sahen ihn alle an. Der Themenwechsel schien einige zu überfordern. Bis auf Unger, der die Stirn runzelte und dessen schön gebräuntes Gesicht durch eine – wenig kleidsame – Zornesröte entstellt wurde. »Boykottiert? Ich glaube, du spinnst, Werner.«

Bevor er weiterschreien konnte, wollte Krüger wissen: »Tor, welches Tor? Habe ich was verpasst? Was hat eine verdammte Tür mit der Sache zu tun?«

Die leicht verworrene Situation löste sich auch dann nicht auf, als aus dem Hintergrund plötzlich eine Stimme ertönte und leicht sarkastisch meinte: »Ach, vergesst doch all den Blödsinn. Ich denke, wir haben Wichtigeres zu tun, als über Tore und Zettel zu diskutieren, wenn in Kaprun ein Massenmörder sein Unwesen treibt!«

32

In der unangenehmen Stille, die sich nach dem letzten Satz wie eine bösartige Wolke im Raum ausbreitete und mit unsichtbarer Macht Besitz von den anwesenden Menschen ergriff, änderte die bis jetzt eher abwartende Stimmung schlagartig ihr Wesen und wurde zu einer ratlosen. Der Mann, der diese Worte soeben in den Raum geworfen hatte, kostete die Wirkung genüsslich aus, bevor er weitersprach: »Wenn ich mich recht erinnern kann, hat es in Kaprun ja bereits vor zehn Jahren einen Todesfall gegeben, der nie aufgeklärt worden ist. Hat sich schon jemand darum gekümmert? Vielleicht hängt das ja zusammen?«

Lange schwiegen alle. Unger erbleichte sichtlich unter seiner Solarium-Schicht, die Frage war ihm wohl unangenehm. Inge witterte natürlich sofort einen neuerlichen Skandal, und ganz aufgeregt und kribbelig fing sie ihr übliches Wippen von Ferse auf Zehenspitze und zurück an.

Ja, jetzt war es heraus! Ihr hatte ja keiner glauben wollen, als sie diese Todesfälle von damals aufs Tapet gebracht hatte – aber hier war noch eine Person, die skeptisch wirkte.

Nun ergriff die Vizebürgermeisterin aufgeregt das Wort. »Ja, ich muss dem Herrn recht geben. Diesen Fall sollte man sich genauer ansehen. Im Grunde genommen habe ich den Hauptkommissar ja bereits darauf aufmerksam gemacht, aber wie immer wollte keiner der Aussage einer einfachen Frau Glauben schenken. Es ist doch eigenartig, dass darüber so vieles verschwiegen wird. Die Peppi ist ebenfalls der Meinung, hier geht etwas nicht mit rechten Dingen zu, es wird zu vieles unter den Teppich gekehrt. Gell, Peppi?«

Diese stand wie der Eisberg der Titanic da und rührte sich nicht. Einmal nickte sie knapp mit dem Kopf. Es schien alles gesagt zu sein.

Krüger ignorierte sie und wandte sich der männlichen Stimme zu. Diese war von einem Menschen gekommen, der trotz seiner

Leibesfülle anscheinend die Gabe besaß, immer lautlos aufzutauchen, überall gleichzeitig zu sein, und nun in die Runde grinste.

Irgendwie verschlagen, wie es Brecht vorkam, obwohl dieser Mann gerade die Aufmerksamkeit von seiner Annabella abgelenkt hatte. Wieder grübelte der Bürgermeister, woher er diesen Max Pfister kannte, außer als Organisator des Dorffestes.

Der LKA-Beamte überlegte indessen, wann die Plottino ihm von diesem Verbrechen damals erzählt hatte, und es fiel ihm ein, dass es im Zusammenhang mit dem Tod dieses Gerhard Soundso gewesen war, den man im Hexenkessel gefunden hatte. Weil dieser Tote aber auf mehr oder weniger natürliche Weise gestorben war, hatte es ihn nicht weiter interessiert. Wenn er sich auch noch um alle Toten der Vergangenheit kümmern sollte, würde er mit seinen Ermittlungen gar nicht mehr vom Fleck kommen.

Nach dieser Gewalttat an dem Alten aber konnte man kein Ereignis ignorieren, mochte es auch noch so weit in der Vergangenheit liegen. Er betrachtete den recht fülligen Mann vor sich, der ziemlich aufgeschwemmt und unappetitlich wirkte. »Wer sind Sie, wenn ich fragen darf? Und welche Verbindung besteht zu dem Toten dort unten, weil Sie sich ebenfalls hier im Raum befinden?«

Unger kam Max Pfister zuvor und gab die Antwort – eine Unart, die er nicht lassen konnte. »Das ist Max Pfister, ein angesehener Bürger von Kaprun. Er organisiert bravourös das bekannte Trachtendorffest und engagiert sich in vielen Bereichen für das Gemeinschaftswohl.«

Krüger runzelte die Augenbrauen, bevor er ätzend bemerkte: »Herr Unger, erstens steht Herr Pfister nicht unter Anklage. Ich habe eine ganz einfache Frage gestellt, die keiner Verteidigungsrede oder Lobeshymne bedarf. Und zweitens würde mich interessieren, warum Sie mir ständig antworten, wenn ich Sie gar nicht angesprochen habe. Mir reicht es langsam. Es antwortet mir nur mehr der, der gefragt ist. Ist das klar und verständlich?«

Dabei drehte er sich zu Brecht und Plottino um, die gar nicht verstanden, wieso er sie dabei ansah. Dann wandte er sich wieder an Max Pfister. »Gut, Herr Pfister! Wir wissen jetzt, wie ehrenwert Sie sind, aber wir wissen noch nicht, warum Sie sich hier befinden. Wenn ich mich recht erinnere, sind Sie bereits mit einer Kamera um den Tatort geschlichen, bevor meine Leute Sie verjagt haben.«

Pfisters Höhnen vertiefte sich um eine Nuance, bis er die Hände hob, so als wollte er sich ergeben. Er antwortete dem Gruppeninspektor, und dessen Eindruck von einem unangenehmen Menschen verstärkte sich noch durch Pfisters schleimige Unterwürfigkeit.

»Sorry, Euer Ehren. Selbstverständlich will ich mich nicht in Ihre Ermittlungen einmischen. Nichts liegt mir ferner. Ich bin nur hier, weil ich meine Arbeit gut machen möchte.«

»Ihre Arbeit? Die da wäre?« Krüger verschränkte die Arme vor der Brust, neugierig, welche Art von Beruf die Anwesenheit dieses Kerls an diesem Ort rechtfertigen würde.

»Ganz einfach. Ich bin Journalist. Bei einer bekannten hiesigen Zeitung. Meine Aufgabe ist es, die Öffentlichkeit seriös zu informieren.« Wieder dieses Feixen, während er die Hände sinken ließ und wohlgefällig vor seinem Bauch faltete.

Bei Brecht rückte sich gerade ein Puzzleteil im Kopf zurecht. Jetzt wusste er wieder, woher er den Mann kannte. Er hatte sein Bild in der Zeitung des Bezirks gesehen, für diese schrieb er ziemlich viele Texte und eine Kolumne, in der er seine Gedanken zum Besten gab. Brecht hasste diese Kolumne. Sie heischte einfach nur nach Aufmerksamkeit. Um diese zu bekommen, zog der Verfasser darin so ziemlich jeden Prominenten und vor allem Politiker in den Dreck. Diese Artikel waren viel zu selbstgerecht für des Bürgermeisters Geschmack und vor allem immer mit bereits vorgefasster Meinung für den Leser gedruckt. Und war das nicht der Kerl, der bei seinem ersten Besuch aus dem Burggraben geklettert war?

Krüger lachte spöttisch auf. »Seriös und Journalist. Soso. Sie sehen darin also keinen Widerspruch? Egal. Ist ja nur meine persönliche Ansicht. Jedenfalls, was wollten Sie mit Ihrer Bemerkung über ein Verbrechen vor zehn Jahren aussagen?«

»Nichts. Nur, dass es eines gegeben hat. Im Grunde genommen sogar zwei, aber niemand hat hier wohl Parallelen gesehen. Außer meiner Wenigkeit, wenn ich das betonen darf.«

»Welche Parallelen? Erzählen Sie!«

Der Journalist lachte, und seine geröteten Wangen schwabbelten dabei leicht hin und her. Er schien die Aufmerksamkeit zu genießen. »Nur so viel: Damals hat jemand eine Frau getötet. Ebenfalls auf der Burg. Gleich darauf verschwand ein Mann. Ihn konnte man nie mehr finden. Schon ein eigenartiger Zufall, dass zwei Verbrechen dieser Art in einem so kurzen Zeitraum geschehen, oder?«

Krüger wartete, aber es kam nichts mehr.

Sofort ergriff Unger das Wort. »Ja, das stimmt. Aber die zwei haben sich gar nicht gekannt, und daher konnte das Ganze nichts miteinander zu tun haben. Und außerdem wurde der Fall von der Polizei«, hier sah er zu Krüger, als würde der die gesamte gesetzliche Beamtenschaft des Landes vertreten, »nicht als Verbrechen deklariert. So what?«

Nun meldete sich Werner Laube ausnahmsweise zur Unterstützung des Bürgermeisters, den er sichtlich nicht mochte. »Außerdem konnte nie geklärt werden, wie die Frau gestorben ist. Alles wies auf einen tragischen Unfall hin.«

Krüger wandte sich an den Exmann von Annabella. »Ach übrigens, was hat das alles mit diesem Tor zu tun, von dem Sie vorher geschwafelt haben?«

Werner, der offensichtlich etwas anderes hatte sagen wollen, war kurz irritiert, bevor er antwortete: »Äh, das weiß ich nicht. Die Rede ist von dem sensationellen Fund auf der Burg, den wir vor Kurzem gemacht haben. Das alte Tor ist zugemauert worden.«

Der Gruppeninspektor sah ihn scharf an und wollte wissen: »Wann genau ist es zugemauert worden? Könnte diese vermisste Person dahinter versteckt sein?«

»Also, um ehrlich zu sein, haben die Maurerarbeiten ersten Schätzungen von Experten nach im 16. Jahrhundert stattgefunden. Das muss aber noch genau untersucht werden.«

Krüger schüttelte empört den Kopf. »Na, dann hat es wohl nichts mit uns zu tun, oder wollen Sie behaupten, eine der Leichen ist auf Zeitreise gegangen? Würde mich hier nicht wundern. Nein, hier wundert mich gar nichts mehr.«

Laube runzelte die Stirn. »Nein, das wollte ich nicht damit sagen, aber egal, lassen wir es. Ich werde ja offensichtlich in dieser Richtung nicht ernst genommen. Ich möchte nur betonen, es konnte nie ganz geklärt werden, wie die Frau gestorben ist.«

Trotzig sah er zu dem Polizisten, der nun fragte, nachdem dieses leidliche Tür-Thema für ihn geklärt war: »Was heißt, konnte nicht geklärt werden?«

Werner sah kurz auf Bürgermeister Unger, bevor er antwortete. »Na, sie ist durch einen Genickbruch gestorben. Sie wird wohl von der Burgmauer gestürzt sein. Damals gab es noch keine Brüstung.«

Bevor seine Felle davonschwimmen konnten, beeilte sich Max Pfister trotzig zu betonen: »Aber die zwei sind wahrscheinlich fast zur gleichen Zeit einem Verbrechen zum Opfer gefallen. Jedenfalls denkt das jeder, sogar die Polizei. Und das mit ziemlicher Sicherheit hier auf der Burg.«

Der Gruppeninspektor holte tief Atem und wandte sich scheinbar ruhig an den Zeitungsschreiberling. Wer ihn kannte, der wäre jetzt ganz vorsichtig geworden. Aber hier kannte ihn ja keiner. Und das sollte auch so bleiben. »Daraus schließen Sie also einen Zusammenhang mit dem Verbrechen von heute? Na bravo. Wenn wir bei jeder Fliege, die sich den Flügel bricht, ein Verbrechen vermuten würden, müssten wir alle Misthaufen und Klos auf dieser Welt zusperren und polizeilich untersuchen lassen.«

Jetzt erklärte der Reporter dem Polizisten spöttisch grinsend: »Schon richtig, Herr Direktor. Aber ich weiß aus einer zuverlässigen Quelle ein pikantes Detail. Es ist nicht alltäglich, dass jemandem nach seinem Tod die Kehle durchgeschnitten wird, oder was denken Sie?«

33

Er betrachtete das Foto vor sich. Es stellte irgendeine Alltagsszene mit vielen Menschen drauf dar, die meisten sogar von hinten. Alles war leicht verschwommen, wie von einem Handyfoto oder in Eile aufgenommen. Hätte man das Bild jemandem gezeigt, würde derjenige wahrscheinlich zuerst einmal sich selbst suchen und es, wenn er sich nicht fand, einfach wieder weglegen.

Und doch. Irgendwann würde einer genau hinsehen. Irgendwann würde jemand eins und eins zusammenzählen, und dann könnte es gefährlich für ihn werden. Irgendwann. Oder vielleicht auch nie. Doch das Risiko war zu groß.

Auf dem Foto sah man viele Menschen in Tracht, auf einer Bank in der Mitte saß der alte Mäscht. Das Mordopfer. Eine Person beugte sich gerade leicht über ihn. Man konnte ihr Gesicht nicht erkennen, und die Situation hatte an sich nichts Aufregendes, und doch war das Foto vielversprechend. Es war kurz vor dem Ableben des Alten geknipst worden.

Er sah auf und die Gestalt an, die ihm das Foto gezeigt hatte. »Und? Was soll ich damit?«

»Frag nicht so dumm! Ich weiß, dass du es getan hast.«

Hier hatte er wohl die erste Person, die eins und eins zusammengezählt hatte.

»Was willst du?«

Ein lautes Lachen folgte. »Alles! Obwohl es meiner bescheidenen Meinung nach nicht so viel ist. Gib mir die Unterlagen. Und erzähl, was du über die Sache weißt.«

Verdutzt sah er die Person an. Woher … Ach, es war egal. Er sah sich um, aber der Treffpunkt war gut gewählt. Sie standen auf dem Dorfplatz mitten in Kaprun, und viele Menschen eilten gerade zur Arbeit. Es war zu gefährlich, jetzt etwas zu unternehmen. Er brauchte Zeit.

»Was sollen dir ein paar Papiere nützen?«

Wieder dieses Lachen. »Keine Ahnung, aber sie scheinen vielen Menschen etwas wert zu sein.«

Fieberhaft dachte er nach. Er würde diese Bazille mit falschen Informationen abspeisen. Aber Menschen dieser Art gaben niemals Ruhe. Gut, darum würde er sich beizeiten kümmern müssen. Der richtige Augenblick würde kommen.

Er lachte ebenfalls, reichte seinem Gegenüber die Hand und meinte versöhnlich: »Ich habe wohl keine andere Wahl. Ich weiß, wann ich mich geschlagen geben muss. Komm, wir besprechen die Sache in Ruhe.«

34

Am nächsten Tag reisten Hans Maler, Inge (wenn auch schweren Herzens) und die Delegation aus Lember wieder ab, nur Brecht beschloss, noch einen Tag zu bleiben und nach Annabella Laube zu sehen. Er fand, das war er ihr schuldig, und irgendwie konnte er sich schwer von ihr trennen.

Die einzige Wolke am siebten Himmel stellte seine Frau dar. Auch nach einer langen Aussprache miteinander wollte sie es nicht riskieren, ihren Mann allein in Kaprun zu lassen. Brecht war hin- und hergerissen, aber so konnte er Maria gleich beweisen, dass er ein reines Gewissen besaß.

Ganz wohl war selbst einem sonst unerschütterlichen Brecht nicht bei dieser Situation. In seinem tiefsten Inneren wusste er, dass die Sache nicht lupenrein war und er das erste Mal in seinem Leben seine Gefühle nicht ganz zuordnen konnte. Aber jetzt war es zu spät.

Völlig in Gedanken versunken, stolperte er an der Tür zum »Hotel Laube«, welches er gerade betreten wollte, über etwas, das am Boden lag. Er hob es auf, um es näher zu betrachten. In der Hand hielt er ein eigenartiges Bündel aus Stoff, mit Wolle umwickelt, mittendurch steckte eine große Nadel. Dies sollte wohl eine Stricknadel sein, und offensichtlich war hier jemandes Strickzeug verloren gegangen. Er würde es Annabella geben, die würde schon wissen, was es damit auf sich hatte. In jedem Fall musste es entfernt werden, solche Unordnung konnte man nicht dulden.

Als er, vielleicht noch einen Tick sorgfältiger gekleidet als üblich und unüberriechbar nach Eau de »Nimm-mich« duftend, mit seiner Frau an der Seite in die Hotelhalle trat, kam seine Angebetete gerade verschwitzt und schmutzig aus einer Nebentür. Sie trug einen Arbeitsoverall, eine Mütze und gelbe Gummistiefel.

Als sie Brecht sah, eilte sie auf ihn zu und umarmte ihn. »Hallo, Anton, was machst du denn hier?«

»Nur mal nach dir schauen. Äh, ich darf dir meine Frau vorstellen? Ihr hattet ja keinen so guten Anfang. Maria, das ist Annabella, Annabella, das ist die Maria.«

Die beiden Damen grüßten sich kühl. Nur ein Mann konnte annehmen, dass sich damit alles erledigt hatte.

Brecht bemerkte wie üblich die Spannung nicht, er war total zufrieden mit der Situation, die seiner Meinung nach gut verlief, und plauderte fröhlich drauflos. »Wo kommst du denn her, Annabella? Gartenarbeit?«

Sie bejahte, ignorierte Maria und strahlte Brecht an. »Aber jetzt erzähl, was machst du noch hier? Ich dachte, du bist abgereist?«

Brecht reichte ihr seinen Fund und wollte mit seiner nächsten Bemerkung einen lockeren Scherz machen. »Wollte ich ja, aber ich habe beschlossen, noch eine Nacht zu bleiben, meine Frau hat ihr Zimmer ja bis heute gebucht. Außerdem bringe ich dir dein Strickzeug. Ich dachte, so etwas machen Frauen erst ab einem bestimmten Alter. Oder sind es Socken für mich?«

Mit der folgenden Reaktion hatte er nicht gerechnet.

Annabella sah das Bündel an und fuhr wie vom Blitz getroffen zurück. Sie japste laut und holte tief Luft. »Wo hast du das her?«

»Meines ist es nicht. Es lag vor deiner Tür. Was ist los?«

Er packte sie am Arm und führte sie zur kleinen Sitzgruppe in der Hotelhalle. Dann holte er ein Glas Wasser. Sie trank in kleinen Schlucken.

Seine Frau hatte sich nicht von der Stelle gerührt und beobachtete die ganze Szene mit zusammengekniffenen Augen. Ihr hatte Anton Brecht während ihrer gemeinsamen Ehe noch nie Wasser geholt. Auf diese Idee wäre er im Traum nicht gekommen. Und wie vertraut er mit dem Weib umging.

Annabella unterbrach die Mordgedanken von Maria, indem sie leicht gequält grinste und meinte: »Es geht schon wieder.«

Brecht wartete. Als Frauenversteher wusste er, wann er zu schweigen hatte.

»Es ist nur – die letzte Nacht ist nicht ganz spurlos an mir vorübergegangen. Der Krüger hat mich wieder und immer wieder verhört. Ja, und später … Ach, egal. Ich freue mich, dass du da bist.«

Brecht wollte den Arm um sie legen, rein freundschaftlich, versteht sich, befand sich aber unter ständiger Beobachtung. So tätschelte er nur ihre Hand – was Maria aber auch nicht recht zu sein schien.

Er bemerkte den kalten Blick seiner Gattin und beschloss, dass sie jetzt aber wirklich keinen Grund zur Aufregung hatte. Es passierte doch gar nichts, wirklich gar nichts. Wenn sie unbedingt überreagieren wollte, bitte schön. Weil er nicht so recht wusste, was er tun sollte, fuhr er sie etwas schärfer als geplant an: »Ich hoffe, es ist klar, dass du dieses Gespräch nicht wieder detailgenau an die Plottino weitergibst!«

Das war ziemlich taktlos, und beleidigt brauste seine ohnehin schon angespannte Gattin auf. »Weißt du was, Anton? Es reicht mir. Du kannst diese Laube haben und mit ihr glücklich werden. Egal, wie schlimm Inge sein mag, sie weiß wenigstens Loyalität zu schätzen. Im Gegensatz zu dir. So behandelt man seine Frau nicht wegen einer Wildfremden. Und ich blöde Kuh habe dir die schönsten Jahre meines Lebens geschenkt!« Umständlich quetschte sie eine Träne hervor, dann rannte sie aufgebracht aus dem Hotel.

Das hatte der Bürgermeister nicht gewollt. Er liebte seine Frau, aber sie konnte so überreagieren. Dabei brachte er doch so viel Geduld mit ihr auf.

Annabella legte die Hand auf seinen Arm und sagte sanft: »Komm, lauf ihr nach. Sie liebt dich. Ist das so schlimm und verwerflich? Ich kann sie verstehen.«

Brecht sah ihr irritiert in die Augen, wollte sich aber nicht die Blöße einer Schwäche geben. Seine Frau würde er nachher beruhigen. So viele Ehejahre hielten das schon aus. »Nein, keine Sorge, die fängt sich wieder. Aber jetzt erzähl!«

Annabella wusste nicht viel zu berichten. »Ach, ich bin noch einige Zeit verhört worden, aber es ist natürlich nichts dabei herausgekommen. Aber hast du heute schon die Zeitung gelesen?«

Sie spielte auf einen Artikel an, der seit in der Früh ganz groß in der Zeitung des Bezirks stand, selbstverständlich verfasst von Max Pfister. Das Grauenvollste an diesem Artikel war ein Foto von Inge Plottino, wie sie in Siegerpose vor der Burg stand. »Augenzeuge berichtet über Verbrechen in Kaprun!«, stand groß als Überschrift darüber. Der Artikel bezog sich auf den Tod vom alten Mäscht und berichtete über den Vorfall während der Walpurgisnacht, in der man den Herrn Breitenbacher in einem Hexenkessel kochen wollte. Es stand darin noch ausführlich etwas über den Tod der Frau vor elf Jahren zu lesen und über das Verschwinden des Mannes. Was dann folgte, hatte Brecht total aus der Fassung gebracht und ihm einiges an schlaflosen Nächten beschert. So stand da geschrieben:

… In der Nacht vom 30. April auf den 1. Mai wurde in der Burg Kaprun der 49-jährige Gerald B. aus Köln tot aufgefunden. Der Immobilienmakler ist nach Angaben der Polizei an einem Herzinfarkt verstorben. Unklar bleibt bis jetzt, wer ihn nach Eintritt seines Todes während einer Walpurgisnacht-Vorstellung des Burgvereins in ein Requisit, einen großen Kessel, geschafft hat.
Am Freitag, den 14. Mai, wurde Martin K. (62 Jahre) aus Kaprun während des örtlichen Trachtenfestes erdrosselt vorgefunden. Eine Massenpanik auf dem Fest konnte von den anwesenden Sicherheitsbeamten nur knapp verhindert werden. Der Täter ist bisher nicht gefasst worden. Sachdienliche Hinweise nimmt jede Polizeidienststelle entgegen.

Brecht wollte sich gar nicht weiter erinnern, aber die Zeilen hatten sich unwiderruflich in sein Hirn gebrannt.

Aufmerksamen Lesern wird noch der Artikel von vor elf Jahren in Erinnerung sein, in dem von ähnlichen Verbrechen berichtet wurde. Der Toten, Hannah H. aus Kaprun, war nach Eintritt des Todes die Kehle durchgeschnitten worden, wie wir aus sicheren polizeilichen Quellen erfahren haben. Kurz darauf verschwand Franz M., ebenfalls aus Kaprun, unter mysteriösen

Umständen und ist bis heute nicht aufgetaucht. Ein Schuh und ein Taschentuch mit seiner DNA sind alles, was nach seinem Verschwinden gefunden wurde. Vor elf Jahren konnten die Taten ebenfalls nicht aufgeklärt werden.
Zwei mysteriöse Verbrechen, bei denen es nach Aussage der Polizei keinen Zusammenhang gibt. Es bleiben aber Parallelen, die nicht geleugnet werden können. Als es zu den Taten vor elf Jahren und heuer kam, fanden in der Burg wichtige Ausgrabungen statt.

Annabella unterbrach seine Gedanken, sie hatte ihn genau beobachtet. »Machst du dir Sorgen?«

Mit diesen Worten holte sie Brecht aus seinen Erinnerungen zurück, und dieser musste sich erst kurz räuspern, um antworten zu können. »Nein, sicher nicht. Warum sollte ich?«

»Du runzelst die Stirn, wenn du nachdenkst, und dein Blick geht weit in die Ferne.«

Brecht versuchte zu lachen und strich sich seine ohnehin knitterfreien Hosenbeine glatt. »Keine Sorge, ich denke nur nach. Über diesen dummen Zeitungsschreiber und die Plottino.«

Er musste immer wieder an die letzten Zeilen des Artikels denken, die ihm fast wie ein Todesurteil erschienen.

Ob es sich um einen oder mehrere Täter handelt, ist ebenfalls unklar. Allerdings kann eine Tatsache nicht außer Acht gelassen werden, und das ist die zweite überraschende Parallele! Alle Verbrechensopfer hatten am selben Tag Geburtstag, nämlich am 30. April.

Brecht schüttelte den Kopf, um diese unangenehmen Gedanken zu vertreiben.

Es war wohl an der Zeit, ein ernstes Wörtchen mit Unger zu reden. Er war es ja gewesen, der ihn zu dieser Konferenz gelockt hatte, und nun hatte er den Schlamassel. Obwohl ihm persönlich die letzten Tage nichts Nennenswertes passiert war, konnte sich dies ja schnell ändern. Sein Geburtstag würde sich kaum verschieben lassen. Und Brecht wollte sicher nicht sein Leben lang über die Schulter schauen müssen, ob ihm nicht ein blutrünstiger Verfolger mit Messer im Nacken saß.

Nach einer launigen Stunde mit Annabella, in der sie sich gegenseitig ein bisschen das Herz ausschütteten, machte er sich auf den Weg auf die Gemeinde Kaprun, in der, nach einem Anruf von Brecht, Unger bereits auf ihn wartete.

Krüger nahm einen Schluck Wasser, um den säuerlichen Geschmack im Mund zu vertreiben, und sah aus dem Fenster der Polizeistation in Kaprun. In letzter Zeit litt er unter Sodbrennen. Wenn er ehrlich war, wurde es nicht von Inge Plottino oder Bürgermeister Brecht verursacht. Leider. Obwohl er nur zu gerne den beiden die Schuld zugeschoben hätte.

All diese Leichen, Entführten, Vermissten, das ging ihm gehörig an die Nieren. Vor dem ebenerdig gelegenen Büro eilten Menschen vorbei. Auch wenn der Tote auf eine optimal geführte Ermittlung ein Recht hatte, gestattete Krüger sich trotz der Hektik um ihn herum, seine Gedanken schweifen zu lassen.

Was war hier in Kaprun anders? Es gab einen Mord und eine weitere Leiche, die an einem Herzinfarkt gestorben war. Es wurden beide Fälle optimal untersucht, wenn er auch gern diese ganzen Zivilisten aus der Sache herausgehalten hätte.

Diese Plattino ermittelte mit einer Begeisterung, die er an sich schon lange vermisste. Leider konnte sie sich dabei so verbeißen, dass er das Gefühl hatte, sie hinge ihm wie ein kleiner Terrier am Hosenbein.

Es erschien ihm fast wie ein Omen, dass, als er an Inge dachte, Brecht vor seinem Fenster vorbeieilte. Hastig lief er hinaus und bat ihn um ein kurzes Gespräch. Der Bürgermeister sah recht unwirsch auf seine Uhr, dann bemerkte er knapp: »Gut, aber nur kurz, der Unger wartet auf mich.«

Als sie in einem Raum der Polizeistation saßen, fasste Krüger zuerst einmal die Ereignisse zusammen: »Herr Bürgermeister, Sie haben sicher heute in der Früh die Zeitung gelesen. Auch wenn ich sonst nicht viel auf die Presse bei der Aufklärung von

Verbrechen gebe, sind in dem Artikel einige Fakten nicht zu leugnen. Es hat hier in Kaprun Verbrechen gegeben, und diese scheinen alle irgendwie zusammenzuhängen.«

Brecht nickte knapp. Er wollte eigentlich nicht daran erinnert werden, und Krüger hatte bisher nichts gesagt, was er ohnehin nicht schon wusste.

Dieser fuhr fort: »Außerdem sind Sie fast zeitgleich überfallen worden.«

Mit Schaudern erinnerte sich Brecht, wie ihn nach den Unwettern in Lember der bisher Unbekannte in sein Auto zerren wollte und er sich nur durch den Einsatz von Henni Schönauer befreien konnte. Krüger riss ihn aus seinen Gedanken.

»Es gibt in der Umgebung nicht so viele Menschen, die an diesem speziellen Tag Geburtstag haben, wie man denken könnte. Wir vermuten daher nicht zu Unrecht, dass Sie ein mögliches Opfer darstellen. Auf alle Fälle wollen wir auf Nummer sicher gehen und Ihnen Polizeischutz anbieten.«

Brecht wusste selbst nicht, was er denken sollte. Auf der einen Seite war ihm diese Art von Aufmerksamkeit gar nicht recht, auf der anderen Seite konnte er sich einer gewissen Unsicherheit nicht erwehren. Wäre es vielleicht im Entferntesten möglich, ins Visier eines Verrückten gekommen zu sein?

Aber gegen eine Personenbewachung wehrte Brecht sich doch mit Händen und Füßen, er war ja kein kleines Kind mehr, das nicht auf sich aufpassen konnte. Es reichte, wenn die Plottino schon außergewöhnlich oft um ihn herumschwirrte.

Der Gruppeninspektor zuckte resigniert mit den Schultern, er kannte die Sturheit des Bürgermeisters mittlerweile ganz gut. Er seufzte: »Bei diesem Fall ist es wirklich zum Verrücktwerden. Wir haben an beiden Tatorten alles genau untersucht, aber nichts, absolut nichts gefunden.« Brecht wunderte sich etwas über diese Offenheit, aber Krüger schien eher zu sich selbst zu sprechen.

»Und warum sollte jemand das unnötige Risiko auf sich nehmen, diesen Breitenbacher in den Kessel zu stopfen? Wo er doch schon tot war. Das Ganze konnte nur in der kurzen Zeit passiert sein, als das Stück begann, bis zu dem Moment, als die Hexen den Kessel herausgezerrt haben. Wo waren Sie noch einmal zu diesem Zeitpunkt?«

Brecht zog erstaunt die Augenbraue nach oben.

»Das steht wohl in Ihren Unterlagen. Aber gut, ich saß die ganze Zeit auf der Tribüne. Dieser Gartenzwerg oder besser gesagt Till Eulenspiegel ist keine Sekunde von meiner Seite gewichen. Der kann das bestätigen, falls Sie mich verdächtigen.«

Krüger lachte. »Nein, Sie verdächtigen wir nicht. Ich dachte eher, Sie hätten vielleicht etwas gesehen. Es gibt nämlich hinter dieser besagten Wand keine Tür, kein Fenster, absolut nichts, wie man dorthin gelangen könnte, ohne gesehen zu werden. Schon gar nicht mit einer Leiche im Gepäck. Das macht mich fast verrückt.«

Brecht hatte sich darüber keine Gedanken gemacht, aber es stimmte, keiner hätte unbemerkt während der Vorstellung dorthin gelangen können.

Krüger fuhr fort: »Und dann wird beim Dorffest mitten unter Hunderten von Menschen jemand erdrosselt, und keiner hat etwas gesehen. Warum sollte jemand einen anderen wegen seines Geburtsdatums umbringen? Vor allem – war dieser Mäscht entführt und bewusst wieder freigelassen worden, um dann ziemlich riskant in einer Menschenmenge ermordet zu werden?«

Wenn der Krüger das so erzählte, klang es gleich noch schauriger, und Brecht fasste sich unwillkürlich an die Kehle.

Krüger sah es und fuhr auf. »Richtig, Herr Bürgermeister. Das war genau die richtige Geste. Bisher wurde allen Beteiligten die Kehle durchgeschnitten. Bei der Frau vor zehn, elf Jahren, bei den Tieren, von denen man einige Kadaver in der Umgebung in den letzten Jahren gefunden hat, und auch beim Breitenbacher.«

»Was, welche Tiere? Und wieso beim Breitenbacher? Das wusste ich ja gar nicht!« Brecht war vollkommen außer sich.

Krüger nickte nur bestätigend. »Ich lehne mich da ziemlich weit aus dem Fenster, wenn ich Ihnen diese Ermittlungsdetails verrate, aber ich denke, Sie haben als mögliches nächstes Opfer ein Recht darauf, es zu erfahren.«

Brecht schluckte trocken. »Danke, das ist aber sehr nett.«

Krüger schien den Sarkasmus nicht zu erkennen, denn er fuhr fort: »Bitte. Wir haben das nie veröffentlicht, aber er hat post mortem einen Schnitt durch den Hals erhalten. Und warum wird dieses offensichtlich für den Mörder wichtige Muster gerade beim alten Mäscht unterbrochen?«

Brecht wollte nicht so sterben, daher sagte er barsch: »Keine Ahnung, vielleicht zu auffällig, wegen dem vielen Blut? Egal, ich hoffe, Sie ermitteln in alle Richtungen.«

Krüger nickte. »Machen wir, auch wenn wir nicht genau wissen, welche Richtungen das eigentlich sind. Mit diesen Ausgrabungen sind wir auch nicht weitergekommen. Es stimmt, dass es während der Fälle vor zehn Jahren Ausgrabungen gegeben hat, und dieses Jahr wurde wieder gesucht. Nach Toren, Brunnen, was weiß ich. Aber hier kommen wir gar nicht voran. Vielleicht liegen wir ganz falsch, und es dreht sich alles um Sie? Vielleicht sollten wir noch einmal bei Ihren Feinden ermitteln?«

Brecht sah, dass er hier keine Informationen mehr bekam, und stand auf. Er hatte den Entschluss gefasst, die Sache – und damit sein Leben – selbst in die Hand zu nehmen. »Ich habe keine Feinde, aber ich gehe jetzt, mein Termin wartet.«

Krüger stand ebenfalls auf, und die Herren schüttelten sich die Hand. Krüger erklärte zum Abschied: »Wir werden Sie auf dem Laufenden halten. Passen Sie gut auf sich auf, Herr Bürgermeister.«

Eine äußerst beruhigende Aussage von einem ermittelnden Polizeibeamten, dachte Brecht und setzte seinen Weg fort.

35

Der Kapruner Bürgermeister hatte dunkle Ringe unter den Augen. »Willkommen, Anton. Willkommen. Setz dich. Ich habe schon auf dich gewartet.« Seine Stimme, die sonst vor Energie nur so strotzte, war zu einer kraftlosen Aneinanderreihung von Worten verkommen.

Brecht nahm Platz und sah den Kollegen unverwandt an, bis dieser seinen Blick nicht mehr erwidern konnte und hastig einige Papiere auf seinem Schreibtisch zu ordnen anfing.

»Also, my fri–«, wollte Unger zum Reden ansetzen, aber Brecht, der immerhin noch so viel Englisch verstand, unterbrach ihn gleich ziemlich unfreundlich.

»Nichts da, *mai frend*. Ich bin nicht mehr dein Freund. Du hast mir das Ganze eingebrockt, ich will wissen, warum. Ich weiß, du verschweigst mir etwas. Los! Das bist du mir schuldig. Allein schon, dass die Plottino fast bei mir wohnt und mir diese blöden Weiber daheim ganz unauffällig auf Schritt und Tritt folgen, müsste als Grund vollkommen ausreichen.«

Über Ungers nicht mehr ganz so gebräuntes Gesicht huschte ein leichtes Lächeln. »Sorry, my fr… Entschuldige, Anton. Ich stimme dir zu, dass du mit diesen Hühnern von Landfrauen schon genug an Bürde zu tragen hast, deshalb sollst du die Wahrheit erfahren. Was hältst du davon, wenn wir in ein Café gehen?«

Obwohl Brecht die Sache lieber sofort erledigt hätte, schien ihm der Gedanke an einen starken Kaffee doch recht verführerisch.

Als die beiden Bürgermeister aus dem Gemeindeamt traten, löste sich eine Gestalt aus einer Nische und wartete, bis die zwei an ihr vorbeigegangen waren. Unger grüßte sie zerstreut, aber sie schaute nur lange auf Brecht und machte mit den Fingern ein eigenartiges Zeichen in die Richtung der beiden Männer. Bevor jemand etwas sagen konnte, verschwand sie wieder.

Brecht sah seinen Kollegen mit fragendem Blick an, der zuckte aber nur mit den Schultern.

So leicht ließ ihn Brecht aber nicht davonkommen. »Wer war das? Wieder so eine Verrückte? Haben alle Menschen das Gefühl, sie müssten mich segnen oder was?«

Unger lachte auf, es klang aber eher freudlos. »Segnen? Nein, hast du die Frau nicht erkannt? Das ist unsere Oberhexe von der Burg, und sie hat das Hexenzeichen gemacht.«

»Das Hexenzeichen? Vor mir? Aber ich bin doch nicht die Hexe, sondern sie ist eine. Was soll das heißen? Hat sie mich verhext?«

Unger zuckte wieder mit der Schulter, schien aber darauf nicht antworten zu wollen. Da man gerade beim Kaffeehaus am Platz ankam, vertagten die Herren die Unterhaltung, bis ein Tisch fern von allen anderen Besuchern ausgesucht war und zwei Tassen, die mit einer verführerisch nach gemahlenen Kaffeebohnen duftenden Flüssigkeit gefüllt waren, vor ihnen standen. Trotz all der möglichen Gedanken und Unsicherheiten bestellte Brecht einen Apfelstrudel, mit Sicherheit eine gute Unterlage für die Geschichte, die er gleich zu hören bekommen würde. Außerdem wollte Unger alles bezahlen. Ein entscheidendes Argument für Brecht.

Unger ließ sich Zeit, bis sein Gegenüber ihn unsanft in seinen Überlegungen unterbrach: »Jetzt rede endlich! Ich habe ja nicht ewig vor zu bleiben.«

»Ja, ja, ich mache ja schon. Lass mich einfach kurz nachdenken, wie ich anfangen soll. Mein Gott, bist du ungeduldig.« Gedankenverloren rührte der Kapruner Bürgermeister mit seinem Kaffeelöffel in der Tasse herum, vielleicht wollte er die Antwort auf Brechts Aufforderung im Kaffeesatz finden. »Als das mit der Hannah und dem Franz passiert ist, zu dieser Zeit war ich noch gar nicht Bürgermeister, nur in der Gemeindevertretung. Ich habe die beiden gekannt, wenn auch nur entfernt. Natürlich ist irgendwem irgendwann aufgefallen, dass die zwei am gleichen Tag Geburtstag hatten, aber darauf hat keiner was gegeben. Zufall eben. Ende. Es ist ja nichts mehr passiert, und schlussendlich war die Sache nach der ersten Sensation nicht mehr wichtig. Wir von der Gemeinde haben den Ball selbstverständlich flach gehalten, du weißt, dass so eine Sache dem Tourismus nicht guttut. The show must go on.«

Er machte eine Pause und sah Brecht das erste Mal während seiner Erzählung direkt in die Augen. Er fuhr fort, ohne den Blick abzuwenden. »Tja, und dann passiert gut zehn Jahre später Ähnliches. Zuerst ist der alte Mäscht verschwunden. Es ist uns nicht gleich aufgefallen, aber nach einiger Zeit hat das Seniorenheim, in dem er gewohnt hat, Alarm geschlagen. Wir haben ihn überall gesucht, und du kannst dir meinen Schreck vorstellen, als ich auf irgendeiner Urkunde sein Geburtsdatum gesehen habe. 30. April. Die Konferenz schon im Anlaufen, und wieder verschwindet jemand, der an diesem Tag geboren wurde!«

Brecht konnte sich die Sorge des Bürgermeisters vorstellen. Eine Entführung hätte die lange Planung komplett zunichtegemacht.

Ungers Blick schweifte ab, und er schien in die Ferne zu sehen, während er fortfuhr. »Unsere Erleichterung war grenzenlos, als er wiederaufgetaucht ist. Sofort habe ich ihn mir vorgenommen, aber er hat immer nur gegrinst und vom Teufel gesprochen. Wir haben nie etwas Genaueres erfahren. Für uns war nur wichtig, dass er wieder da war. Vielleicht wollte jemand die Veranstaltung stören, vielleicht wollte sich der Alte nur wichtigmachen. Es war egal, die Konferenz schien gerettet.«

Brecht hätte sich mit so einer fadenscheinigen Erklärung des Alten nicht zufriedengegeben. »Aber es muss doch mehr dahinterstecken. Das kann doch alles kein Zufall sein.«

»Keine Ahnung. Jedenfalls waren wir total erleichtert. Die Geburtsdaten schienen unwichtig zu sein. Wir haben uns natürlich, während der Alte verschwunden war, sofort angesehen, wer denn noch an diesem Tag Geburtstag hat. In Kaprun – Gott sei Dank – niemand. Von der Konferenz auch keiner. Jedenfalls unseren Informationen nach nicht.«

In einer kurzen unheilschwangeren Pause sah er Brecht vorwurfsvoll an, dem das aber nicht peinlich zu sein schien. Er erzählte weiter. »Tja, und in der näheren Umgebung haben wir ebenfalls niemanden gefunden. Es hat wunderbar gepasst. Es kommt diese

Walpurgisnacht. Genau zu diesem oder jedenfalls in der Nähe dieses speziellen Tages sind die Verbrechen passiert. Dann ist der Schera in dem Kessel. Du kannst dir vorstellen, was ich auf der Gemeinde als Erstes nachgesehen habe. Und tatsächlich, er hatte an diesem Tag Geburtstag. Dummerweise hatte man ihn übersehen, weil er nicht mit Hauptwohnsitz bei uns gemeldet ist und sein Haus auf den Namen seiner Eltern läuft.«

Brecht unterbrach den Kollegen. »Aber wenn schon der Mäscht gestorben ist, warum hat jemand versucht, mich zu entführen? Wenn es eine Entführung und einen Todesfall braucht, dann hätte doch der Alte genügt. Warum? Also, erklär mir das!«

»Keine Ahnung, Anton. Ehrlich, ich habe *absolut* keine Ahnung. Es passt alles nicht zusammen. Vor allem frage ich mich die ganze Zeit, wer gewusst haben könnte, dass der Breitenbacher an diesem Tag Geburtstag hat. Wer kannte ihn gut genug, oder hat jemand recherchiert? Wie konnte jemand etwas wissen, was wir trotz Suche übersehen haben?«

Brecht sah sein Gegenüber lange an, aber irgendwie glaubte er ihm nicht.

Unger schien es zu merken und begann zu erklären. »Die erste Einladung für dich zur Konferenz ist einfach erfolgt, weil du ein wichtiger Bürgermeister in der Umgebung bist. Als du das zweite Mal gekommen bist, wollten wir dich bewusst hier haben. Nach dem Entführungsversuch. Zuerst dachten wir, in Lember wärst du sicher, aber besser schien es uns doch hier als sonst wo.«

»Aha, das Ganze erklärt wohl die Polizeipräsenz.«

»Richtig. Und ich hoffe, es ist jetzt alles vorbei.«

Brecht schüttelte den Kopf. »Das hoffe ich auch. Mir reicht bereits die Plottino am Hals, ich brauche nicht noch ein Messer von einem Verrückten dazu, der mir wegen meines Geburtsdatums meine Kehle durchschneiden will. Ich habe nur noch eine Frage.«

Unger nickte. »Bitte. Was willst du noch wissen?«

»Wer ist ›wir‹?«

Unger sah ihn lange an. »Ich und Annabella.«

36

»Mit diesem Menschen will ich nichts mehr zu tun haben!« Laut schnäuzte sich Maria Brecht in eines der Taschentücher, das man ihr gerade gereicht hatte, das Gesicht nass von bitter geweinten Tränen. Das hingehaltene Tuch von Martha Brant ignorierte sie, es schaute doch schon recht gebraucht aus. »Nie, nie, nie wieder will ich diesen Kerl sehen!«

»Aber, aber Kindchen!« Inge Plottino tätschelte ihr den Rücken, bevor sie in einem beruhigenden Tonfall wie zu einem kleinen Mädchen fortfuhr: »Das ändert sich schon wieder. Du wirst sehen. Aber bevor du ihn wieder zurücknimmst, könntest du dich für deine erlittene Schmach wirklich etwas rächen. Es wäre schade, wenn er ganz unbeschadet davonkommt.«

Schmach? Inge Plottino, Martha Brant, Henni Schönauer, Peppi Wastl, Berta Maler, Vroni Aigner, Riki Schernthaner und als einziger Mann Max Pfister saßen um den großen Holztisch in der Küche von der Peppi. Vor jedem stand eine Kaffeetasse, und in der Mitte des Tisches harrten frisch herausgebackene Wuchteln, die einfach himmlisch dufteten, der Dinge, die da kommen mochten. Bevor irgendjemand zur körperlichen Stärkung durch die Mehlspeise antreten konnte, musste man jedoch zunächst die arme Maria beruhigen. Eine Tatsache, die Henni Schönauer mit einem bedauernden Blick auf die kulinarische Köstlichkeit ergeben zur Kenntnis nahm.

Nach der Auseinandersetzung mit ihrem Gatten war Maria zuerst in das Zimmer ihres Hotels geflüchtet. Dort hielt sie es in ihrer grenzenlosen Verzweiflung über den Verrat ihres Mannes nicht lange aus, und sie überlegte, wen sie denn anrufen konnte, um ihm ihr Leid zu klagen. Im ersten Moment dachte sie an Berta Maler, mit der sie sich ganz gut verstand, und an Anita Frei, ihre Freundin aus dem Seniorenheim. Als sie beide nicht erreichte, kam ihr plötzlich eine geniale Idee, wie sie ihrem untreuen Anton Brecht so richtig eins auswischen konnte.

Mochten auch leichte Zweifel anklopfen, wischte sie diese einfach auf die Seite, ertränkte den letzten Rest davon in blankem Selbstmitleid und wählte die Nummer von Inge Plottino. Diese war sofort ganz Ohr und versprach ihr, so schnell wie möglich nach Kaprun zu kommen. Zuerst wollte Inge allein fahren, allerdings benötigte sie vielleicht Hilfe, und so beschloss sie, doch einige ihrer Damen mitzunehmen. Weil die meisten jedoch entweder nicht erreichbar oder aber unabkömmlich waren, wollte sie als Notnagel letztendlich die Martha Brant fragen.

Diese holte ohne großes Zögern einen riesigen Schlüssel hervor, schrieb einen Zettel, den sie an die Eingangstür ihres Ladens heftete, und bat Inge kurz zu warten, damit sie noch schnell Tasche und Jacke aus ihrer Wohnung oberhalb des Ladens holen konnte. Inge wollte gerade den Zettel an der Tür studieren, als sie merkte, dass sie nicht allein war. Henni Schönauer hatte mit Argusaugen das Vorgehen auf der gegenüberliegenden Seite beobachtet.

Die geizige alte Schachtel hatte einfach mitten am Tag den Laden zugesperrt! An einem Samstag, dem Tag, an dem die meisten für das Wochenende einkauften. Was konnte nur passiert sein? Ohne lange zu überlegen, rief sie ihren Mann in den Geschäftsraum, befahl ihm, sie kurz zu vertreten, und eilte über die Straße zum Laden der Brant. Als sie neben Inge stand, konnte sie endlich erkennen, was auf dem Zettel stand: »Binn bei einem Nohtfall! Wee ihr kauft eire Sachen woanders. Dan verfluche ich eich. Martha Brant – Schefin!«

Tja, Martha zog Zahlen (und diese am besten auf Münzen oder Scheinen) der lästigen und völlig überbewerteten Rechtschreibung vor.

»Was macht ihr denn?«, wollte Henni wissen, und Inge erzählte es ihr, darauf bedacht, zu betonen, dass sowieso der nächste Weg zu ihr – Henni – gewesen wäre, um sie zu bitten mitzukommen. Im Schnelldurchlauf gab sie ihr Telefonat mit Maria Brecht wieder, der derzeit äußerst verzweifelten Bürgermeistergattin.

Kurz überlegte die Frau des Fleischhauers, ob sie beleidigt sein sollte, weil nicht sie als Erstes gefragt worden war, befand das aber als Zeitverschwendung.

In diesem Moment trat auf der anderen Straßenseite Berta Maler aus der Praxis des Dorfarztes. Henni winkte ihr, wuselte eifrig in ihre Richtung und erklärte mit Worten und Gesten die Situation.

Berta hörte zu, kramte in ihrer Tasche und holte ein Handy hervor. Sie warf einen Blick darauf, nickte, und dann kamen die beiden auf Inge zu.

»Inge, die Maria hat mich ebenfalls versucht zu erreichen. Ich war beim Arzt, darum hatte ich das Handy lautlos. Du hast sicher nichts dagegen, wenn ich mitkomme?«

Hatte diese nicht. Je mehr ihrer Damen dabei waren, desto besser. In diesem Moment lief Martha Brant um die Ecke, nur schien sie wenig begeistert von den beiden Neuanwesenden.

Trotzdem machte sich die kleine Gruppe in Inges rotem Miniflitzer in Richtung Kaprun auf. Eine Sache, die Berta Maler mit Sicherheit niemals wiederholen würde. Denn Inge hielt zwei Sachen in diesem Leben für absolut überschätzt: den Bürgermeister Anton Brecht und Verkehrsregeln.

Dass man trotz der Fahrweise der Vizebürgermeisterin heil in Kaprun ankam, grenzte an ein Wunder. Leicht wackelig auf den Beinen sammelte die Gruppe vor Ort noch Maria Brecht ein, und vollgestopft wie Martha Brants Laden, suchte sich das Auto seinen Weg zu Peppi Wastls schönem Hof. Die Kapruner Bäuerin war, genauso wie Inges neuer Busenfreund Max Pfister, schon von der Anreise der Lemberer Delegation informiert worden.

Max Pfister stellte die neueste Eroberung von Inge Plottino dar. Nach den Geschehnissen in Kaprun und nach ihrem Bild in der Zeitung hofierte Inge Plottino den Journalisten wie ein Groupie seinen Star. Dass sie in Zukunft als Bürgermeisterin gute Kontakte zur Presse benötigte, wusste sie ganz klar, und hier bot sich eine einmalige Gelegenheit dazu. Daher schickte sie selbst gemachte Kuchen und Marmeladen zu seinen Händen in die Redaktion und informierte ihn über jeden ihrer Schritte. Max Pfister gefiel das, denn generell waren Journalisten und vor allem seine Person nicht besonders beliebt.

Bei Peppi warteten bereits Vroni Aigner von der Gemeinde

und überraschenderweise die Frau von Fritz Schernthaner auf die angekündigten Damen und Herren.

»Ich wollte eigentlich den Fritz anrufen, aber der hat einen wichtigen Termin. Daher hat er uns seine Frau, die Riki, geschickt. Ich hoffe, das ist für dich so in Ordnung?«, raunte die Peppi der Inge noch hastig zu, als diese in die Stube trat.

Gönnerhaft nickte die Chefin der Landfrauen, je mehr Leute sie in schwierigen Situationen in Aktion erlebten, desto besser. Man konnte ja nie wissen, welche Position nach dem Bürgermeistersessel auf sie wartete.

So setzte man sich, und während die Peppi auftischte, erzählte Maria von ihrem Gatten, seiner Ungerechtigkeit ihr gegenüber und was sie sonst noch wusste. Was nicht viel war, aber trotzdem alle mit weit geöffneten Ohren und staunenden Augen aufnahmen.

Kaum hatte sie ihren Bericht beendet, startete eine heftige Diskussion. Folgende Tatsachen konnten am Schluss der Wortgefechte letztendlich zusammengefasst und eingestuft werden:

Brecht hielt sich in Kaprun auf. Stufe: sehr verdächtig.

Brecht betrog die Maria. Stufe: sehr skandalös.

Er war ein potenzielles Opfer. Stufe: sehr schutzbedürftig.

Ein Mörder ging in Kaprun um. Stufe: sehr handlungsbedürftig.

Der Unger wusste mehr. Stufe: sehr, nein, äußerst auffällig.

Die Bilanz aus dieser Zusammenfassung war: Inge und ihr Team mussten eingreifen. Den Hinweis von Polizistengattin Berta Maler, dass man doch die Ermittlungen den Profis überlassen solle, ignorierte man einfach. Profis! Pah, wenn Inge das schon hörte.

Der einzige Mann in der Runde hatte sich die Debatten amüsiert angehört, witterte aber nun sehr wohl eine Story für die Zeitung. Selbst wenn er nicht ganz die Worte von dieser Plottino glaubte, dass sie allein und persönlich alle Verbrechen in Lember aufgelöst habe, war es doch einen Versuch wert, an der Sache dranzubleiben. Darum schürte er die Aufregung der Damen mit schmeichelnden Worten. Von der Polizei war nichts zu hören und zu erfahren. Hier passierte wenigstens etwas.

Nachdem klar war, dass man sich in die Ermittlungen einmischen würde, ergriff Inge wieder das Wort. »Gut, wir sind uns einig. Liebe Maria, wir werden alles tun, um deinen Anton zu beschützen. Obwohl er dies mit Sicherheit nicht zu schätzen weiß. Um diese Geliebte kümmern wir uns ebenfalls. Später. Wenn der Toni sieht, wozu du für ihn bereit bist, wird er auf den Knien zu dir zurückkriechen. Und glaub mir, wenn das alles vorbei ist, wirst froh sein, ihn wiederzusehen.«

Die Umhersitzenden nickten mit den Köpfen, hier stimmten sie ihrer Vorsitzenden zu hundert Prozent zu. Alle kannten ja den Anton mehr oder weniger lange. Das reichte jedem zu einer ziemlich genauen Einschätzung, wie sie dachten.

»Vielleicht wäre es besser, ihn nicht über unseren Einsatz zu informieren, liebe Maria. Was denkst du?«

Die so Angesprochene schniefte noch einmal, bevor sie antwortete: »Das denke ich auch, liebe Inge. Danke euch allen für euer Verständnis und eure Hilfe, meine lieben Freundinnen. Ich weiß es sehr zu schätzen. Wie wollen wir vorgehen?«

Wieder entstand eine hitzige Diskussion. Da mittlerweile jeder polizeiliche Ermittlungen aus dem Fernsehen kannte, wussten ohnehin alle besser Bescheid als die echte Polizei. Die hatten ja kaum Zeit, sich diese Sendungen anzusehen, also waren sie definitiv im Nachteil. Zuerst brauchte man Informationen. Hierfür stellte sich Peppi Wastl zur Verfügung. Sie hatte bisher geschwiegen und sich auf die Bewirtung der Gäste beschränkt. Jetzt stellte sie aber deutlich klar: »Ich komme ja aus Kaprun, deswegen denke ich, ich kann am besten alles zusammenfassen.«

Die anwesenden Damen nickten erneut voller Zustimmung.

Doch in diesem Moment war aus einer Ecke lauter Widerspruch zu hören. »Ich schätze, dass es wohl niemanden gibt, der direkter an den Geschehnissen teilgenommen hat als ich. Daher bin ich der Meinung, es ist klar, dass *ich* berichte. Immerhin hat die Öffentlichkeit durch mich alles erfahren, oder?«

Ein herausfordernder Blick von Max Pfister traf Peppi Wastl. Obwohl sich die beiden kaum kannten, konnten sie sich, nun für alle offensichtlich, nicht ausstehen.

»Du? Du willst uns doch nicht wirklich helfen, du willst doch nur eine reißerische Geschichte für deine Zeitung. Und wenn du nichts anderes findest, wirst du eben uns durch den Dreck ziehen. Stimmt's?«

Wie sie so dastand, erinnerte sie stark an einen Sumoringer im Dirndlkleid.

Jetzt stand der angesprochene Reporter ebenfalls auf und verschränkte die Arme vor der Brust. Auch ziemlich füllig wie seine Gegnerin, sah er aber im Gegensatz zu der Peppi eher lächerlich dabei aus. Kurze dünne Beine und ein wohl durch gutes Essen und Bier gewachsener Bauch, auf dem ohne sichtbaren Hals ein fast kahler Kopf mit Knopfaugen saß, reichte er der Bäuerin nur bis zum Busen. Allein dieser hätte ihn wohl schon ohne erkennbare Mühe erschlagen können.

Er grinste spöttisch und funkelte sie listig an. »Ich weiß ja, dass du gern herumschnüffelst, liebe Peppi, aber in diesem Fall kenne ich mich besser aus.«

Peppi schnaubte nur wie ein Stier vor dem Angriff, sagte jedoch nichts.

Der schmierige Journalist fuhr fort. »Meine Damen, ich habe damals in einer anderen Geschichte berichtet, die durchaus mit dieser in Zusammenhang stehen könnte. Zu dieser Zeit habe ich vor Ort wirklich ausführlich recherchiert, kenne daher alle Mitwirkenden, außer den Mörder natürlich, sowie die Geschehnisse selbst. Zusätzlich müssen wir Reporter sehr objektiv sein, das gehört zu unserem Beruf.«

Wieder schnaubte die Peppi, diesmal eindeutig verächtlich. Bevor es zu weiteren Diskussionen und damit zu einer Spaltung der Gruppe noch vor dem Beginn der eigentlichen Aktion kam, musste eingegriffen werden.

Inge wusste, wann es galt zu handeln. Sie legte vorsichtig der Freundin die Hand auf den Arm und erklärte betont fröhlich: »Komm, Peppi, wir alle wissen, dass dir keiner in puncto Informationen das Wasser reichen kann. Aber in Zeiten der Gleichberechtigung wäre es doch eine große Geste, dem einzigen Mann in der Runde zuerst das Wort zu erteilen, oder? Ich denke, du willst sicher nicht, dass der Max eine Riesengeschichte daraus macht.«

Wenn sie auch selbst nicht ganz daran geglaubt hatte, dass ihre Worte Wirkung erzielen würden, schüttelte sich die Peppi leicht, fast so als würde sie aus einer Trance erwachen. Sie blickte verwirrt in die Runde und ließ die Arme auf die Seite fallen. Dann drehte sie sich einfach um und sank erschöpft auf den nächsten Sessel.

Überrascht bezüglich dieses leichten Sieges, sog Inge die bewundernden Blicke der anderen auf. Schnell drückte sie den ebenso überrumpelten Max Pfister wieder auf die Bank, setzte sich erhobenen Hauptes neben ihn und forderte ihn mit einer Stimme auf, die nur so vor Freude bebte: »Max, erzähl uns alles, damit wir uns ein genaues Bild machen können, und dann geht es los. Die Runde der Sieger wird Kaprun retten und von diesem Monster befreien.«

Während Max Pfister sich räusperte, machte er sich geistig eine Notiz. So blöd der letzte Satz von dieser Plottino klang, er durfte sie offensichtlich nicht unterschätzen: *Runde der Sieger rettet Kaprun vor Monster.* Das wäre doch eine ganz gute Schlagzeile für die Geschichte, die in seinem Kopf langsam Formen annahm. Wenn es diesen Weibern auch mit Sicherheit nicht gelang, einen Mörder zu fangen, war allein schon das Unternehmen hier in Konkurrenz zur Polizei eine Sensation für sich.

Mit seinem üblichen schleimigen Grinsen im Gesicht beugte er sich vor und begann. »Meine Damen. Es fing vor ungefähr zwölf Jahren an. Eine wichtige Rolle spielte in der Geschichte ein eigenartiger Fund. Es handelte sich um ein Tor, von dem wir ja schon gehört haben, und noch andere Geheimnisse …«

Ein wohliges und schauriges Aufseufzen der Damen unterbrach seine Ausführungen. Geheimnisse! Gott sei Dank waren hier die Profis am Werk. Mit Geheimnissen, ja damit kannte man sich aus.

37

Brecht versuchte, noch mehr an Informationen aus Unger herauszubekommen, aber der gab vor, nichts zu wissen. Dass er, als er das erste Mal nach Kaprun kam, ausgerechnet bei Annabella Laube untergebracht worden war, war wirklich ein Zufall gewesen. Unger betonte diese Tatsache immer wieder. Ein Zufall, mehr nicht.

Brecht musste den Kopf freibekommen. Sollte die Frau, die er verehrte, ihn so zum Narren gehalten haben? Für die er fast seine Ehe aufs Spiel gesetzt und geistigen Ehebruch begangen hatte? Lag er so falsch in seinem Urteil? Er konnte es sich einfach nicht vorstellen. Warum ausgerechnet sie? Auf diese Frage hatte Unger nur den Kopf geschüttelt und lapidar erwidert, dass es eben einfach so sei.

Er beschloss, einen Spaziergang zu machen, und verabschiedete sich schnell von Unger. Dieser wollte ihm noch mehr sagen, ihn zurückhalten, aber Brecht hatte im Moment genug von seinem Kollegen und rauschte aus dem Café.

Ohne genau zu wissen, wie er dorthin gekommen war, stand er wenig später vor der Burg. Sie schien ihn magisch anzuziehen – wenn er nur im Entferntesten an Magie geglaubt hätte. Vielleicht hatte ihn sein Unterbewusstsein aber auch nur hierhergeführt, weil er an diesem eigenartigen Ort an einer Art Verbrechen teilgenommen hatte.

Wenn er an die Geschehnisse damals in Lember zurückdachte, schien ihm die Situation hier unwirklich. Dort war er mitten im Geschehen gewesen, in die Ermittlungen einbezogen, ja teilweise hatte er, wenn man ehrlich war, sogar die Fäden gezogen, damit es zu Ergebnissen kam. Hier sollte er eine Art Opfer sein. Die Nachforschungen der Polizei fanden um ihn herum, aber ohne ihn statt, und irgendwie schien jeder etwas von ihm zu wollen. Eine Situation, die ihm fremd war. Er hielt gern die Zügel in der Hand, alles sollte klar, strukturiert und durch Logik zu lösen sein. In Kaprun wirkte auf einmal alles fremd, verkehrt, wie durch einen Nebel oder einen Spiegel, und er konnte noch keinen Ausweg sehen. Das sollte sich ändern. Wer, wenn nicht er selbst, könnte ihn aus diesem Schlamassel befreien, wenn er nur einfach allein, in Ruhe und vor allem mit klaren Strukturen nachdachte und arbeitete?

Endlich wieder bei sich selbst, fühlte sich Brecht gleich wohler und betrat den Burghof. Das mit dem Alleinsein hielt aber nicht lange an, denn mittlerweile kannten die meisten in Kaprun den Bürgermeister aus Lember. Während dieser noch die kahlen Mauern, den ordentlich gefegten Burghof und die Bankreihen, die nach oben führten, betrachtete, eilte eine Gestalt auf ihn zu, die heftig winkte.

Brecht schirmte seine Hand gegen die Sonne ab und erkannte den jungen Mann. Ihm fiel sogar der Name wieder ein: Fery der Wiener. Nein, stimmte ja gar nicht. So nannte sich der Kerl nur. Wie hieß er noch richtig? Ach ja, Fery Postbüschel oder so. In ausgebeulten Cargohosen und einem ausgewaschenen gelben T-Shirt mit einer nicht identifizierbaren Aufschrift drauf trat er jetzt vor Brecht, und dieser wusste nicht so recht, wie er ihn so schnell wie möglich wieder loswerden konnte.

Das Gebot der Höflichkeit zwang ihn, dem jungen Fery die Hand zu reichen, und dieser schüttelte sie eine Nuance zu lang und zu überschwänglich für den Geschmack des Bürgermeisters.

»He, big Boss aus Lember. Was hat dich hierher verschlagen?«

Brecht konnte sich nicht erinnern, dem wesentlich jüngeren Mann das Du angeboten zu haben. Da war er eigen. »Guten Tag, Herr Postbüschel. Ich kann die Frage nur an *Sie* zurückgeben. Was machen *Sie* hier?«

Dieser unverschämte Kerl schlug ihm doch glatt auf die Schulter und lachte spitzbübisch.

»Es heißt Pospischil. Aber nenn mich ruhig Fery. Fery der Wiener. Und was ich hier mache?« Er lachte wieder, wie über einen guten Scherz. »Ich arbeite hier.«

Bevor er eine weitere Erklärung abgeben konnte, trat hinter den beiden, die sich am Fuße eines der Türme befanden, eine Gestalt aus der Tür. Sie blieb abrupt stehen, als sie die Männer sah. Schnellen Schrittes marschierte sie auf sie zu und hob die

Arme. Natürlich hatte Brecht sie sofort erkannt, aber bevor er reagieren konnte, stand sie vor ihm und fuchtelte wieder einmal wild mit den Armen herum. Zum Schluss noch dieses Hexenzeichen. Dann warf sie einen bösen Blick auf den jungen Pospischil, und weg war sie.

Diese Leute hier in Kaprun schienen wirklich die ohnehin schon anstrengenden Landfrauen aus Lember zu übertreffen. Er hatte die Kapruner Oberhexe natürlich sofort wiedererkannt. Wie hieß sie noch? Er konnte sich nicht erinnern, ihr einmal vorgestellt worden zu sein. Sie erschien, machte irgendwelche Zeichen und verschwand. Dabei sah die Frau ohne ihre spektakulären Fetzen, die sie als Hexe trug, ganz bieder aus. So an die eins fünfundsechzig groß, viel zu dünn für Brechts Geschmack und mit braunen kurzen Haaren, erinnerte ihre Erscheinung (auch wenn man versuchte, nicht zu werten) im ersten Augenblick an das übliche Graue-Maus-Klischee. Sie strahlte außerdem einen Missmut aus, der fast greifbar schien. Ein normaler Gang war ihr offenbar fremd, sie zischte irgendwie durch die Gegend. Fast so als hätte irgendjemand sie aufgezogen, und sie konnte erst wieder stehen bleiben, wenn die Batterie leer war.

Die beiden Männer sahen der Pseudohexe nach, wie sie, ohne die beiden eines weiteren bösen Blickes zu würdigen, hinter einer Tür verschwand.

Fery machte ein Zeichen mit der Hand an seinem Kopf, das wohl so viel besagen sollte wie: total verrückt. »Mensch, die Alte hat 'nen Knall. Oberhexe! Dass ich nicht lache. Nur weil eine Frau ein paar schräge Klamotten anzieht und ewig schlecht drauf ist, ist sie noch keine Hexe. Ein richtiger MOF ist das. Ein harmloses, frustriertes Weib ist die, mehr nicht. Brauchst keine Angst vor der zu haben, Bürgermeisterchen.«

Während er das sagte und Brecht sich überlegte, wie er ihn am besten in seine Schranken weisen sollte, bemerkte »Bürgermeisterchen« eine weitere Gestalt, die sie beobachtete. Auf einem der hölzernen Gänge, der zwei der Türme miteinander verband und der als Wehrgang benutzt worden war, stand im Halbdunkel jemand und sah auf den Hof herab.

Fery folgte dem Blick von Brecht und runzelte die Stirn. In diesem Moment erkannte der Lemberer, wer dort einsame Wache hielt: Werner Laube, sein Widersacher. Was tat der hier? Warum beobachtete er sie? Und das offensichtlich heimlich?

Als die beiden im Hof nach oben blickten, verschwand die Gestalt hastig im Inneren eines Turmes. Sehr merkwürdig.

Fery wandte sich wieder seinem Gegenüber zu. »Das war nur der Laube. Den kennste ja, oder? Der Werner, der kann schon mal eigenartig sein. Der schleicht immer so herum. Na ja, ist ja auch sein gutes Recht.«

Brecht war doch ein bisschen neugierig geworden. »Wieso ist das sein gutes Recht? Gehört ihm etwa die Burg?«

Fery lachte. Wie üblich zu laut. »Dem? Ne, sicher nicht.« Wieder lachte er, begann aber zu erzählen: »Die Erbauung der Burg Kaprun wird um das 12. Jahrhundert angenommen, weil der Ostturm romanische Kriterien aufweist. 1280 wird der ›Turm zu Chaprunne‹ als Schadenersatz für die Übergriffe der Velber urkundlich genannt. Chaprunne, das kommt von Chataprunnin und heißt Kaprun. Übersetzt ungefähr ›wildes‹ oder ›sumpfiges Wasser‹. Die Burg dürfte anfangs im Besitz der Grafen Falkenstein oder Peilstein gewesen sein. Nach langen Jahren verfällt die Burg zusehends. Das geht schnell. Die Natur in Form von Wurzeln, Wind, Tieren und so weiter holt sich gern zurück, was der Mensch sich einfach anmaßt zu nehmen.«

Kurz unterbrach er seinen Vortrag, auf den Brecht eigentlich keine Lust hatte, fuhr aber fort, bevor er ihm dies mitteilen konnte.

»Erst 1975, mit Bewilligung der Eigentümer, der Gildemeister, und im Hinblick auf das Denkmaljahr, begann man mit einer Sanierung: Ostturmkrone, neue Brücke, neue Bastion vor dem Haupttor, Westturmdachgeschoß, Süderker, diverse Maueröffnungen, Südmauergleiche und so weiter.« Erwartungsvoll machte er eine Pause, um zu sehen, ob sein Zuhörer noch bei der Sache war. »1984 hat endlich Kaprun den Wert der Burg erkannt, und der Burgverein hat sie erworben. Danach setzte Gott sei Dank eine intensive Restaurierung ein.«

Brecht interessierte das alles nicht besonders, er war nicht hier, um eine Geschichtserklärung zu bekommen. »Und was hat das mit dem Laube zu tun?«

»Ganz einfach: Er ist der Burgvogt. Das heißt, er ist der Vorsitzende des Vereins. Jeder der Teilnehmer in dieser Gruppe musste eine festgelegte Summe aufbringen, die in die Sanierung der Burg gesteckt wurde. Über die Höhe wird hartnäckig geschwiegen. Generell hat es aber keine Armen getroffen. Du hast ja die Hotelkästen gesehen, die wir hier haben, und die meisten Mitwirkenden sind Hoteliers.«

Brecht dachte nach. »Gehört denn das Hotel der Laubes nicht Annabella? Hat er denn eigenes Geld?«

Fery schlug sich mit der Hand auf den Schenkel. »Tja, das ist ja das Köstliche. Er hat ihr Geld dazu benutzt, um sich einzukaufen, und jetzt werden sie ihn nicht mehr los. Wobei er schon ein angesehenes Mitglied der Kapruner Gemeinde ist. Ich denke trotzdem, hinter all dem Macho-Gedöns hat der ein Problem mit dem Selbstbewusstsein. Echt, er hat immer im Schatten seiner Tusse gestanden, darum braucht der Aufmerksamkeit wie das Brot zum Leben.«

Interessant, dass der nur immer auf wichtig machen wollte. Brecht hatte gedacht, das Selbstbewusstsein dieses Sonnyboys wäre unerschütterlich. »Wieso wissen Sie eigentlich so viel von der Burg? Sie sagten, Sie arbeiten hier?«

»Richtig. Bereits seit dreizehn Jahren.«

Brecht sah ihn zweifelnd an.

Der Wiener lachte. »Ich sehe nur so jung aus. Aber ich habe schon in den Ferien immer hier gejobbt. Irgendwann habe ich beschlossen, mein Hobby, das Mittelalter, zu meinem Beruf zu machen. Nach einigen Fehlstudien habe ich Geschichte studiert und mich auf Burgen spezialisiert. Na ja, ehrlich gesagt studiere ich noch, obwohl ich den Dreißiger überschritten habe. Egal, jedenfalls habe ich hier einen Posten bekommen. Bin offiziell der Verwalter, also das Mädchen für alles. Oder vielleicht sollte man mich den Burggeist nennen? Ich verdiene zwar nicht viel, es macht aber Spaß. Ich veranstalte die Events hier, mache teilweise auch die Burgführungen. In zehn Minuten fängt eine an. Willst du mitmachen? Bist mein Gast.«

Gott bewahre, dachte Brecht und verabschiedete sich hastig von dem nicht unsympathischen, aber doch ziemlich geschwätzigen Mann. Gut, dass der in Kürze beschäftigt war, dann konnte sich Brecht endlich allein ein Bild von der Umgebung machen. Er sah sich um, aber weder von dieser grantigen Hexe noch von Laube war irgendetwas zu sehen. In der Burg herrschte Stille, bis auf diese lästigen Vögel, die man ja wohl überall traf.

Da der Burghof nichts Neues bot, versuchte er, durch einige der hölzernen Türen ins Innere der Gebäude zu gelangen. Die meisten waren verschlossen, wahrscheinlich um neugierige Touristen fernzuhalten. Einige wenige ließen sich öffnen, doch die Räume dahinter waren entweder leer oder mit Gerümpel vollgestopft. Es schien sich vorwiegend um Abstellkammern zu handeln. Brecht beschloss, sich noch ein bisschen vor der Burg umzusehen, wobei er sich über die Sinnhaftigkeit dieses Unternehmens so seine Gedanken machte. Warum tat er dies alles überhaupt? Sollte er abbrechen, weil er sich einfach nur von dem ganzen Hexen- und Aberglauben-Gerede hatte anstecken und verwirren lassen?

Plötzlich fühlte er sich eigenartig. Beobachtete ihn jemand? Schnell drehte er sich einmal im Kreis, aber es schien sich nichts verändert zu haben. Nur die als dunkle Vierecke erkennbaren Fensteröffnungen der Burg blickten regungslos auf ihn herab. Was oder wer sich dahinter verbergen mochte, konnte man nicht erkennen. Doch an diesem warmen hellen Tag würde es sicher keiner wagen, ihm etwas anzutun. Noch dazu, wenn gleich ein Haufen Touristen hier eintreffen würde, wie es der Burggeist gesagt hatte. Trotz seiner Zweifel beschloss er, sich nicht von einem dummen Gefühl aufhalten zu lassen und sich weiter umzusehen. Nun war er ja schon mal hier.

Rund um die Burg war außer viel Gras, einigen großen, fleckigen Steinen und einem kleinen Teich nichts Aufregendes zu entdecken. Irgendwelche Bauarbeiten lagen verlassen da und warteten auf ihre Fortführung. Auf der linken Seite der Burg, nach Kaprun gewandt, entdeckte er eine kleine Kapelle. Sie lag etwas unterhalb des Hauptgebäudes inmitten einer Wiese, und Brecht entschied, dort anzufangen. Er eilte hin und betrat sie ohne Zögern.

Im Inneren herrschte eine angenehme Kühle. Und außerdem eine himmlische Ruhe, nach all dem Gezwitscher und Gezirpe draußen. Er betrachtete gerade eine schöne Malerei an einer der Wände, als er lautes Geschrei hörte. Schnell öffnete er die Tür, warf einen Blick nach draußen – und schlug sie innerhalb von Sekunden wieder zu.

War das möglich?

Das Geschrei hatte sich als Plappern aus vielen Frauenmündern entpuppt, die wie eine Schar Gänse in Richtung Burg zogen. Vorsichtig öffnete Brecht die Tür erneut und lugte hinaus. Gerade begrüßte jemand die Truppe vor dem Eingang der Burg, und zwar dieser Postbüschel. Keine Geringere als ausgerechnet die Plottino schüttelte ihm die Hand.

Brecht kannte nicht alle anwesenden Damen, aber er sah diese Wastl, die gerade zu ihm hersah, so als ob sie wüsste, dass er sie beobachtete, seine Frau, diesen ekligen Reporter und einige andere. Er schloss schnell die Tür und überlegte. Was wollten die hier in Kaprun? Die Weiber sollten doch in Lember sein!

Suchten die ihn etwa? Blödsinn, warum sollten sie so etwas tun? War das die Burgführung, von der dieser Fery gesprochen hatte? Wieso nahmen die an einer Burgführung teil? Die konnten eine Burg nicht von einem Hühnerhaufen unterscheiden.

Sobald sie ihn sahen, würden sie sich mit Sicherheit wie die Krähen auf ihn stürzen. Dann interpretierte man in seine Anwesenheit hier wieder Dinge, die schon an Rufmord grenzten. Das wusste er genau. Sollte er sich schnell davonschleichen? Oder vielleicht einfach hier warten, bis das Ganze vorüber war? Würde die Führung die Kapelle mit einschließen? Er wusste es nicht.

Wieder öffnete er die Tür, und obwohl die Meute inzwischen in der Burg verschwunden war, konnte er nicht weg. Weiter hinten auf dem Weg sah Brecht eine Gestalt unter einem der

Bäume stehen und das Geschehen beobachten. An der Figur war der Mann unschwer als der Vertraute von Bürgermeister Unger zu erkennen, dieser Willi Sturm. Was wollte der hier? Und warum hielt er sich versteckt? Sollte er sich besser vor ihm hüten?

In diesem Moment drehte er den Kopf in Brechts Richtung. Intuitiv schloss der erneut die Tür, die dieses Mal leicht quietschte.

Aber halt. Sollte sich ein Brecht verstecken? Nein, hocherhobenen Hauptes sollte er vor die Tür schreiten.

Und doch ließ er wieder einige Augenblicke verstreichen. Verdammt! Da wollte er nur nach der Annabella sehen, und jetzt war sein Leben in Gefahr, weil er am falschen Tag Geburtstag hatte, dieser Weiberhaufen in der Nähe, der seinen guten Ruf beschmutzen würde, und er selbst in einer Kapelle gefangen.

Nachdem seiner Meinung nach genügend Zeit vergangen war, lugte er wieder hinaus, und als er endlich keinen Menschen mehr sah, wagte er einige Schritte ins Freie. Weiter entfernt sah er ein paar der Frauen über die Burgbrücke eilen. Doch plötzlich vernahm er aus einer anderen Richtung Stimmen. Sie kamen von unterhalb der kleinen Kapelle, in der er sich gerade befand, und er konnte ausgerechnet die seiner Frau heraushören.

Was sollte er tun? Flugs hüpfte er wieder in den kühlen Raum, aber das Glück schien ihn verlassen zu haben, denn die Stimmen kamen nun genau auf ihn zu. Das konnte er gar nicht gebrauchen, wie sollte er seine Anwesenheit in der Kapelle erklären? Wer konnte außerdem wissen, in wessen Gesellschaft sich seine Frau befand? Womöglich war diese Plottino bei ihr, die die garantiert stattfindende Auseinandersetzung zwischen ihm und Maria für den kommenden Wahlkampf auskosten würde. Nicht auszudenken! Am Ende würde auch noch sein Bürgermeisterposten in Gefahr sein, und die Plottino würde aufrücken – das konnte nun wirklich niemand wollen.

Fest hielt er die Tür zu, damit die Weiber nicht eintreten konnten. Die rüttelten und schüttelten heftig am Griff außen, aber die Tür hielt stand.

»Es ist wohl abgeschlossen.«

Die Stimme erkannte er als die von Berta Maler.

»Tja, ich denke, in einer Kirche werden wir keinen Hinweis finden. Das mit den geheimnisvollen Funden hat sich außerdem auch oben auf der Burg abgespielt.«

Sie wollte wohl schon aufgeben, aber Berta versuchte anscheinend bei einem der Fenster hereinzuschauen, denn jetzt sagte Maria: »Lass es gut sein! Die sind zu hoch oben. Die erreichst du nicht. Was? Räuberleiter?«

Brecht presste sich an die Tür. Sein Herz schlug wild in seiner Brust. Wenn die Weiber durch die Fenster sahen, würden sie ihn entdecken – und dann war Gefahr in Verzug!

Er hörte Berta sagen: »Nein, du hast recht, ich würde sowieso nichts sehen, das Glas ist zu trübe.«

Brecht atmete aus vor Erleichterung. Aber die Freude war nur von kurzer Dauer, denn Berta ließ nicht locker.

»Vielleicht sollten wir den Burgführer fragen, ob er einen Schlüssel hat.«

Sie rüttelte wieder an der Tür. So penetrant hatte er sie gar nicht eingeschätzt, aber damit passte sie ja super in diese Inge-Plottino-Gänseschar.

Seine Frau rettete ihn – ausgerechnet. »Ach, komm. Lassen wir es. Wir können ja später noch einmal wiederkommen. Außerdem will Inge gleich nach der Führung im Ort nach Anton suchen.«

Brecht spitzte die Ohren. Nach *ihm* suchen? Kam ja gar nicht in Frage, dass man ihn auch noch außerhalb seiner eigenen Gemeinde belästigte. Was wollten denn die schon wieder? Womöglich in einer Gruppentherapie seine Eheprobleme aufarbeiten? Weibermob! Wenigstens würde er sich in Ruhe entfernen können, wenn sie endlich weg waren.

Vorsichtig spähte er aus der Tür und sah gerade noch, wie die Truppe in Richtung Ort abzog. Schon wollte er aufatmen, als er bemerkte, dass er durch seine Konzentration auf die doofen Damen einen großen Fehler gemacht hatte. Denn unbemerkt tauchte in diesem Moment eine Gestalt aus der anderen Richtung auf und kam auf die Tür der Kapelle zu.

Brecht erstarrte vor Schreck. Ausgerechnet dieser grässliche Reporter Pfister sollte ihn hier nicht finden. Außerdem hatte der sicher gesehen, dass die Damen vergeblich versucht hatten, die Kapelle zu betreten. Hier ging es ja zu wie in einem Taubenschlag. Verdammt! Er würde sich später für den Fluch in diesen heiligen Mauern entschuldigen, nun galt es zu handeln – sprich sich zu verstecken.

Aber wo? Die paar Bankreihen schienen kaum Schutz zu bieten, auch wenn er sich noch so schlank machte. Er rannte in Richtung Altar und sah sich in dem winzigen Raum um. Ein wirklich verflucht kleiner Spalt zwischen besagtem Altar und Wand, auf den sein Blick gerade fiel, schien wenig vielversprechend. In diesem Moment hatte Pfister die Tür erreicht und drückte die Klinke hinunter. In Gedanken entschuldigte sich Brecht bei seiner schönen hellen Hose und Jacke über dem blütenweißen Hemd, zog seinen ohnehin kaum vorhandenen Bauch ein und zwängte sich in den Spalt, obwohl das Holz bedenklich ächzte.

Entweder es gab wirklich noch Wunder, oder der heilige Anton stand ihm ausnahmsweise bei, denn er schaffte es gerade, vollends zu verschwinden, bevor Pfister die Kapelle betrat. Während er den Reporter hin und her laufen hörte, stieg ihm ein leicht muffiger Geruch nach Moder, Kalk und Weihrauch in die Nase. Natürlich nieste man nur im Fernsehen oder in schlechten Krimis an dieser Stelle, aber es war schon ganz schön knapp, dass er es zurückhalten konnte.

Wie lange wollte der Mann dort draußen noch bleiben? Langsam ging Brecht die Luft aus. Was suchte der denn hier? Dieser Schnüffler ging ihm gehörig auf den Geist.

Schritte näherten sich, und Panik erfasste Brecht, denn wie um Gottes willen wollte er erklären, was er als angesehenes Mitglied der Gesellschaft, Chef des Sportvereins und Bürgermeister in Lember eingeklemmt wie die Wurst in einem Sandwich hinter dem Altar einer Kapruner Kapelle tat?

Meditieren? Er versprach allen Heiligen, die eventuell anwesend waren, eine lange Wallfahrt zu unternehmen und der

Kirche einen gewaltigen Geldbetrag zu spenden, wenn er aus dieser Lage heil herauskam. Doch keine göttliche Gnade lenkte die Schritte um, unaufhaltsam hörte er sie näher kommen. Sollte er noch einige Kerzen auf sein Versprechen drauflegen? Nein, kein Stopp der Schritte – offensichtlich zu wenig. Vielleicht einige Kirchenbesuche, die er bisher aus terminlichen Gründen immer vernachlässigt hatte? Jawohl, das war es.

Die Schritte verstummten. Man hörte jemanden vor der Kapelle nach Pfister rufen, aber weil Brecht bereits die Luft bei den Ohren herauskam ob der Enge hier, konnte er nicht sagen, wer ihn gerettet hatte. Egal, die Schritte entfernten sich, und die Tür fiel nur Sekunden später mit einem lauten Knall ins Schloss.

Während Brecht abwartete und sich immer noch keinen Zentimeter bewegte, ließ er in Ermangelung an Geduld nur die Augen schweifen. Und blieb mit seinem Blick drei Zentimeter links von seinem Kopf an einem dünnen Spalt hängen. Vorn war der Altar wunderschön und üppig verziert, während die hintere Wand aus einfachen aneinandergereihten Brettern bestand. Diese waren fest zusammengefügt, und der kleine, zwanzig Zentimeter lange Spalt zwischen zweien dieser Bretter wäre von außen niemals aufgefallen. Einige Zeit schaute Brecht nur, bevor er es wagte, die paar Schritte in Richtung Freiheit zu rücken. Gar nicht so einfach, aber es hieß doch immer, wenn man irgendwo hineinkam, kam man auch wieder heraus.

Jetzt war der Spalt direkt vor ihm, und er konnte dahinter etwas wahrnehmen. Waren es Buchstaben, die er erkennen konnte? Papier? Vielleicht war die Rückseite des Altars mit Zeitungen ausgestopft worden? Da er keine Ahnung hatte, wann diese Kapelle erbaut worden war, wusste er nicht, ob es damals bereits Zeitungen gegeben hatte.

Nach schier endlosen Minuten wagte er wieder einige Zentimeter in Richtung Freiheit. Sein Hosenbein war an einem Nagel hängen geblieben, der Stoff zerrissen. Das würde er bei seiner Spende an die Kirche abziehen, das musste beim besten Willen wohl auch allen Heiligen klar sein.

Endlich war er draußen. Er atmete tief durch, zog seine staubige Jacke aus, schüttelte sie heftig und machte einige Kniebeugen. Vorsichtig linste er aus der Tür, konnte aber nirgendwo jemanden sehen. Absolut niemanden. Erschöpft, aber dankbar setzte er sich in eine der kleinen Bankreihen und überlegte, was nun wohl am besten zu tun wäre.

Sein Blick fiel auf den Altar, und seine natürliche Neugier trieb ihn nochmals dorthin. Er erreichte gerade noch mit den Fingerspitzen den fast nicht mehr sichtbaren Spalt, konnte aber mit der Hand nichts ausrichten. War es die Mühe wert, hier näher zu forschen?

Nachdem er beschlossen hatte, noch eine Weile zu warten, bis die Luft wirklich rein war, fiel ihm kein besserer Zeitvertreib ein, und er sah sich nach einem Werkzeug um. Vasen mit Blumen drin auf den beiden Seitenaltären, Kerzen, Weihwasser, ein leerer Kübel – all das stand herum, diente aber nicht unbedingt seinem Zweck. Brechts Blick fiel auf einen Nagel, der an der Wand hing. Daran befestigt war ein Bilderrahmen, in dem geschrieben stand, dass der alte Alois Reit wie durch ein Wunder wieder laufen konnte und ihm dieser Nagel entfernt worden war und man der heiligen Cäcilia für die wunderbare Heilung dankte und so weiter und so fort. Irgendwas von einem Wunder eben. Nachdenklich betrachtete der Bürgermeister das Ding, dann sprang er auf, bevor er es sich anders überlegen konnte, und zog den Nagel aus der Wand.

Mit dem rostigen, ziemlich verbogenen Eisenstift konnte er nach einigen Mühen in die Spalte fahren, kurz drauf lockerte sich eines der Bretter. Inklusive viel Staub und Kalk fiel ein kleines Paket zu Boden. Sah alt aus. Er holte es hervor, befestigte das Holz wieder notdürftig an seinem Platz und drückte den Nagel wieder zurück in die Wand. Ordnung musste schon sein. Speziell bei Wundern.

Brecht sah nochmals aus der Tür. Weil niemand zu sehen war, setzte er sich wieder hin und machte sich neugierig über seinen Fund her. Ein bisschen enttäuscht war er doch, als er sich nur als ein Packen altes, eng beschriebenes Papier herausstellte.

Es erinnerte ihn an …? An was? Es durchfuhr ihn heiß. Es ähnelte dem Papier, das unter seiner Tür durchgeschoben worden war, und dem Stück Papier von Annabella Laube. Aber dann hatte sie gelogen, oder? Dann war es gar kein Auszug aus einem Theaterstück von ihr gewesen! Vor ihm war sicher noch niemand an diesem Paket gewesen, und das seit langer Zeit. Außerdem: Bewahrte sie ihre Werke an diesem Ort auf? In einem solch schwer erreichbaren Versteck? Das konnte er sich beim besten Willen nicht vorstellen. Wieso auch?

Er strich eines der vergilbten Blätter halbwegs glatt und begann mühevoll die steile Schrift zu lesen:

Nur die wahren Meister werden diese beherrschen, und es ist zu vermeiden, das Geschriebene in falsche Hände gelangen zu lassen.
Man nehme:

Ein Rezept, dachte Brecht enttäuscht, las aber weiter.

Einen hölzernen Eimer voll klarem Wasser aus dem Brunnen, einen Stab, der von einer Buche stammt, und einen wahren Meister. Während er rührt, bis alles Wasser verbraucht ist, kann er bestimmen, ob er Regen, Donnerwetter oder Hagel wünscht. Dazu muss er Folgendes sprechen und die Augen schließen.

Er übersprang den nächsten Blödsinn und las an einer Stelle weiter unten weiter.

Doch nur ein wahrer Meister und eventuell eine Hexe schaffen das schier Unmögliche. Teufelszeug vernichten, das auf Gewitterwolken daherreitet, und vom Bösen selbst geworfene Blitze, um zu zerstören, zu töten und die Menschen zu vernichten im Körperlichen und im Seelischen, bis diese sich selbst dem Teufel verschreiben, kann nur, wer reinen Herzens ist und Folgendes befolgt.

Schade, dachte Brecht, ihm wäre die Karte zu einem Schatz lieber gewesen oder wenigstens ein altes, lange vergessenes Rezept zum Bierbrauen. Damit hätte er etwas anfangen können. Ein bisschen die Wirtschaft in Lember ankurbeln, das wäre schon nach seinem Geschmack. Aber mit dem hier? Na ja, für irgendjemanden mochte es eventuell noch wertvoll sein. Vielleicht für den Bürgermeister Unger, der könnte es in der Burg ausstellen und den Touristen für viel Geld zum Ansehen verkaufen. Selbst wenn es Blödsinn war. Von wegen, Donnerwetter, Blitze, Teufel!

Er stopfte die Seiten wieder in das Papier, mit dem es umschlagen gewesen war, und das Paket in die Innentasche seiner Sommerjacke, die bei den Damen immer recht gut angekommen war, jetzt aber ziemlich ramponiert aussah. Mit dieser über dem Arm schaute er, ob die Luft rein war, bedankte sich noch bei den zuständigen Heiligen für seine Rettung, machte für den Geldbetrag eine Ratenzahlung aus (so viel verdienten Bürgermeister ja auch nicht) und wagte sich nach einigen weiteren Augenblicken aus der Tür. Kurz überlegte er, wohin er gehen sollte, bis er beschloss, es wagen zu können – die Führung auf der Burg müsste mittlerweile ja vorüber sein. Trotzdem beeilte sich der Bürgermeister, um in die Burg zu kommen.

Dort suchte er fieberhaft nach diesem Wiener und fand ihn in einem kleinen Raum, den nur Optimisten als Büro bezeichnet hätten. Erstaunt sah Fery auf, als Brecht ohne zu klopfen hereinplatzte. Dann jedoch strahlte er ihn an. »Wenn du die Damen suchst, die sind schon seit einiger Zeit weg. Ich kann sie aber anrufen, von der kleinen dicken Bürgermeisterin habe ich die Nummer.«

Brecht stutzte kurz. »Welcher Bürgermeisterin?«

»Na, der von diesem Kaff. Lembach oder so.«

Brecht konnte es nicht fassen. »Und wer bin ich?«

Fery kratzte sich verwirrt am Kopf. »Richtig, du bist ja ebenfalls Bürgermeister dort. Ist sie deine Frau?«

Es reichte! Zuerst musste er sich verstecken wie ein schuldbewusstes Kind, und nun dichtete man ihm dieses Geschöpf der Hölle auch noch als Frau an. Er reckte sich zu seiner ganzen

Größe, legte alles Gewicht in seine Stimme und stellte klar: »Ich – und nur ich – bin der Bürgermeister. Dieses Unding, das sich Vize nennt, hat mit einem Bürgermeister nichts, absolut gar nichts zu tun. Ich bin versucht, sie wegen Hochstapelei anzuzeigen.«

Fery machte große Augen und hob die Hände. »Hohoho! Das hat sie behauptet und nicht ich. Reg dich ab! Was willst du eigentlich? Hast du etwas vergessen? Übrigens, deine Hose ist kaputt.«

Brecht ignorierte die blöde Bemerkung und fragte rundheraus: »Was wollte dieses Weib hier? Eine normale Führung?«

»Eine Führung? Na ja, wie man es nimmt. Sie wollte schon eine Führung, aber nur zu den Plätzen, die mit diesen geheimnisvollen historischen Funden vor vielen Jahren zu tun haben.«

Brecht seufzte innerlich. Damals in Lember war alles so einfach gewesen. Es hatte Tote gegeben, die waren vernünftig an Gift gestorben, er hatte ermittelt und fertig. Aber hier? Verrücktes Wetter, unheimliche Geräusche und all diese Ahnungen, nein, das war ihm schon fast zu kompliziert. Dennoch konnte er nicht aufgeben. Erstens ging es um seine Person, und zweitens wollte er die Plottino nicht noch etwaigen Schaden anrichten lassen.

Brecht sagte tapfer: »Gut, ich buche diese Führung ebenfalls. Die Führung, die die Weiber hatten. Verstanden? Hallo? Hat es Ihnen die Sprache verschlagen?«

Der Burgangestellte sah ihn leicht verdutzt an. Er schien zu überlegen. »Ich weiß nicht. In einer halben Stunde habe ich wieder eine Gruppe, mit Japanern. Die zahlen gut, und außerdem –«

Des Bürgermeisters Ungeduld stieg. »Bis dahin sind wir längst fertig. Ich will nur das Wesentliche wissen. Aber gut, wenn Sie mein Geld nicht wollen, gehe ich eben.«

Er tat so, als wollte er gehen, und wirklich sprang Pospischil auf und erklärte sich bereit, Brecht alles zu zeigen und zu sagen, was die Damen von ihm hatten wissen wollen. Dann führte ihn der Wiener in den Burghof und fing an zu erklären.

»Hier hat alles begonnen. Als die Burg renoviert worden

ist, hat der Burgverein natürlich auf das Geld schauen müssen. Daher hat man eine Aufgabe, die meiner Meinung nach wohl wichtigste überhaupt, erst einmal auf die Seite geschoben.«

Er machte eine dramaturgische Pause, die Brecht jedoch mit einem Seufzen kommentierte.

»Gut. Zu jeder wichtigen Burg gehört ein Brunnen. Ohne Brunnen hätte hier niemand überleben können. Denk doch nur an eine Belagerung. Ein guter Brunnen ist das Herz der Burg. Richtig?«

Brecht sagte gar nichts, bis er merkte, dass sein Gegenüber eine Antwort erwartete. »Richtig«, brummte er übel gelaunt.

»Siehst du hier einen Brunnen?«

Brecht sah sich um und konnte keinen entdecken.

»Du kannst keinen sehen, weil es keinen gibt. Der ist zugeschüttet worden oder ausgetrocknet oder was auch immer. Aber irgendwo muss noch der Hauch einer Quelle sein, da sind sich alle einig. Jedenfalls, vor gut dreizehn Jahren haben der Tourismusverband und der Burgverein beschlossen, diesen Brunnen zu suchen. Sozusagen eine weitere Attraktion für den Tourismus. Außerdem gibt es in jeder, wirklich jeder Burg, einen Notausgang. Einen Fluchttunnel, der ins Freie führt. Die ganze Aktion hat sich aber unnötig lange hingezogen. Weißt du, warum?«

Brecht wusste es nicht und wollte es gar nicht wissen, aber er kannte mittlerweile die Spielregeln und fragte pflichtschuldig: »Nein, warum?«

»Weil diese Truppe von unserem Verein, die Kaprun für die Jugend haben wollen, keine weitere Touristenattraktion haben wollten. Keinen Brunnen und schon gar keinen sagenumwobenen Geheimgang. Es ist zu ganz wüsten Kämpfen gekommen zwischen den Mitgliedern des Burgvereins und denen des anderen Vereins. Kaum hat man angefangen zu graben, war in der Früh das Loch wieder zu, und so weiter. Als dann die Sache mit der Toten und dem Entführten passiert ist, hat der Bürgermeister ein Machtwort gesprochen und die Querelen erst einmal beendet. Vor zwei Jahren haben die aber dann wieder angefangen. Der

Werner war da ziemlich dahinter. Als er das Geld aufgetrieben hatte, ging es los. Der Bürgermeister hat getobt, denn er wollte nicht das Gleiche wie das erste Mal.«

Brecht konnte sich den Unger schon vorstellen, wenn der nicht bekam, was er sich in den Kopf gesetzt hatte.

Fery fuhr fort. »Tja, als sie mit dem Brunnen wieder nicht weiterkamen, haben die Verantwortlichen beschlossen, wenigstens den Schutt im Inneren der Burgmauer wegzuräumen. Zwischen den zwei Türmen, hinter der Bühne, haben sich Steine, Bauschutt, Holzreste und Müll, die man bei der Renovierung der Türme einfach dort aufgetürmt hatte, angesammelt. Das wollte man beseitigen. Mit der Beseitigung des Schuttes wurden lose Erde und Steine, die sich schon seit langer Zeit dort befunden haben, mit weggeräumt. Und dabei ist so einiges an den Tag gekommen. Rate mal!«

Brecht musterte seinen Gesprächspartner fragend, als dieser ihn mit hochgezogenen Augenbrauen ansah und nicht weitersprach. Er konnte sich denken, was der Kerl wollte, und hob ebenfalls die Augenbraue, aber eher drohend.

Pospischil zuckte mit den Schultern und fuhr fort: »Also zuerst einmal hat man Hinweise auf ein zugemauertes Tor gefunden. Sofort wurde in diesem Teil tiefer gegraben und schließlich das komplette Tor freigelegt. Ein wirklich historischer Fund, mit dem man nicht gerechnet hat. Das war schon eine Sensation, denn es konnte sich von der Lage und von der Beschaffenheit her nur um einen Haupteingang handeln. Dies war das Haupttor, durch das man im Mittelalter in die Burg gekommen ist. Man hatte sich schon so viele Gedanken über den jetzigen Eingang gemacht und warum er so untypisch für das Mittelalter und im Gegensatz zu anderen Burgen war, aber keiner hatte eine Antwort darauf geben können.«

Kurz ließ er die wohl sensationelle Information sacken, aber als Brecht nicht wie gewünscht reagierte, erzählte er weiter. »Aber warum hatte man es zugemauert? Ein Burgtor, einen Haupteingang? Untersuchungen aus Proben ergaben, dass es sicher schon im 16. Jahrhundert passiert sein musste. Von außen sah man nichts, nur von innen. Wieder ein Rätsel mehr, welches es zu lösen galt. Und nicht nur, dass man es zugemauert hatte, es wurde noch mit Erde der ganze Burghof aufgeschüttet, sodass jedes Zeichen dieses Eingangs vollkommen getilgt wurde. Drei Meter hohes Erdreich und Steine waren hier zusammengetragen worden. Die hatten damals doch nicht die Mittel wie heute, also Bagger, Kräne, Lastwagen. Die mussten alles mit der Hand machen. Die müssen Monate daran gearbeitet haben, wenn nicht länger.«

Fery sah Brecht an. »Aber warum? Warum sollte man so etwas Langwieriges, Schwieriges und Unsinniges tun, wie einen Haupteingang zuzumauern und den ganzen Innenhof aufzuschütten, um stattdessen einen neuen, definitiv weniger attraktiven Eingang zu schaffen? Bis heute hat niemand eine Erklärung dafür gefunden, die Experten sind ebenfalls ratlos. Wahnsinn, nicht wahr?«

Wieder sah er sein Gegenüber an, der aber nicht wusste, was an einer zugemauerten Tür so spektakulär sein sollte. Daher forderte er Fery mit einem Nicken auf fortzufahren.

»Damals konnten wir uns vor Neugierigen kaum retten. Man spann die ärgsten Geschichten um die ganze Sache. Vielleicht war eine neue Mauer dazugemauert worden? Das würde erklären, warum man von außen keine Mauerarbeiten erkennen konnte. Aber warum sollte man sich die Mühe machen? Stell dir vor, den ganzen Turm von außen nochmals aufzumauern.«

Wieder eine dramatische Pause.

»Es gab viele Theorien, aber keine war schlüssig. Der Rest wurde von den Zeitungen aufgebauscht. Vor allem ein Reporter berichtete wie besessen. Alles Spekulationen, aber die Leute lieben es offensichtlich, angelogen zu werden, denn jeder las die Artikel.« Er hielt wieder inne, aber dieses Mal, um nachzudenken. »Interessanterweise war dieser Reporter heute mit dabei bei deinen Damen. Max Pfister, ich kenne ihn ganz gut. Er ist ein Freund vom Schera. Also, das heißt, er *war* ein Freund von ihm.«

Brecht nickte nachdenklich. Es war zu erwarten gewesen, dass ausgerechnet dieser Schreiberling, der ihm so unsympathisch war, eine Rolle in der Geschichte spielte.

»Alle warteten auf ein Expertenteam, das eine Erklärung finden sollte. Ganz Kaprun war begeistert, außer diesem Verein für Heimat und Jugend und dem Bürgermeister. Der mochte diesen Hype um die Burg gar nicht, obwohl es Kaprun sicher nicht geschadet hat. Dachte wohl, die Gemeinde müsste einige Scheinchen für die Grabungsarbeiten lockermachen. Aber keiner hörte auf diese Stimmen, zu groß war die Versuchung, hinter das Geheimnis zu kommen. Die Experten rätselten, befragten die alten Schriften und Bücher, aber nichts gab Auskunft darüber, was sich für ein Geheimnis dahinter verbergen könnte. Von eingemauerten Toten war die Rede, von einem gewaltigen Schatz zwischen den Mauern, von allem Möglichen. Wieder beratschlagten die Verantwortlichen, was sie tun sollten. Irgendwie kam immer wieder der verschollene Brunnen ins Spiel. Hier gab es ziemlich genaue Aufzeichnungen, wo er sich befunden haben musste, aber er war einfach weg. Verschwunden. Hatte es etwas mit diesem zugemauerten Tor zu tun? Wirklich mysteriös.«

Fery machte eine Pause, aber Brecht bedeutete ihm fortzufahren. Er befürchtete, jeden Moment von einer Horde Japaner überrannt zu werden, ohne den eigentlichen Clou der Geschichte gehört zu haben.

»Jemand hatte einmal gelesen, die großen Steine vor dem Turm, die Hexenfelsen, seien als Opferstätten verwendet worden und dass es unterirdische Tunnel aus der Burg heraus geben sollte, die bei den Steinen endeten. Manche behaupteten, es müsse einen Friedhof geben, aber auch hier fand man nichts.«

Er hielt inne und sah auf die Uhr. In der Ferne war ein Kauderwelsch an Stimmen zu hören. Brecht schüttelte ungeduldig den Kopf. Da mussten die Damen und Herren aus dem Land der aufgehenden Sonne warten, er wollte den Rest hören.

Fery redete endlich etwas schneller. »Man wollte die Mauer untersuchen und das alte Burgtor wiederherstellen, doch vorher beschloss man, doch noch einmal nach dem Brunnen zu forschen. Aber es ist etwas dazwischengekommen, und die ganze

Sache wurde abgeblasen, denn man hat wieder etwas Aufsehenerregendes gefunden.«

Genau in diesem Moment strömte eine Gruppe von etwa fünfzig Japanern durch das Tor und unterbrach die beiden Männer.

Brecht packte Pospischils Arm und hielt ihn fest. »Was?«, presste er hervor, »was haben die gefunden?«

38

Inge Plottino und ihre »Gang« durchstreiften ganz Kaprun in Zweiergruppen. Nach allem, was sie gehört hatten, galt es vorrangig und dringend, Brecht zu retten. Er befand sich in allerhöchster Gefahr! Wozu dieser verrückte Killer fähig war, davon hatte man ja schon in Lember bei der versuchten Entführung einen Vorgeschmack bekommen. Und dass er nicht zögerte, noch Schlimmeres zu tun, das hätte der alte Mäscht bestätigen können, würde er noch leben.

Aber egal, wo sie auch suchten, es ließ sich keine Spur von Bürgermeister Brecht finden. Langsam machten sich alle Sorgen, sogar die Vizebürgermeisterin. Ob sie vielleicht andeuten sollte, dass sie jetzt das Oberkommando besaß, wenn Brecht nicht aufzutreiben war? Als Bürgermeisterin sozusagen? Aber das schien ihr doch etwas gewagt, ihre Zeit würde kommen. Sollte man Brecht nicht finden oder käme es zum Äußersten, würde er nur verherrlicht werden. So wollte sie den Posten nicht ergattern. Es galt also, Plan B zu aktivieren – der beinhaltete jedoch nicht den Einsatz der Polizei. Das war erst Plan Z.

Auch Annabella Laube konnte sich nicht auf die Arbeit konzentrieren. Nach einem Anruf von Bürgermeister Unger, der sie über sein Gespräch mit dem Amtskollegen aus Lember aufgeklärt hatte, war sie nervös. Sie wollte unbedingt so schnell wie möglich mit Brecht persönlich sprechen, aber dieser war immer noch nicht von seiner Unterredung mit Unger zurück. Das war bereits eine Ewigkeit her. Normalerweise hätte sie erwartet, dass er unmittelbar nach dem Gespräch zu ihr stürmen würde, um sie zur Rede zu stellen. Das wäre ihr eigentlich am liebsten gewesen. Probleme oder Unklarheiten aller Art sollte man am besten sofort klären.

Hätte sie anders handeln sollen? Brecht etwa einweihen? Nein, er hätte ihr sowieso nicht geglaubt, dazu war er viel zu sehr Realist. Und was hätte sie ihm denn berichten sollen?

Es war nicht ihre Art, sich zu entschuldigen, aber zwischen ihnen war einiges schiefgelaufen, und dieses Gespräch war sehr wichtig. Interessanterweise sah sie vor der Straße immer wieder Damen und Herren in Kleingruppen herumschlendern. Die taten das zu betont unauffällig, um echt zu wirken. Also hatte auch der Gegner schon seine Truppen mobilisiert. Das war eine sehr besorgniserregende, aber noch nicht akut alarmierende Tatsache. Wer immer dieser Gegner sein mochte, denn genau das wussten sie und Unger nicht.

Diese Unklarheit blieb das eigentliche Problem. Eine Situation, in der sie sich bei all ihren Vorhaben noch nie befunden hatten. Das herauszufinden blieb absolute Priorität. Noch konnte alles vertuscht werden. Jedenfalls, wenn es ihnen gelingen sollte, Brecht so schnell wie möglich aus dem Weg zu schaffen.

39

Inges Plan B beinhaltete eine Erweiterung der Suchmannschaft durch Ortskundige. Sie hatte mit der Kerntruppe bei einem dringend nötigen Kaffee und warmem Apfelstrudel auf dem Wastlhof eine Notfallsitzung einberufen. In der war man zu dem Entschluss gekommen, den Tannacherbauern anzurufen und ihn um Rat zu bitten.

Mürrisch setzte er sich kurz darauf an den Tisch und verweigerte sowohl Kaffee als auch Kuchen. Inge begrüßte ihn dennoch wie einen verlorenen Sohn und strahlte ihn an.

Als der Bauer Max Pfister bemerkte, sprang er auf. »Weg mit dem! Der hat nichts Gutes im Sinn, der Schreiberling.« Mit hochrotem Kopf ballte er die Fäuste und drehte sich zu den Damen am Tisch um, denen teilweise der Bissen im Hals stecken blieb.

»Wenn ihr meine Hilfe wollt, weg mit ihm!«

Bevor den Anwesenden klar war, was sich hier abspielte, stand Max Pfister auf und winkte gönnerhaft mit der Hand. »Lasst nur, liebe Kolleginnen. Ich muss sowieso noch etwas erledigen. Eure Gesellschaft war mir bis zu diesem Punkt eine große Freude. Wenn ihr mich braucht, weißt du ja, wo und wie ich zu erreichen bin, Inge.« Er tat so, als würde er seinen Hut ziehen, küsste Inge links und rechts auf die Wange und verschwand.

Mittlerweile hatte sich der Tannacherbauer wieder etwas beruhigt, und die Damen wagten zu schlucken. Der Mann schaute so grimmig und missmutig drein.

Inge wollte natürlich wissen, was hier los war. »Ach geh, Fritz, jetzt schau nicht immer so, als wäre deine beste Sau gestorben! Was hast du denn mit dem Max? Der ist doch ganz okay. Außerdem hätte er uns in der derzeitigen Situation sicher helfen können.«

Der Tannacherbauer rührte sich keinen Millimeter, bekam aber ein hochrotes Gesicht. Alle schauten gespannt auf seinen

Kopf, denn er erinnerte an einen Kochtopf, aus dem sich der Dampf irgendwie seinen Weg suchen musste. Da boten sich die nicht gerade kleinen Ohren des Bauern an, die ziemlich stark abstanden.

»Der Arsch von Reporter, wär mir lieber, wenn er stirbt als meine beste Sau. Der ist so falsch! Hat meinen Hof in einem Artikel verrissen. Nur weil ich nicht ein nettes Sümmchen an den Trottel bezahlt habe. Dann hat er mich angezeigt, wegen einer kleinen Watschn. Unseren Verein mag er auch nicht.«

Alle schwiegen betroffen, nur der Inge schien das egal zu sein, sie lächelte und begann ohne Umschweife von ihrer Sorge um Brecht und die Erkenntnisse von der Burg zu erzählen.

Als sie fertig war, sah der Bauer sie lauernd an. »Und was hat das mit mir zu tun? Von mir aus kann der Lemberer abkratzen.«

Maria Brecht fuhr sich entsetzt an die Kehle, und selbst Inges Lächeln gefror ihr im Gesicht, bevor sie trotzdem freundlich fortfuhr: »Tja, ich dachte, es wäre in deinem Sinn, wenn es nicht noch mehr Aufregung um Kaprun geben würde. Stell dir nur vor, dem Brecht passiert etwas. Einem amtierenden Bürgermeister. Unter diesen mysteriösen Umständen. Heerscharen von Touristen aus nah und fern würden kommen. Polizisten, das Bundesheer, die gesamte Regierung, ja jede Regierung auf der Welt, was weiß ich, wer noch! Wenn die euer geliebtes Kaprun sehen, diese Perle des Pinzgaus, ich denke, die werden alle nicht mehr wegwollen.«

Das saß.

Nachdenklich kniff der Bauer die Augen zusammen. »Hast recht. Das will keiner. Wir werden ihn schon finden. Ich rufe noch ein paar Leute an, wir teilen uns am besten auf.« Nach einem kurzen Blick auf die Damen schob er jedoch hitzig hinterher: »Und ab jetzt wird gesucht und nicht nur spazieren gegangen und miteinander geplaudert! In ganz Kaprun kann man euch hören. Vor lauter Ratschen würdet ihr Weiber ja über den Bürgermeister drüberfallen, bevor ihr den entdeckt!«

Einzig Martha Brant schien die Situation noch nicht verstanden zu haben, denn sie schlug dem Bauern doch glatt vor, einen

Suchzauber auszusprechen. Gefährlich langsam wandte er sich ihr zu. »Bist du eine Hexe?«

»Ja.«

»Dann müssen wir dich verbrennen.«

Kurze unheilschwangere Stille trat ein, denn er schien seine Worte sehr ernst gemeint zu haben, er setzte nämlich noch nach: »So hat man das hier früher immer gemacht. Teufelszeug hat bei uns nichts zu suchen.«

Während Martha noch in ihrem Hirn nach den richtigen Worten für einen Todesfluch suchte und ausnahmsweise kurz ohne Worte blieb, hatte Inge sie schon vor die Tür verfrachtet und Peppi mit einem Blick bedeutet, den Bauern zu beruhigen. Was sie deswegen nicht mehr sah, war, dass sich so ziemlich das erste Mal ein leises Lächeln auf dem Gesicht des Mannes ausbreitete.

40

Zwei Gestalten standen in einem der unechten Touristen-Bauernhäuser neben der Kirche und unterhielten sich flüsternd.

»Du weißt, dass wir handeln müssen!«

»Was sollen wir machen?«

Die eine Stimme klang aufgebracht und herrisch, die andere schien bemüht, die Ruhe zu bewahren.

»Keine Ahnung, aber wir dürfen die Kontrolle nicht verlieren. Es geht um so viel mehr als nur ein oder zwei Menschenleben. Hast du eine Idee?«

»Nein, habe ich nicht. Es kann doch nicht sein, dass es uns nicht gelingt, wieder Ordnung herzustellen – um jeden Preis.«

»Das weiß ich doch. Wir haben ja schon einen kleinen Vorgeschmack bekommen, wenn auch nur einen kleinen.«

Beide schwiegen kurz. Dann meldete sich die herrische Stimme wieder. Die Person, zu der die Stimme gehörte, zog offensichtlich ein Handy aus der Hosentasche und warf einen Blick darauf, denn sie erklärte: »Er antwortet nicht auf meine Anrufe. Ich verstehe das nicht. Ich dachte, ich habe ihn im Griff.«

»Tja, das dachte ich ebenfalls. Vielleicht ist es an der Zeit, bis ans Äußerste zu gehen. Siehst du dich dazu imstande?«

Eine gereizte Antwort folgte. »Natürlich! Ich habe mich mein Leben lang auf Situationen wie diese vorbereitet. Dieses Missgeschick werden wir auch noch überstehen.«

»Aber ohne noch mehr Blut wird es wohl nicht mehr zu machen sein.«

41

Wenn auch keiner so recht daran glaubte, war die Polizei in der Agenda »Kaprun« sehr aktiv. Die Truppe vom Landeskriminalamt unter Gruppeninspektor Krüger hatte sich zwar im örtlichen Polizeirevier eingenistet, leitete die Untersuchungen jedoch von der Zentrale in Salzburg aus.

Obwohl man dieses Mal kaum darauf bedacht gewesen war, die Anwesenheit des LKA so geheim wie möglich zu halten, kamen zu Krügers Überraschung kein Bürgermeister Brecht, keine Inge Plottino, kein Weiberhaufen, kein Kapruner Ortsvorstand, ja eigentlich niemand den Ermittlungen in die Quere. Das hätte er wirklich nicht gedacht. Die Lage erschien ihm fast schon zu ruhig. Er lachte über sich selbst. Jetzt war das eingetreten, was er sich gewünscht hatte, nämlich Ruhe vor diesen lästigen Zivilisten, und dennoch war er nicht zufrieden.

Als der Gruppeninspektor erfahren hatte, wer genau außerdem an diesem bestimmten Tag Geburtstag hatte, knirschte er mit den Zähnen. Seit er diesen Bürgermeister Brecht kannte, rügte sein Zahnarzt ihn laufend und ermahnte ihn, sich dieses elendige Knirschen abzugewöhnen.

Trotz Brechts Abwehr hatte er sofort einen Personenschutz für ihn angefordert. Nun aber meldeten die Kollegen, dass Brecht verschwunden war. Verdammt! Sollte der Lemberer ebenfalls zu Tode kommen, würde man ihn, Krüger persönlich, zur Verantwortung ziehen. Dieser Mann brachte ihn um den Verstand – und viel schlimmer – vielleicht sogar um seinen Job.

Er setzte sich ins Auto und fuhr mit einigen Polizisten im Schlepptau nach Kaprun. Dort wollte er sich zuerst beim Bürgermeister Unger melden, aber von dem wusste ebenfalls keiner, wo er war.

Eigenartig, es war alles wirklich sehr eigenartig. Diese Ortskaiser wichen doch normalerweise kaum von der Seite der Polizei, da sie sich wichtigmachen konnten, wenn sie sich in die Ermittlungen einmischten. Obwohl man Unger auf die Mailbox seines Handys gesprochen hatte, dass das LKA ihn dringend benötigte, kam keine Reaktion. Auch diesen komischen Amtsleiter hatte man wiederholt kontaktiert, aber nicht einmal der wusste, wo sich sein Bürgermeister befand. Er stehe derzeit ebenfalls nicht für eine Zusammenarbeit zur Verfügung, er sei unterwegs, hatte dieser Sturm mitgeteilt und einfach aufgelegt. Dabei konnte sich Krüger ganz genau erinnern, dass er den Kapruner Ortschef kaum ohne diesen gekrümmten Wurm im Schlepptau gesehen hatte. »Bürgermeisterschatten«, hatten ihn seine Kollegen genannt und schallend über ihn gelacht. Und jetzt wusste nicht einmal der, wo sein Chef war? Und benahm sich ganz eigenartig dabei. Das hieß, er kannte den Aufenthaltsort doch, wollte es aber nicht sagen?

Konnte der Kapruner ebenso verschwunden sein? Sollte Krüger wirklich nach zwei Bürgermeistern suchen lassen? Zwei Bürgermeister weniger … Auch wenn dieser Gedanke verführerisch war, stand dies natürlich außer Diskussion.

Also begannen er und seine Kollegen die Suche, unterstützt von der Polizeiwache vor Ort. Es war an diesem Tage ruhig in Kaprun, aber interessanterweise trafen sie immer wieder dieselben Personen. Einige verschwanden sofort in Seitengassen, sobald die Polizei auftauchte, manche trugen Sonnenbrillen und Hüte, obwohl der Sonne um diese Tageszeit kein Strahl mehr zu entlocken war, einige grüßten betont freundlich und taten, als würden sie dringend zu einem äußerst wichtigen Termin müssen. Alles in allem so auffällig unauffällig, dass seine Polizistensinne Alarm schlugen.

Erst als er jedoch Inge Plottino mit Sonnenbrille und Schal um den Kopf gewickelt traf und diese auf dem Absatz kehrtmachte, als sie ihn sah, wusste er, dass hier etwas faul war.

Brecht ahnte nichts von dem Tamtam um seine Person.

Gerade waren die Schilderungen des jungen Mannes an der spannendsten Stelle unterbrochen worden, und der Kerl hatte es doch wirklich gewagt, ihn vor dem erzählerischen Höhepunkt einfach stehen zu lassen. »Die Arbeit ruft! Wenn du mehr hören willst, musst du warten.« Dann hatte er die Japaner eingefangen, die immer noch heftig knipsten, und sich mit ihnen in das Innere der Burg begeben.

Was sollte Brecht tun? Obwohl die Geschichte nichts mit ihm zu tun zu haben schien, konnte er es sich nicht leisten, das Ende zu versäumen. Noch fehlte dem Ganzen jede Logik.

Er wanderte vor das Gemäuer und sah den Turm mit neuen Augen an. Im Licht der letzten Sonnenstrahlen, die noch auf die Burg fielen, bevor sich die Sonne hinter dem Kitzsteinhorn zur Ruhe begab, wirkte alles irgendwie geheimnisvoll. Angst kannte Brecht so gut wie gar nicht, aber es lag doch ein eigener Zauber über dem Ganzen. Er wandte sich nach rechts und betrachtete die großen Steine neben dem leise plätschernden Wasser. Opfersteine? Pah! Um lästigen Aberglauben sollte sich seine Frau kümmern, die im Wohnzimmer ein eigenes Regal mit kleinen Glücksbringern ausstaffiert hatte.

Das Moos auf den Steinen schien sich plötzlich zu bewegen, als die Schatten im schwindenden Licht andere Formen annahmen. Widerwillig schüttelte Brecht den Kopf, und er beschloss, wieder in die Burg zurückzukehren. Er hatte noch etwas Zeit und studierte eine Tafel, die neben dem Eingang angebracht war.

Mit Pferd, Rüstung und Banner durch das Burgtor

Bei Ausgrabungen fand der Burgverein zwischen den beiden Türmen statt einem Brunnen das originale Burgtor der Burg Kaprun.
Das Tor, ostseitig gelegen, war in der Zeit der Herren von Velber ein wichtiges Entree der Burg. Es war so groß und breit angelegt, dass man mit Pferd, Rüstung und Banner in die Burg reiten konnte, was wiederum darauf hindeutet, dass die Burg im Mittelalter einen wesentlichen herrschaftlichen Status besaß und genoss. Das entdeckte Burgtor ist nicht nur eine sensationelle bauliche Entdeckung, sondern verbirgt viele offene Fragen zur tatsächlichen Geschichte der Burg Kaprun. Tatsache ist, dass das Tor

schnell und hastig, ja dem Schein nach sogar überstürzt verschlossen wurde. Nach außen konnte niemand erkennen, dass es jemals einen Osteingang gegeben hat. Das heutige Burgtor, im Süden gelegen, war entweder in dieser Zeit noch nicht vorhanden oder nur ein kleiner Seiteneingang. Die Burgbrücke über den Graben, eventuell als Zugbrücke errichtet, wurde erst später gebaut.

Dieser junge Mann redete eine halbe Stunde, und hier stand alles in drei Minuten zu lesen! Als er hörte, dass sich die Japaner dem Ausgang näherten, beschloss er, trotzdem den Schluss auch noch zu hören. In dem Moment, in dem er die Burg wieder betrat, sah er erneut eine Gestalt auf dem Mittelgang, doch sie befand sich so weit im Schatten, dass er nicht erkennen konnte, wer es war. Gerade als er den Kopf in den Nacken legte und die Augen verengte, um das Verschwommene zu fokussieren, zog sich die Person auf der Mauer wieder in das schützende Dunkel der Türme zurück.

In diesem Moment trat Fery aus einer Tür und winkte Brecht zu. »Na, Bürgermeisterchen, siehst du wieder Gespenster?«

»Blödsinn, da war gerade noch jemand! Dieser Laube wahrscheinlich. Oder diese blöde Hexe, die mich jedes Mal erschrecken will. Jetzt erzählen Sie fertig, ich bin müde und will mich vor dem Abendessen noch etwas frisch machen.«

Fery sah sich wieder um, dann zog er Brecht auf eine der Sitzgelegenheiten, die sich gegenüber der Bühne, hinter der das Tor entdeckt worden war, und den mysteriösen Türmen befanden. Er fuhr fort zu erzählen, als hätte er nie aufgehört: »Bei den Grabungen ist einiges passiert. Es scheint ein magischer Ort zu sein, denn es schien fast so, als wolle er sich wehren, seinen Schatz herzugeben. Einer der für die Ausgrabungen eingesetzten Experten stürzte unglücklich, daher musste die Schuttentfernung vorübergehend eingestellt werden. Gewaltige Gewitter zogen auf, und die Leute konnten nicht weiterarbeiten. Die Arbeiter fürchteten sich, und es mussten Unsummen bezahlt werden, um welche zu finden, die doch willig waren zu arbeiten.«

Der Burggeist redete hier um den heißen Brei herum, dabei wollte Brecht doch endlich die Wahrheit erfahren. »Was hat man gefunden? Eine Leiche? Alte Knochen? Was?«

Fery sah ihn irritiert an. »Eine Leiche? Knochen? Nein, man hat Steine gefunden.«

Steine?

Brecht dachte endlich wieder daran, auszuatmen. Na ja, vielleicht hatte er ja doch befürchtet, hier würden irgendwann seine eigenen Gebeine verscharrt werden. Er grinste über sich selbst.

Pospischil sah in die Ferne und schien nachzudenken. »Man hat herausgefunden, dass sie schon seit Jahrhunderten dort lagern. Aber warum?« Er spielte mit einem Grashalm, den er neben der Tribüne ausgerupft hatte.

Brecht wollte nur eines noch wissen. »Und wie hängt das mit den Todesfällen vor zehn Jahren zusammen?«

Fery fuhr irritiert auf. »Mit den Todesfällen? Gar nicht, soviel ich weiß.«

Brecht konnte es nicht glauben. »Das kann nicht sein. Sie halten mich hier den ganzen Nachmittag mit Geistergeschichten fest, ich zahle ein Vermögen, und nun hat das nichts mit den Todesfällen und mir zu tun?«

»Ich habe dich hier nicht festgehalten! Checkst du gar nichts? Du wolltest wissen, warum die Damen heute Nachmittag hier waren, und das habe ich dir erzählt. Die Geschehnisse haben nichts, aber auch gar nichts mit den Vorfällen vor elf Jahren zu tun! Und mit dir sowieso nicht.«

Brecht sah ihn skeptisch an. »Das kann keiner glauben, der alle Fakten kennt.«

»Weil es nicht stimmt«, ertönte plötzlich eine zischende Stimme hinter ihnen.

Weder Brecht noch Fery hatten bemerkt, dass sich während ihres Gesprächs jemand genähert hatte, und so sprangen beide auf und fuhren beim Klang der weinerlichen Stimme herum. Hinter ihnen stand die Oberhexe, allerdings in Zivil, die dünnen Arme fast wie im Trotz vor der flachen Brust verschränkt.

Brecht sah sie ein bisschen erschrocken an und schielte auf

den Wehrgang, in dem er noch vor Kurzem eine Gestalt gesehen hatte. Konnte es diese Frau gewesen sein? Wieso war er automatisch von Werner Laube ausgegangen? Hatte die Dame, deren Namen er immer noch nicht kannte, gelauscht?

Fery schien sich wieder gefangen zu haben und herrschte die Frau an: »Was soll das? Wir haben kein Mittelalterfest, bei dem du deine Hexenkünste unter Beweis stellen musst. Verpiss dich, Margret!«

Harte Töne aus dem Mund des sonst so freundlichen Fery Pospischil.

Die Angesprochene funkelte ihn aus ihrem ausgemergelten Gesicht böse an und zischte: »Wenn du hier Blödsinn erzählst, muss ja jemand die Wahrheit sagen.«

»Ich erzähle doch keinen Blödsinn! Das ist die offizielle Version des Burgvereins, und niemand kann das Gegenteil beweisen.«

In ihrem üblichen Ton, der zwischen Keifen und einem Hauch Selbstmitleid schwankte, fuhr sie ihn an: »Es ist doch klar, dass du deinem Brötchengeber gegenüber loyal bist. Aber du weißt doch selbst, dass der Werner anders darüber denkt. Tag um Tag schleicht er hier herum. Würde mich nur interessieren, was der hier so dringend sucht. Und wenn ich es mir recht überlege, nicht nur der Werner, sondern einige andere Personen ebenfalls.«

Nachdenklich sah sie Brecht an und legte den Kopf schief. »An Ihrer Stelle wäre ich so weit wie möglich weg von hier. Oder sind Sie lebensmüde? Was Ihnen der gute Junge hier verschwiegen hat, was überhaupt ganz gern unter den Tisch fallen gelassen wird, ist, was man *noch* gefunden hat.«

Fery versuchte verzweifelt, sie zu unterbrechen. »Sei jetzt still, Margret! Egal, wo du hinkommst, dort herrscht sofort schlechte Stimmung. Überall verbreitest du Unruhe und Magenschmerzen. Lass diesen Mann jetzt in Ruhe gehen!«

Brecht wollte aber nun die ganze Wahrheit wissen. »Was hat man noch gefunden? Und wie hängt das alles zusammen?«

Die Frau sah vorsichtig über ihre Schulter. Mit zusammengekniffenen Augen flüsterte sie: »Nicht nur diese Steine hat man gefunden, viel interessanter war die Inschrift auf ihnen.«

Brechts Aufmerksamkeit sank sofort ins Unermessliche. Bemalte Steine? Steine interessierten ihn sowieso nicht, egal, wie eigenartig sie sein mochten. Er hatte ehrlich gesagt im Moment schon genug mit Lebenden zu tun, da konnte er sich nicht um tote Dinge auch noch kümmern.

Die Frau kniff ihre Augen zusammen, musterte den Bürgermeister verächtlich und fauchte ihn an: »Keine normalen Steine, Ignorant, sondern große, runde, glatt geschliffene Kunstwerke, Kanonenkugeln nicht unähnlich, nur viel größer. Schleudersteine nennen die Herren Experten sie, oder Katapultkugeln, wie auch immer. So ein Blödsinn!«

Fery unterbrach sie aufgebracht. »Was heißt hier Blödsinn? Jeder Mittelalter-Interessierte weiß, dass solche Steine als Wurfgeschosse gedient haben. Bei Belagerungen, und das hier war ja wohl eine Wehrburg. Die Steine hat man in riesige Steinschleudergestelle gelegt, ab durch die Mitte zum Feind, wumm und tot.«

Die Frau kicherte hämisch, und es erhöhte nicht gerade ihren ohnehin äußerst geringen Charmefaktor. »Dummkopf. Hast du einmal versucht, diese Steine aufzuheben? Und wieso sollten sich die Verteidiger dieser Burg die Mühe machen, diese Steine komplett glatt und rund zu schleifen? Warum hätten sie sich die viele Arbeit antun sollen, wenn man sie doch nur als Wurfgeschosse benutzte?« Sie kicherte wieder. »Und wieso hätte man auf diese Wurfgeschosse Zahlen schreiben sollen? Nein, nein, dafür gibt es nur eine Erklärung. Es handelt sich um spirituelle Kraftsteine. Um etwas aufzuhalten oder es dort, wo sie lagen, festzuhalten.«

Brecht sah sie misstrauisch an. »Zahlen? Was für Zahlen?«

Die Hexe sah sich in der zunehmenden Dunkelheit um. »Immer wieder die gleiche Zahl. In Groß, in Klein, teilweise verwischt, teilweise gut leserlich. Aber immer die gleiche Zahl. Auf all den Steinen. Eine mystische Zahl, eine gefährliche Zahl. Eine Zahl, die Sie gut kennen, Herr Bürgermeister.«

Dieser wurde langsam ungeduldig. »Wenn ich das Wort ›Zahl‹ noch einmal höre, bekomme ich einen Anfall! Also nennen Sie sie schon, und Schluss mit diesem Mittelalterhokuspokus.«

Die Hexe kicherte, kam ganz nahe an sein Gesicht und flüsterte gehässig: »Es ist besser gesagt ein Datum, und zwar der 30.4. Mehr muss ich wohl nicht sagen.«

Plötzlich fuhr sie herum und sah zuerst Fery an, dann schwenkte ihr Blick auf den Wehrgang. Schließlich fuhr ihr Kinn nach oben, und sie schaute in den Himmel. Erschrocken zuckte sie zusammen. »Die Steine, das Datum, alles hängt zusammen, und es wird –«

In diesem Moment erschütterte ein Donnerschlag den Innenraum der Burg und prallte von den Steinwänden ab, um sich wie eine Hammerfaust im Hof auszubreiten und die drei Menschen zu überrollen. Gleichzeitig fuhr ein Blitz vom Himmel und schlug nur wenige Meter vor dem Eingang zur Burg ein.

Während es Brecht und Fery vergleichsweise harmlos durchrüttelte, riss es die Oberhexe von den Füßen. Die Haare standen ihr zu Berge, ihre Hose war an den Knien zerrissen und ihr Gesicht zu einer Fratze verzerrt, als sie sich hastig aufrappelte. In Brechts Augen glich sie in diesem Moment mehr einer Hexe als in jeder noch so düsteren Verkleidung.

Sie sah ihn an, zischte etwas von »sich hüten« und machte dieses eigenartige Zeichen mit den Fingern. Sie sah sich noch einmal panisch um und humpelte dann davon.

Bevor Brecht sich von dem Schock erholt hatte und sich gerade überlegte, wieso sich immer genau über seinem Kopf heftige Gewitterwolken entluden, sprang Fery auf und verabschiedete sich hastig. Der Bürgermeister wollte ihn noch einiges fragen, aber der junge Mann war Sekunden später schon wie vom Erdboden verschluckt.

Skeptisch beäugte Brecht den Himmel, und wirklich, dort hatte sich in der Zwischenzeit eine dunkle Gewitterfront zusammengebraut. Es begann schon zu tröpfeln, und Schatten und Dunkelheit hielten Einzug in die Burg.

Das mit seinem Geburtstag ging ihm langsam auf die Nerven.

Nie wieder würde er ihn feiern können, ohne an eigenartige Steine, Tote und Hexen denken zu müssen. Oder aber ängstlich in den Himmel zu blicken, ob er sich wieder in einem Gewittertief befand. War ihm der Tag vorher schon nicht ganz sympathisch gewesen, konnte er nun getrost behaupten, sein Geburtstag war ab jetzt für ihn gestorben. Ein leichter Schauer lief über seinen Rücken, als er an dieses Wortspiel dachte. Sterben stand nicht auf seiner Liste für die nächste Zeit, aber all diese mit Sicherheit aus einer Irrenanstalt entflohenen Personen hier machten ihn ganz verrückt.

Er schüttelte sich und beschloss, wieder der alte Brecht zu werden, den Aberglaube und dieser ganze Humbug nur ein spöttisches Zucken der Mundwinkel kosteten. Die Weiber mochten ja daran glauben, aber er doch nicht. Es war an der Zeit, dass er wieder einmal so richtig jemandem die Leviten las, um seine Nerven zu beruhigen.

Am besten würde er mit Annabella Laube beginnen. Er beschloss, den Besuch bei seinem Burgfräulein, wenn es auch etwas an Glanz und Glorie eingebüßt hatte, nicht länger aufzuschieben.

Doch dazu kam es nicht mehr. Als er in Richtung Ort marschierte und gerade oberhalb der kleinen Kapelle vorbeikam, in der er sich noch vor ein paar Stunden versteckt hatte, bekam er einen heftigen Schlag auf den Hinterkopf, und dieses Mal waren keine Henni Schönauer und keine schwarze Tasche weit und breit in Sicht, die den Angreifer in die Flucht geschlagen hätten.

42

Nachdem gegen zwanzig Uhr noch keine Spur von Brecht zu finden war, machte man sich allgemein Sorgen. Langsam waren die Damen mit ihrem Latein am Ende, und sogar der sonst so bauernschlaue Tannacherbauer musste gestehen, dass jeder Zentimeter im Ort und in der näheren Umgebung abgesucht war. Ohne jegliches Ergebnis.

»Vielleicht ist er ja einfach wieder heimgefahren.« Henni Schönauer dachte an ihr warmes, gemütliches Bett und ärgerte sich bereits, bei der ganzen Aktion mitgemacht zu haben. Obwohl die Verköstigung bei der Wastl Peppi zugegebenermaßen doch einmalig gewesen war.

Alle sahen sie nach ihrem Vorschlag an, als hätten sie einen Geist gesehen. Keiner schien in dem allgemeinen Suchwahn auf die Idee gekommen zu sein, in Lember nach dem Vermissten zu fragen. Jetzt holten einige der Damen ihre Handys heraus, unter ihnen auch Inge, um ihre Gatten auf das Sucht-den-Brecht-Spiel anzusetzen. Wobei sie sich wenig davon versprachen, denn der Bürgermeisterwagen stand noch immer vor dem Hotel dieser Laube.

Auch wenn Inge diesen Gockel von Bürgermeister Brecht allzu gern loswerden würde, dann nicht auf diese Weise. Wo konnte er nur sein? Dieser einfallslose Mensch hatte sich sicher nicht selbst entführt.

Grübelnd sah sie in die Runde. Ihr Blick fiel auf Maria, die abgekämpft, den Tränen nahe und in sich versunken dastand. Es gab vielleicht noch eine Möglichkeit. Im Grunde genommen wäre dies, für ihre eigene Zukunft gesehen, sogar die beste Lösung.

Sie sah sich nach Peppi Wastl um und winkte sie zu sich. Diese runzelte die Stirn, als ihr Inge erklärte, wo man noch nachschauen könne. Sie schüttelte zwar den Kopf, folgte aber der Vizebürgermeisterin schlussendlich, weil die sich sowieso nie von ihren Ideen abbringen ließ. Doch ob sie es dieses Mal nicht zu weit trieb?

Inge hatte beschlossen, in Annabella Laubes Bett nach Bürgermeister Anton Brecht aus Lember zu suchen.

43

Am 18. März 1575 verbrannte man Pfarrer Ramsauer und Eva Neidegger in Mittersill.

Während die Flammen zu lodern begannen, herrschte Feststimmung, und so mancher sonst brave und biedere Bürger schrie mit verzerrtem Gesicht Flüche und Obszönitäten bösester Art in Richtung der Hexe oder bewarf den ohnehin schon mehr toten als lebendigen Hexenmeister mit fauligem Gemüse und Exkrementen.

»Warum befreit sich die Hexe nicht, wenn sie doch zaubern kann?«, flüsterte ich meiner Mutter zu, doch diese kannte keine Antwort.

Bevor das Feuer seinen Höhepunkt erreichte, traten die Ankläger vor, unter ihnen mein hoher Vater, der Burgherr von Kaprun, dem dieses Schauspiel mehr als zuwider war. Er blieb von der Unsinnigkeit dieser zwei Verbrennungen überzeugt, wie es mir heute zusteht zu wissen.

Mein Vater vermutete, das Schlimmste hinter sich zu haben, als er das Flüstern vernahm. Als er erkannte, woher die leise, heisere Stimme kam, war er entsetzt. Direkt in die Augen von Eva Neidegger blickte er nun, ihr Gesicht kaum mehr zu erkennen hinter dem Rauch.

»Du«, flüsterte das böse Weib, und er blickte schnell in die Menschenmenge, weil er sich fragte, ob er allein die Worte hören konnte. Es schien dem so zu sein. »Du übernimmst die Verantwortung. Du und die, an die du es weitergibst. Du bist verflucht. Ich weiß, dass du als Einziger an uns geglaubt hast. Wir sind unschuldig. Aber du hast dich der Menge gebeugt. Ich büße für andere, und du sowie die deinen werden büßen – für andere.«

Der Burgvogt sah wie durch eine höhere Macht gezwungen in diese Augen, bemerkte die trockenen, aufgesprungenen Lippen, die sich gar nicht bewegten, und hörte in seinem Kopf doch die Stimme, die sein und unser aller Leben verändern sollte.

Und dies sind die verfluchten Worte, die mein Schicksal, das meiner Nachkommen und das vieler anderer bestimmen sollten: »Die Unwetter werden euch überrollen, sie werden euch in die Knie zwingen, sie werden dich um deine Geliebten trauern lassen, wenn du nicht lernst, ihnen Einhalt zu gebieten. Das kannst du nur, wenn du ihnen Blut opferst. Damit du immer daran denkst, wird alle zwanzig Jahre ein Blutopfer gefordert. Dieses Opfer muss am Tag der Hexen, der Walpurgisnacht, geboren sein, und es muss durch deine Hand sterben. Du wirst den Nachfolger bestimmen und er die seinen. Bis in alle Ewigkeit. Das Blut muss auf dem Hexenstein vergossen werden, direkt vor dem Haupteingang der Burg. Die Worte: ›Ich bekenne mich der Hexerei!‹ müssen von menschlichen Lippen ins Blut fließen.«

Jedes Mal wenn sie an diese Stelle in den Manuskripten kam, überlief sie ein kalter Schauer. Sie konnte das Feuer fühlen und den Hass spüren. War sie selbst die wiedergeborene Eva Neidegger? Nein, nein, es konnte nicht sein. Sie beschützte die Menschen – und dafür mussten Opfer gebracht werden. Eva Neidegger hätte es aus Rache getan. Sie selbst hatte noblere Motive. Oder? Ganz sicher konnte sie sich nicht sein. Zu viele Parallelen gab es.

Wenn doch nur der Fluch nicht wäre – welch normales Leben würden alle führen! Kein Blutvergießen mehr, keine Opfer. Sie betrachtete den Dolch in ihren Händen. So zart, so rein und doch so tödlich. Sie seufzte, eine Frau der Tat sollte nicht in Selbstmitleid zerfließen. Wenn sie eine Hexe war, dann sollte es so sein.

44

Brecht nahm all seinen Mut zusammen und riss die Augen auf. Genau in seinem Blickfeld saß eine Gestalt, zusammengesackt, den Kopf an die Wand gelehnt. Gesicht und der sichtbare Teil des Oberkörpers waren mit einer Art Kapuze bedeckt, es waren nur die Augen zu sehen. Der restliche Körper der Gestalt entzog sich seinem Sichtfeld.

Obwohl Brecht kein Experte auf diesem Gebiet war, so konnte er doch erkennen, dass der Mann oder die Frau vor ihm tot zu sein schien. Es durchlief ihn kalt, und er wollte sich aufrichten.

Trotz mehrerer Samuraischwerter, die immer wieder seinen Kopf zu zerteilen schienen, konnte er diesen etwas heben. Das war allerdings schon alles. Entweder er besaß keinen restlichen Körper mehr, oder er konnte ihn nicht fühlen.

Brecht befahl sich, tief zu atmen. Erstens konnte er die langsam aufkommende Panik gar nicht gebrauchen, und zweitens würde das Atmen den Schmerz vielleicht etwas lindern. Er fluchte innerlich über seinen Leichtsinn. Alle Anzeichen eines Verrückten, der ihm nach dem Leben trachtete, waren da gewesen. Und er – was hatte er getan? Sie ignoriert.

Als er sich halbwegs dazu imstande sah, hob er nochmals den Kopf und erblickte mit Erleichterung den restlichen Brecht. Kopf und Körper waren eins. Er schickte Befehle in seine Extremitäten, und wirklich, nach einiger Zeit konnte er die Finger wieder leicht bewegen. Kurz darauf die Zehen, und alsbald spürte er sich ganz.

Was ihm allerdings nicht viel half. Denn trotz aller Bewegungsversuche konnte er sich nicht komplett rühren. Er vermied es, den Kopf in Richtung der Kapuze zu drehen, obwohl es für sein angeschlagenes Haupt die angenehmste Stellung gewesen wäre, und drehte sich auf die andere Seite. Hier konnte er sogar ein bisschen an sich herabsehen und bemerkte, dass er an den

Händen gefesselt war. Wahrscheinlich befanden sich seine Füße in einer ähnlichen Lage. Er lag auf einer harten Unterlage und konnte mit den Fingern Stein ertasten.

Was blieb zu tun?

Er sah sich so gut es ging im Raum um. Im Grunde genommen war das ja kein Raum im eigentlichen Sinn. Eher eine Art Höhle, aber ziemlich groß. An den Wänden brannten Fackeln, und überall hing eigenartiges Zeugs von der Decke herab. Dieses erzeugte ein Klirren, Klappern und Summen. Knochen konnte er erkennen, Federn … Den Rest wollte er gar nicht so genau wissen.

In diesem Moment hörte er ein Geräusch. Er erschrak, denn es klang ziemlich unmenschlich. Wie um nahendes Unheil anzukündigen, begannen die Fackeln zu flackern und zu rauchen, die Schatten veranstalteten einen Tanz auf den Wänden. Echt gruselig. Besser hätte nicht einmal Annabella Laube in ihrer Funktion als Kapruns erste und wichtigste Dramatikerin einen mittelalterlichen Schauplatz für ein Verbrechen arrangieren können. Ja, wenn er es so recht bedachte, kam es ihm wirklich so vor, als wäre er irgendwo in grauer Vorzeit gelandet.

Aber warum?

War dies der Platz, an dem er sterben sollte? Wegen seines Geburtsdatums? Undenkbar. Doch nicht ein Bürgermeister in Amt und Würden, ein Mann in den besten Jahren! Das würde er diesem Mörder ins Gesicht schmettern.

Wie auf Befehl erklangen Schritte, und Brechts Mut schwand. Am helllichten Tage unter Menschen eine Meinung zu haben und diese zu verteidigen war definitiv etwas anderes, als niedergeschlagen, gefesselt und in einem Kerker gefangen zu dieser Meinung zu stehen. Denn auch die langen Ketten, die an den Steinwänden angebracht waren, hatte Brecht bemerkt.

Er wollte nicht sterben. Er wollte nicht sterben. Er wollte nicht sterben …

Im Rhythmus seines Mantras kamen Schritte näher. Ein Widerhall, wie von einem Echo, folgte. Wollte er wirklich wissen, wer da kam? Sollte er sich vielleicht schlafend stellen? Wenn sich sein Entführer so viel Mühe gemacht hatte, ihn hierherzubringen, würde er ihn sicher nicht im Schlaf ermorden. Da sowieso keiner hier war, um sein Mut-Barometer zu bewerten, schloss er schnell die Augen und drehte den Kopf auf die andere Seite.

Jemand beugte sich über ihn und kam seinem Gesicht ganz nahe. Er konnte heißen Atem spüren und hörte das Rascheln von Stoff. Dann richtete die Person sich wohl wieder auf.

Wie würde er sterben? Wie lange konnte er das Unausweichliche abwenden? Er hörte die Person hastig umhergehen und leise flüstern. Ein Rascheln hier, ein Rücken dort. Endlich kehrte Stille ein. Was sich jedoch als viel schlimmer als das geschäftige Treiben vorher entpuppte.

Brecht hielt es nicht mehr aus. Er ruckte mit dem Kopf herum, riss die Augen auf – und erstarrte.

Die Person, die sich gerade in sein Bewusstsein katapultierte, wollte ihn definitiv töten. Warum sonst sollte sie ein riesiges Messer in der erhobenen Hand halten und sich über ihn beugen.

Doch genauso geschockt war er über den Täter selbst.

Obwohl …? Ja, während er trotz der Situation noch einen Ausweg suchte, fand er den Gedanken nicht mehr so abwegig. Das Blut schoss ihm durch den Körper, sein Herz schlug wie verrückt, er schwitzte und ließ die letzten Wochen in Sekundenschnelle vorüberziehen. Nein, im Grunde genommen hätte er es von Anfang an wissen müssen. Dieser ganze Hexenklamauk hatte ihn wohl zu sehr verwirrt.

Voller Wut über diese Erkenntnis im Allgemeinen und seine Lage im Speziellen schrie er seinem offensichtlichen Mörder entgegen: »Du! Ausgerechnet du?«

45

Inge Plottino und eine sehr reservierte Peppi Wastl hatten die Privatgemächer der Hausherrin und alle Gemeinschaftsräume vom »Hotel Laube« untersucht. Aber auch keiner der Angestellten hinter der Rezeption konnte Auskunft über den Verbleib von Annabella Laube geben.

Als Inge verkündete, jetzt die Zimmer der Gäste untersuchen zu wollen, hörte sie den Protest von Peppi Wastl: »Das kannst du nicht machen!«

Inge, generell allergisch gegen Widerspruch, noch dazu von einer ihrer engsten Mitstreiterinnen, glaubte sich verhört zu haben. »Wie bitte? Wetten, dass ich kann!«

Peppi nahm ihre übliche Haltung ein und reckte störrisch das Kinn. Dieses Mal blieb sie hart: »Nein, das geht zu weit! Denkst du denn, dein Bürgermeister und die Annabella würden sich in einem der Hotelzimmer vergnügen, während jederzeit der Bewohner auftauchen könnte? Mit Sicherheit nicht! Du hast ja selbst von der Dame an der Rezeption gehört, dass alle Zimmer belegt sind. In den Privaträumen der Chefin wären sie doch viel ungestörter.«

Als sie immer noch ein leichtes Zaudern bei Inge bemerkte, setzte sie nach: »Und willst du wirklich von der Polizei abgeholt werden, weil du in fremde Zimmer eindringst? Würdest du Brecht, der sicher gleich wohlbehalten erscheinen wird, die Genugtuung geben, dass er sieht, wie du in Handschellen abgeführt wirst?« Natürlich trug sie hier etwas dick auf, aber bei einer Inge Plottino konnte man nur scharf schießen, sonst war sie durch nichts aufzuhalten.

Dass ihre Worte Wirkung erzielten, erfuhr sie, als Inge zaghaft zugab: »Du hast ja recht. Aber wo sind die nur? Sollen wir nochmals auf der Burg nachsehen? Wir haben doch bereits alles abgesucht. Und …« Sie beendete den Satz nicht, sondern blickte über Peppis Schulter, die ihr gegenüberstand.

Als diese sich umdrehte, sah sie am anderen Ende des Ganges eine Tür zuschlagen. »Was ist los?«, wollte sie von der nachdenklichen Inge wissen.

»Ich bin mir nicht sicher. Aber dort bei der Tür war gerade jemand, der hier definitiv nicht hergehört. … Nein, diese Person war total fehl am Platz, das passt alles nicht. Ich denke, wir sollten uns die Sache ansehen.«

Während ihre Freundin noch leicht verdutzt überlegte, wie sie die neue Lage einschätzen sollte, war Inge schon in Richtung der Tür unterwegs, durch die sie jemanden verschwinden gesehen hatte. Auf einem Schild auf der Tür stand »Abstellkammer«.

Inge blieb vor der Tür stehen. Sie hatte von außen keinen Griff, sondern nur einen Knopf und schien verschlossen zu sein. Aber die Person hatte offenbar einen Schlüssel und es außerdem sehr eilig gehabt, denn nun hieß ein kleiner Spalt sie willkommen und lud sie ein einzutreten. Eine Möglichkeit, die sich eine Plottino nicht entgehen ließ.

46

Vor Brechts Augen tanzte immer noch das erhobene Messer. Der Besitzer der Hand, die den Todesstoß ausführen wollte, war kein Geringerer als sein Bürgermeisterkollege Kurt Unger.

Der schien genauso erschrocken über Brechts ruckartige Bewegung wie dieser über seinen Anblick. Die Hand, die das Messer führte, hielt inne, als hinter den beiden eine gereizte Stimme zu hören war.

»Warum machst du nicht weiter? Bring die Sache doch zu Ende. Wir haben keine Zeit mehr zu verlieren!«

Hätte Brecht nicht den bevorstehenden Tod vor Augen gehabt, festgeschnürt wie ein Truthahn, knapp bevor man ihn in den Ofen schob, wäre er wahrscheinlich in diesem Moment in Ohnmacht gefallen. Wäre vom höchsten Turm gesprungen. Hätte sich am liebsten in Luft aufgelöst. Alles, aber nicht das!

Die Stimme, die sein gepeinigtes Herz in den letzten Wochen erwärmt hatte, gehörte niemand anderem als Annabella Laube – seinem verehrten Burgfräulein.

Er schnappte nach Luft und begann zu husten. In diesem Moment konnte er Annabellas Gesicht hinter Ungers Schulter erkennen. Sie warf gerade stirnrunzelnd einen Blick auf die reglose Gestalt mit der Kapuze neben Brecht und zögerte. In diesem Moment sah sie auf ihn herab.

»Du bist ja wach.«

Tat sie nur so, als wäre sie erleichtert? Wollte sie ihn in die Irre führen, weil er wach war? Aber wieso? Er konnte durch die Fesseln sowieso nicht fliehen. Er wollte es hinter sich bringen. Daher sah er Unger an und brüllte, so laut er konnte: »Du Verräter! Du Schande für alle Bürgermeister! In der Hölle sollst du verrotten, wenn wir nicht sowieso schon da sind. Warum? Was habe ich dir getan? Weil ich der bessere Bürgermeister bin? Hast *du* die Geschichte mit den Geburtstagen erfunden? Rede! Oder bring mich endlich um! Aber ich werde dich verfolgen, in deinen schlimmsten Träumen werde ich auftauchen, egal, wo du bist. So wahr ich Anton Brecht heiße.«

Unger betrachtete Brecht verwirrt. »Der bessere Bürgermeister? Was …? Also …?« Plötzlich erschütterte sein Lachen die Höhle. »Selbst im Angesicht des Todes bewahrt er seine Präpotenz. Siehst du, Annabella, er ist unverbesserlich. Was hast du dir da nur angelacht?«

Annabella stimmte nicht in das Lachen mit ein, sondern zeigte auf den Toten neben Brecht und blickte fragend.

Unger zuckte mit der Schulter. »Später, zuerst der hier. Ich denke, wir sollten uns ziemlich beeilen.«

Er gab sich einen Ruck und trat näher auf Brecht zu, den Arm mit dem Messer wieder erhoben.

In diesem Moment schallte ein Schrei durch das Gewölbe, der sogar dem Toten im Hexenkochtopf das Blut in den Adern hätte gefrieren lassen: »Niiiiiiicht! Nein! Ihr Mörder, ihr!«

Ruckartig drehten sich Bürgermeister Unger und Hotelchefin Laube um, und Brecht versuchte, so gut es ging, zu erkennen, wer ihn gerettet hatte.

Er sah Schwarz. Jedenfalls schwarze Kleidung. Dann erkannte er an der heftigen Auf- und Abwärtsbewegung und einem ziemlich charakteristischen Hüpfen Inge Plottino in einer dunklen Nische.

Konnte Gott so zynisch sein? Ausgerechnet Inge Plottino sollte ihn retten? Er würde auswandern müssen! Jeden Tag, jede Stunde seines weiteren Lebens würde sie ihn daran erinnern, wem er sein verbliebenes Dasein auf dieser Erde zu verdanken hatte. Und da konnte er eine andere Person sehen, die aus der dunklen Seite der Höhle wie aus dem Nichts aufzutauchen schien: Peppi Wastl. War ja klar. Wenn jetzt noch der Rest der Landfrauen inklusive der Hexe Brant und seiner Gattin erschien, könnte es passieren, dass er Ungers Hand mit dem Messer selbst führen würde.

Unger funkelte Inge böse an. »Verdammt, was machst du hier?«

»Den Bürgermeister retten!«

Unger lachte. »Womit?«

Inge schmunzelte und deutete auf Peppi Wastl. »Mit reiner Muskelkraft, gell, Peppi? Außerdem haben wir Unterstützung. Die Polizei ist unterwegs!«

Unger beachtete weder Inge noch Peppi weiter, sondern versuchte in der Dunkelheit zu erkennen, wer sich dort noch befand.

Als niemand zu sehen war, ergriff Annabella das Wort. »Wie seid ihr überhaupt hierhergekommen? Nur drei Menschen kennen den Eingang. Jedenfalls dachten wir das.«

Inge höhnte voller Triumph. »Ha, das wüsstet ihr wohl gern! Wir haben wohl rein zufällig den Dritten gefunden, der den Eingang kennt. Aus purem Zufall, oder wollen wir es Schicksal nennen, sind die Peppi und ich im Hotel über ihn gestolpert. Tja, und der hat uns hierhergebracht. Und nun lasst uns kämpfen!« Sie ging leicht in die Knie und hob die Hände wie bei einem Boxkampf.

Unger ignorierte sie und wollte irritiert wissen: »Welcher Dritte? Von wem sprecht ihr da?«

Inge sah sich kurz um und übersah dabei die reglose Gestalt in der Ecke. Dann meinte sie: »Ach, der ist noch gar nicht hier? Komisch, vorhin war er doch noch vor uns.« Laut schrie sie nach hinten in den dunklen Gang: »Hallo, juhu, du da, herauskommen.«

Der Bürgermeister und Annabella wechselten einen ziemlich beunruhigten Blick. Dann sahen sie hinter die Damen, zu etwas, das im Dunkeln lag.

Annabella Laube richtete sich an keinen Bestimmten, als sie mit fester Stimme rief: »Wer immer da draußen ist, er hat kein Recht, hier zu sein!«

Sofort ertönte eine Antwort, und es wirkte, als würde die Stimme direkt aus einem Grab kommen: »Erteilt mir das Recht, Herrin!«

Aus der Dunkelheit materialisierte sich eine Gestalt und trat in das diffuse Licht. Es herrschte absolute Stille, keiner der bereits Anwesenden rührte sich. Brecht reckte den Hals und sah zwischen Annabella, Inge und Unger jemanden näher kommen. In dem Moment, in dem er ihn erkannte, schluckte er, denn sein großer Retter entpuppte sich als niemand Geringerer als Ferdinand »Fery der Wiener« Pospischil. Inge grinste und bemerkte: »Ach, da ist er ja, der junge Mann.«

Der zeigte sein übliches Spitzbubenlächeln, ignorierte Inge, ging an Annabella vorbei, vor der er sich leicht verneigte, und trat auf Unger zu. Dieser hielt noch immer das Messer in der Hand, hatte es jedoch sinken lassen. Erst jetzt fiel Brecht auf, dass Unger und Annabella lange schwarze Umhänge trugen und sich auch der Wiener einen solchen beschafft hatte. Die wollten wohl für die nächste Walpurgisnacht proben.

Aber zuerst einmal galt es, den Neuankömmling zu warnen. »Achtung, Herr Postbüschel, der Mörder hat ein Messer!«, rief Brecht, aber Fery beachtete ihn gar nicht.

Vor Unger neigte er stattdessen das Haupt, kniete nieder und sagte unterwürfig: »Meister, ihr habt mein Geschenk gefunden.«

Brecht sah sich um, genau wie Inge, aber keiner konnte ein Geschenk entdecken.

Nur Unger schien zu verstehen, denn er sog scharf die Luft ein. »Du?«, war alles, was er hervorpressen konnte. Abscheu, Staunen, Verzweiflung, alles lag in diesem schlichten Wort.

Fery richtete sich wieder auf und erwiderte mit Stolz. »Ja, ich. Ich möchte euer Lehrling werden, Meister. Alles will ich von euch lernen, alles. Das ist mein einziger Wunsch. Seid gewiss, ich werde euch nicht zur Last fallen, denn ich weiß schon vieles. Bitte akzeptiert mich als euren Diener. Dies ist mein Geschenk an euch.« Er deutete auf Brecht.

Als dieser verstand, was oder besser wer mit »Geschenk« gemeint war, wurde er fuchsteufelswild. »Bindet mich sofort los! Sind denn hier alles nur Verrückte? Geschenk … Eine Frechheit ist das, das hat Folgen. Keiner verschenkt einen Brecht ungestraft. Bringt mich endlich um, dann ist das Spielchen wenigstens vorbei.«

Unger antwortete leise, ohne den Blick von Fery zu wenden: »Umbringen? Ich will dich mit Sicherheit nicht töten, Anton.

Annabella auch nicht. Wir sind hier, um dich zu retten. Ich wollte dich gerade losschneiden, als die Meute hier einfiel.«

Brecht dachte nach. Konnte es wirklich stimmen, dass sein Kollege ihm eigentlich helfen und ihm nichts anhaben wollte? Ja, die Situation könnte man missverstehen. Oder sagte Unger das nur, weil andere Menschen Zeugen waren und er seine eigene Haut retten wollte? Wie gern hätte Brecht ihm geglaubt. Hier völlig wehrlos zu liegen und auf die Gnade von anderen angewiesen zu sein erschien ihm fast noch schlimmer als der Tod.

Fery der Wiener hatte stirnrunzelnd Ungers Worten gelauscht. Leicht gereizt fuhr er ihn nun an: »Aber das verstehe ich nicht. Endlich haben wir die Möglichkeit, die Lage wieder in den Griff zu bekommen! Dank meiner guten Vorarbeit. Ich präsentiere euch die Lösung auf einem goldenen Tablett, und ihr wollt den Kerl befreien? Den vermisst doch keiner! So lästig, wie der ist. Das habt ihr doch selbst immer wieder gesagt, Meister.«

Brecht wollte auffahren, aber wieder hinderten ihn die Fesseln daran. Unger sah kurz auf ihn, musterte dann aber wieder sein Gegenüber.

»Das mag schon sein, Fery, aber wir können dich nicht als Schüler aufnehmen. Wenn du bereits so viel herausgefunden hast, weißt du sicher, dass wir unser Wissen nur an Menschen weitergeben, die wir von klein auf überprüft und getestet haben. Bei denen alle Zeichen stimmen. Nichts, absolut nichts von unserem Wissen darf an die Falschen geraten. Und das Wichtigste ist: Wir töten keine Menschen.«

Ferys Wut steigerte sich immer mehr. »Ihr tötet keine Menschen? Ihr seid die alten Meister, und ihr seid so schwach? Wenn es vonnöten ist, kann nur der Tod die Lösung sein! Manchmal erfordert es Opfer, um den Krieg zu gewinnen.«

Annabellas ruhige Stimme erklang. »Fery, du hast sicher recht. Aber ich denke, das sollten wir nicht vor diesen Unwissenden besprechen. Das ist eine Sache zwischen uns. Lassen wir sie gehen. Sie wissen nichts. Machen wir es unter uns aus.«

Fery wollte sich aber offensichtlich nicht beruhigen. »Unwissende? Unwürdige, würde ich behaupten! Unnütz und vor allem entbehrlich. Sie werden sowieso sterben, also können sie ruhig hören, was wir hier sagen.«

Wenn sogar eine Plottino ruhig war, musste man sich Sorgen machen, dachte Brecht kurz, bevor er seine gesamte Aufmerksamkeit wieder dem Trio vor sich schenkte.

Unger hielt verkrampft das Messer umklammert, und Annabellas Blick war wachsam und lauernd.

»Ihr tretet meine Gabe mit Füßen? Ihr nehmt mich nicht ernst? Ihr seid schwach und verweichlicht! Ihr habt dieses Amt, diese Verantwortung nicht verdient! Wer braucht euch denn? Ich werde allen zeigen, wie es geht. Wie die alte Ordnung wiederhergestellt werden kann. Mit der nötigen Kraft, dem nötigen Mut, und *ihr* werdet euch nicht in meinen Weg stellen!« Er kochte offensichtlich vor Wut und musste tief Luft holen, bevor er fortfahren konnte: »Wenn mir nicht der letzte Teil noch fehlen würde, hätte ich mich sowieso nie als Diener vor euch erniedrigt, denn ich allein bin der wahre Retter – der einzige Meister.«

Die letzten Worte hatte er geschrien und war zurückgesprungen. Ein Aufschrei aus einer weiblichen Kehle erklang, dann sah Brecht, dass Fery eine Pistole in der Hand hielt.

Langsam ging der junge Mann mit der Waffe in der Hand rückwärts, durch sein verzerrtes Gesicht kaum wiederzuerkennen. Dabei schenkte er den restlichen Anwesenden keine Beachtung, so als ob sie keine Gefahr darstellen würden. Nur Annabella und Unger ließ er nicht eine Sekunde aus den Augen.

»Und ihr fetten Weiber stellt euch zu den anderen!«

Während Inge laut schimpfte, hatte Peppi immer noch kein Wort gesagt. Nach kurzem Zögern stellten sie sich aber in die Nähe von Unger und Laube.

Fery stand jetzt vor dem Eingang und hatte alle genau im Blick. Keiner konnte sich rühren, ohne dass er es sofort gemerkt hätte. Mit dieser für ihn günstigen Ausgangsposition schien er sich wieder ein bisschen beruhigt zu haben, denn er grinste schief.

Unger versuchte einen in Brechts Augen nicht sehr sinnvollen

Versuch, die Lage zu retten. »Du weißt, dass eine Schusswaffe nicht gilt.«

Genau wie Brecht erwartet hatte, tangierte den jungen Kerl diese wirklich dumme Bemerkung nicht besonders. Mit vor Spott triefender Stimme fragte er: »Meinst du?« Der Respekt vor Unger schien innerhalb der letzten Minuten rapide geschrumpft zu sein. »Du und die Hexe, ihr geht nicht mit dem Fortschritt! Ich bin schon weiter, als ihr denkt. Ich habe mir viel Zeit genommen, um zu üben.« Er fuhr sich mit der Hand, in der er die Pistole hielt, über die Kehle.

Unger fuhr auf: »Du warst das mit den Tieren? Ja, es passt zu deinem kranken Hirn. Selbst Tiere töten wir nur, wenn es unbedingt sein muss, aber du hast es anscheinend aus Spaß gemacht!«

Der junge Mann lachte laut auf. »Es hat mir wirklich Spaß gemacht. Das gehört dazu.« Er lachte wieder und sog tief die Luft ein, so als würde er alle Energie des Raumes in sich aufnehmen wollen.

Dann richtete er seine Aufmerksamkeit auf die Gruppe. »Und jetzt erzählt ihr brav eure Geschichte, bevor ich der Sache ein Ende mache.«

47

Bürgermeister Kurt Unger trug augenscheinlich einen inneren Kampf mit sich aus, wie er von der Geschichte erzählen sollte, die so mancher in der Runde kaum würde glauben können.

Annabella nahm ihm schließlich die Entscheidung ab. »Niemals würden wir Unschuldige verletzen oder töten. Wenn es denn so sein will, wird sich heute, hier und jetzt, unser Schicksal entscheiden, Meister.«

Jetzt nannte sie den Unger auch schon Meister. Brecht überlegte, ob er sich dieses Wort in Lember aneignen sollte, es klang doch recht überzeugend. Meister Brecht …

In diesem Moment fing der alte »Meister« an zu sprechen. Langsam, in sich zusammengefallen, erschöpft. »Am 18. März 1575 verbrannte man den Pfarrer Ramsauer aus Mittersill und Eva Neidegger, seine Köchin. Beide wurden der Hexerei und des Wettermachens angeklagt. Bevor sie kläglich in den Flammen den Tod fand, verfluchte Eva Neidegger den damaligen Burgherrn von Kaprun. Und das, obwohl dieser als Einziger an ihre Unschuld geglaubt hatte. Oder eben gerade deswegen. Die anderen Mitbürger waren dem Aberglauben verfallen, in ihren Ängsten gefangen und taub vom eigenen Kampf ums Überleben. Aber er hatte als einer der Einzigen nicht an ihrer Unschuld gezweifelt – und trotzdem nichts zu ihrer Rettung beigetragen. Die zum Tode verurteilte Frau legte mit einem Fluch dem Burgvogt die Bürde auf, Kaprun und die umliegenden Orte vor den grauenhaften Unwettern zu retten, die die Gegend immer wieder heimsuchten und viele Hungersnöte verursachten. So versuchte der Burgherr zuerst einmal selbst, die Kunst des Wettermachens zu erlernen, um die Unwetter zu vertreiben. Vielleicht konnte dieser Fluch ja umgangen werden. Auch wenn es bedeutete, sich mit dem Bösen – der Zauberkunst – einzulassen und vielleicht einmal selbst den Tod in den Flammen zu finden.«

Inge Plottino, die noch nicht ganz begriff, was sie da hörte, lachte laut. »Wettermacher? Das klingt ja fast wie die Hexerei von Martha. Ein wirklich nettes Märchen.«

Brecht musste ihr in Gedanken leider recht geben, wenn er es auch nicht laut aussprach. Da sah man wieder, wie normale Menschen, ansonsten mit einigermaßen logischem Verstand ausgestattet, auf idiotische Sachen wie Sagen und Überlieferungen hereinfielen.

Unger blickte zu Inge und fuhr fort: »Warum? Wettermacher gibt es in jeder Kultur der Welt. Die Indianer, die Völker der Aborigines und viele andere Nationen hatten und haben ihre Wettermacher. Bei uns verurteilte man sie zum Tode, weil die Menschen Hexerei für alles Unglück verantwortlich machten. Jedenfalls musste sich der damalige Burgherr erst jemanden suchen, der ihn in der Kunst lehrte – ein schwieriges Unterfangen, denn überall lauerte die Gefahr, entdeckt zu werden. Nicht einmal seine Macht hätte ihn vor dem sicheren Tod gerettet, und er wäre nach intensiver Folter dem Schicksal von Eva Neidegger und dem Pfarrer gefolgt.«

Immer noch ziemlich skeptisch sah ihn Inge an, wobei sie sich gerade erinnern konnte, dass sie sicher schon einmal in Gegenwart ihrer Damen erwähnt hatte, dass Unger nicht so ganz dicht zu sein schien. Aber Wettermachen hatte doch etwas, darum fragte sie: »Ach, das kann man lernen. Von wem denn und wie?«

Unger zuckte mit der Schulter. »Wir wissen es nicht. Uns fehlt noch ein Teil der alten Unterlagen. Sie wurden von Meister zu Meister weitergereicht, oder besser gesagt das Geheimnis um das Versteck. Leider konnten wir noch nicht alle Papiere finden. Wir wissen jedoch, dass es egal war, wie sehr sich der Burgherr bemühte, die Unwetter hatten offensichtlich ein Eigenleben entwickelt. Irgendwann blieb ihm nichts anderes mehr übrig, als sich mit dem Gedanken abzufinden, dass der Fluch nicht umgangen werden konnte. Er musste also einen Menschen töten. Die erste Frist verging, und er schaffte es nicht, jemandem sein Leben mit eigener Hand zu nehmen. Die Folgen waren grauenvoll. Schwere Gewitter zogen auf und schienen nicht mehr enden zu wollen. Von Zell am See über Kaprun bis Mittersill, überall fand sich nur mehr Sumpf. Nach dem Regen suchten Insektenplagen die Menschen heim, Seuchen breiteten sich aus, und Hungersnöte drangsalierten die Verzweifelten.«

Unger schwieg kurz, damit die Anwesenden das Gesagte verdauen konnten. Er sah die Zweifel in ihren Blicken, ja, nicht nur Zweifel, sondern völliges Unverständnis. Wie sollte man jemandem etwas erklären, das über Jahrhunderte entstanden war und das er selbst oft nicht verstehen konnte?

In diesem Moment bekam er Schützenhilfe von unerwarteter Stelle. Das erste Mal meldete sich Peppi Wastl zu Wort.

»Es stimmt. Von den Unwettern habe ich in der Chronik von Kaprun gelesen. Die Geschichte der Eva Neidegger kennt hier jedes Kind. Darum veranstalten wir ja die Walpurgisnacht, um ihrer und ihres sinnlosen Todes zu gedenken.«

Unger nickte und erzählte dann weiter, während Fery leise kicherte und fast liebevoll über seine Waffe strich.

»Der Zufall half dem Burgherren. Eine der Mägde erzählte wichtigtuerisch, auch wenn sie selbst keine Hexe sei, so sei sie doch in der Nacht der Hexen geboren worden. Es dauerte lange, aber irgendwann fing sie der Burgherr ein und brachte sie dazu, die besagten Worte zu sprechen. Dann …« Er stockte.

Ein Glänzen erschien in Ferys Augen, und mit einem gierigen Blick keifte er den Bürgermeister an: »Sag es. Sofort!«

Unger fuhr sich fahrig mit einer Hand durch die schon etwas an Wasser- und Seifenentzug leidenden Haare. Sie hingen nicht mehr fluffig an den Seiten herab, sondern glänzten speckig. Der sonst so stattliche Mann machte einen leicht derangierten Eindruck. Allerdings straffte er sich, räusperte sich und sagte: »Dann schnitt er ihre Kehle durch und vergoss das Blut über dem Hexenfelsen. Das völlig Unerwartete geschah, es folgten lange Zeit keine weiteren Unwetter mehr.«

Brecht fand die Geschichte ganz nett, aber es reichte ihm nun. »Können wir endlich weitermachen? Ich habe heute noch anderes zu tun. Deswegen werde ich wohl nicht hier sein!«

Unger reagierte nicht, daher führte Annabella die Geschichte fort: »Die Worte von Eva Neidegger waren: ›*Die Unwetter werden euch überrollen, sie werden euch in die Knie zwingen, sie werden dich um deine Geliebten trauern lassen, wenn du nicht lernst, ihnen Einhalt zu gebieten. Das kannst du nur, wenn du ihnen Blut opferst. Damit du immer daran denkst, wird alle zwanzig Jahre ein Blutopfer gefordert. Dieses Opfer muss am Tag der Hexen, der Walpurgisnacht, geboren sein, und es muss durch deine Hand sterben. Du wirst den Nachfolger bestimmen und er die seinen. Bis in alle Ewigkeit. Das Blut muss auf dem Hexenstein vergossen werden, direkt vor dem Haupteingang der Burg. Die Worte: ›Ich bekenne mich der Hexerei!‹ müssen von menschlichen Lippen ins Blut fließen. Auf ewig.*‹«

Jetzt übernahm der Kapruner Bürgermeister wieder. »Der Fluch war vorerst abgewendet. Trotzdem befahl der Burgherr, das Haupttor der Burg, durch das man bisher in den Burghof gelangt war, zuzumauern. Zusätzlich ließ er die gesamte Seite des Turms von außen noch einmal aufbauen, damit man niemals auf die Idee gekommen wäre, dass sich hier einmal ein Eingang befunden hatte. Warum er das gemacht hat? Das weiß bis jetzt niemand. Vielleicht um von den Hexenfelsen abzulenken, die sich direkt vor dem Tor befanden? Um bei seinen Opferungen ungestört zu sein?«

»Ganz schön viel Aufhebens wegen ein paar Sätzen einer sterbenden Frau. Nicht wahr?« Inge konnte das so gar nicht verstehen. Es entsprach nicht ihrer nüchternen Logik.

Annabella sagte: »Vielleicht aus heutiger Sicht. Aber damals konnte man sich so vieles nicht erklären. Der Burgherr musste außerdem an das Wohl vieler Menschen denken, daher schien dies eine recht einfache Lösung.«

»Trotzdem. Und die Menschen ließen es sich gefallen? Und von innen sieht man das Tor doch auch?«

Unger nahm den Faden wieder auf. »Obwohl er auf das Unverständnis der Menschen stieß, ließ der Burgherr jeden einzelnen von ihnen Körbe mit Erdreich und Steinen aus der Umgebung holen und den gesamten Burgplatz drei Meter hoch aufschütten. Vorher war auf der Seite zum Burggraben hin ein etwas kleineres Tor gebrochen worden, und die Erklärung lautete, dass durch diesen Eingang der Feind nicht nur erschwert, sondern einzeln mit dem Pferd kommen müsse. Viel Arbeit und unsinnige Befehle waren die Menschen damals gewohnt. Außerdem würde ihr Herr schon wissen, was gut für sie war. Immerhin hatte er durch den Tod der Hexe ja die Unwetter verbannt.«

Brecht lächelte in sich hinein. Die gute alte Zeit ... Es war halt nicht alles schlecht gewesen damals, als die Untertanen ihrem Regenten noch blind gefolgt waren.

»Doch dann kam eine weitere Schwierigkeit auf den Burgherren zu. Schließlich war es an der Zeit, einen Nachfolger zu bestimmen. Das Werk musste weitergeführt werden, es lag an ihm, die Menschen in und um die Burg zu beschützen. Er beschloss schweren Herzens, seinen Sohn auszubilden. Niemandem sonst konnte er vertrauen, und der Junge war ein aufgeweckter Bursche. So ging es über die Generationen weiter. Irgendwann nahm sich einer der Wettermeister einen Helfer, einen Lehrling. Sollte ihm selbst etwas passieren, durfte die Kette nicht unterbrochen werden. Schon damals ahnte er, dass nicht alle Meister den Mut haben würden, das ihnen auferlegte Schicksal alleine auszuführen.«

Unger fuhr sich mit der Hand über die Augen, als müsste er sich selbst daran erinnern, dass er in der Gegenwart war und nicht in weit vergangener Zeit.

Fery grinste immer noch, er fühlte sich wohl sehr sicher, denn er schien die Lage auszukosten und keine Eile zu haben. Gespannt lauschte er den folgenden Worten des Bürgermeisters.

»Doch es gab nicht so viele Menschen in der Umgebung, wie es heute der Fall ist, und diese wussten entweder gar nicht, wann sie geboren worden waren, oder es fiel recht schwer, dies herauszufinden. Mit der Zeit gab es kaum mehr Personen, die in dieser Nacht, am 30. April, Geburtstag hatten. Und weil jeder, der es wagte, dies zuzugeben, meist spurlos verschwand – was selbst den Burgbewohnern im Laufe der Zeit aufgefallen war –, hielt man die Geburten aus diesen Nächten so geheim wie möglich. Jeder wusste, dass ein böser Geist die armen Seelen, die in der Walpurgisnacht zur Welt kamen, holte. Dass alles nur zu ihrem eigenen Wohl geschah, konnten sie ja nicht ahnen.« Unger brach abrupt ab und schielte zu Fery. »Reicht es nicht?«

Der Wiener lachte. »Reicht das? Nein, denn wir wollen alle das Ende der Geschichte hören. Du bist ein wunderbarer Erzähler, *Meister.*« Wie um seinen Worten Nachdruck zu verleihen, hob er die Hand mit der Waffe an und zielte auf den Redner.

Unger fuhr fort, auch wenn es ihm sichtlich nicht behagte, dass Fery die Pistole in seine Richtung hielt. »Es passierte etwas Schreckliches. Dem Wettermacher, der das Amt zu dieser Zeit innehatte, wurde eine Tochter geboren. Ausgerechnet in der berüchtigten Nacht der Hexen! Ansonsten waren keine Geburten in der Nähe bekannt. Was dies bedeutete, war klar. Früher oder später würde er sie opfern müssen. Er suchte verzweifelt nach einem Ausweg, experimentierte, las in uralten Schriften, holte die Meinung der Alten und Weisen ein, aber alle schüttelten den Kopf und erteilten ihm eine Absage. Einem Fluch konnte man nicht entkommen. Denn alle Meister wurden derart auf ihr Werk vorbereitet, dass keiner im Entferntesten daran gedacht hätte, die Kette einfach zu unterbrechen.«

»Oh mein Gott«, stöhnte Inge, gefangen genommen von der Erzählung, »der Burgherr hat also seine eigene Tochter geopfert?«

Annabella sagte leise: »Nicht ganz. Bisher hatten alle Meister angenommen, es müsse ein Menschenopfer sein, denn kein Tier kann sprechen. Der damalige Meister vermutete aber, dass nur ›etwas‹ sterben müsse und dass, während das Blut vergossen wird, die Worte von menschlichen Lippen ›ins Blut fließen‹ müssen. Er kam auf die Idee, ein Tier zu töten, das in dieser Nacht auf die Welt gekommen war. In dem Fluch war nicht die Rede davon, dass das mit den Worten vermengte Blut dem Opfer gehören muss. So versuchte er, das Blut des Tieres mit dem eigenen Blut zu vermischen, das ihm von den Lippen tropfte, während er die Worte sprach. Und siehe da: Es gelang. Die Region wurde von Unwettern verschont, und seine Tochter war gerettet. So ist es bis heute von Generation zu Generation überliefert worden, und es mussten keine weiteren Menschenopfer mehr gebracht werden. Da das Tieropfer als nicht so stark wie das Menschenopfer angenommen wurde, beschlossen die Meister, die Frist von zwanzig Jahren auf zehn zu verringern. Da es funktionierte, behielt man die Überlieferung so bei, und das Blutopfer besteht weiter zum Schutz von Kaprun und Umgebung.«

Als sie schwieg, meldete sich Fery wieder zu Wort. Seine Stimme troff vor Spott. »Und wenn sie nicht gestorben sind, dann leben sie noch heute.« Er sah zu Unger. »Tja, schade, dass ausgerechnet bei euch die Reihe unterbrochen wird und es wieder zu einer menschlichen Leiche kommen muss.«

Unger machte einen Schritt auf ihn zu, blieb aber stehen, als Fery wieder seine Waffe auf ihn richtete.

Brecht befand sich zwar in einer physisch ziemlich benachteiligten Lage, aber das hieß nicht, dass er deswegen psychisch ebenfalls beeinträchtigt war. »Na, ihr habt wohl kein Tier mehr gefunden, dass an diesem Tag Geburtstag hat.«

Der Kapruner Bürgermeister zuckte mit den Schultern. »Falsch kombiniert, my friend. Ja, das war schon Pech. Die Suche nach dem Brunnen hat das Tieropfer verhindert. Das war vor ungefähr elf Jahren. Obwohl wir alle Truppen mobilisiert haben, wollte Werner Laube unbedingt den Brunnen suchen. Wenn der sich was in den Kopf gesetzt hat, kann man es ihm schwer ausreden. Zum Wohle der Vergangenheit, wie er es betont hat – im Hinblick auf künftige Touristeneinnahmen, wie ich es nennen würde. Dann haben die Leute vom Tannacherbauern aus Protest bei den Hexenfelsen neben der Burg campiert, da mussten wir aufgeben. Die wollten nicht noch mehr Touristen hier haben, und der Werner Laube ist bei denen auch nicht sehr beliebt. Jedenfalls hat unser Vorhaben mit all den Menschen um die Felsen nicht mehr funktioniert. Wir konnten weder das Datum noch die Opferung einhalten. Das Ergebnis haben wir ja gesehen.«

Jeder in der Runde dachte schaudernd an die Unwetter vor ungefähr zehn Jahren und in diesem Jahr. Wenn sie wirklich, was ja noch nicht so richtig bewiesen war, durch diesen Humbug ausgelöst wurden, war das schon bedenklich. Solange man sich in dieser von flackerndem Fackellicht erleuchteten Höhle befand, schien das alles durchaus Sinn zu ergeben. Ob man es im hellen Alltagslicht ebenso sehen mochte, das bezweifelte mindestens Brecht erheblich.

Nun mischte sich Inge wieder ein. »Ach, die Truppen vom Tannacherbauern sind eure Leute? Die von diesem Heimatschutzverein? Die waren ja total gegen den Brunnen.«

Ein eiskalter Blick von Unger traf sie. Aufgebracht erklärte er: »Die gehören nicht zu uns! Diese Wahnsinnigen, die.«

Brecht hatte eine interessante Frage, die im ersten Schock über Ferys Erscheinen untergegangen war. »Ihr habt von drei Personen gesprochen, die den Zugang zu der Höhle kennen und von dem Geheimnis wissen. Ich nehme an, du und Annabella, ihr seid Nummer eins und zwei. Wenn jetzt nicht dieser Fery hier der Dritte ist, wer ist Nummer drei? Ist es dieser Werner?« Es sollte zwanglos klingen, aber ganz konnte er seine Eifersucht nicht verbergen.

Unger schüttelte den Kopf. »Das ist nicht wichtig. Ich denke, Kollege, du hast derzeit ernstere Probleme.«

»Wie ich meine Probleme priorisiere, das ist wohl mir überlassen«, fauchte Brecht zurück.

Fery unterbrach die beiden. »Nein, es wäre doch wirklich ganz interessant, zu erfahren, wer es ist. Ich bin es jedenfalls nicht, ich musste mich ebenfalls auf die Lauer legen.« Er sah abschätzig auf Inge und Konsorten. »Also, ist es wirklich Werner?«

Annabella lachte laut auf. »Der? Der würde sicher gern mitmachen, wenn er von uns wüsste. Das hätte ihm eine Macht verliehen, die er nur zu gern ausgenutzt hätte. Natürlich hat er gemerkt, dass da was im Busch war, aber er weiß nicht, was los ist. Nein, in den innersten Kreis werden nur die Besten und Würdigsten aufgenommen.« Sie sah Fery herausfordernd an. »Du wärst es niemals geworden.«

Bevor er aber antworten konnte, erklangen Worte, die Brecht nur allzu bekannt vorkamen.

»Ich weiß etwas! Ich weiß etwas!« Selbstverständlich konnte solch kindlicher Blödsinn nur von Inge kommen. »Die dritte

Person ist die Oberhexe! Diese schrecklich frustrierte, knöchrige Margret. Die schleicht immer so herum und wirkt, als ob sie ihre ganz persönliche Gewitterwolke mit sich tragen würde. Richtig?«

Würde sie jetzt noch in die Hände klatschen wie üblich, wenn sie einen ihrer Einfälle hatte, würde sich Brecht freiwillig als nächstes Opfer melden.

Gott sei Dank kam ihr Annabella zuvor. »Die Margret? Die spinnt, aber die ist harmlos. In ihrem Hexenwahn bekommt sie das Quäntchen Aufmerksamkeit, das ihr sonst versagt bleibt. Für so manchen vertrockneten Brunnen sind ein paar Regentropfen an Aufmerksamkeit schon ein tropischer Schauer, an dem sie sich lange Zeit festklammern und laben können. Aber nein, die ist es nicht.« Sie hielt inne, dachte nach. »Wobei sie mich schon immer hasst. Irgendwie hat sie gespürt, dass da bei mir etwas war, was sie nicht zuordnen konnte. Einmal hat sie mir sogar eine Art Voodoopuppe vor die Tür gelegt. Anton, kannst du dich noch erinnern? Die hat ja keine Ahnung, was sie mit ihrer Hobbyzauberei anrichten könnte.«

Damit war wohl das Strickzeug gemeint, das er einige Tage zuvor vor dem Hotel gefunden hatte. Und ob der sich erinnern konnte!

Fery sah Annabella und Unger auffordernd an. »Na? Wer ist es? Wer ist der Dritte?«

Unger brauste auf. »Nur über meine Leiche!«

Dieser Satz kommt in dieser Geschichte ganz gern vor, aber in der derzeitigen Situation schien er nicht ganz von der Hand zu weisen zu sein.

»Gern«, erwiderte Fery, »aber es wird nicht deine Leiche sein.« Er machte einen Schritt in Richtung Inge, die daraufhin empört mit den Händen wedelte, als ob sie eine lästige Fliege verscheuchen wollte.

»Wenn Sie mich erschießen, bringe ich Sie um. Damit habe ich Erfahrung. Mit Morden, meine ich!«, kreischte sie.

Unger atmete tief ein und wieder aus. »Ich denke, es hat keinen Sinn, wenn wir hier Spielchen spielen. Wir wollen niemanden gefährden, der nicht involviert ist. Wir legen jetzt die Karten auf den Tisch, dann lässt du uns gehen, Fery. Das ist es doch, was du wolltest, oder? Annabella, was sagst du?«

»Erzähl es.«

48

Krüger hatte einen Anruf bekommen und verstand die Welt nicht mehr. Mit Blaulicht und Folgetonhorn machte er sich mit seiner Einsatztruppe auf den Weg zum »Hotel Laube«.

Eine völlig hysterische Maria Brecht hatte ihn angerufen. »Herr Kommissar, Sie müssen sofort kommen!«

Krüger war aufgeregt. »Ist Ihr Gatte aufgetaucht?«

Maria schluchzte ins Telefon, bevor sie antwortete. »Nein, im Gegenteil. Jetzt sind auch noch die Inge und die Peppi verschwunden. Verschluckt, einfach weg.«

Krüger fluchte, was war hier nur los? Wer würde freiwillig eine Inge Plottino verschlucken? »Wo sind Sie jetzt, Frau Brecht?«

»Wir stehen hier vor dem ›Hotel Laube‹ Schmiere.«

Obwohl Krüger bei den Worten »Schmiere stehen« seinen Ohren nicht traute, war er nun mit seiner Garde zum Hotel unterwegs. Denn ansonsten war die Suche sowohl nach Brecht als auch nach Unger ergebnislos verlaufen. Als er dort ankam, empfing ihn ein verstörter Trupp Frauen. Eine davon eilte auf ihn zu, und er erkannte in ihr die Bürgermeistergattin.

»Frau Brecht, was ist passiert?«

»Keine Ahnung, die zwei sind vor langer Zeit in das Hotel gegangen und nicht wieder herausgekommen. Wir haben schon überall drinnen gesucht, aber nichts gefunden. Bitte unternehmen Sie etwas.«

Krüger nickte und machte sich ins Gebäude auf, gefolgt von der Damenschaft. Dort wurde alles bis ins Detail untersucht, aber man konnte die Vermissten ebenfalls nicht finden. Krüger trommelte die Mannschaft des Hotels zusammen und fragte genervt. »Wo ist die Chefin?« Als er auch darauf die Antwort bekam, die sei plötzlich verschwunden, drehte er fast durch. Er befahl, nochmals alles zu durchwühlen bis in die letzte Ecke, jedes Zimmer, jeden Schrank, jeden Abstellraum.

Die Suche blieb ergebnislos, und auch Krüger wusste nichts

zu sagen, als Henni Schönauer aufschrie: »Mein Gott, die sind sicher schon alle tot!«

Bürgermeister Unger lüftete schweren Herzens ein weiteres Geheimnis.

»Die dritte Person steht dort hinten.«

Kaum waren die Worte verklungen, sahen alle in die angegebene Richtung und auf Inge.

Die wusste nicht, wie ihr geschah, und begehrte laut auf: »Ich bin keine Hexe!«

Unger brummte ungehalten und streckte den Finger aus.

Als Inge sah, auf wen genau er zeigte, lachte sie laut und schallend. »Die Peppi? Meine harmlose Peppi Wastl? Der ist gut! Die kann doch keiner Fliege was zuleide tun. Und die soll eine Profihexe sein? Haha! Den Witz merk ich mir.«

Als der Rest der Anwesenden sie nach ihrem Lachfeuerwerk anstarrte, ohne mit der Wimper zu zucken, hielt sie inne. Langsam schien der stellvertretenden Bürgermeisterin zu dämmern, dass sie da etwas übersehen hatte.

Beleidigt wandte sie sich an Peppi. »Wenn es stimmt, mag ich dich nicht mehr! Warum hast du mir das nicht erzählt? Ich dachte, wir sind Freundinnen?«

»Das durfte sie nicht.« Annabella kam der Kollegin zu Hilfe. »Zuerst war es nur ein Zufall, dass Sie bei ihr untergebracht waren. Dann hat es das Schicksal aber gut mit uns gemeint. Als wir von Antons Geburtsdatum erfahren haben, hatten wir eine Person, die immer an Ihrer Seite war und jeden der Schritte lenken konnte. Und weil Sie sich gern im Schatten von Bürgermeister Brecht aufhalten und Ihr Herz sowieso auf der Zunge tragen, hat das alles gut gepasst.«

»Was heißt hier ›Herz auf der Zunge‹ tragen und ›im Schatten vom Bürgermeister aufhalten‹? Was erlauben Sie sich? Aber was ich noch viel schlimmer finde, Peppi: War das alles nur gespielt?« Mit einem mitleidheischenden Blick sah sie ihre ehemalige Busenfreundin an, die nur entschuldigend mit den Schultern zuckte.

Brecht machte sich eine geistige Notiz, diese Peppi Wastl in absehbarer Zeit zur Ehrenbürgerin von Lember zu ernennen. Sofern er diesen Blödsinn hier überlebte.

Bevor Inge Luft holen und drauflosschimpfen konnte, wandte sich Peppi an sie. »In allen Zeiten seit Menschengedenken hat es den Aberglauben gegeben, so wie den Glauben selbst. Auch dir ist sicher schon widerfahren, dass du dir Dinge und Geschehnisse nicht erklären konntest.«

Inge erwiderte: »Sicherlich ist es das. Der Brecht, der ist mir widerfahren. Ich habe schon viel erlebt, aber diesen Mann kann ich mir beim besten Willen nicht erklären.«

Peppi ignorierte diesen Kommentar und fuhr fort: »Was den Menschen früher unerklärlich erschien, das haben sie dem Teufel, den Hexen, dem Übernatürlichen zugeschrieben.«

Unger unterbrach den Vortrag, hier und jetzt würde man die Anwesenden sowieso nicht überzeugen können. »Von uns wisst ihr jetzt alles, aber woher weißt du davon, Fery?«

Der Angesprochene schien sich in der allgemeinen Aufmerksamkeit zu sonnen. »Habt ihr überhaupt eine Ahnung, wie das ist, wenn jemand hier in den Pinzgau kommt und immer nur *der Wiener* ist? Nett, aber eben nie ganz dabei. Von euch hat mich doch keiner wirklich für voll genommen! Einmal Einheimischer, immer Einheimischer. Einmal Fremder, immer Fremder. Das habt ihr mir schon früher gezeigt, als ich noch als Kind hierherkam, und keiner ahnt nur im Geringsten, wie schrecklich ich darunter gelitten habe. So wohl habe ich mich hier gefühlt, nach meiner ziemlich einsamen und trostlosen Kindheit in Wien, aber in Kaprun hat mich jeder nur geduldet. Ihr meint, ihr seid so weltmännisch mit all den Touristen, aber ihr steckt so tief in euren Traditionen, in eurem Aberglauben, in eurer Kleinkariertheit, ihr wisst gar nicht, wie sehr!«

Er machte eine Pause und fuhr sich mit den Händen in die Haare, die er so heftig raufte, dass sie zu allen Seiten abstanden. Jetzt sah er endgültig aus wie ein Wahnsinniger. Sein Blick schien wieder aus der Ferne in die Gegenwart zu kommen, und er erzählte weiter.

»Dabei habe ich von Anfang an geahnt, dass hier in Kaprun meine Bestimmung liegt. Dann habe ich den Schera kennengelernt. Der hat mir gezeigt, dass es egal ist, ob man dazugehört oder nicht. Dass es egal ist, ob man von euch akzeptiert und aufgenommen wird oder nicht. Wichtig ist nur, immer einen Wissensvorsprung vor allen zu haben. Man muss euch überlegen sein. Geistig und ohne dass ihr es ahnt. Wissen ist Trumpf, hat er immer gesagt, der Schera, und dass meine Zeit noch kommen würde. Der war ja in so vielen Häusern, auch privat, weil er die verkaufen wollte. Und daher haben wir überall, wo es nur möglich war, Kameras eingebaut. Und dann haben wir vor den Bildschirmen gesessen und uns gesonnt in dem Wissen über eure Fehler und Unzulänglichkeiten. Man kann Herablassung gleich viel eher ertragen, wenn man die Geheimnisse kennt. Halb Kaprun könnte ich mit unseren Ergebnissen erpressen. Auch dich, ehrenwerter Herr Bürgermeister!«

Unger verkrampfte sich sichtbar, und kurz sah es aus, als wollte er sich nur mit dem Messer bewaffnet auf den Erpresser stürzen.

Da aber legte Annabella leicht die Hand auf seinen Arm und schüttelte den Kopf. »Dein Leben gegen seines, das ist er nicht wert. Er hat keine Chance gegen uns.« Dabei nickte sie Peppi Wastl zu, die mit einer kurzen Bewegung des Kopfes ihre Zustimmung gab.

Das brachte Fery trotz seiner taktischen Überlegenheit etwas aus der Fassung. Er trat einen Schritt auf sie zu und schrie: »Sogar jetzt habt ihr eure Überheblichkeit nicht verloren! Ihr wagt es? Als ich euch auf die Schliche gekommen bin, war mir sofort klar, dass ich ein wahrer Nachfolger sein würde. Solche Zufälle gibt es nicht. Mein Weg ist vorbestimmt! Ich werde der nächste Meister sein, und zwar ein würdiger. Einer, der es nicht scheut, bis zum Äußersten zu gehen. Zuerst dachte ich, ich könnte die ganze Sache mit dem Schera aufbauen, aber das hat nicht funktioniert.«

»Und deswegen musste er sterben? Weil er nicht mitmorden wollte?« Inge musste schon wieder unterbrechen.

Fery schien aber eher geschmeichelt als genervt. »Nein,

deswegen nicht. Aber er hat nur gelacht und gesagt, in dieser Angelegenheit sei nichts zu holen. Kinderkram hat er es genannt. Dass ich außerdem für solche Sachen noch nicht die richtige Schuhgröße hätte. Und er hat mir mit einem hämischen Zwinkern erzählt, dass sogar er am 30. April Geburtstag hätte, und er würde ja auch noch leben. Nicht die richtige Schuhgröße, dass ich nicht lache!«

Alle sahen ihn angeekelt an – außer Inge, die lange seine Füße betrachtete und wohl über deren Größe rätselte.

Brecht mühte sich, den Kopf zu heben, um seinen Worten etwas Respekt zu verleihen. »Gut, mein Junge, dann kannst du uns ja gleich die ganze Geschichte erzählen, oder? Immerhin hat dich bislang niemand enttarnt und deine Machenschaften aufgedeckt.«

Fery höhnte. »Richtig, Bürgermeisterchen, richtig. Keiner ist drauf gekommen. Als die Sache mit den Steinen passiert ist, die man gefunden hat, habe ich meine große Chance gesehen. Im Gemeindeamt bin ich ja sowieso ein und aus gegangen und habe mir ganz leicht eine Liste mit den Personen ausdrucken können, die in Kaprun am 30. April Geburtstag feiern. Jedenfalls damals noch gefeiert haben.« Er lachte als Einziger über seinen Witz.

Wieder hielt er inne und sog tief die Luft ein. Immer mehr steigerte er sich offensichtlich in seine Erzählungen, denn er fuhr selbstherrlich fort: »Ich habe mit den Tieren geübt. Ich wusste, dass sie bei den Felsen hinter der Burg geopfert werden müssen, am 30. April genau. Dann ist bei euch Feiglingen, die ihr euch Meister nennt, alles schiefgelaufen. Ihr konntet nach den Ausgrabungen nicht zu den Hexenfelsen bei der kleinen Lichtung neben der Burg, weil immer jemand von dem Verein da war, um sicherzustellen, dass keiner weiter nach dem Brunnen gräbt. Und was macht ihr? Zögert herum wie kleine Kinder, anstatt endlich zur Tat zu schreiten. Mich prangern sie wegen einer Ziege und ein paar Katzen an und haben selbst schon hundertmal mehr auf dem Gewissen. Aber um all die Schrecken der Zukunft aufzuhalten, braucht es doch etwas Größeres als

Katzen, Hunde und Kühe. Da erfordert es wahre Opfer! Ich! Ich habe gehandelt!«

Kurz brach er ab, um die nächsten Worte voller Stolz in die Runde zu werfen. »Die Viecher habe ich so nebenbei erledigt. Aber das kannte ich schon, das ist mir in meiner Jugend auch mal passiert, wenn ich sehr wütend war. Während ich ihre Leben ausgelöscht habe, hatte ich ihre ganze Aufmerksamkeit. Und wie die mich beachtet haben!«

Er fuhr sich mit dem Handrücken über den Mund, aus dem in seinem Eifer die Spucke gesprüht war. »Aber dann kamen die Menschen. Die Erste, die Frau vor zehn Jahren, war noch eine Herausforderung. Na gut, es ist ja noch kein Meister vom Himmel gefallen. Und ein Mensch ist doch etwas anderes als so eine Ziege.«

Er hielt inne und sah Brecht lange an. Der kam sich plötzlich vor wie das Lamm auf der Schlachtbank.

»Als ich sie schon fast auf dem Felsen hatte, hat sie sich losgerissen und ist auf die Burgmauer geflüchtet. Ich bin ihr nach und wollte sie wieder wegzerren. Dummerweise ist sie hinuntergestürzt. Ich bin sofort hinterhergesprungen, aber ich denke, sie war bereits tot, als ich ihr die Kehle aufgeschnitten habe. Nun, nicht jeder kann beim ersten Mal Erfolg haben. Tja, ich habe noch den Mann entführt. Aber der ist mir unter der Folter gestorben. Echt lästig. Ich habe mir das etwas leichter vorgestellt. Bis ich die Leiche im Wald verscharrt habe, waren die Unwetter schon da. Die haben alles verwüstet. Die Menschen haben gejammert und gebetet, dabei lag die Lösung ganz einfach in euren Händen. Wieder musste ich zehn Jahre warten. Das ist die Zeit zwischen den Opfern. Na ja, vielleicht habe ich ja zwischendurch ein bisschen geübt, aber das bleibt mein Geheimnis.«

Unger merkte auf. »Woher weißt du so viel?«

Fery schmunzelte. »Wie gesagt, eine Kameralinse hier, eine dort. Im ›Hotel Laube‹ waren sie besonders hilfreich.«

Er gluckste laut, als er Annabellas versteinerte Miene sah. Dann erzählte er voller Wonne weiter.

»Ich habe außerdem einen Teil eurer netten kleinen Büchlein

gefunden. Mit einem Teil der Aufzeichnungen aus all den Jahrhunderten, von Meister zu Meister. Menschenopfer, zwanzig Jahre, Tieropfer, zehn Jahre. Es war nicht schwierig, der Herrin zu folgen, eine nette kleine Linse im Kellerbereich hat mir alles verraten. Als ich mir sicher sein konnte, dass keiner von euch in der Nähe ist, bin ich mit einem Dietrich in den Keller des Hotels eingebrochen. Obwohl es lange Zeit gedauert hat, bis ich den Eingang zu den unterirdischen Gängen entdeckt habe. Wo der Rest der Manuskripte ist, das werdet ihr mir schon noch verraten.«

Er grinste spöttisch, während die anderen einander irritierte Blicke zuwarfen.

»Dieses Jahr wollte ich alles richtig machen. Zuerst aber ist mir ein Fehler unterlaufen. Ich habe diesen Trottel von Mäscht geholt, und er hat mir erzählt, dass er gar nicht am 30. April Geburtstag hat. Zuerst wollte ich ihm nicht glauben, dachte, er will nur seine Haut retten. Da habe ich ganz unauffällig den Amtsleiter gefragt, und der hat mir erzählt, dass es wirklich ein eigenartiger Fehler ist und der Mäscht zweimal im Jahr Geburtstag feiern könnte. Im Taufschein hatte irgendjemand einen Tag später eingetragen als im Geburtenregister. Da früher die Taufscheine gültig waren, hat er sozusagen immer am falschen Tag Geburtstag gefeiert. Bei einer Datenüberprüfung ist man drauf gekommen, aber das wussten die wenigsten. Weil ich immer eine Maske trug, um die Opfer noch mehr zu erschrecken, habe ich ihn freigelassen. Der alte Schlawiner hat mir sogar ein paar Blätter der alten Aufzeichnungen geklaut. So ein Teufel! Ich bin etwas erschrocken, als die überall auftauchten, aber keiner konnte die Zeichen deuten, nicht einmal ihr ach so echten Hexer. Ich denke, der Mäscht wusste mehr, als ich annahm, denn er hat immer wieder versucht, die beiden Bürgermeister zu warnen. Mit Worten und Botschaften. Das habe ich genau gesehen. Darum musste er letztendlich dran glauben.«

Er schien sich über die Erinnerung köstlich zu amüsieren, denn er kicherte. »Das muss mir mal einer nachmachen. Unter

Tausenden Menschen einen zu erdrosseln, und keiner merkt was. Dummerweise hat der Pfister ein Foto gemacht, auf dem ich zu sehen bin, wie ich mich über den Toten beuge.« Ferys Blick huschte kurz in die Ecke, in der der tote Journalist lag, doch die anderen waren zu gebannt von seiner Geschichte, sodass sie es nicht bemerkten. »Der Trottel hat von der engen Freundschaft mit mir und dem Schera gewusst. Er hat wohl kombiniert: Zuerst stirbt der Schera, dann der Mäscht. Mit beiden hatte ich zu tun. Ich habe nicht gewusst, dass der immer und überall herumschnüffelt. Bevor er sterben musste, hat er erzählt, dass ihm der Schera einmal bei einem Umtrunk von meinen Hirngespinsten mit den alten Papieren erzählt hat und wie sie sich köstlich darüber amüsiert haben. Aber offensichtlich hat der Reporter eine nette Geschichte gewittert. Als er mich erpressen wollte, ihm mehr über gewisse Unterlagen zu erzählen, musste ich ihm klarmachen, dass man sich nicht mit mir anlegt.«

Während er dies sagte, blickte er wieder grob in Richtung Brecht. Dieser folgte seinem Blick und blieb an der Gestalt mit der Kapuze hängen, die neben ihm stoisch und wahrscheinlich nicht ganz freiwillig der Dinge harrte, die noch kommen mochten. Mit Schaudern kam dem Bürgermeister die Erkenntnis, dass er den Pfister bei seinem Besuch in der Kapelle wohl als Letzter vor seiner Ermordung gesehen haben musste.

Nun wandten sich die Blicke aller Zuhörer unwillkürlich in diese Richtung. Unger trat um den Stein herum und hob die Kapuze an. Der Kopf des soeben enthüllten Max Pfister rutschte auf die Seite. Um seinen Hals hing die Kamera, und an dem unschönen roten Würgemal konnte man gut erkennen, dass der Gurt selbiger wohl auch die Mordwaffe gewesen war. Schade für den Toten, für diese Geschichte hätte er wohl selbst gemordet – wäre es ihm noch möglich gewesen.

Inge, die ebenfalls in die Richtung der anderen sah, kam einige Schritte näher und bemerkte jetzt erst den toten Journalisten. Zu sehr war sie bisher von all den Ereignissen abgelenkt gewesen. Ein Quietschen entfuhr ihr, und sie schlug die Hand vor den Mund. Entsetzt drehte sie sich zu Fery um und schrie: »Sie, Sie, du, Mörder, du! Schäm dich!«

Der grinste und erwiderte ungerührt: »Hast wohl noch nie einen Toten gesehen?«

Inge wollte gerade aufbrausen und ausführlich erklären, wie nahe sie schon unzähligen Toten gekommen war, als Unger ungehalten unterbrach: »Erzähl weiter und tu, was du tun musst! Es reicht.«

Fery ließ sich nicht zweimal bitten. »Also, es musste ein Plan B her. Der Schera ist mir in den Rücken gefallen. Erstens nimmt er mich nicht ernst, und zweitens erzählt er mein Geheimnis auch noch diesem schwabbligen Journalisten. Was blieb mir anderes übrig? Außer gefühlten hundert geheimen Treffen habt ihr drei hochwürdigen Meister ja nichts zustande gebracht!« Seine Stimme troff nur so vor Hohn und Verachtung.

Peppi wollte mehr wissen. »Aber du hattest wieder Pech, stimmt's?«

»Stimmt. Der Schera ist einfach an einem Herzinfarkt gestorben. Frechheit! Nicht einmal in so einer Lage kann ich mich auf einen Freund verlassen.«

Obwohl er selbst gefesselt war, die grauen Gehirnzellen von Brecht waren es nicht. »Moment, das kann nicht stimmen. Der Breitenbacher ist in dem Hexenkessel gefunden worden. Der ist erst kurz vor Beginn oder während der Aufführung vor die Bühne geschoben worden.« Er wandte sich an Fery. »Sie saßen die ganze Zeit neben mir. Wie soll das gehen? Wie haben Sie den Breitenbacher in den Kessel gekriegt, und wann soll er gestorben sein?«

Das Gesicht des Wieners färbte sich grau. »Gut, ich gebe zu, ich kann es nicht gewesen sein, der ihn in den Kessel gesteckt hat, aber ich lüge nicht. Gestorben ist er bei mir.«

»Hexerei«, hauchte Inge.

»Blödsinn«, fauchte Brecht. »Warum sollte jemand eine Leiche in einen Hexenkessel stecken, die man gar nicht selbst auf dem Gewissen hat? Klingt doch ziemlich weit hergeholt, oder? Und vor allem riskant.«

Fery lachte. »In deinen Augen, Bürgermeisterchen, vielleicht, aber immerhin liegst du gefesselt hier und wirst erst in der Hölle erfahren, ob es Humbug ist oder nicht.«

Er zielte mit dem Revolver auf den Kopf Brechts, und dieser hätte die Inge geopfert, wäre ihm zugesichert worden, er würde sich nicht vor den anderen in die Hose pinkeln.

Unger unterbrach hastig, um den Bewaffneten vom Gefesselten abzulenken. »Ich habe den Breitenbacher in den Kessel gesteckt!«

Brecht atmete auf und sah, wie Annabella und Peppi die Augen geschlossen hatten und etwas murmelten. Dann erst begriff er, was sein Amtskollege gerade gesagt hatte.

Die Neuigkeit schlug ein wie eine Bombe. Erstaunt ließ Fery den Revolver sinken, und Inge quiekte auf wie ein Schwein. Das musste Brecht ihr abgewöhnen, sonst würde er sein Leben lang nie wieder einen richtig guten Schweinebraten genießen können, ohne an diese Frau zu denken.

Unger sagte: »Ja, ich habe es getan!«

Inge konnte es nicht glauben. »Den Breitenbacher hast *du* ermordet? Das gehört sich aber ganz und gar nicht für einen anständigen Bürgermeister!«

Fery konnte es ebenfalls nicht glauben, nickte aber bedächtig mit dem Kopf. »Wenn ich es mir recht überlege, passt das zusammen. Ich habe mir schon den Kopf zermartert, wie ihr diese Hexerei angestellt habt, denn es könnt nur ihr gewesen sein.«

»Du hast ihn jedenfalls umgebracht! Wenn auch nur indirekt. Die Annabella hat mich angerufen. Sie war vor der Aufführung noch in der Höhle.«

Gierig sah Fery auf. »Sie war kurz vor der Aufführung hier? Es muss also eine direkte Verbindung von den unterirdischen Gängen zur Burg geben. So lange suchen die Menschen schon nach diesen Geheimgängen, und bald werde ich es wissen. Wo ist die Verbindung?«

Unger zuckte mit den Schultern. »Jedenfalls lag der Breitenbacher hier auf dem Stein. Tot.«

Fast wäre es Brecht gelungen, sich loszureißen. Es hatte vor Kurzem noch ein Toter hier gelegen, und nun lag er sozusagen darauf? Man konnte noch so abgebrüht sein, das haute den Stärksten um. Er konnte sich aber wieder nur seinem Schicksal ergeben. Sollte er hier freikommen – und daran zweifelte er keine Sekunde –, würde er richtig aufräumen. Auch in Kaprun.

Unger ergriff wieder das Wort und warf dabei aus den Augenwinkeln einen kurzen Blick auf die Damen. Nur Brecht schien aufzufallen, dass er offenbar Zeit schinden wollte.

»Ja, dass man ihn quasi zu Tode gefoltert hatte, das konnte man sehen. Annabella wusste sofort, wir würden ihn auf der Stelle aus den heiligen Hallen hier wegschaffen müssen. Sollte er vermisst werden, würde die Polizei zu viel herumschnüffeln. Uns fehlte die Zeit für große Leichen-Verschwinde-Aktionen. Wir haben ihn von hier weggeschafft und in den Kessel gelegt. Das schien uns als Verwirrung am idealsten. Dass er nicht ganz ohne Nachhilfe ins Jenseits gegangen ist, das hätte man gesehen, sogar wenn man ihn auf einer Wiese gefunden hätte. Der Schnitt durch die Kehle war ja ziemlich eindeutig. Aber so war es einfach theatralischer.«

Fery schien zu überlegen. »So eine einfache Lösung und doch so effektiv. Bravo, Meister!«

»Und nun bin ich ins Spiel gekommen.« Brecht wusste jetzt, wer ihn in Lember überfallen hatte.

»Ja, Bürgermeisterchen. Deine dumme Pute«, er nickte in Richtung Vizebürgermeisterin, »hier hat dich mir mehr oder weniger auf dem silbernen Tablett serviert, als sie vor allen Leuten bei der Konferenz deinen Geburtstag zelebriert hat. Wirklich amüsant!«

Die dumme Pute gackerte empört eine Erwiderung, der aber keiner Beachtung schenkte.

»Leider waren immer Bewacher in deiner Nähe. Und diese Flirtereien mit der Annabella! Ekelhaft. Sie und der Unger, die wollten dich doch nur umgarnen. In deinem Kaff wäre es mir fast gelungen, dich zu kriegen, aber dann ist diese Meute von Hyänen auf mich zugestürzt gekommen, und eine hätte mich doch fast erledigt. Mit einer Damenhandtasche! Man stelle sich das vor. Den zukünftigen Meister. Wirklich eine Unverschämtheit.«

Brecht musste bei dem Gedanken an die wild gewordene Henni Schönauer schmunzeln.

Fery sah es und fand es nicht so witzig. »Ja, du kannst schon lachen! Das passiert mir nur einmal, und nun habe ich dich doch gekriegt. Wer sitzt jetzt am längeren Hebel?«

Auf diese Frage wollte keiner antworten.

Doch Brecht gab nicht so leicht auf. »Aber ich bin doch jetzt nutzlos für dich. Der 30. April ist doch schon lange vorbei. Und es haben alle immer wieder betont, dass das Datum so wichtig ist.«

Der zukünftige Meister grinste. »Tja, ich wollte einfach meinem Meister ein Geschenk machen. Was er damit anstellt, das wäre mir egal gewesen. Du warst sozusagen meine Eintrittskarte. Vielleicht mäste ich ja den Brecht bis nächstes Jahr?« Er lachte über diese Vorstellung. »Und sollte es nicht funktionieren, habe ich genügend Zeit, in Ruhe das nächste Opfer zu finden. Schade, dass ihr alle nicht dabei sein könnt.« Der Wiener hob die Waffe und richtete sie auf Annabella Laube. »Du wirst als Erste sterben! Aber zuerst bringst du mir die fehlenden Unterlagen oder zeigst mir das Versteck.«

Annabella schüttelte den Kopf. »Niemals. Meine Papiere hast du ja bereits zum größten Teil gestohlen. Die anderen Unterlagen, die mit den Wettersprüchen, die kennen nicht einmal wir. Vor langer Zeit sind sie verloren gegangen, vieles ist von Mund zu Mund übertragen worden. Leider nicht so vollständig. Die wahre Kunst des Wettermachens beherrschen nicht einmal wir. Leider.«

Lange sah der Mörder sie an, bevor er die Waffe entsicherte. »Schade, dann wird wieder ein Teil des Wissens mit dir sterben, denn ich muss ja irgendwo anfangen.«

»Halt!« Peppi Wastls Stimme erklang in der Höhle. »Die Unterlagen habe ich bei mir zu Hause. Ich lese sehr gern darin. Aber es sind nur Aufzeichnungen über die Hexenverbrennung und einige Opferbeschreibungen. Mehr haben wir nicht. Die kannst du haben, wenn du die Unschuldigen gehen lässt.«

Kurz überlegte der Mörder, dann zuckte er mit den Schultern. »Die kenne ich schon. Die waren einmal hier in der Höhle, da habe ich einen Teil kopiert. Der Rest ist sicher ähnlich und daher nicht interessant. Außerdem kann ich sie mir ja nach eurem Tod problemlos holen.«

Wieder richtete er die Waffe auf Annabella.

»Halt!«

Alle erschraken, denn dieses Mal brach sich Brechts ohnehin schon laute Stimme als Echo an den Wänden. Erstaunt sahen ihn alle an. Was würde er tun, um Annabellas Leben zu retten?

Inge machte einen Vorschlag. »Bravo, Anton, opfere dich selbst, um sie zu retten!«

»Blödsinn!«, erwiderte dieser, denn sich selbst zu opfern stand ganz unten auf der Liste seiner Pläne. Er sah seinen Peiniger an und erklärte: »Wenn du diese dämlichen Unterlagen willst, gebe ich sie dir eben. Aber lass Annabella in Ruhe.«

Lange Stille und ungläubige Blicke aller Anwesenden folgten auf diese Eröffnung.

Fery sah Brecht zweifelnd an. »Was weißt du denn über die Geheimunterlagen, Bürgermeisterchen? Du willst doch nur dein Schätzchen retten! Du glaubst ja nicht einmal an Hexerei.«

Brecht setzte alles auf eine Karte. »Gut, riskiere es. Aber ich habe die Originale.«

Unger schüttelte den Kopf. »Anton, lass es, keiner hat die Originale. Seit Jahrhunderten schon nicht mehr. Wir haben einen Teil der Unterlagen. Der Rest ist weg oder so gut verborgen, dass ihn nicht einmal die wahren Meister in all den Jahren gefunden haben. Seit jeher suchen Menschen nach den Geheimgängen, nach Unterlagen, aber mit jeder neuen Entdeckung werden nur wieder Rätsel aufgeworfen. Woher willst ausgerechnet *du* sie also haben?«

»Gefunden.«

»Wo?«

»Sag ich nicht.«

»Wie?«

»Das sag ich schon gar nicht.«

Fery schien unsicher zu sein, denn er ließ sich auf die Diskussion ein, ohne gleich zu schießen. »Woher sollen wir wissen, dass du die Wahrheit sagst?«

Brecht überlegte. Auf gar keinen Fall konnte er erklären, wie er an das Material gekommen war. Selbst im Angesicht des Todes war das einfach zu peinlich. Auf der anderen Seite galt es, Annabella zu retten. Vielleicht konnte er für sich und sie einen Deal herausschlagen? Und für den Unger ebenfalls. Gut, auch für den Rest. Aber ob es für Inge reichen mochte? Vielleicht würde er sie schweren Herzens opfern müssen.

Er sah in Gedanken die vergilbten Zettel vor sich, die er hinter dem Altar gefunden hatte. Und so berichtete er ihnen von einem der »Rezepte«, das da auf den Papieren stand, und hoffte, dass es genügte, um wenigstens die Zweifel an der Existenz der Unterlagen zu zerstreuen. Er hatte sich für das mit dem »Gewittermachen« entschieden. Mochten die das Geschwafel ruhig glauben. Offensichtlich funktionierte es, denn Fery ließ die Pistole sinken.

Der Wiener glühte, ob vor Aufregung oder vor Wahnsinn, konnte man schwer unterscheiden. »Ich wusste, dass ich der Auserwählte bin! All die Jahrhunderte waren sie verschollen, und ich habe sie gefunden.«

Auf einen strengen Blick Ungers hin unterließ es Brecht, den Verrückten zu korrigieren.

»Und wie geht es nun weiter?«, warf Peppi Wastl ein.

»Ich denke, das ist klar. Ihr werdet so enden wie der nette Max Pfister. Keiner wird euch finden. Schon gar nicht die Polizei. Bürgermeister Brecht wird mich zu den Unterlagen führen, und wir werden sehen. Diese Gänge sind jahrhundertelang nicht entdeckt worden, dann wird es auch in Zukunft so bleiben. Ein, zwei Zauber dazu – fertig. Ihr seid alle Opfer des schrecklichen Mörders. Oder zusammen abgehauen? Wer weiß das genau? Es wird ein Aufschrei durchs Land gehen, aber mit der Zeit wird es wie alles wieder vergessen werden. Die Menschen sind abergläubisch, und wir werden eine gute Geschichte für sie finden. Sie brauchen eine Führung, einen wahren Meister, einen, der sich nicht so leicht überwältigen lässt, einen, der die Sache durchsteht. Bis zur letzten Konsequenz, bis zum Tod.«

Nach diesen dramatischen Worten hörte man wie zur Bestätigung des Gesagten ein lautes GONNNNNNNG!

Dann Stille.

Die sofort noch einmal von dem gleichen Geräusch unterbrochen wurde: GONNNNNNNG!

Alle außer Brecht, dem wieder einmal Inge die Sicht versperrte, sahen einen erstaunten Ausdruck auf Ferys Gesicht, bevor er in sich zusammenfiel.

Da mit dieser lautstarken, aber sonst ziemlich überraschenden Wendung keiner gerechnet hatte, rührte sich niemand.

Kurze Zeit herrschte absolute Stille.

Vielleicht gab es doch Zauberei? Sogar Brecht zweifelte eine Sekunde (aber wirklich nicht länger) an seinem gesunden Menschenverstand.

In diesem Moment hörte man eine laute Stimme fragen: »Ist er tot?«, bevor Martha Brant, bewaffnet mit drei riesigen Messern, die in ihrem Rock steckten, einer großen Bratpfanne in der Hand und ihrer üblichen schwarzen Handtasche am Arm aus der Dunkelheit hervortrat.

Als Erstes löste sich Inge Plottino aus der Starre und umarmte die Kaufhausbesitzerin überschwänglich. »Danke, Martha, auf mein Team kann ich mich immer verlassen!«

»Gern geschehen«, erwiderte die neu Angekommene etwas verdattert.

Peppi Wastl und Annabella Laube kümmerten sich unverzüglich um den niedergeschlagenen, aber nicht toten Fery, Unger befreite Brecht endlich mit dem Messer von seinen Fesseln.

Nachdem er wieder halbwegs stehen konnte, ging er auf Martha Brant zu und schüttelte ihr die Hand. »Wahrhaft heldenhaft, werte Martha. Danke für dein Einschreiten. Aber wie kommst du hierher?«

Martha wollte nicht so recht mit der Sprache herausrücken, also erklärte Inge, die wieder zu ihrer üblichen Selbstzufriedenheit zurückgefunden hatte: »Na, was wird sie hier schon machen? Das war alles ausgemacht, gell, meine Liebe?«

Das erste Mal in ihrem Leben wollte Martha Brant die Lorbeeren aber nicht teilen. »Nein, das stimmt nicht. Ich bin euch gefolgt. Du steckst ja in letzter Zeit immer mit deiner neuen Freundin die Köpfe zusammen.« Hier zeigte sie auf Peppi Wastl, die gerade einen Strick um Fery wickelte. »Und plötzlich bist du erneut mit der abgezogen. So geheimnisvoll habt ihr getan und mich wieder einmal nicht eingeweiht in eure Pläne. Da bin ich euch gefolgt. Ich wollte gerade hereinkommen, als ich gehört habe, was dieser Bengel hier gesagt hat.« Mit der Bratpfanne wies sie auf den Bewusstlosen. »Eigentlich wollte ich ihn gleich erledigen, aber ich dachte, man weiß ja nie, wer mit ihm unter einer Decke steckt. Zuerst habe ich diesen Kommissar aus Salzburg angerufen. Ich habe gesagt, dass zwei Hexen und ein Hexer von einem bösen Mann mit Pistole in Schach gehalten werden, der, wenn er alle umgebracht hat, den Bürgermeister von Lember auf einem Altar opfern will, damit es nicht mehr blitzt und donnert.«

Ungläubig starrte Brecht sie an. »Und was hat der Kommissar gesagt?«

»Ich solle weniger trinken, und er solle den Bürgermeister ruhig opfern. Damit täte er vielen Menschen einen Gefallen. Dann hat er aufgelegt«, erklärte sie empört. »Zum Glück hatte ich mich schon in der Küche des Hotels bewaffnet. Mit so einem Bürschchen werde ich wohl noch fertig werden, dachte ich mir. Wenn die Schönauerin einen Entführer mit ihrer Handtasche in die Flucht schlagen kann, kann ich das schon lange. Also habe ich ihm einfach zweimal die Bratpfanne über den Kopf gezogen. Ich weiß auch nicht, warum, aber das schien mir auf einmal mit Abstand die beste Idee.«

Triumphierend schwenkte sie ihre Waffe, und die Umstehenden mussten schnell die Köpfe einziehen.

49

Als Gruppeninspektor Krüger ziemlich genervt auf dem Burghof ankam, bot sich ihm ein recht eigenartiges Bild. Mitten auf dem Platz saß im grellen Scheinwerferlicht auf dem Boden ein junger Mann aus Kaprun, den er einmal verhört hatte, weil er den verstorbenen Herrn Breitenbacher besser gekannt hatte. Leider konnte er damals zu den Ermittlungen nichts beitragen, und daher hatten sie ihn wieder weggeschickt.

Vor ihm standen Peppi Wastl und Inge Plottino, die Beine gegrätscht und die Arme vor dem Busen überkreuzt, mit einem Blick wie Amazonen. Davor patrouillierte diese Hexe aus Lember, über dem Arm die obligatorische schwarze Tasche und auf der Schulter, wie ein Gewehr, eine riesige Bratpfanne, drei Messer im Gürtel.

In einer Ecke stand Bürgermeister Kurt Unger und sprach aufgeregt in sein Handy, in der anderen Ecke unterhielten sich gerade die Hotelchefin Annabella Laube und Krügers ewiger Sargnagel, Anton Brecht, ziemlich innig. Der Kommissar schüttelte den Kopf. In Kaprun war es auch nicht besser als in Lember, fand er.

Aber Brecht, der war selig. Er und Annabella hatten sich ausgesprochen, und sein Burgfräulein betonte ein ums andere Mal, dass sie zu Anfang nichts von Brechts Rolle in diesem Spiel gewusst habe und ihre Zuneigung echt gewesen sei.

In diesem Moment sah der Gruppeninspektor in einer Ecke eine ziemlich eindeutiges Bündel liegen. Das sah ziemlich nach einer Leiche aus. Damit konnte er wenigstens etwas anfangen, und er eilte darauf zu.

Leider konnte die Jacke des Lemberer Ortschefs, in der sich die Dokumente befunden hatten, auch nach intensivem Suchen nicht gefunden werden. Die alten Papiere waren dem Bürgermeister egal, er hielt die ganze Angelegenheit immer noch für vererbten Aberglauben, aber um die Jacke tat es ihm wirklich leid. Wo diese sich im Moment befand und ob die Unterlagen vielleicht die Existenz von Hexen und Zauberei bewiesen hätten, dieses Geheimnis sollte wohl weiter ungeklärt bleiben.

Bevor die Beteiligten des Geschehens zur Burg zurückgekehrt waren (keineswegs sollte der heilige Ort der Hexer verraten und durch Horden von Polizisten entweiht werden), hatten sie eine kurze Unterredung abgehalten. Annabella, Peppi, Brecht, Inge, Unger und nach einiger Überredungskraft sogar Martha wollten die Geschichte für sich behalten. Es sollte alles dem jungen Fery angehängt werden – die versuchten Morde an Breitenbacher und Brecht sowie die gelungenen Morde an Mäscht und Pfister. Ob man die Taten vor zehn Jahren noch einmal aufrollen konnte, würde sich zeigen. Dass Martha Brant in Lember sofort allen die Wahrheit erzählen würde, war dabei von vorneherein klar. Doch genauso sicher schien, dass ihr wohl keiner glauben würde, der ganz schön verrückten und selbst ernannten Hexe. Denn wer glaubte schon an Hexerei?

Brecht wollte Unger und Peppi noch einige Fragen stellen, vor allem, wo sich diese geheimen Eingänge befanden, aber diese lächelten nur und meinten, vielleicht gäbe es ja doch Dinge auf dieser Erde, die man mit Logik nicht erklären könnte oder die verborgen bleiben sollten.

Der Aberglaube hier war noch stark in den Menschen verankert, mochten auch der Tourismus und das Zeitalter von Handy und Internet, von Satelliten und Fernsehen die Grenzen geöffnet und die Welt nach Kaprun gebracht haben. Und wer wusste denn wirklich, ob es nicht doch Glück brachte, wenn man dreimal auf Holz klopfte oder einen Rauchfangkehrer sah? Ob es nicht Unglück brachte, wenn die Ostereier nicht geweiht waren, bevor sie verzehrt wurden, oder einem eine schwarze Katze über den Weg lief? Wer wusste es schon? Und schaden, nun schaden tat es in Grenzen wohl niemandem.

So trennten sie sich, marschierten einzeln oder in Grüppchen in Richtung Kaprun, und es würde wohl noch einige Zeit brauchen, bis jeder die Geschichte verdaut hatte.

Brecht und die Plottino gingen wieder ihrer eigenen Wege, und nur Inge hoffte, dass sie ein weiterer Todesfall in Zukunft wieder näher zusammenbringen würde.

Alles ist möglich!

Danksagung

Die Burg in Kaprun gibt es wirklich und mit ihr einige Geheimnisse. So kann man dort das verschüttete und wieder ausgegrabene Burgtor sehen, die Wurfsteine (wenn auch ohne Jahreszahlen) und vieles mehr.

Die Unwetter haben in der Vergangenheit das Land überflutet und die in der Gegenwart ebenfalls. Sogar die Walpurgisnacht hat in dieser Form stattgefunden. Eva Neidegger und der alte Pfarrer Ramsauer wurden verbrannt, nur den Fluch habe ich ihr in den Mund gelegt. Sie wird mir hoffentlich verzeihen.

Aber nicht nur diese Menschen und Begebenheiten aus der Vergangenheit dürfen nicht unerwähnt bleiben, sondern auch viele aus der Gegenwart.

Meine Eltern haben mir eine unbeschwerte Kindheit und tolle Ausbildung ermöglicht sowie meine Phantasie immer gefördert. Ich habe euch sehr lieb.

Besondere Menschen sind meine Geschwister, Thomas und Susanne mit Gabi und Horst, sowie Gerard, außerdem meine Schwiegereltern Riki und Georg. Ingrid, dir danke, seit ich denken kann, warst du (trotz Gegenwind) an meiner Seite.

Sabine (mit Chrisi und Julia) ist nicht nur eine waschechte Kaprunerin (auch wenn sie in Wien geboren ist), sondern unterstützt mich in jeder Beziehung. Danke!

Dem Burgverein Kaprun danke für die Unterstützung.

Grüße an den besten Verlag ever, ever, ever.

Michaela Höfelsauer
Hühner-
dreck
Landkrimi
emons: